冬日暖阳

姚家明　著

中国文联出版社

图书在版编目（CIP）数据

冬日暖阳 / 姚家明著．-- 北京：中国文联出版社，2023.1

ISBN 978-7-5190-5033-7

Ⅰ．①冬… Ⅱ．①姚… Ⅲ．①中篇小说—小说集—中国—当代②短篇小说—小说集—中国—当代 Ⅳ．①I247.7

中国版本图书馆 CIP 数据核字（2022）第 245546 号

著　　者　姚家明
责任编辑　胡　笋
责任校对　阮书平
装帧设计　张红海

出版发行　中国文联出版社有限公司
地　　址　北京市朝阳区农展馆南里 10 号　　邮编　100125
电　　话　010-85923025（发行部）　　85923091（总编室）
经　　销　全国新华书店等
印　　刷　三河市华东印刷有限公司

开　　本　710 毫米×1000 毫米　1/16
印　　张　22.5
字　　数　346 千字
版　　次　2023 年 1 月第 1 版第 1 次印刷
定　　价　85.00 元

《冬日暖阳》序

马玉琛

姚家明是商洛作家群当中实力比较雄厚的作家之一,他不仅出版了四部可圈可点的长篇小说,还创作发表了大量的中短篇小说。从一定程度上讲,他的中短篇小说成就丝毫不让于其长篇小说;而且笔者认为,他的相当一部分中短篇小说,语言精当,艺术纯熟,最能体现他的小说艺术追求,倘若他沿着这条路坚定不移地走下去,一定会有不菲的造诣。家明写小说,有两大鲜明特色。一是生活基本功扎实,有得天独厚的现实生活经验;二是其艺术追求和创作水平远远超过很多基层作者创作的平均线,并且具有了相当实力的专业作家的创作水准。

作者长期生活和工作在基层,与社会底层生活保持着血肉相连的密切关系。更为可贵的是,他自身还拥有一副极为敏感的灵魂,而这样的天赋灵魂,又是他成为一名好作家所必须具备的内在潜质。作者也坦言,他对生活异常敏感,许多眼见的人,亲历的事,或者耳之所闻,都会成为他的小说素材。家明不仅能够敏锐地感知和获取这些素材,而且还具有较高的职业素养,把他所获取的素材连同他对生活的真切感受一起艺术地呈现出来。也就是说,家明感受的是生活,呈现给读者的是小说艺术。

姚家明的创作主体是反映底层人的生存困境及其灵魂困惑,以及在生存困境和灵魂困惑中一层层展示现代物质生活给人性和伦理带来的侵害。当然,还有少数篇章超越了这个层面,写人性的倔强和抗争。《房子》写的是大学毕业女生林红到一家房地产公司应聘的故事。小说打破了时空秩序,将林红的应聘与前任的离职重叠对应着写出，活画出现实生活中的权贵对传统伦理的侵犯与伤害，并以前任之事暗示眼前之人将会面临的遭遇。小说写得既灵动又深沉，结尾尤其耐人寻思。《春燕》写一个漂亮女孩儿大学毕业后，为拯救贫困的家庭和解决弟妹的工作而委身权贵并为其传宗接代的故事。《棉花地》写打工仔和留守妻子之间的感情瓜葛，以误会始，以悲剧终，毫无疑问，是现代生活进程中底层人物情感冲突的再现。《一九七六年那场地震》，写偶发事件改变了几个人一生的故事，铺陈好，冲突性强，生活味浓烈，人性最终被世俗观念所累。由此延伸出的中篇小说《冬天的太阳》，则具有了一定的寓言性。小说将整个社会只注重物质生活的本质浓缩到养老院这一特殊环境中来予以集中展现。人的精神生活完全归零，人性之恶，暴露无遗，而人性之恶最终必然带来可怕的恶果。该小说写得较为独特，可与南美著名作家马尔克斯的《我只是来打电话》对读，互见意味。

此外，越过以上层面的是《板凳哥传》和《黑月亮》。《板凳哥传》是一则非常传统又出人意外的故事，蕴含着质朴的爱和生存的原动力，以及幸福短暂、人生无常的不可预料性。内中包含的原始信念和真实情感确实很打动人心。而《黑月亮》和前面诸小说相比，则风格更加别具一格。老猎人钟阿大，为给孙子挣学费而独自进山行猎而最终死亡。作者以坚韧的文字，极其悲壮地展示出人类的生存动力以及意志品质。在姚家明所有的底层生活描写中，这一篇是最为让人心灵震颤的，底层人与苦难生活一搏到底的生存精神在文字间大放光彩。整篇小说行文颇有杰克·伦敦和海明威的味道，文气中满含苍凉感和悲壮感。可以说，籍由此篇小说，作者将底层小说的人物生存境界提升到一个新的高度。

以上是姚家明小说的第一个层面，这个层面能够充分说明其小说丰厚的生活基础，但还不足以显示家明小说的精神深刻性。因为对一个好作家及其好作品而言，一定会在坚实的生活基础和真切的生命体验之上，形成一个清晰明了的理性判断。也就是说，作家所创作的小说，其意旨是否触及和揭示到这个时代和这个世界本质的某一方面。窃以为，姚家明确实具备这种理性判断能力，而且他还对当下中国的现实生活有着清醒的认识和准确把握。

米兰·昆德拉认为,腐败是世界的本质,我们则有理由认为金钱是世界的本质。而马克思在论及资本主义的本质现象时,认为人被三样东西所异化,从而成为非人。这三样东西是:金钱、权力和劳动。作者显然对米兰·昆德拉和马克思的论述有着高度的认同感,最起码会觉得金钱和权力是当下生活本质的一个重要方面。姚家明在艺术地揭示和表现这种生活本质时,将焦点聚集在这种本质对人性本质之美的摧残上。而人性被摧残的焦点又集中在人性的最要紧的基本点上。这个基本点就是爱。《黄昏语》写杨茂才和春香这对孤寡老人晚年追求爱情和幸福生活而不得的时代悲剧。幸福眼见着要到手边,却被偶尔出现的巨额拆迁补偿费捣了个稀巴烂。老人突然拥有的钱不仅没有给老人带来幸福,反而成了老人的罪孽。小说不无夸张地将有形的金钱和无形的爱尖锐对立起来。老一辈要的和保持的是情、义、脸面,而年轻一辈只认钱。这是当今社会难以调和的矛盾。既然无法调和,那就充分展示吧。好儿好女,坏儿坏女,由生活规约而达成共识,只认钱,不要爱。就连老人的宽容和理解以及天生的善良,都成为他们利用的工具。穷的为生存,富的为欲望,一对老人的桑榆之爱,为儿女的金钱而牺牲,才算的上高尚。唉,礼义廉耻,为金钱和丑陋的灵魂锈蚀净尽。作家借小说中人物之口,严肃地表明了自己的批判态度:都是钱惹的祸!钱这东西,真是个龟孙子呀!金钱异常残酷地改变了人性,物欲成为人们生存的目的,精神和爱不是被遗弃,而是遭到了前所未有的打击。老一辈人的无奈和慌恐着实令人扼腕叹惜。拜物教极其无情而残忍地将纯真雅洁的爱吞食了,而且无法挽救。

除了金钱之外,还有一个可怕的层面。是权力对人性的异化。家明把矛盾集中到《曲终人不见》这部十分令人震撼的中篇小说中的沈静身上。沈静所追求的真爱陷入到层层权力构成的巨大铁网之中。在爱和权力的大博弈之中,弱小的沈静虽拼尽全力,却无法挣脱,最后只能以青春和生命来做难见成效的抗争。小说中有一个被家明以艺术手法夸张而凸显的人物,即沈静的父亲沈功成。这是一个当代社会生活中最为典型的权奴和物质追求狂,狂到情和理丧失净尽,而权和物则深入骨髓,其灵魂已丑恶到极限。这样的人,必有可恨可憎可气之思维和行为。他竟然用亲生女儿的青春生命和爱去换取自己职位的晋升。作家通过这个人物的塑造,对权力和物质异化的批判,达到了相当深刻的程度。可以说,姚家明在艺术地描绘他的生活经验的同时,又有效地传达出他对这个社会某种本质的清醒判断和鲜明的批判态度。

在小说结构上,姚家明也表现出较高的艺术修养。一般以一个偶然事件引发矛盾冲突。他不仅善于编织矛盾,并能准确地找到矛盾的焦点,并围绕这个焦点来推动情节,在情节的推进过程中形象地描绘人物的心理变化,而且把人物的心理变化描绘得准确、形象、亲切、感人。如沈静在爱的挣扎过程中从忍耐,犹豫,到最后的破釜沉舟,心理既复杂又变化清晰。《黄昏语》中杨茂才与春香两个老人的心理变化过程也达到了同样的水准,收到了同样的效果。

姚家明小说结构美学的另一个鲜明特色是其姚氏结尾。读了他的小说,无不被每一部小说的结尾拍手叫绝,他的小说结尾与欧亨利式结尾有异曲同工之效。开放性、不确定性、悬念性,给读者留下充分的想象余地。细加品读,会觉余韵悠长,耐人寻思。

当然,姚家明的小说也存在不足之处。这不足为怪。即便经典作家和经典作品也有不尽如人意的地方,何况一个基层作者?譬如他在小说在展开矛盾的铺排过程中往往显得过于平均分配笔墨,显得重点不突出,不同程度地破坏了小说的跳跃性和节奏感。应该删繁就简,集中笔墨,将情节推向高潮,在高潮中凸显人物性格,释放人物感情,揭示人物的灵魂,从而给读者造成更加强烈的阅读冲击力。又譬如,他的作品一定程度上尚缺乏现代小说所具有的多重寓义性和象征性。唯如此,才可使其所描写的个体生活获得普遍的意义。当然,这一点也是当今中国现实主义小说创作普遍存在的问题,而非家明一个人的缺陷。姚家明是一位理性且有很高艺术追求的作家,相信他一定会超越以往的自己,创作出更高艺术水准的作品来。

以管窥豹,不当处万请海涵,并请批评指出。

辛丑岁初夏于聆鸽庐

(马玉琛,著名作家、著名文学评论家,西安财经大学文学院教授,西安财经大学文学创作与文体研究中心主任。作品甚丰，其长篇小说《金石记》入选新中国成立以来小说500强文库；出版的理论专著《小说创作方法十六讲》入选超星学术视频名师大讲堂教材。）

目　录
CONTENTS

房　子

一

林红出门到S市寻找工作，是她大学毕业赋闲在家一年后的事。

她本来是想在家好好休养休养的，十几年单调而枯燥的学生生涯，让她彻底厌倦了学校，厌倦了书本。她甚至想，要是此生永远不再与书本打交道了该多好。抱着这个想法，她每天在家里睡懒觉、吃闲饭，无聊了，便去逛大街、进超市。他们家就她一个宝贝女儿，她可称得上是父母的掌上明珠。凭父母的工资收入，把她养活起来不是是绰绰有余吗？

于是她就心安理得地待在家里享受。她哪儿也不想去，任凭同学来引诱、拉拢，都不为所动，她只想睡懒觉，懒觉睡好了，再吃妈妈做的可口饭菜。

起初，父母一点儿怨言都没有，他们都认为宝贝女儿上学上累了应该好好休息，有时，她早晨醒早了，妈妈还劝她说："还早着呢，再睡睡。"她心里好温暖，就在妈妈慈爱的目光下再次沉入梦乡。

可是，渐渐的，父母对她的懒散就有了微词，由默许到不理不睬，再到忍气吞声，最后到满脸不悦。林红从父母的眼神和面部表情上体察到了父母对她态度的巨大变化，她不为所动，依然故我地睡懒觉、吃闲饭、逛大街，再不就是趴在电脑上玩游戏。

父母脸上终于是裹不住了，先是嘟嘟囔囔，然后是指桑骂槐，发展到最后，便是直接指责她终日游手好闲，没用处；尤其是当教师的妈妈，完全把课堂上管教学生的那一套用到了家里，每天对她唾沫四溅，牢骚满腹。林红忍无可忍了，终于不可避免地与妈妈发生了一场口角大战。之后，她便开始走上了艰难的寻职之路。

从家里到学校，从学校到家里，再出社会，这大概是当下每一个中国孩子面临的命运，当林红真正走向社会找工作时，她才感觉到，找工作之难，简直难于上青天。省市县有几次公务员考试，招收名额才几名，可报名参加考试的竟有好几千。有的在笔试中幸运进了前几名，由于没有社会背景，在面试一关，又被刷掉了。事业单位招人依然如此，往往就为几个岗位，成千上万的大学毕业生都拼了命去争。争来争去，那有限的几个岗位总是被有社会实力人家的子女占去了，平头百姓家的孩子只能是陪考。

林红硬着头皮参加了两次考试，她想凭自己扎实的学习功底，考上公务员，或者事业单位，进一个单位混一辈子算了。哪知道，两次考试都令她目瞪口呆，考试结果惨不忍睹。

父亲鼓励她继续考下去，她妈妈也帮她寻到了更好的考试资料。可她决定放弃了，她知道，凭父母自身的条件，她就是考到老，也无法在当地找到一个正式工作单位。

她决定出去找工作，换一句话说，就是出门打工。于是在大学毕业后的第二年秋天，林红揣着妈妈给她的三千元钱和大学毕业证，背着行李，踩着满街飘落的梧桐叶，来到五百里之外的S市。

二

S市是一个地级市，因其地理位置优越，短短几年时间就发展成为有着上百万人口的新兴城市。林红的两个同学都在这里找到了工作，当她询问她们S市工作好找不好找时，同学回答她说，到S市找工作，就像到河里找石头一样容易。

林红信以为真，这才迫不及待地前往S市。

到了以后林红才知道，S市并不像她想象的那么好，这里的许多城市功能并不健全，加上管理松懈，给人感觉非常乱。这里海拔高，空气湿度大，经常会遇到大雾弥漫的天气。这给初来乍到的林红心上蒙上了淡淡的一层阴影,她不知道在这云雾缭绕的城市里是否能找到立身之地。

两个同学陪她尽兴地玩了一天,第三天,林红便身揣大学毕业证,开始在城市的各个角落寻找工作。这里真像同学说的那样,工作比较好找(就像到河里找石头一样容易),但是工资待遇却低得可怜,一个月竟然连一千元都拿不到,而且经常拖欠,拖拖就没影了——公司易主了。

林红先后找到了三个工作,每样工作干得都没有超过三个月,不是人家不要她了,就是她看不上人家,总归是在这里待了大半年,她仍然没有固定的工作和住所。

林红心里很是生气,为什么充满机遇的S市就没有她的容身之地?是她没有能力,还是运气不太好?她不甘心,她的两个女同学都在这里找到了工作,为什么她就不能?凭长像、凭文凭,甚至凭口才,她哪一样比她们差?

三

尽管S市是一座新兴城市,但是房价却像魔法师手中的魔棒一样,说涨就涨得老高去了。由于房子奇货可居,随之而来的是当地房地产生意的炙手可热。从S市由中心向郊区辐射的广阔地带,大片大片的地皮被一个个房地产商所买走。他们像摆置魔具一样在自己买来的地皮上建起了一幢又一幢林林总总的商品高楼。

林红每天在大街小巷和各个建筑工地之间穿梭,最终,她按报纸上登的广告,寻到了海天房地产公司,因为她大学学的是建筑设计,她很想在建筑行业上有一番作为。

在一幢装修一新楼盘大厅里,林红向招聘部门递交了自己的毕业证和毕业档案。负责报名的是一个年龄比她稍大的时髦女孩,那个女孩认真地看了一下她的毕业证和毕业档案,问了她几个常规性的问题,她都如实做了回答,女孩似是很满意,给她做了登记,然后便通知她第二天来参加面试。

林红知道,自己的文凭在那,专业在那,招聘方肯定需要她这号人才,面试嘛,无非就是看一看你这个人长相如何,口才如何,整体形象如何。

这方面林红一点也不怯。她有一米六五的身高,身材苗条,五官端正,皮肤嫩白，只要随便一打扮，便像出水芙蓉一样楚楚动人。为了迅速把工作搞定，尽快结束这到处漂泊的日子，林红把自己精心打扮了一番，然后穿一身得体的米黄色连衣裙，脚踩一双洁白的高跟鞋，前去应试去了。

面试是在报名的同一幢楼房的八楼。林红以为来参加面试的人数一定会很多，可是上去一看，却只有她一个。

她被领进经理的办公室。这个经理是个年轻男子，大概三十多岁，穿着洁白的衬衫，打着鲜红的领带，浓眉大眼，很是帅气。她一进来，房门就被关上了，然后便开始面试。

这个年轻帅气的经理开始是板着脸严肃地向她提问的，随着她口齿伶俐地回答完几个问题后，经理的眼神和声音也温柔了许多，当她最后准确地回答了一个与建筑相关的难题时，这个三十多岁的男子不禁两眼炯炯闪光，他毫不掩饰地看着她，激动地说："好，好，不错，不错！"

很快，她就有了结果，她已被海天房地产公司聘任，担任总经理助理，月薪五千元。

当她听到这个消息时，她的心几乎要从胸膛里飞出来。她想不到自己会一下子当到总经理助理，而且月薪会拿到五千元。从楼房里出来，她感觉自己的双脚似乎安上了弹簧，走起来那么轻松有力，那么富有弹性；她的心也像一只放飞的鸽子，终于展翅在蓝天上轻快地飞起来。

为了庆贺一下，当天晚上她把她的两个同学召集在一起，由她做东，在一个湖边的麻辣烫餐馆里，好好地搓了一顿。

四

第二天，林红就带着一份无比美好的心情，按时去上班了。令她想不到的是，公司竟然给她分配了一个非常漂亮的办公室。锃亮的办公桌、旋转式的老板椅、黑色的真皮沙发、乳白色大理石桌面的茶几，茶几上竟然还放了盆茉莉花。对了，还有一台配置很好的电脑。

林红把房门关死，在光洁的地板上，她优美地展现了一下舞姿，然后又一屁股坐到老板椅上，闭上眼睛，很舒畅地出了一口气。

再次睁开眼睛，看到眼前这么漂亮的办公室时，她仍然不敢相信是真的。可是她突然发现这个办公室虽新，却似乎已被人用过，因为房间里好像有一股若有若无的香水味儿。她感到有些怪，便认真地在办公室的各个地方打量起来，甚至把办公桌下面的几个抽屉也一一打开了。奇怪的是，在最下面一个抽屉里竟然卡了一张彩色照片。她拿出来看了一下，是一个年轻女子的照片，简直就像一个电影明星，非常美丽。为什么这里会有一张美女的照片呢？这个美女是这个办公室原来的主人？还是谁把女朋友的照片遗落在这里了？

林红以为那天给她进行面试的三十多岁的年轻男子是总经理，她以后就是给他当助手。上班以后才知道，总经理姓黄，眼下正在欧洲考察，可能得一个月时间才能回来。黄总经理的办公室就在她办公室的隔壁，她已被领进去看了一次，总经理的办公室足足有她的办公室三个那么大，在那个非常阔气豪华的办公室里，林红看到了总经理的巨幅照片，年龄起码有五十岁，头发已经秃顶，眼袋严重下垂，但双眼却透出一种极度的威严和精明。

林红心里多少有些失望，给这样一个丑陋的老头一样的男人当助理，工作会有激情吗？但是她心里却有一种放心感。倘若总经理太过年轻帅气，长期共事，难免发生一些不必要的感情纠葛。她现在年龄还小，一切还没有着落，她才不愿意过早涉入感情的漩涡呢。

五

林红的工作很清闲，每天除了看看报，喝喝茶，上上网之外，就是负责把几份文件递交给总经理审阅。因为总经理还没有回来，只好把这几份文件暂时压在她这儿。她不止一次地猜想："不知黄总经理对自己满意不满意？给他当助手好当吗？"

这个问题她总是自行设计自己解答的，她认为自己肯定是合格的，因为论品貌，论文凭，她一样都不差。

一天，林红正在网上聊天，突然听到轻轻两下敲门声，她急忙闭了网，然后喊道："进来。"

进来的是一个年龄稍大的妇女，她自我介绍说是后勤部的，然后便和颜悦色地对林红说，总经理下个周就要提前从欧洲回来。总经理对新助理非常关心，特别嘱咐后勤部要安排好助理的一切生活起居问题。

“你有自己的房子吗?”这个妇女问。

“没有。”林红如实回答。

“你可以自己在外面租房子，房租公司承担一部分，但不要离公司太远，以免影响工作。”

林红想了想问：“哪里房子好租?”

那个妇女不假思索地说：“到花园新区吧，那里房子好，环境优雅，距咱们公司只有二三站路。”说到这里，她恍然大悟似的说，“噢，我们公司租的有一套现成房子还没退呢，这样吧，下午让小翠陪你去把房子看一下，你要是中意，就住那儿；要是不中意，可以在附近找一套，总经理特意叮嘱我们了，一定保证你住得满意。”

这话林红听了心里甜甜的，她想不到总经理对自己这么关心，她满怀感激地谢了这个妇女，答应下午去看房子。

六

小翠是一个脑子有点问题的女孩，年龄大约二十七八岁，修着一头懒发，长得很是肥胖。当天下午，小翠特意领着林红来到花园小区。小翠异常健谈，她沿路不停嘴地向林红讲述着公司杂七杂八的旧事。从小翠的口中，林红已经听出来了，小翠是总经理的一个堂妹，由于脑子不大正常，她只能胜任公司的一些最简单的工作。很多时候，小翠只在公司里闲逛，因此对公司的大小事，她竟然知道得不少。

小翠领着林红来到花园小区。这里楼房林立，穿梭于幢幢高耸的楼房之间，林红心里不由产生了一种自豪之情。一个月前，她还在这个城市里漂着，现在她马上就要以主人的身份，入住这里了。

小翠对这里很熟悉，很快她们就来到一幢外形设计比较别致的楼房跟前。小翠指指上面说：“就在这上头，七楼。”

她们坐着电梯上去。小翠把门打开了。

林红认为自己是一个初来乍到的普通职工,公司能够照顾,解决部分房租费用,她已经是感激不尽了,根本没有奢望房子会有多么好(只要能住下就行了)。此前几个月,她已在这个城市吃了不少苦头,她应该知足。

但是一进房子她却大吃一惊。房子非常大,大得令她吃惊的程度。老家的房子有一百三十多平方米,她都认为不小了。可这个房子起码要大很多。房子装修得也非常豪华,雪白的墙壁,高级的木地板。客厅里摆放了一组异常高贵的真皮沙发,沙发对面,是一个足有五十英寸的液晶电视。想到马上就要住在这里了,林红喜不自胜地往当中的沙发上一坐,真皮沙发的弹性使她的身体起伏了好几下。她顿时产生了一种昏旋和陶醉的感觉,她不禁闭上眼睛猜想:下班了,吃完饭后,往这沙发上一躺,就可以美美地看电视了。夜里她也可以躺在这舒适的沙发上看电视,想看多长时间就看多长时间。

“满意吗?”小翠明知故问。

“满意!”林红高兴地说。

房子里久未通风,窗帘又都拉得严实,空气有些憋闷,林红便把客厅的窗帘一一拉开,并把玻璃窗也都打开了。

光线亮了,房子里的一切都看得清清楚楚,林红发现,房子虽然经过清扫了,但显然有人长时间住过。就好奇地问小翠:“原先谁住在这里?”

小翠对她看了看说:“刘小梅。”

刘小梅,小翠给她传达的只是一个姓名性别的符号,其他任何意义也没有,林红也不想知道,她管谁住不住过这里呢,她只知道,她将很快成为这间房子的主人了。

“你再到里面看看吧。”小翠对林红说。

人们住房子,往往最关心两个部分,一个是客厅,还有一个就是卧室了。客厅已经看了,接下来就看看卧室吧。

她连开了几个门,里面都不是卧室。

“你要看什么?”小翠问。

“卧室。”

小翠便把其中一个房门打开,说:“这里是卧室。”

林红走进去,一眼就看到了一个巨大的让人吃惊的沙发床,床上的用品都叠得整整齐齐。除了沙发床，还有一个高级衣柜，衣柜旁边，立着一个衣服架，衣服架上，竟然挂着一件银灰色的毛领大衣。林红走近大衣，用手捏了捏，大衣的质感特别好，林红估计，这件大衣不是一两千块钱能买得了的。林红想，既然大衣放在这里，她何不穿着试一试。于是她就把大衣从衣服架上取了下来，穿在身上。

刚把衣服穿上身，小翠就吃惊地叫了一声。林红便走到大衣柜的玻璃镜跟前，从镜子里，她看到了一个异常高贵、妩媚的女孩。林红想不到自己会有这么美，这个大衣仿佛是为自己定做的，大小那么合适，宽窄那么得体，尤其是自己的五官，在毛茸茸的大衣领的衬托下显得格外温婉、秀丽，格外风情万种。

林红在镜子前扭了一下身子，反复照了照，不错，真是不错，无论从哪个部位看，这个大衣对她来说都再合适不过了。便抬头问小翠："我穿着合适不合适？"

"合适，简直穿着和刘小梅一个样。"小翠说，她的一双眼睛仍吃惊地望着林红。

这是林红从小翠口里第二次听到刘小梅的名字了。

一是天有些热，不适宜穿大衣；二是别人的大衣，穿着不好，林红急忙把大衣从身上往下脱。

小翠这时便说："刘小梅不在了，你想穿就穿。"

林红还是把大衣脱下来，挂在衣服架上。就在这时，她突然闻到了一种气息，一种她很熟悉的气息。她感到有些奇怪，她在哪里闻到了这种气息呢？

接着，她把大衣柜的门打开了。里面挂了十几件颜色各异的衣服，有西服、大衣和各种裙子。

"这都是刘小梅穿的吧？"林红问小翠。

"就是。"小翠说。

林红产生了一种要看看刘小梅长的是什么样的冲动。

就问小翠："刘小梅长得啥样？"

小翠说："和你高矮差不多，不胖不瘦，长得很好看。"

"这里有她的照片吗？"

"收拾房间的时候，让我哥烧掉了。"

林红不相信照片会被彻底取走烧掉，找找，也许会找到一张。于是她就从床上，还有桌屉，以及书柜里到处寻找。终于，她从书房的书柜里找到了三张照片。这三张照片夹在一本书里，因而没有被发现。

一看林红大吃一惊，这不是她从办公室里看到的那个美女的照片吗？就问小翠："这是刘小梅吗？"

小翠一看，笑着说："不是她是谁？"

原来，刘小梅就是前任总经理助理。林红也顿时记起来，卧室里，还有这房子里弥漫的熟悉的气味，不就是她在办公室里闻到的那种香水的气味吗？

林红心里产生了深深的疑惑，这么好的条件，那么好的待遇，刘小梅为什么不留下来继续做总经理助理？是她自己有问题，还是被公司解聘了？林红想从房子里找到刘小梅的一些什么东西，可是各个地方找遍了，什么东西也没找到，她想，很多东西大概都被清扫走了吧。意外收获是在床头柜里，她找到了几包春药，而且是外国牌的。

林红站在这豪华的房间里，脑子里对刘小梅的印象似乎越来越模糊，又越来越清晰，她猜测，在这间房子里，一定隐藏了一个香艳的故事，或者是一个凄惨的故事。

刘小梅为什么要走呢？

就在林红苦苦思索的时候，小翠又要拉她去看洗浴间。她被机械地推到洗浴间里。里面的空间也比较大，除了有淋浴，还有一个能容纳两人洗澡的浴池。站在浴池旁边，林红竟然看到了一男一女两双凉拖鞋。那只女式拖鞋小巧玲珑，颜色鲜红如血。望着一池的清水，林红脑子里突然浮出了一个画面：两个赤条条的男女正在这浴池里洗澡，其中一个是美丽的刘小梅，那另一个男的是谁呢？

不知为什么，林红心里又产生了一种急于想了解刘小梅为什么从公司出走的冲动。

房子看罢天色已晚，林红便以小翠辛苦带她来看房为名，要请她晚上吃饭。小翠听到林红要请她吃饭，喜不自胜地一口答应了。她说有一个地方的鱼做得好，便带林红去了那个环境比较优雅的小鱼庄。

俩人一边吃鱼一边闲聊。林红发现，小翠是一个倾诉欲特别强的人，你问的问题，她只要知道，必定一点不漏地告诉给你，唯恐你小看了她。林红心里暗喜，她想她一定非常了解刘小梅，也一定知道为什么刘小梅置公司优厚的工作环境和待遇于不顾，非要离开。

正吃得高兴的时候，林红突然问道："小翠，刘小梅这个人你一定很熟悉吧？"一听林红问这话，小翠两只眼睛大大地看着她，然后不屑地说："那还用说！"

"她这个人咋样？"

"很好呀，又聪明，又听话，我很喜欢她。"

"那她为啥不在公司干了呢？"

"不知道，你问这干啥？"小翠突然警觉地问。

"不为啥，好奇呗。"

"刘小梅的事你还是不要知道的好。"

"为啥？"

"对你有好处。"小翠用一个长辈的口气对她说。

接下来，林红便不好问及小翠任何有关刘小梅的话题了，她发现小翠在这件事的表现上与她本人性格明显不符，其他事情她只要知道，必定竹筒倒豆子，有多少说多少，唯恐遗漏半点；而在刘小梅这件事情上，她则是讳莫如深，即便开口，也说得模棱两可，让你如坠云雾。

但后来林红还是多少打听出来了有关刘小梅离开海天公司的真正原因，尽管不同的人说的版本不同，但林红能够想象得到，刘小梅在公司曾经有过多么炙手可热的辉煌历史，而离去的背影，又写满了多少辛酸和悲凉呀。

七

总经理就要从欧洲回来了。

林红还是没有决定自己的去留。她很想把她的困惑对她的两个同学说一说，让她们帮她选择一下，于是就先拨了一个同学的手机号，里面显示的是忙音；又拨了另一个，却是手机关机。正是上班时间，她们怎么会关机呢？林红不解地望着窗外，正值梅雨季节，窗外淅淅沥沥地下着小雨，一大团乌云从下面升起来，模糊了人的视线，一切都看不分明了。

（发表于《延安文学》杂志 2014 年 5 期）

棉花地

一

栓柱正在工地干活的时候，突然接到妻子芸嫂的电话。虽然工地噪音很大，但仍然压不住千里之外那硬戳戳的声音，妻子在电话里恶狠狠地说："栓柱，你给我听好了，限你三天之内马上滚回来，不然你就等着给我收尸吧！"听了妻子这番莫名其妙的狠话，栓柱非常吃惊，想问个究竟，对方却挂断了。他又拨了好几次，妻子始终不接。想到妻子的脾性，栓柱马上意识到事态的严重性，他赶忙请了假，马不停蹄地往回赶。

三天后栓柱急匆匆赶回姚庄。

以前栓柱每次从外地打工回来，妻子对他就像对待凯旋归来的将军，给他好吃好喝，像宠孩子一样宠着他；不仅如此，芸嫂还把自己洗得干干净净，把窗帘拉得严严实实，甜甜蜜蜜地做夫妻功课。俩人正值壮年，夫妻功课做得高潮迭起，甜甜蜜蜜。不仅栓柱满意，妻子也快活得要死。

可这次却大不一样了。栓柱回来，妻子对他头不是头，脸不是脸，对他像是对待仇敌，不仅不给他好脸色，连话都懒得跟他说。这让栓柱如坠五里云雾。

栓柱不解，妻子催命似的让他回来，回来之后却是这种态度，到底是咋回事？妻子的漂亮是有目共睹的，是不是有人趁他在外面打工，钻了空子？想到这里，他的血液直往头顶上涌，便立即到爹妈跟前打听，最近他家里发生了什么事、是不是有人跟他媳妇那个了。

母亲瞪他一眼，告诉他，家里一切正常，让他不要胡乱猜疑。

这就奇怪了，没谁招惹她，她为何这种样子？

于是回家的第二天上午，栓柱准备和媳妇好好谈一谈，问她为什么用这种态度对待他。

两个老人在另一处老房子里住，儿子已经上学去了，趁着家里没别人，栓柱亲切地问："媳妇，你火急火燎地催我回来，我回来了，你不但不跟我亲热，连话都不跟我说，到底是咋回事？"

芸嫂眼瞅向一边，没有理他。

栓柱看到妻子板着脸，知道她心里还怄着气，便走过去，准备好好哄哄她，夫妻两个嘛。可谁知，他的手刚碰到妻子，妻子竟一趔多远，生硬地说："你滚远些，别碰我，我嫌脏。"

栓柱当下就生气了，质问道："你发什么神经？是你叫我回来的，我回来了你却叫我滚远些。你到底咋了？我怎么就把你碰脏了？"

"你自己做的事情自己心里清楚。"

"我做什么了？"

"别装了，你干的好事别以为别人都不知道！"

"我到底干啥了？谁对你说啥了？你给我说清楚！"

"要说你说，我不说，我嫌那话脏了我的口。"

栓柱听了这话更是丈二和尚摸不着头脑。让妻子把话挑明，可妻子就是不说。

两人争吵一场后，栓柱赌气也不理睬芸嫂。夫妻关系更加冷淡，晚上各睡各的觉，白天各做各的活，日子过得清汤寡水，相当无趣。

这样僵持了几天后，栓柱感觉不是事，他是请假回来的，现在这个公司前景不错，他好不容易才得到总经理的赏识，提了个小头目。若在家里待得久了，耽误了工作不说，他的位子就有可能被别人顶替了。因此得马上与妻子和解，安安心心回公司上班。

怎样才能与妻子和解呢？结婚八年来，栓柱对妻子已相当了解。尽管妻子表面看起来温柔贤惠，可骨子里相当刚烈，她只要认准的事，几头牛都拉不回头。他猜测，妻子之所以这么对他，大概是怀疑他在外面有了相好。他不明白妻子好端端的咋会冒出这个念头。他一天早晚忙得不可开交，哪有那种想法，而且他一个臭打工的，谁会看得上他。怎样才能消除妻子的误会呢？栓柱想了几个办法，都不行，于是便决定和妻子和和美美地做一次爱，让妻子知道他心里仍然爱她，把那些误会彻底消除掉。

二

栓柱这次回来，妻子一直拒绝与他同床，没有办法，他只好与儿子睡在一起。栓柱正年轻力壮，又好久没与心爱的女人亲热了，心里非常渴望；尤其是想到妻子以往的种种好处时，更是饥渴难耐。于是，他就再次说服自己：无论怎样，绝不与自己的女人怄气，要让自己的女人舒心，幸福。

这天晚上，天气有些闷热，让人心里躁躁的。睡到半夜时分，栓柱那个想法越来越强烈了，便光着身子下了床。还好，妻子没有把门拴死，他便踮着脚尖，轻轻推开门，扶着门框，墙壁，一直摸到妻子床边。

妻子正熟睡着，发出轻微的呼吸声，那熟悉的气息扑面而来。栓柱将鞋踢掉，轻轻地揭开了妻子身上盖的薄被单。

栓柱原想把妻子抱住，尽快入巷做成事。只要妻子同意了，和解就有望了，以往他们闹点小别扭都是这样解决的。他也想到了妻子会反抗，但他认为妻子绝不会多么坚决地反抗，她毕竟是他的女人。她难道一直不让他挨她的身子？不可能的。

可是栓柱想错了，当他揭开被单，刚抱住妻子的身子时，妻子先是惊讶地大叫了一声，接着便极力反抗。

栓柱便喊着妻子的名字，告诉她："是我，栓柱。"并用嘴巴亲，一只手还去摸妻子的奶子。

芸嫂反抗的劲儿更大了，尽管她已经知道是栓柱，但仍然不让他挨身。栓柱的这种做法让她非常恶心，她更加坚信那封信中所说的话属实了。她一边嘴里骂他臭流氓，一边极力挣脱。挣了几下，她的一只手终于挣脱出来了，扬手照准栓柱就是重重一耳光。然后还用力踹他，让他滚远些。

栓柱想不到会是这样，他准备好好揍这女人一顿的，想想又住手了，于是狠狠地骂了几句，气咻咻地走了。

三

这次事件让栓柱心里特别痛苦,他实在不明白妻子为什么会这样对他。常言说“夫妻没有隔夜的仇”,有什么矛盾,俩人说一说,亲热亲热就好了。以前他们又不是没有闹过矛盾,每次至多冷战上一天,俩人就和好了。可是这次竟然这样,四五天过去了,妻子既不跟他说理,又不让他亲近;她对他视同仇敌,冷若冰霜。栓柱明白,妻子一定是听信谣言,认为他在外面有了女人。这是谁造的谣?谣言如何传到妻子耳朵里的呢?栓柱绞尽脑汁也想不出所以然来。

栓柱只好再次到父母那里去了解情况。

父母住的老屋和他们离得不远,走几十步就到了。

栓柱精神萎靡地走进老屋时,父母正吹着电风扇,坐在那台二十多年前买的黑白电视机前看电视。

栓柱来了,父母都很惊喜。父亲赶快去给他找烟,母亲则把核桃、板栗抓了一盘子,让他吃。

栓柱往凉椅上一躺,长长地叹了一口气。

见儿子不高兴,父母的眼睛都睁得大大的。

父亲关切地问:“柱子,这次回来,你和芸儿看着不对劲,到底出啥事儿了?”

栓柱狠狠地抽了几口烟,然后说:“那婆娘不知为啥,催命一样把我从广州叫回来,可我回来之后,她对我不理不睬,像仇敌似的。”

“是你把媳妇惹下了吧?”母亲责怪他。

“我和她这么久没见面,我咋招惹她了?”

“你是不是没向家里寄钱?”父亲问。

“谁说我没寄?我每月按时把钱打回来,哪一月少了?”

“那她好端端的为啥对你这样?”母亲疑惑地问。

“我不在家的时候,最近都有哪些长舌妇爱到我家里串门?”

“咋了?”母亲问。

“我怀疑她听信谣言，说我在外面找女人。”

“没谁到你家串门呀，再说村里哪有什么人呢，除了老的、小的，就没几个妇女在家。你媳妇可是个好样的，天天忙个不停，除了田里的活儿，屋里的活儿，还精心照顾你儿子，有空了就到我们这里来，照看我们。”停了停，母亲生气地问：“栓柱，你说实话，你到底在外面有没有女人？那可是瞎毛病。要是有，你必须堵死了，好好向媳妇低头认罪，求她原谅；要是没有，把话说清楚，以免夫妻感情破裂。”

栓柱不停地吸着烟，这时把烟蒂扔在地上，用脚使劲踩灭，生气地说：“这纯粹是子虚乌有的事，你们仔细想一想，你儿子一个臭打工的，要钱没钱，要貌没貌，哪个女人瞎了眼会瞅上我？”

“没有就好，有些话我去对你媳妇说。”母亲安慰他，“你放心好了，我中午拾掇几个菜，到时把你媳妇叫过来，我当面对她说清，把矛盾化解了。”

听母亲这么一说，栓柱心里的疙瘩顿时小了不少，他又坐了一会儿，跟父母唠了些闲话，才回去。临走时，母亲特意叮嘱：“中午过来吃饭，一定把媳妇叫上。”

四

栓柱从父母那里一回来，就去寻找妻子，他认为这是与她和好的绝佳机会。可是每间屋子都找了，就是没见人。妻子这个时候会到哪儿去呢？他准备出门去找的，可是一则天热，二则他又怕在外面和妻子吵开了，便索性在家里找了些吃的，然后打开电视，一边看电视，一边等妻子回来。

谁知他一连看了三集电视剧，妻子还是没有回来，他有些烦，也有些怕，隐隐感到家里要出什么事。看看时间，已经快晌午了，他再也没心思看电视了，便把电视关了，准备出去找找，好歹得把她叫回来，然后中午一起到父母那里吃饭。

谁知，当栓柱关了电视，刚出门时，便看到妻子挽着一篮子衣服从外面回来了——原来妻子下河洗衣服去了。

栓柱感到有些惭愧，便满脸堆笑地走上前去准备帮忙。可妻子看了他一眼,用手硬生生地把他挡开了。

妻子径直把篮子挽到晾衣架跟前,开始一件一件地把衣服晾到晾衣绳上。栓柱呆呆地站了一会儿,也动手晾衣服。可妻子始终不睬他,俩人各晾各的。

栓柱想到中午母亲要给妻子做工作,便说:“妈让我们中午一起过去吃饭。”

栓柱说了一句,见妻子没反应,他以为妻子没听清,又把话说了一遍:“妈让我们中午一起过去吃饭,妈特意让我叫上你。”

这次妻子肯定听见了,但是还没反应。栓柱开始以为妻子不去,可又觉得妻子是默认了,一会儿就跟他一块儿过去。

衣服晾完之后,看看太阳已经快到头顶了,栓柱又说:“咱们走吧,妈上午弄了不少菜,你去帮帮忙——”

妻子还没理他,她把篮子放在阶沿上,然后便进了屋。

栓柱以为妻子是回屋里换件衣服,收拾一下就跟他一块儿过去的。可妻子却背着一个篓子,拿着一顶草帽出来了。她走出门,看也不看他,就从左面山墙的拐角处折向后面去了。

栓柱生气了。这婆娘,怎么这样?他准备撵上去把她扯回来的,谁料刚走到墙角处,却发现母亲正和妻子说着话。

母亲问:“栓子没给你说,中午在我这儿吃饭?”

“他说了。大阳坡的棉花炸好多天了,我把棉花摘了就回来。”

“都晌午头了,这么毒的太阳,你下午去摘吧。”

“听说午后有雨。雨一淋,棉花长霉就没用了。”

“那你快去快回,我们等着你。”

“知道了,妈。”说完妻子戴着草帽,背上背篓,沿着一条小路,到姚庄背后的大阳坡摘棉花去了。

五

栓柱听了母亲与妻子的对话,顿时放心了。显然,妻子已经同意到父母那里吃饭了，她只要把棉花摘回来，就会去的。栓柱准备去给妻子帮忙摘棉花，可是妻子现在这态度，他去了反而使俩人的关系更僵，说不定还会在棉花地里争吵起来；与其如此，不如等她回来，回来之后，俩人一起到父母那里去。

栓柱重新回到家里，把衣服脱了，只穿着裤衩背心。今年是个怪天气，虽然立秋已过了，天气还是那么热，每天气温高达三十七八度，热得人十分烦躁。栓柱也不知该干什么，有些六神无主，只好又把电视打开，打发时间。

刚看完一集电视，儿子放学回来了。儿子一回来，就到厨房里找饭吃，见饭还没做，就嚷开了，说下午还要上课，饭晚了就会迟到。

栓柱告诉儿子，再等一会儿，妈妈回来了，一块儿去爷爷奶奶那里吃饭，奶奶中午给做了好吃的。

儿子一听，不嚷了，立即把书包从肩上取下来，放在一张小方桌上，然后从书包里抽出课本和作业本，专心致志地做起作业来。

栓柱对儿子的表现很满意，想起前几天带回来的苹果，便洗了三个，一个留给妻子，一个自己吃，还有一个他亲自拿给了儿子。

儿子肚子确实饿了，见了他洗的大红苹果，高兴地说："谢谢爸爸。"一边吃，一边写作业。

栓柱把电视音量尽量调低，关了房门，以免影响儿子写作业。

栓柱知道大阳坡那块棉花地不大，即使棉花全部炸开，也用不了多久就会摘光的。他估计此时妻子已经摘了一大半了。

可谁知儿子都已经把作业写完了，仍不见妻子回来。儿子这时已经等不及了，又嚷嚷着要吃饭。

栓柱只好让儿子赶快到爷爷奶奶那里去先吃，吃完了就去上学。

栓柱又等了一段时间，儿子已经吃完饭上学去了，妻子还没回来。

栓柱坐不住了，他对妻子已经忍无可忍。这个女人，也太不像话了，既然已经答应了妈，为啥这么晚了还不回来？他想，既然她不回来，他不如先去吃算了。

栓柱气冲冲地走到父母那里。饭菜都已经做好了。母亲真是费了心，不仅焖了米饭，还炒了七八个菜，都放在蒸笼里温着。

看到母亲做了这么多好菜，栓柱越发对妻子生气。他赌气地对母亲说：

"妈,不等了,咱们先吃,她愿来就来,不愿来拉倒。"

母亲听了打了他一下,说:"别胡扯,等媳妇一块儿吃,晚就晚几刻钟,反正咱们也没啥事。"

父亲说:"你不如上山去看看,摘点棉花咋要那么长时间?莫不是媳妇还在与你怄气,待在山上不回来?你去劝一劝,这么大热天,让她回来。"

母亲也说:"对,一直这么等,不如你跑几步路,把媳妇叫回来。女人要哄,你去好好哄一哄,让她回来。"

栓柱只好答应,回家穿了一件衫子,趿上凉鞋,就去大阳坡了。

六

几天前,芸嫂收到一封广州寄来的信。开始她还以为是栓柱写的悄悄话,怕人看见,还把门关上,偷偷在里屋看。可谁知,却是她一个好姐妹且同在广州打工的孙如萍来的信。如萍在信中告诉她,栓柱背着她,在外面有了女人,而且俩人同居了。自从看了那封信后,芸嫂心里成天沉甸甸的,像是吊了一块千斤重的大石头。她是一个对感情看得特别真的女人,丈夫有了外遇,她顿时感觉她与栓柱多少年共同营造的感情世界一下子坍塌、破灭了。白天干活的时候,她脑子里想着那件事;在家吃饭的时候,想着那件事;就连晚上做梦,她也总是被那件事困扰着。她太爱栓柱了,太爱这个家了。她认为,爱情和家庭是一体的,当丈夫对爱情有异心时,他对这个家庭已经三心二意了。因此,她决不能容忍丈夫的出轨行为。

可是,丈夫已经出轨了,怎么办?

她原以为把栓柱从广州叫回来,她大闹一场,把这个花心的男人好好教训一顿,只要他改邪归正,他们就会好的。可是,丈夫从外面回来之后,她只要一想到他背着她与其他女人有肌肤之亲时,她就憋得出不来气。她仿佛感到心里盘着一条大毒蛇,那条大蛇紧紧地缠绕在她心上,让她感到窒息,让她的生活一片恐惧、一片黑暗、一片迷茫。最可恨的是,栓柱竟然还装得蛮像,说自己没有背着她做出任何见不得人的事。他没有做那种事,难道孙如萍会瞎编?如萍是她的好姐妹,怎么会编出这种话来。常言说,无风不起浪。他不在外面干坏事,别人哪能编出那种谎言来。

芸嫂认定了栓柱是个变质了的丈夫,认定了他在外面有了相好的;他矢口否认,只能说明他不想悔改,只能说明他狡猾猖狂。芸嫂发誓不原谅他,要好好折磨他,至于两人关系如何调解,她暂时还没有更好的办法。她也想过打电话问一问如萍,证实一下。但她最终还是没有那个胆量,张不开口。这种事毕竟是做妻子的耻辱。

这天上午,她到河里洗衣服。洗衣服的时候,她的心不知为什么突然软了下来。想一想,她跟丈夫已经冷战五六天了,尤其是昨天晚上,她还打了栓柱耳光,是不是太过分了?她感觉到,丈夫的忍耐已经到了极限。想到这儿,她心里也难受起来,准备一会儿回去与他和好算了。可是,当她拎着一大篮子衣服走到门口,看到丈夫那张嘴脸时,她竟又想象到他与那个四川女孩亲热快活的情景,心里顿时又冒出股股怒火。本要跟丈夫和好的,一下子又变了,反而对他更冷淡、更仇恨。丈夫越是对她献殷勤,她越是觉得丈夫心里有鬼,越发相信那件事是真的了。她心里那条大蛇也变得狂躁不安,拼命地绞缠着她的心,仿佛还张着大口,咬着她的肉。

她也不知自己是怎么了,她感到这日子简直是无法过了。

因此,当丈夫让她中午一块儿到父母那里吃饭时,她仍旧不想理他。吃饭尚早,她又实在不愿意跟丈夫待在一起,便又背上篓子,鬼使神差地到大阳坡那二分地去摘棉花。

七

姚庄背后,是几道坡梁,分别是大阳坡、大岗、小岗和娘娘山。几个坡梁之间,自然形成几个山沟沟。坡梁比较长,山沟沟也就比较深,有的沟里还有小溪。十几年前,不仅坡梁上全被种上了庄稼,就连山沟沟里也被修成一道道坝田。近年来,姚庄的青壮劳力一批批地外出打工,或者是迁到城里住了,坡梁上的田地便逐渐荒芜,山沟沟的坝田里也长满了齐人高的杂草。

芸嫂沿着一条弯弯曲曲的小路,经过小岗、大岗,最后沿着一个沟槽边上的一条小路上了大阳坡。

正是炎热天气，太阳火辣辣的，地上热气直冒。草丛中不时有蚂蚱、蜥蜴、蛇出溜爬动的声音；树上的知了一声接一声地鸣叫。一切都让人感到烦躁不安。

芸嫂感到特别热，爬了两道山梁，已是汗流浃背。这么热的天，她悔不该上山摘棉花。想一想，还是因为心里怄气所致。她也感到自己有些不可理喻。可是，丈夫都那样了，难道还要她百般讨好不成？在心里愤恨不已的时候，这个可怜的农村少妇，只想避开丈夫，用疲劳麻痹自己的心灵。

又上了几道坝田，不远处就是他们家那块棉花地了。他们家这块地在大阳坡的老上面，再上去，就是茂密的森林。东面坡下是一条深沟，沟里杂树丛生，阴森森的有些怕人。

四月份种植这块棉花的时候，芸嫂施了不少农家肥，又锄了几道草，因而棉花长得格外好。如今，棉花全炸苞了，吐出了洁白的花絮。远远看去，就像开了一朵朵白花。

看到这么好的棉花，芸嫂心里顿时平静了不少，有了这些棉花，她今年就可以再做两床棉被；入冬，还能给儿子做一身棉衣。

芸嫂很快走到自家的棉花地里。她一刻都没歇息，就把背篓往地上一放，开始摘棉花。她摘得很老练，两只手同时揸开，捻住棉絮轻轻一提，就把棉花全拽出来了。没多长时间，芸嫂就摘了不少棉花。她把摘下的棉花瓷瓷地压在背篓底，接着继续摘。

芸嫂做梦也没有想到，就在这块棉花地边上的一棵松树下，蜷卧着一条碗口粗的大蟒蛇。如果芸嫂及早发现，悄悄溜走，就不会有任何危险。但今天她心情不好，又一门心思摘棉花，所以压根就没看到这条大蛇。等她发现时，为时已晚，那条饥饿的大蛇已瞅准了她。

芸嫂活到三十多岁，还从未见过这么大的蛇。这条蛇足有洋瓷碗那么粗，四米多长，两只眼睛乌亮乌亮的，发出瘆人的寒光。那条大蛇已经高高地昂起头，张开了巨口。

芸嫂一见，脊背登时变得僵硬，眼前一黑差点栽倒。求生的本能使她抬脚就跑，但大蛇如何会放过到口的美食？大蛇蹭一下蹿上来一口就咬住了芸嫂的肩膀，身子随即缠住了芸嫂的身子。芸嫂刚张口喊了一声“栓柱——”就憋得出不来气了……

八

栓柱顶着炎炎烈日，前往那块棉花地。

他走到坡跟处就看到棉花地了。当远远望到地里的棉花还有白花花的一片时，他心里纳闷，这么长时间了，妻子怎么还没把棉花摘完？他赶到棉花地里一看，竟然不见了妻子的踪影。他感到很蹊跷，妻子说是摘棉花，咋不见人呢，她跑哪儿去了？过了不到一分钟，栓柱就开始怕了，他首先看到这块棉花地已被践踏得不成样子，许多棉花杆子被踏倒在地，好像在这上面经过了一场激烈的打斗。接着，他又看到背篓里摘下的棉花。再仔细一看，揉在地上的棉花上竟有一些鲜红的血迹，土里也有，还有些棉花秆儿上挂着一绺头发。栓柱的头发立刻直竖了起来，他明白，妻子可能在这里出事了。接着他又看到，右下边的一块地里的庄稼被踏倒了一条线，那条线一直延伸到下边的沟里去了。

栓柱顾不得害怕，顺着那条线，他踉跄着一路找下去。为了提防受到袭击，他从地上捡起了一块石头拿在手上。

栓柱一直找到了沟底。眼前的情景吓得他一屁股坐在地上——就在下面的沟槽槽里，一条乌黑的四米多长的大蛇把青草压倒成一片，闭着眼睛直直地躺着。强烈的阳光照射下，蛇身散发出黑沉沉的死亡色彩，蛇身的中间部位，高高地隆起着。大蛇一动不动，似是在消化刚吞下的东西。

栓柱猜想，妻子肯定是被这条大蛇吞了。他顾不得伤悲，拔腿就向村子跑去。几年前，他曾在陕北的一座金矿上挖过金子，为了防卫，他买了一杆双筒猎枪。从矿上回来时，他悄悄地把猎枪藏好带回了家，去年过年回来，他又仔细用黄油擦好，放在他家的夹楼上。

栓柱一口气跑回家，搬来梯子，上到夹楼上，把那杆猎枪取了出来，顺便他还取了一把刀子别在身上。

他这时也顾不得叫人帮忙，拿上弹药，扛上猎枪就往那条沟里跑去。他知道，再迟一会儿，那条大蛇就会跑得无影无踪。

栓柱一口气跑到那条沟边上，然后选择了最佳射击点。由于只有他一个人,动作又轻,大蛇丝毫没有察觉。

栓柱擦了擦眼泪,然后用枪瞄准了斗大的蛇头。他打第一枪时,蛇暴怒起来,头一下子窜起一米多高。栓柱心里已经没有了恐惧,沉着地打出第二枪,第三枪……他一连打了五枪,直到把蛇头打得稀烂,蛇彻底死了。

姚庄人听到枪声,不少人便闻声赶了过来。当他们赶到时,只见栓柱正在用刀割着蛇肚子。栓柱一边用力地割着,一边放声痛哭,场面极为悲惨。

栓柱终于把蛇身破开,把妻子芸嫂从蛇肚里拖了出来。

人的面目已经一片模糊,但衣服还是完整的,栓柱意外地从妻子的衣袋里发现了一封信,是同在广州打工的孙如萍来的信。信上说他年初刚到广东时,碰到几个人欺负一个女孩,便打抱不平舍身保护了她,结果那个女孩就爱上了他,后来他俩就同居了……

栓柱顿时明白了,就是这封信制造了他和妻子的矛盾。

栓柱伤心地将妻子安葬好之后,带着那封信返回广东,找到了孙如萍,质问她为啥要写这封信。

但他万万想不到的是,孙如萍坚决否认是她写了这封信。栓柱只好诉之法庭,用对笔迹的办法进行验证,结果那笔迹真不是孙如萍的。

不是孙如萍,到底是谁给妻子写了一封那样的信,让这个家走到了这一步呢?

栓柱彻底迷惑了。更可悲的是,由于他这次回家耽搁的时间太久,总经理便让公司另一个也很能干的人顶替了他的位置。

春 燕

一

宋庄最漂亮的女孩儿，数来数去，要算春燕了。

大学毕业那一年，她像其他同学一样回到本县，参加公务员和事业单位招聘考试。这谈何容易！招聘名额少之又少，往往一个名额，会有几百、几千个人去竞争，她顽强地考了几次，结果连面试都没有入围。不少毕业生就是因为屡次考不上，赌气到外面找工作去了。

春燕不能走。她下面还有弟弟妹妹，母亲身体又不好，常年生病住院；加上她大学四年花了不少钱，贷了不少款，她哪儿也不能去，只能在本县找份工作，一面供养弟弟妹妹上学，一面照顾父母。

春燕的自身条件比较好，除了是大学本科毕业之外，她关键是长得好看。无论身材、五官、还是肤色，都是百里挑一的。她走到哪儿，都出类拔萃；再好看的女孩往她跟前一站，也会黯然失色。

毕业的第二年，恰逢县上一家酒店开业，需要招工作人员，春燕凭着她美丽的外表，清新脱俗的气质，顺利竞聘上了大堂经理这一要职。

春燕非常珍惜这来之不易的工作，上岗之后，她尽职尽责，迎来送往，热情接待好每一位顾客。

春燕的工作得到了一致好评，有不少顾客来酒店消费都是冲着一睹她的芳容而来的。

春燕把工资源源不断地送回家里。弟弟妹妹上学要用钱，妈妈生病住院更需要钱，尽管她一个月挣的工资也不少，但是对于入不敷出的家庭来说，她在酒店挣的工资就像沙漠中的一滴水，刚拿出手就被蒸发得一干二净。

春燕是一个善良的女孩，她苦恼着，努力地奋斗着，她多么希望有一个转机，让他们家富裕起来，日子好起来。

酒店里有一个名叫张大春的保安，不仅是春燕初中时的同学，俩人老家离得也不远，由于平时相互关照，俩人成了恋人。

大春一米八的个头，身材挺拔，长相英俊。春燕只要一想起他，心里温暖得就像三月的小阳春。初恋的日子真美，让人陶醉、沉迷，就像每天荡漾在和煦的春风里。

大春对她更是爱得深沉，一天不见面，就像掉了魂一样；他们一有机会单独在一起，大春就会紧紧抱住她，生怕她飞了。

俩人爱得十分热烈。春燕经常幸福地躺在大春那温暖的怀抱里，听他那带磁性的声音描述他们幸福的未来，听着听着，她便陶醉地睡着了。刚睡着，大春就把她吻醒了，接着又讲他如何营造他们未来幸福的家庭……

可是，现实是残酷的。不久，她的大妹、二妹相继毕业，她的父亲在山上做活时又不幸摔坏了腰，一家子的生活重担顿时像大山一样压在春燕的肩上。

大春不止一次要她不要总是想着那个家，家里不是还有其他人吗？大春想和她结婚，转移她的注意力。可是春燕不干，这个家离不开她，她不能推卸责任。她对父母更孝顺了，对几个弟弟妹妹的照顾更加周到细心，因此她和大春之间的感情就慢慢有了裂痕，时常为钱的事争嘴赌气。

大春和她一样出生于贫寒的农民家庭，现在既无钱也无权，是个一站十几个小时像电线杆子一样的保安。

二

这年秋天，酒店里接待了一次大型经贸洽谈会，会上，春燕遇到了一个一下子改变了她命运的男人。

这次洽谈会来的嘉宾特别多，既有省、市、县的各级领导，还有省内外的著名企业代表,事前,总经理就专门把春燕叫到他办公室,要她务必精心服务好这次会议的嘉宾,不得出现任何纰漏。

春燕平时工作就很细心,有了总经理的郑重交代,她更是不敢马虎了,有些活儿,本来是一般服务员干的,她怕干不好,就亲自动手了。

会议期间,一个五十多岁的领导,对人特别和蔼可亲,每次见了她,都主动向她打招呼问好。她知道他是一个很不小的官,那么大的官竟然一点架子也没有,这让她感到很意外。她对他的服务更周到了,不仅主动为他端茶递水,还询问他对这里的饭菜满意不满意,要是想吃什么特色菜,她可以安排。

那个人很客气,连说好着哩好着哩。

一天,正开会的时候,那人走出会议室,到过道里吸烟。春燕站在门口,见他一个人站在外面,显得有些孤单,便主动上前与他搭讪。他很高兴,俩人便小声攀谈起来。他问了她年龄、家庭及工作状况。她一五一十地都说了。令她想不到的是,他竟要了她的手机号,并询问她有空了能否到他的房间去坐坐。她很乐意地把手机号告诉给了他。

这天晚上九点多,她正准备下班休息的时候手机响了,开始她还以为是大春打的,这个月母亲又住院了,光医疗费就得三四千块钱,她正为这事犯愁呢。昨天她就叫大春想想办法,能否到县城哪个朋友那里借些钱,先把医院的费用结了,等她发工资了再还。结果打来的不是大春,而是那个人,那个人问她忙不忙,要是不忙了,现在到他房间里坐一坐。

也不知为什么,她竟不加思索地答应了,临走的时候她还故意在镜子前抹了一些润肤霜,整了整发型。

他一个人在房间里。他住的是总统套间,算是酒店里最豪华的房间了。

一见她来了,他非常高兴,竟主动为她沏茶,并给她削苹果。她说:“领导您太客气了,我自己来。”他竟说:“你成天为我们服务,也让我为你服务一次。”听他这样一说,她有些不好意思,但她还是很乐意地从他手中接过了那个削好的苹果。

她刚要吃苹果,手机响了。一接,是大春的,便小声问:“钱借到了?”

谁料大春很生气地说:“没借到,你让我到哪里借钱?借了几个人,人家都说没钱。”

“那你再想想办法吧，妈都快出院了，钱不结人家不让走。”

她本来是好言好语说的，可是那边却恼了，只听他说：“想什么办法？你让我咋想办法？就你家事情多，真烦人！”说完便挂了机。

一听这话她非常恼怒，眼泪几乎要流出来。

见她那种神情，他关切地问道：“你母亲住院了？”

她点点头。

“钱紧张是不是？”

她低头叹了一口气。

“刚才是跟你对象通话吧？”

“不是他是谁？他借不到钱不说，还怨我家里事多，连累他了。”

“不应该嘛，做女婿的连这点责任都不想承担。”

“真是个窝囊废！”她不禁脱口骂道。

他这时起身到里面房间去了，出来的时候，他手里拿着一沓崭新的百元票子，对她说：“这是一万块钱，你先拿着，要是不够，我明天让秘书从卡上再给你取一些。”

春燕慌忙推辞说：“我不要，谢谢领导关心。”

谁料他强行地将钱塞到她手上，说：“在我面前你还客气什么？拿上吧，你家里有急事，这算是给你帮点小忙，等你有钱了再还我也不迟。”

见他这样说，春燕就不好意思再拒绝了。

有了这笔钱，春燕便结清了母亲住院的所有花费。她心里很感谢他，这真是帮她解了燃眉之急，要不是他，母亲还出不了院，出不了院，光一天的住院费就得一百多块。她想在会议结束之前把一万块钱凑够还给他，可是借了几个人都没凑够。要大春帮忙，大春仍是一句话：借不来。她很生气，就对大春彻底失去了信心。

为期一周的会议终于就要结束了，这天下午，一些商家开始陆续离开了。晚上县上设宴招待上面来的各级领导，第二天所有人都将离去。

春燕心里很惭愧，她不知该怎样向他解释。她想给他打手机，可刚拨了他的号，立马又挂掉了——她认为这样不礼貌；她想到他房间去向他解释，可又怕面对他。

晚宴结束的时候已经十点多了，她一直迟迟没有离开，她想找一个单独见他的机会，可一晚上了，一直没有碰到这样的机会。

她准备回去休息，明早上再对他说。

谁知刚走出院子，手机里响了一声，她立马打开一看，里面弹出一个信息：我在房间里，你来！

她便悄悄走进电梯。

她一进门，就被他抱住了。他用脚把门踢上，一面抱住她往里面屋子里去。

她极力地挣扎着，嘴里说："领导，不行。"

可是他根本不听她的，他一面用含着酒气的嘴亲着她，一面说："你长得真好看，我真心喜欢你，答应我吧。"

春燕虽然反抗着，但还是被他推进了里面的卧室。

他和她一起倒在了那张宽大的床上。他的手开始解她的裤子。

她使劲儿挣扎，尽管他帮了她的忙，但是她有张大春，她不能这样做。

见她那么顽强地拒绝，他停止了动作，求情似的对她说："你要是从了我，以后你的工作，还有你弟弟妹妹的工作，都统统包在我身上了。"

她疑惑地望着那张满是沧桑的脸。

他肯定地说："不骗你，只要你答应和我好，以后你家里的事就是我的事。"

想到她无底洞似的家，再看看这张虽然一脸老相，但是却很威严的脸庞，她的防线彻底崩塌。她知道，以他的职位和能力，他说的话一定能兑现。

他不失时机地解开了她的裤子，这次她一点儿也没反抗……

三

有了第一次，就有了第二次、第三次……他不是以开会检查为名，下榻这家宾馆，就是打电话让她到他那里去。既然俩人有了那种关系，他让她怎么做，她就怎么做。对于她的温顺与美丽，他非常满意，他不知疲倦地一次次要她。

慢慢地，宾馆里的员工都知道了她的秘密，就连董事长也知道了她与他相好的事。董事长不仅不指责她，反而对她更尊重了；不仅给她加了工资，还给她配了助手，任何繁杂事务都不让她插手。

纸里包不住火，大春也知道了实情，就天天指责她、辱骂她。

她已经和大春订了婚，本来准备元旦结婚的，一气之下，便决定和他分手。

大春不同意，天天找她闹事，有一次还动手打了她。他知道实情后，安排人把大春狠揍了一顿，并警告他，要是再不识时务，就废了他。大春无颜再待下去了，扔下几个月的工资没领，一气之下到南方打工去了。

这件事使春燕的声名彻底扫地，不少员工经常背地里议论她，酒店里所有人看她的眼神都怪怪的，充满了鄙视。她想极力地讨好他们，但他们一点儿也不买她的账。

她知道自己已经无法在这酒店里上班了，便流着泪向他诉说了自己的处境。

他安慰她不要担心，他已经给她安排好了工作。她有些不相信，但半月后她就收到了工作分配文件。

四

她很感激他，暗暗发誓，今后一定要好好报答他。

不久，她付出的爱便有了巨大的回报，她不仅还清了这些年家里所有的债务，而且还在县城买了一套好大好大的房子，她和妹妹搬了进去，也把父母从老家接来了。父母住不惯单元房，她便从他那里拿了三十万，在宋庄给父母盖了个带庭院的三层楼房。

这还算不了什么，安排好了她的工作之后，他又相继把她两个妹妹的工作安排了，并答应她，等她的弟弟大学毕业，工作分配问题也由他解决。

她想不到他的权力有那么大，跟他相好之后，似乎一切都时来运转了，她想要什么就有什么，想干什么就能干成什么。在她以为是天大的事情，他一个电话就能立马解决。

有一次，在与他亲热之后，她不解地问道："为啥你说的话那么算数？要人家干啥,打个电话就行了,你不怕人家不办吗?"

他听了嘿嘿一笑,说:"我的话金口玉言,哪个敢不听!"

"那你不就成了大王?"

"大王?虽不敢当,但我说出的话就必须算数。"

然而她是真把他当成了至高无上的大王了。尽管她知道他有妻子有家室,但人家那么大的官,外面找一个相好的,也在情理之中,因此她是铁了心要和他相好,什么名分她都不要;而且她还心里认定了:她这一辈子只爱他一个人,再也不准备嫁别人了。

他的年龄比她大二十多岁,有时她不禁想到:她老了之后怎么办?那时他还爱她吗?他们还能一直这样保持下去吗?这些问题不想还罢了,越想心头越凉。她就安慰自己走一步算一步,只要现在过得好,哪管将来糟不糟。这时,她的脑中蹦出了大春的影子。她想,要是她和大春结婚了不知会是什么样子?她马上控制了自己的思绪,痛苦地闭上了眼睛。她只怪自己的命不好,只怪大春太没有能耐,否则,她也不会走到今天。

五

一天,他突然与她商量说,他想让她给他生个儿子,问她愿意不愿意。接着他告诉她,她的原配夫人神经有些问题,生的孩子是个智障者。都二十多岁了,还经常屙尿在床上,他想让她给他生个儿子,将来延续他家的香火。

这事她也间接听别人说过,她以为是假的,听他这么一说,才知是真的。

但她连婚都没有结,咋敢生孩子?

"能行吗?"她问。

"能行,你只要听我的,保证没啥问题。"

她心里有些恐慌,但她还是答应了他。

不久,她就怀孕了。两个月之后就有了强烈的妊娠反应,怕别人发现,说三道四,她在他的安排下,请了一年的病假,住到他在省城买的一套别墅里。

她没有辜负他的期望,十个月后,顺利生下一个白胖胖的小子。

这个婴儿生得是那么可爱，那么好看，她本来是想亲自抚养的，可此时他正面临职务升迁，竞争对手为了打败他，竟然写了匿名信，告他贪污受贿，包养情妇。

他便让她迅速回单位上班，以堵别人的口。

“那孩子怎么办？”她问他。

他此时正危机四伏，四下找不着一个妥当安置这个孩子的地方。

“你不如从你的老家找一个人先养着吧。”他建议她。

老家找谁呢？她父母那儿肯定不行。想来想去，她瞅准了德胜夫妇。德胜夫妇的儿子在北京上班，也在北京安家，德胜夫妇跟前没有小孩，一直羡慕别的老人有小孩领。于是在一天深夜，由他开车亲自把她送回宋庄，天快亮的时候，她把孩子轻轻放在德胜家门口，然后悄悄离开了。

不出她所料，德胜夫妇捡到了这个孩子之后十分喜爱，像对待自己的亲孙子一样。春燕几次以回老家看望父母为名，悄悄看望德胜夫妇把她的孩子领得怎样了，看罢之后她大为放心，他们把她的孩子领得相当好，而且还为他取了一个名字叫安安。

安安在他们的精心养育下，长得白白胖胖，十分精神。德胜夫妇一有空就把安安领出来玩，视安安为宝贝。

春燕心里这才踏实。

几个月后，他已度过危险期，职务又升了一级，而且将赴外地任职。

这时那个孩子已经快周岁了，与德胜夫妇亲密得就像是一家人。她真不忍心拆散他们。可是他很坚决，他的职务顺利升迁还不满足，他还想真正有一个延续他们家香火的儿子。

于是在一个雷鸣电闪之夜，他又让她把孩子要了回来。

他赴外省任职去了。她被安排到距他一百多里的一座中等城市安居下来。从此她的职责就是抚养这个孩子。

她没有任何怨言，甘愿听从他的任何吩咐。因为她的家还一直靠着他照顾，她的弟弟大学已经毕业了，正等着找工作。

时间缓缓流去，在十分空寂的日子里，春燕每天盼望他来看望她们母子俩。可是他很忙，往往几个月也难见上他一面。有一次，她实在忍不住了，就悄悄地找到他那里。结果发现，他身边又有了一个更加年轻漂亮的女子。

为此她十分伤心，但她又不好发作，只能忍气吞声，把所有心思转移到抚养安安身上。

她时常专注地看着安安睡觉，走路，吃饭，盼望他一天天快快长大。可是她又想，孩子一天天长大，她也一天天老了。她老了靠谁？还一直过着这种贼一样见不得人的日子吗？

她脑子里又顽强地蹦出了大春那健硕的影子，泪水哗地流了出来。为了抑制泪水，她情不自禁地哼起了小学时学唱的一首儿歌：

小燕子，
穿花衣，
年年春天来这里。
我问燕子你为啥来，
燕子说，
这里的春天最美丽。
……

弃　婴

一

日头爬上竿的时候，宋庄经常是一片沉寂。

山洼里几十户人家，一多半人家都把门锁着，出门打工去了。留在家里的，除了老汉、奶奶，就是四五岁左右还没上学的娃娃。老人的职责就是看门领娃娃，其余啥事也没有，这就养成了他们早睡晚起的习惯——夜里很早就熄灯睡觉了，早晨太阳升半空了才起床做早饭。别的啥也不图，只图省电。

德胜夫妇跟前没有小孩。他们的儿子宋永平大学毕业留在北京工作，媳妇的父母都是大干部，有钱有势，孙子出生都没让他们去照看，过周岁了，才把照片寄回来。可他们有什么办法？况且在北京，能接受好的教育，生活环境优越，回到了宋庄，不仅幼儿园上不成，就连上小学，都要跑好远好远的路呢。

德胜夫妇两个人心里窝着一肚子气，他们得子本就晚，儿子结婚又迟，好不容易有了孙子，却是看一眼都看不上。没办法，他们只好隔一段时间就给儿子打一个电话，让他一定要把他们的孙子亮亮照看好，下班了要回家多陪伴亮亮，不要早晚都让亮亮的外公外婆陪伴着。德胜夫妇的用意很明显——要儿子替他们多给亮亮些关爱。

好在儿子孝顺，他不仅按时给他们寄钱回来，还不时寄一封信给他们，信里不仅有亲切的问候语，还有他们最牵肠挂肚的孙子的一些近况，比如：

亮亮最近会说话了，亮亮会背唐诗了，亮亮调皮捣蛋把杯子打碎了；要么就是说亮亮最近瘦了，生病打针了，等等。德胜夫妇看到孙子顽皮就很开心，因为他的爸爸从小就是个调皮蛋；当看到他们的孙子生病时，他们就立刻觉得像是自己生病了一样，老两口轮流给儿子打电话，让他夫妻俩照顾好孩子。

然而，毕竟路太远，他们再对孙子关心，也仅仅限于口头上，落实不到行动，他们还是羡慕村里的那些老汉、奶奶，虽然平时辛苦点儿，但照看自己的孙子、孙女，苦中有乐，不像他们两个老棺材瓢子，成天吃了睡、睡了吃，啥事儿也没有，那不是在一天天等死吗？

二

一天早晨，德胜老汉闹肚子，开门往茅厕去的时候，他突然发现门外的地上，放着一个小棉被，棉被里包着一个婴儿。他当时吓了一大跳，谁把一个婴儿放在他家门口？他立马对老伴喊："翠花，翠花，你赶快起来！"

"么事？"

"你赶快起来，门口有个娃娃。"

"一个娃！多大？"

"小得很，你快起来看看。"

当德胜从茅厕回来的时候，婴儿已被老伴抱到床上了。屋里光线很暗，他把电灯拉亮了，灯光下，只见这个婴儿非常可爱，白嫩嫩的皮肤，黑黑的眼睛，小巧的嘴巴，挺挺的鼻梁；耳朵后，还有一个黄豆粒大小的黑痣。婴儿见了他们竟然不认生，还睁着黑葡萄似的大眼睛，小嘴巴一张，对他们笑呢。

德胜老汉很惊奇，谁把这么小的婴儿放在他们门口？他开始以为是个女婴，他经常听说谁家想生儿子，生了女婴便送给别人。可当老伴打开小棉被一看时，竟然还是个小子。

德胜夫妇顿时惊讶得我看看你，你看看我，显然，他们心里都想要这个弃婴。

"既然谁送上门了，又生得这么可爱，我们就领着吧。"翠花恳切地对德胜说。

“万一孩子的亲生父母找上门来要，咋办?”

“他们既然要送，为啥还往回要？不会的。”

“你说真不会?”

“我敢打包票。”

“那就领下啦?”

“领下了。”

“权当我们自己的儿子。”

“对，权当我们自己的儿子。”

这句话说出口时，俩人都感到一阵不好意思，他们都快七十岁的人了，还能生这么小的儿子吗？但他们宁愿把这个婴儿当成自己的儿子。

夫妻俩还是不放心，翠花让德胜到村子里去瞅瞅，看看有没有哪个陌生的妇女，要是有，也许就是这个婴儿的妈妈，他们就把这个孩子给人家；要是没有，说明孩子的妈妈决意要送，他们就把他领下。

德胜一向很听老伴的话，就到村子里去转了一圈，他从宋庄的东头走到西头，又从西头走到东头，除了看到有两只早起的狗外，一个人影也没见。他还不死心，又到宋庄前面的大路上看了看，路上也静悄悄的，除了有几道车辙印迹外，什么人也没有。

德胜老汉心里一阵暖热，像是得了无价之宝似的，兴冲冲地走回家。

德胜回家把情况对老伴一说，翠花高兴坏了，连忙把那个小东西搂在怀里，用老脸一下一下地亲着那张粉嘟嘟的小脸，喃喃地说：“你就是我的了，小宝贝，你就是我们的了。”

这天早上，德胜夫妇一下子充实了，也幸福了，一个负责抱孩子，一个做饭。而做饭的总不专心，隔几分钟就过来把孩子看看，摸摸。这个孩子像枚开心果似的，一下子滋润了这对老夫妻干涸的心田。

为了这个婴儿的吃喝问题，夫妇俩发生了争执，一个说给婴儿喂稀饭，一个主张给婴儿喝牛奶，最后德胜向翠花做了让步，给婴儿喝牛奶，待长到一岁多、两岁的时候再喂饭。翠花担心婴儿饿着，立马让德胜到镇上的商店去买牛奶，他们跟前没小孩，平时也没备下奶粉。翠花还特意叮嘱了，不要心疼钱，要买高级奶粉，让孩子长身体，长脑子，不要买劣质奶粉。

德胜一一记下了，胡乱扒叉了几口饭，就动身到镇上去了。宋庄离镇上有十几里路，为了以后少跑路，德胜一次买了二十几袋奶粉。商店的老板认识德胜，问他一次买这么多奶粉干啥，莫非是家里养了四五个小孩。

德胜说："哪里，只有一个。"

"谁的孩子？"

"我，我孙子。"

"不是在北京吗？"

"才，才送回来的。"

德胜光顾着买奶粉，没想到人家会问小孩是谁的孩子，因而他非常紧张，买了奶粉，贼一样地跑回家。

回到家，德胜先没顾上给婴儿冲奶粉，而是把一个至关重要的问题提了出来：对外应该怎样称呼这婴儿？

很明显，他们不能说是谁扔的孩子，这样将来对孩子成长不利。

更不能说是他们生的孩子，他们已经六十多了。

只能说是他们儿子的儿子，也就是说，这个婴儿是他们的孙子。

儿子离他们那么远，周围没有人知道儿子的孩子有多大，而且，儿子他们那么忙，也不会知道他们捡到了一个婴孩。

于是，德胜和翠花的意见很快就达成了共识：在家里，他们就把这个小宝贝当成自己的儿子；对外，就说是他们的亲孙子。

可是漏洞马上又出现了，他们的儿子远在北京，咋把孩子送回来的？总不能是一下子扔回来的吧。

为了圆这个谎，他们俩想了个办法，悄悄地到县城住两天，就说他们的儿子只把孩子送到了县城，因为忙，孩子送到他们手上后，当天就坐车走了。干这件事让德胜夫妇吃了不少苦头，为了防止让人看见，俩人第二天天不亮就动身了，摸黑走了十几里才到镇上，然后又等了一个多钟头，镇上开往县城的班车才发车。到县城后，又让夫妇俩为难了好半天，亲戚家里不能去，熟人那里也不能去，最后，只好选择住宾馆。夫妻俩一辈子节俭惯了，听说住一晚上至少得一百多块钱，把他们心疼坏了。可是，为了对宋庄人有个交代，他们只好咬咬牙住下了，而且一住就是两天。

吃这个苦是值得的，当他们抱着孩子回到宋庄，说这个孩子就是他们的孙子，只因他们的儿子工作忙，只把孩子送到县城就开车走了时，宋庄那些老汉、奶奶没有一个人怀疑，有人还指着这个婴儿说他哪里哪里像他爸爸小时候的模样。

德胜夫妇俩乐坏了，从此，他们就可以心安理得地抚养这个婴儿了，他们有信心把他照顾大。

三

一晃几个月过去了，一切都风平浪静，婴儿在德胜夫妇的精心照顾下，一天天长大了。翠花一生养过四个孩子（三个女儿，一个儿子），对照看婴儿自然有丰富的经验，她知道婴儿什么时候拉屎，什么时候睡觉，什么时候要吃饭，所以，有了这个婴儿，他们不仅不劳累，反而更快活，身上更有劲。这婴儿也争气，不仅食量大，而且能睡，只要往摇篮里一放，轻轻摇几下就睡着了，一睡就是老半天。睡醒之后也不吵人，还会做挤眼睛、撅嘴巴的顽皮动作，惹得夫妇俩人笑弯了腰。

面对如此可爱的宝贝，德胜夫妇两个都很纳闷，这么好的婴儿，当爹当妈的为啥要送人？若是女婴或者是残疾儿，他们都不感到惊奇，可这个婴儿偏偏一切都那么正常。

夫妇两个感觉有点像做梦，有时在床上逗孩子玩，他们依稀觉得窗子外面有个人影；在门口喂孩子吃奶粉时，也老觉得背后有双眼睛，可是他们仔细看时，却什么都没有。孩子真真切切的就在他们手上，也从没有任何人做过什么，或暗示过他们什么。

尽管他们知道孩子的爹妈一定存在，但他们想，这俩人一定有难言之隐，他们也许把孩子往他们门口一放，早跑得远远的了。

光阴如梭，每一个平凡的日子因这个婴儿而变得精彩、美丽和充盈。生活，其实就是心情和内容，对于步入老境的人们，生活幸福与否，更多地取决于精神世界是否富有。许多老人，不是老死病死的，而是因精神世界的彻底枯竭窒息而死的。

可喜的是，在德胜夫妇渐渐感到生活无望、无趣、无味的时候，这个婴儿像彩虹一样出现了，整个映红了他们生命的天空，这孩子更像是一缕缕春风，吹醒了他们正在走向枯竭的生命。

是生命唤醒了生命，是爱唤醒了激情。

德胜和翠花是如此地感激这个婴儿，仿佛一下子回到了几十年前，就像他们正在精心哺育自己孩子的时候一样。无论是德胜还是翠花，都表现出了无比的细心和挚爱，他们从不认为这是一个别人扔给他们的孩子，而感觉是他们亲生的一样。随着时光的推移，他们与这个孩子之间的情感越来越深，他们觉得，这个孩子——就是他们身上掉下来的一块肉。他和如今已长大成人在北京娶妻生子的那个儿子一样，是照亮他们生命途中的两盏希望之灯。

然而，是人都有病灾。一天，这个婴儿突然上吐下泻起来。开始，翠花以为是着凉了，就买些治感冒的药，可喝了三天药，病情不仅毫无转机，而且越来越重，孩子不分昼夜地哭叫，嗓子哭哑了还在哭。德胜夫妇心急如焚，昼夜照看。看着实在不行，他们便请了一辆车，把孩子送到了镇卫生院，住了七八天医院才治好。

这场病，犹如一场大难，花钱不说，德胜和翠花都累得瘦了一圈，所幸这孩子病好了，也让他们揪着的心一下子落了地。

事后，德胜夫妇专门到附近山上的一个药王庙里烧了香，求神灵保佑这宝贝一辈子健康长寿，顺顺利利。他们听说孩子出生后，要赶快取名，取了名就等于在阳世挂了号，不然就容易生病得灾，神鬼侵扰。德胜有一些文化，就从《新华字典》上细心为这个婴儿挑名字，挑了一整天，他才为这个孩子取了个宋永安的名字。他们北京的儿子叫宋永平，现在给这个孩子取名宋永安，以示他们是兄弟俩。但在外面，他们只叫他安安。平平安安，这名字取得多好，翠花美美地称赞了德胜一番，然后便对孩子“安安”的叫起来。

孩子一天天长大了，不仅长牙了，而且开始打桩子，摇摆走路了。虽然每次只能迈两三步，但对德胜夫妇来说也是非常高兴的事，孩子从一两个月长这么大，不容易呀。

安安爱动，要到哪里去，两人必须有一人跟着。宋庄有四五口水井，还有茅厕，还有狗，他们生怕安安出了什么差错。

村子里那些奶奶、老汉们便讥笑德胜夫妇，说他们对待孙子太金贵了，比对自己的儿子还金贵,累不累人呀。德胜和翠花嘴上不反驳,心里却直乐,他们就是要把安安当成自己的亲生儿子对待呢。

就在这个时候,一个电话打破了他们生活的平静。一天吃午饭的时候,家里的座机电话响了。翠花正在给安安喂饭,便让德胜去接。德胜去接了,说了两句,就挂了电话。

翠花看到德胜脸上的表情有些异样,就问:"谁打电话?"

"儿子。"

"永平打的?"

"对。"

"啥事?"

"他们五一要回来。"

"五一回来?几个人?"

"儿子说了,他们两三年没回来了,这次他要把他媳妇还有亮亮都领回来,来看看我们。"

一听这话,翠花傻了。他们一回来,这不全露馅了吗?他们怎样对儿子媳妇说,又如何向村里人解释?

本来儿子儿媳妇回来,对于他们来说,是天大的好事,以前他们在电话里,可不止一次要儿子把他们的孙子领回来看看。可眼下,却成了大问题。

"你答应让他们回来了吗?"

"那还用答应吗?这是他们的家,儿子要回来就回来了。你不是一直抱怨他成了别人的儿子吗?"

翠花不言语了,想了想,问道:"那你说他们回来了,安安咋办?"

"不如把安安放到亲戚家里住几天,儿子他们走了再领回来。"

可是翠花不同意。"你把安安放哪个亲戚家里?你想想,没一家合适的,安安这么小,弄不好出了事咋办?"

"那就放家里哪也不去,儿子他们回来,明说算了。"

"那全村人不就知道真相了吗?不行。"翠花最害怕这个结果。

这也不行那也不行,这事把德胜夫妇苦恼了好半天,最后他们决定给儿子回个电话,说他们提前定好了五一的时候要到他舅娘家去送礼,舅娘的孙子结婚,他们得去。因此,让儿子迟一些时日回来,最好明年这个时候回来。

想来想去，这个理由还比较充分，翠花便让德胜马上把意思给儿子说清楚。

德胜迟疑了老半天，最后才把电话打给儿子。好在儿子很相信他们的话，就把这次行程取消了。

这事让德胜夫妇虚惊了一场，事情虽然没有露馅，但俩人都觉得心里很难受，他们是多想儿子、孙子呀，本来能见面团聚的，硬是让他们给挡了，这一挡，不知儿子儿媳妇什么时候才有机会再回来。

四

五一过后，夏天就到了。

一天夜里，有些闷热，天上不时打着闪。德胜和翠花看了一会儿电视，害怕闪电伤了电视就把电视关了，开始给安安洗澡。

就在他们给安安洗完澡，闩门准备睡觉的时候，突然听到两声轻轻的敲门声。

谁这个时候敲门呢？翠花已经上床了，正在给安安系小肚兜，就让德胜开门看看是谁。

德胜把门一开，只见门外站着一个女的，仔细一看，竟是宋庄里一个叫春燕的漂亮女孩子。

德胜正准备问春燕有什么事时，这个女子竟然一下子冲进屋，走到床前径直跪下了。

德胜不知是咋回事，翠花也摸不着头脑。

翠花连忙从床上爬起来，拉着春燕说："你这女子，好不好地给我们跪啥？我们承受不起。有啥事你起来说。"

春燕这时对翠花深深磕了三个头，又扭转身子对德胜磕了三个头。然后从身上取出一个纸包，说："感谢你们把我的孩子养到这么大，这，这是三万块钱，你们收下……，今黑，今黑我把孩子带走。"

"你的孩子？凭啥说是你的孩子？"翠花一听立刻用身子护住了安安，说："这是我们的孩子，谁也别想抱走。"

"你要是嫌钱少，我可以再加钱，反正我今天无论如何要把孩子抱走。

婶子,你要还是不同意,我宁愿死在你这里。"春燕斩钉截铁地说。

"你凭什么说是你放的孩子,有啥凭证?"德胜问。

春燕就把她放的时间,还有这个孩子耳后一颗小痣的印记说了出来。春燕说的毫无差错,德胜夫妇明白了,春燕就是安安的亲生妈妈。

"你自己生的娃为啥不自己养,要放到我家门口?"翠花生气地质问道。

"婶,我还没结婚,怎能自己养?"春燕说。

"现在都啥年代了,生了娃再结婚,谁管?你为啥要放到我们这儿,让我们给你养了这么大?"

"他要是能和我结就好了,他有……"

"哦,我明白了,你这是给人当小,生下的野孩子。"

春燕也不争辩,停了一会儿解释说:"我本来还想把孩子再放你们这儿一段时间,可他说放久了你们有感情了,孩子更难要了,所以,今晚我,我才来。婶子,我知道,你俩都是好人,请你们高抬贵手,把孩子给我。我父母生病住院的钱都是他给的,我和两个妹妹的工作也是他安排的……要是这孩子我领不回去,我和妹妹的工作就没了。我也是实在没办法,求求你们了!"

翠花听了春燕的话,沉默了老半天,然后说:"你和他也没结婚,孩子你咋领?不如就放我们这儿,我们替你领,你看咋样?"

"不行,他不让……"

"那人是谁?他总不能不讲理吧!"

"求你了,婶,你别问了,看在同村人的份上,你把孩子让我抱走吧,这是三万块钱,你点点。"春燕把钱递给翠花。

翠花既没有接钱,也没有答应让春燕把孩子抱走,三人顿时僵住了。

春燕突然间哭起来,由于不敢哭出声,浑身颤动着,显得更加伤心欲绝,走投无路。

春燕一哭,安安也哭起来。两个人的哭声像是两把利器,一下又一下插在翠花的心上。翠花的眼泪也出来了,她长长地叹了一口气,然后做出了让她自己也想不到的决定。

"别哭了,你把孩子抱走吧。"

春燕一听,立即感激涕零地给翠花连连磕头,磕完头,她把那三万块钱往床上一放,抱起孩子就准备走。

“你把钱拿走!”翠花大声说。

“婶子,这钱你一定得收下,就算作你们的辛苦费。”春燕哀求道。

“你要是把钱留下,孩子你就别想抱走。”翠花说。

春燕听到翠花坚定的腔调,才把钱收起来,流着泪抱着孩子出了门。

门外不远的柿子树下站了一个人,春燕刚把孩子抱出来,德胜便看到那个黑影快步走上前,一把接过孩子,快速地离开了。

小孩这时突然大哭起来,这哭声在夜色中越传越远。德胜夫妇的心都碎了……

(发表于《青海湖》杂志 2013 年 13 期)

血色凤凰

一

十年前，白云庄庄主张啸天与号称“水上飞”的赵无敌进行了一场殊死比武。

俩人是在距白云庄五里之遥的碧月谭比式的。

张啸天依稀记得那天夫人正待分娩，夫人痛苦的呻吟声像锋利的猫爪一下又一下挠在他心上。他咬了咬牙，狠心离开夫人，提上他的日月剑，带了几名弟子，雄赳赳前赴碧月谭。

赵无敌已等待多时了。

赵无敌异常消瘦，微风吹拂着他那飘飘的衣衫，有玉树临风，不胜娇羞之感。张啸天清楚，有两种习武之人很可怕，一种是过胖者，一种是过瘦者，这两种人武功都很奇特，要么内力深厚，要么轻功超群。张啸天邀赵无敌到碧月谭比武，就是想在轻功上取胜对方，可赵无敌女人般瘦弱的模样实在令他胆寒。毕竟张啸天也是天下数一数二的高手，况且他那祖传的日月剑法，来无影去无踪，出招快如闪电，往往敌人还未出招，他便一招致命。于是张啸天重抖神威，打起精神前去迎战。

赵无敌背剑而立，俩人相距五十步的时候，沉声问道：“庄主为何姗姗来迟？”语音虽低，却使张啸天感到声震肺腑，知道对方内功十分了得。

张啸天抱拳道：“因拙荆生子而羁步，望大侠海涵。”

“出招吧。”赵无敌冷冷答道。

于是一场惊心动魄的比斗就开始了。张啸天以闪电般的动作拔剑出招,想以快取胜。可他快,赵无敌更快,刹那间,两人已过一百多招。张啸天难占上风,长啸一声,身子飞临水面,诱赵无敌追来。赵无敌毫无怯意,提剑紧追,连连发招。两人在碧月谭又是一场鏖战。在地面两人尚不分上下,一到湖面,赵无敌柔软无骨的身躯顿时灵动自如,在赵无敌飓风般追魂剑的凌厉攻势下,张啸天被逼得连连后退,只有招架之功,毫无还手之力。就在张啸天渐处劣势,正欲再回地面时,赵无敌一招"天外来客"一击刺中他的臂膀。张啸天大叫一声,身体被挑到潭边的草地上。当张啸天睁开眼时,赵无敌消瘦的身躯早已飘然而去,耳畔只回荡着他那得意的狂笑声。

当时两名弟子正待上前搀扶张啸天,张啸天怒不可遏,挺剑封喉,两名弟子顿时倒地身亡。另几名弟子吓得匍匐在地,瑟瑟发抖。

张啸天当时是准备也将这几名弟子结果了的,他不想让别人看到他被赵无敌打败的狼狈模样。可张啸天还是忍住了,他挥剑削掉了自己一根手指头,忍住疼痛对存活的弟子说:"你们回去告诉夫人,不打败赵无敌,我誓不为人。"

二

一晃十年过去了,这十年间,张啸天潜心隐居昆仑山,拜无极天尊学玄真剑法,由于他勤学苦练,悟性又好,十年后他的武功已非昔日可比。张啸天便拜别师父,下山了却十年前的夙愿。

张啸天先回到自家的府邸白云庄。当他走到庄园门口时,眼前情景使他大吃一惊,昔日豪华的庭院已荡然无存,偌大的庄园只剩下残垣断壁,几只乌鸦正在残破的门楼上一声声的叫着。张啸天悲从中来,他想不到自己那么大的家业,如今已变成一片废墟,一缕云烟。他十分惭愧,深感对不起先祖,对不住父母妻儿。张啸天痛哭了一场,正欲离去,白云观道长手执拂尘而至。白云观是张啸天的爷爷出资所建,这位道长与白云庄关系深厚,道长听说张啸天还家,便赶来向他透露他的家庭变故,原来就在张啸天出走的第三年,他的夫人耐不住空房寂寞,便与管家勾搭成奸,事情败露之后,两人杀死张啸天父母，烧毁了庄园，卷走了所有金银细软，逃往了他乡。张啸天三岁的儿子也不知去向。

道长劝道："善哉！冤冤相报何时了，庄主还是设法找到公子为好，他一定还在人世，偃旗息鼓，就不要再比武了。"

可张啸天哪里听得进去，家庭的变故使他内心的仇恨更甚，他深恨不贞的妻子、包藏祸心的管家，更恨打败他的赵无敌。他认为一切根源皆在赵无敌身上。他看着自己残缺的手，感到心中的仇恨像灌满风的山谷，道长的相劝他半句也没听进去，他发誓一定要前去杀掉赵无敌，挽回他的声誉，弥补他的所有损失。

张啸天昼夜兼程，风尘仆仆地前往赵无敌的老家无锡，可到了一打听，赵无敌两日前已前往大理国与一名外号"黑凤凰"的女侠比剑。张啸天不敢停留，又赶往大理。谁知到了大理时比武已经结束，赵无敌已被黑凤凰杀死，陈尸山涧了。

张啸天大失所望，他十年的心血，十年的学剑，就是为了报那一刻的羞辱之仇，而此时仇敌已被人杀死，他是何等的泄气！张啸天无比愤怒，狂叫数声，舞起了"玄真剑法"。霎时山鸣谷应，沙石乱飞。见一苍鹰在空中飞翔，张啸天剑锋一指，一道真气并出，苍鹰应声而落，坠入山谷。

张啸天颓然坐在大石上。他现在家没有了，一切都没有了，他还能做什么？突然他想到了黑凤凰，黑凤凰为什么要杀赵无敌，是不是在向他挑战？于是张啸天又把对赵无敌的痛恨全部转移到黑凤凰身上，黑凤凰成了他最大的敌人，只有打败黑凤凰，他才甘心。

三

在以后的岁月中，张啸天的人生追求就是打败那位从未谋面的黑凤凰。这使他彻底忘记了家世的败落，也忘记了丢失儿子的痛苦，他的目标单一而执着，他把自己所有的怨和恨都集中到那个女侠客身上，他甚至想，只要那女人败在他手上，他会不伤她分毫，而且自己也会从此退出江湖，隐居山林，过那与世无争的逍遥生活。可是，不知为什么，黑凤凰偏偏不与他交锋，甚至连个照面也不打。往往是黑凤凰前脚走,他后脚到。张啸天所到之处,听到的都是人们对黑凤凰的交口称赞,说她剑法超绝,说她美丽如仙。黑凤凰的名声犹如一张巨大的黑网,一点一点地把张啸天的威名罩住了,这样,一年年的光阴过去了,张啸天在武林中已被人渐渐忘却,而那黑凤凰却如日中天,声名显赫。

越是这般,张啸天心里越是不服,他甚至觉得,那位剑法超绝的黑凤凰对他了如指掌,他像玩偶似的被这女人嬉戏于股掌之间,不分时日的空耗着他的宝贵时间。

"你这个恶毒的黑凤凰!"张啸天心里咒骂着,"遇着你,一定不会轻饶,我要把你碎尸万段。"他此时觉得,这位黑凤凰甚至比亲自打败他的赵无敌更狠毒,与赵无敌单打独斗,短时间便见分晓,而这个女人使用的是消耗战,她是想把他的时间、精力,包括他的名声全部拖光耗尽,让他自行倒毙。这不亚于将人的血管割破,让其因血流尽而死。张啸天发现黑凤凰的险恶用心后,决心加快行动,不与黑凤凰打消耗战,力争速战速决。

四

又是好几年过去了。

在追杀黑凤凰的凄风苦雨中,岁月无情地剥蚀了张啸天的大好年华,他如今已是长发如雪,容颜枯槁。一次在山涧的水潭中饮水时,张啸天从水中看到了自己的那副尊容,顿时号啕大哭,伤心不已,真是岁月难老人易老呀。张啸天抽出长剑,准备自行了结自己,以结束人生遥遥无期的追杀格斗。正在此时,一群人从身旁匆匆而过,他们正议论着有关黑凤凰的事情。

张啸天身上顿时来了劲,他轻轻一跃,身子已在数米开外,长剑一横,架在一个领头人的脖子上。那人顿时身僵目直,吓得一动也不动。

"说,黑凤凰怎么了?"

"黑凤凰被人杀死了。"

"谁杀的? 怎么回事? 细细说来。"张啸天厉声道。

"一位少年英雄杀死的。黑凤凰深深爱上了那英俊少年,苦苦追求了五年，一天终于在惑情谷追上了少年，不想那少年根本不喜欢她，说黑凤凰只要能接他三招，他就娶她，谁知少年只用了一招，就用残剑穿透了黑凤凰的身子。”

以黑凤凰的绝世武功，少年竟用了一招便杀了她，这武功是何其了得！去还是不去？张啸天顿时犹豫了，以他这衰老之躯，纵然剑法天下第一，体力也不敌那少年了。可是想到一生的光阴全耗在这把剑上，张啸天决心孤注一掷，再赌一次，尽管取胜的把握十分渺茫，他仍得前往。

黑月亮

一

钟阿大把孙子钟小民送走时，太阳刚刚升到头顶。农历八月，日头虽然弱下来了，但仍火辣辣的燎人。那巨大的火球像是有重负一样，钟阿大看到地上自己的影子已被压得像一坨牛屎一样粘在脚板底下。

阿大手搭凉棚朝对面望了望，他看到孙子已过了河，上了大路。

这是孙子开学后第一次回家。孙子在县一中上高中，他这次回来是带钱的。尽管上周开学他已带了一千多元，可是学费、书费、住宿费一交，身上已经只剩下几元钱了，他只好回家拿钱。孙子是今年夏天考上县一中的，钟阿大听说如今考高中比考大学还难，全县每年初中毕业七千多人，可正式录取还不到一千人。小民不仅考上了高中，而且是以全镇第一名成绩考上的。钟阿大为自己高兴，也为孙子高兴。自从老伴去世、儿子在煤矿出了事故之后，他难得遇到一件舒心事，为此他摆了一桌酒席，请了几个老伙计来庆贺庆贺。酒过三巡之后，他慷慨声明，他一定要把小民抚养成人，让他上大学，上国家最好的大学。话说得容易，做起来太艰难了。这不，刚上高中就一直要钱，这以后的日子咋过？

钟阿大心事重重地走回家，坐在板凳上抽了几袋烟，心里越想越烦躁。

他们南山村是个苦寒的地方，五年前，儿子就是忍受不了穷困，到山西去挖煤，想挣钱回来盖楼房，结果去了不到一个月，由于违规操作被塌死在煤窑里。儿子一死，儿媳妇也离开了这个家，这个家就只剩下他们爷孙两个了。

钟阿大不怪别的，只怪自己命苦，他现在六十多岁，按说人到了这个年龄，已经是享清福的时候了，可他享什么清福？大山一样沉重的担子还在肩上扛着。要是儿子在，他也用不着操这份心，可儿子已经不在了。

昨天晚上，钟阿大和孙子算了一下账，高中三年，每学期按三千元算，三年下来，起码得一万八千元，这还不包括其他花销。一万八千元，对阿大来说可是一笔不小的数目，他到哪里去找？他要是有其他收入就好了，可是这大山里，交通不便，信息闭塞，他能挣什么钱。如果年轻，他会到县城找个营生，挣钱供孙子上学。可他这么大岁数，到县城能找什么活儿？

阿大一边抽着烟，一边苦苦思索着，他感到有些困，便关上门，想躺到床上眯一会儿。可哪里睡得着，一躺到床上，他就想到了孙子忧戚的面容，孙子走时只拿了不到一百块钱，这点钱能供他花几天？孙子一旦没钱了，可就没法安心上学了。他现在就这一根独苗了，要是因为没钱辍学了，那他不就成了罪人？他不能，决不能，他就是挣断肋骨也要把孙子供应出来。想到这里，钟阿大感到血直往头上涌，他一骨碌坐起来，他想无论如何得挣钱，不仅要把孙子上高中的钱挣够，还要把孙子上大学的钱挣够。阿大脑子像车轮一样转了起来，卖柴、当小工、拾破烂……各种挣钱的路子他都想了，可都不行。他这时才明白其实自己一生很没用，除了年轻时打猎比较在行外，没有任何一技之长。就在他万分惭愧时，他脑子里突然想到了一样东西——麝香。他知道，獐子已被列为国家保护动物了，但眼下也顾不得了，一旦得到这个东西，孙子不仅上高中的钱有了，上大学的钱也有了。当地有句谚语：黄金有价麝无价，要是能弄到麝香他就什么也不愁了。而麝香长在獐子身上，獐子这种动物，不仅有灵性，而且善跑，一般人是根本捕获不到的。眼下，阿大没有别的办法，只有走捷径——到南山这大森林里去寻找獐子了。这几年由于封山育林，山上的树木普遍长起来了，南山的大森林更加茂盛，阿大曾经听好几个挖药材的老汉说，他们在挖药时都看到獐子了。去年夏天的一天下午，阿大正在村头溪边菜园里锄草，一只麂子竟然从山上下到河里喝水，见了他，马上跑掉了。常言说公獐子母麂子，它们本来是同一种动物，有母的就有公的，这一点毫无疑问。

一想到有獐子，阿大整个心都热了，他迅速下了床，然后搬来了梯子，上了夹楼。楼上堆满了杂物,有红薯藤、花生禾、干麦草,还有一些不常用的农具。由于长时间不上来,上面结满了蜘蛛网。阿大用手抹去一道道蛛网,径直在里面一堆苞谷杆子里找,他只扒拉了几下,就扒出了一个用油纸包的长东西。油纸包得很严实,他把它拿出来,将麻绳解开。油纸一解开,一杆乌黑的猎枪便出现在眼前。阿大仔细抚摸着这杆熟悉的猎枪,心不禁一下子飞越到二三十年前。那时他年轻,猎枪终日不离手,南山里有的是猎物,只要一有空儿,他就到大山林里打猎,每次他都不落空,有时是几只兔子,有时是几只野鸡,当然还有黄羊、果子狸,最高兴的是他一次竟然猎获了三只大野猪——那是在一个悬崖边,他一枪将一只野猪打死了,后面两只野猪以为第一只野猪是故意跳下去的,跟着也跳下去,结果都被摔死了。

阿大手拿着猎枪,从楼口伸出头向外面张望了一遍,当他确信外面没有人时,才把猎枪从楼上拿下来。前年镇上来了一次大清查,全镇所有猎枪都被缴收了。阿大当时有两杆猎枪,一旧一新,镇上人也不知道他有几杆猎枪,他就把那杆旧的上缴了,隐瞒了这杆新的。阿大找了一个小碗,倒了些机油,用抹布一点一点地擦洗,约莫一顿饭时间,他便把这杆猎枪擦洗得油光锃亮了。他又从墙洞里拿出几年前藏的一包火药和铁丸。害怕火药受了潮,阿大又把它拿到楼上,摊在一张报纸上晾一晾。接着他又检查了一下铁丸,确定没有一点问题,这下阿大放心了,他把猎枪轻轻靠在床头的拐角。

太阳已经下山,当暮霭一点一点地落下来的时候,阿大心里充涌着希望。

二

第二天,鸡叫第二遍的时候阿大就醒了。睁眼看看窗外,窗口只露出一团隐隐约约的灰色。他知道,这个时候还不到四点,起来还太早,就想再睡一会儿。可是,眼睛闭着,心却是醒的。昨天晚上他十一点多才睡觉,平时他每天都是九点一过就睡,一直睡到大天亮。今天他是怎么了?心里想要睡好,可是大脑却一直醒着。

他计划这次跑三天的路,先从南山的东沟进去,过七里峡,翻五道硇,最后到达千丈崖。这是他三十多年前打猎时常选的路线。这次他之所以选这个线路，是因为在七里峡、五道碥和千丈崖上都有可能碰到獐子。就说七里峡吧，里面峡谷幽深，沿途有溪流、深潭和瀑布，道路崎岖，人迹罕至。獐子极有可能放心大胆地到峡谷里饮水。去年那一次，不是有一只麂子在他眼皮底下跑到河道里饮水了吗？要是在七里峡就打下一只獐子，他不就把力气省下了？他感到自己的力气就像贮藏在面缸里的面粉一样，面粉已渐渐快露缸底了，他要节省着用。眼看着秋收就要开始了，地里的苞谷要掰，山上的红薯要挖，紧跟着就要种麦子，这些都是力气活儿，少了一丝一毫的力气，活儿就会落下了。所以，他只想快点猎到獐子，最好在七里峡能有獐子出现，然后就一枪打死，弄到他渴望得到的麝香。要是七里峡见不到獐子，五道碥则是动物经常出没的地方，那里有五道不急不缓的坡梁，土肥草盛。过去他打猎的时候，就经常在五道碥守株待兔，而且十有八九不会落空，他忘记了是在哪一年，就曾经在五道碥打死过一只獐子。他希望自己这次也能在这里完成打死獐子的任务。当然，有些事并不是你想怎么样就会怎么样，阿大一把年纪了，他深知，命运这东西，就爱处处与人作对。就比如他吧，妻子娘家与他只隔一道山梁，打小的时候，他们就认识。结婚后，俩人恩恩爱爱，可妻子年轻轻的三十多岁就生病去世了。他就把希望寄托在儿子身上，希望儿子能把这个家发扬光大，可儿子又不幸在煤矿上出了事故。所以呀，他不敢太对命运奢望什么，万一五道碥打不下獐子，那就千丈崖吧。千丈崖森林茂密，獐子有可能在里面活动。阿大想象着，他一到千丈崖就看到一只巨大的，最好是七八年以上的獐子正闭着眼在一棵树下晒太阳，这时他轻轻地端起枪，瞄准獐子，一枪打去，“叭”，巨大的枪声响彻整个森林，獐子应声倒下，他走近一看，獐子的腹部，竟有大及半斤左右的麝香。这真是太美了，阿大忍不住被自己的想象感染了，他不禁笑出声来。这个时候窗户外已经白了，他想不能再睡了，便拉亮了灯。

阿大搅了一锅很稠的苞谷糊汤，他吃了两大碗。当他感觉浑身舒舒服服之后，这才挎起挂包(里面装了瓶苞谷酒)。为了防止意外，他把猎枪用油纸包住，这一切做好之后，便提上枪出了门。

天已麻麻亮，到处都是雾气，村子里静静的，人们都还没有起床。阿大做贼似的，掂着脚步，快速地走过村前那段被水冲得豁豁牙牙的路，然后过了河，穿过一片小树林。这时村子便看不见了。

三

天已经亮了。大雾弥漫，几步之外，什么也看不见。钟阿大提着枪，心想真是天公作美呀！他要是在路上碰见了什么人，那可不是玩儿的。虽然猎枪用油纸包着，万一哪个人用手一摸，那不就坏事了吗？现在枪支都上缴了，谁要是还藏有猎枪，被林业派出所人知道了，轻则罚款，重则可是要判刑的。即使别人没发现他拿着猎枪，单是看见他一大早外出，也会生疑的，多事者会悄悄跟踪他。要是发现他是去打獐子，那会更要命的，獐子可是国家保护动物。现在好了，有大雾做掩护，他的一切行踪都被雾气掩盖了。

七里峡是一个纵深七里的峡谷，两边悬崖峭壁，谷底是一条小溪。外面的光线都不甚明亮，一进入峡谷，更是雾气腾腾，不仔细辩认，脚下的路几乎都看不清。阿大记得原先这里面还有路，可是去年发洪水，峡谷里的路全被冲毁了。现在里面尽是大大小小的石头。阿大踩着石头，一步步前行。路一直是向上抬升的，走走就没有路了，只得拽住葛藤踩着石壁往上攀登。石壁上有流水，非常光滑，阿大几次险些从石壁上摔下来了。峡谷里很静，除了流水声，他只能听到单调的走路声和自己的气喘声。阿大想不到路这么难走，骂了一句，就在一个光滑的大石头上歇了下来，准备吸几袋烟，提提神再走。

吸第一袋烟的时候，峡谷里的雾气正在缕缕抬升，像仙景一样，峡谷里的景色渐渐变得清晰。抽第三袋烟的时候，雾气已经彻底没有了。阿大从而看到了峡谷上面两山之间那窄窄的一线蓝天。今天是个好天气！阿大想，从现在起他得正式开始打猎，前面就算是赶路了。

阿大将猎枪上的油纸去掉，装上火药和铁丸，然后背起挂包，一边赶路，一边环视着四周。结果七里峡走完了，连獐子的影子都没有看见，甚至连任何其他动物也没有。

太阳渐渐升高了，四周的林木在阳光下一片翠绿。山里十分寂静，只能听到知了断断续续的鸣叫声。阿大喝了几口山泉，他知道，七里峡的路还不算难走,上五道碥才叫难走。

本来有小路可走的,可越是平坦的地方越不能走。打了几十年的猎,阿大心里非常清楚,山上那些动物,都是不爱在大路上或平坦的地方逗留,因为它们害怕人类,越是险避的地方它们越喜欢。而獐子这种动物尤其喜欢在险要的崖壁上活动。阿大不禁骂了一句自己是个笨东西。刚才他还希望在七里峡发现獐子呢,怎么可能。獐子习惯生活在高山上,怎么会下到谷底。他一个老猎人了,怎么能仅凭去年的一次偶然见到麂子在溪边喝水就断定獐子会在七里峡里出没呢。简直太差劲啦。

不过,这不要紧,后面的路还长,接下来注意就是了。

太阳的威力在渐渐增强,山势也在不断地抬升,一会儿是一片杂草,一会儿是一篷荆棘,一会儿则是密不透风的丛林。阿大端着枪,猫着腰,轻轻往前走。獐子这东西听觉十分灵敏,只要听到一点点响声,哧溜一下就会跑掉。阿大尽量不让自己的脚步发出声响,他像猎犬一样,竖起双耳,睁着已经有些昏花的老眼往前走。汗从他的额头和两颊流了出来,他只是抬起手臂,用衣袖擦一擦了事,他心里只有一个目标——獐子。

在寻找猎物的时候,阿大不禁想到了孙子钟小民。说句心里话,他喜爱孙子已经超过自己,孙子几乎是他一手养大的。小民的妈妈是个好吃懒做的女人,她总是找各种借口,把照看小民的责任推给他。所以小民对他的依恋超过他的父母。小民的爸爸死了,他妈妈曾想带着他改嫁,小民硬是不愿意。就凭这一点儿阿大更爱孙子了。要是有的孩子,肯定会跟着妈妈走,过更好的生活。可是小民没有,而且小民信誓旦旦地说:“我决不走,死都不会走。”他是多么感激孙子呀,孙子不走,他钟家的香火就不会断,他的后继就有人了。就凭这一点,他累死都值得。孙子是一个懂事的孩子,他在学校里从不随便乱花一分钱。阿大真是难过极了,昨天孙子走的时候,才拿了不到一百块钱,这点钱能经几下花呀。他知道现在物价涨得怕人,一碗汤面就要好几块钱,要是省钱吃不好,身体会累垮的,孙子才十六岁,正是发育长身体的年龄,饮食上可千万省不得。阿大感到责任更大,他恨自己一生没出息,没有攒下钱财,不能让孙子舒心地在学校上学。这样一想,他更加羞愧不安了,他真希望眼前马上出现一只大獐子,让他一枪打死。由于神情太专注,他竟然把一块立着的石头当成了獐子,又把一只正在吃草的兔子当成了獐子。那只兔子本来能一枪打死的,可他还是放弃了。因为这个地方离附近的村子不太远,枪声一响,就可能惊动人,他听说乡上那几个林警,天天都在山上转悠,要是让他们发现了,那可不是闹着玩儿的,他不能因小失大。

四

五道碥其实是五道起伏的山梁,每一道山梁,大概有六七里路。要是图捷径,走起来也并不是太难的,但阿大不能走捷径,此行的目的决定了他只能沿着陡峭的山梁走,这样走起来就十分吃力了。山上过去砍伐厉害,没什么大树,可这几年封山育林。树长起来了,草也长起来了,还有藤本植物也跟着疯长了起来。在这样的山上行走要多难有多难,阿大不断扒拉着树枝、杂草行进着;有时遇到荆棘,他则必须绕道走。他的脸和手臂已经被荆棘划了不少道口子。太阳分外强烈,汗流到伤口上,辣得特别难受。阿大估计现在已经是中午一点左右了,便寻到一棵大一点的树荫下歇了下来。

当他往地上一坐时,浑身像是散了架似的,他真想坐着永远不起来了,可不行呀。他躺在地上休息了一会儿,然后又掏出烟袋,吸了两锅烟。此时他觉得力气渐渐恢复了,便拿起了猎枪。

阿大希望能在五道碥碰到獐子,他认为这种可能性极大,所以在寻找时格外专注,草丛中发出的任何异样的响声都会引起他的警觉。可结果不是兔子就是野鸡,还有一次竟然碰到了一条足有一米多长的大蛇。蛇在草丛里蠕动,他靠近时,蛇一下昂起了头,高高的竖起来,竟有半人高;蛇信子在嘴里一伸一伸的,两只小小的眼睛阴沉而恐慌地望着他。阿大吓得头发都立起来了。这是一条大黄蛇,没有毒,但是若让它缠上,那也不是玩儿的。他想蛇要是再往他跟前扑,他就一枪把它的脑袋打碎。可当他端起枪瞄准时,蛇竟然扭头跑走了。

阿大又一口气走了好长时间,一道道山梁被他扔在了身后,可惜的是,他仍然没有碰到獐子。当黄昏来临时,他没有继续赶路了,他找到了几十年前打猎歇宿的一个山洞。这个洞长在一个石壁上,距地面有二米多高,住在里面很安全。

由于这多年不允许打猎了，洞里也没人歇息，便长满了杂草。阿大攀进洞去进行了一番清理，这花了他不少时间。洞里有些潮湿，他弄了好些干草垫上。这还不够，他又抱了些干柴放在洞里，虽然现在才八月，可这里晚上说不定会冷，他得生上火；更重要的是，晚上黑乎乎的，有些怕人，有了火，多少能给他壮壮胆。当这些活儿干完时，夜色就沉沉地降临了。

五

阿大先把火生着，为了避免被烟熏着，他把柴火尽量堆在靠近洞口的地方。他坐在火边，取出苞谷酒，一口一口地喝起来。一边喝着酒，一边四下打量着火光映照下的洞壁，恍惚间，他仿佛又回到了三十多年前的岁月。那个时候年轻，他常常扛着枪在这一带打猎。有时是他一个人，有时是三四个人。这个洞子就是那时他们常常歇宿的地方。那个时候猎物真多呀，他每次都能打到黄羊、鹿什么的，像兔子这种小动物，不仅肉少，而且味道差，他根本看不上。阿大一一回忆着，和他一同打猎的，有钟大魁，有杜贵，还有杨大嘴，这几个人这些年都一个个过世了，独他还留在世上；而且这么一把年纪了，竟又干起了几十年前的营生。阿大不知是自豪还是悲怆。今天走的这些路程，要搁以前，根本不算回事儿，他那时浑身有使不完的劲。可现在不行了，一天下来，他已经精疲力竭，浑身像散了架似的，不服老不行呀！

阿大继续喝着酒，酒把他浑身激热活了，脑子里想的事儿更多了。

他想无论如何，这次一定要把獐子打到手，至于自己的体力，他都不去想了。现在他已经没有退路了，孙子的一切都指望着他，他要是不干出点成绩来，那就说不过去了。他心里盘算着，觉得今天路线并没有错，他年轻时打死过獐子，獐子的生活习性他还是多少有些了解的。没有发现獐子，只能说明他的运气不太好。阿大是相信运气的，有些人命真是好，干啥成啥；而有些人运气就不那么好，干不成事不说，还尽遇些倒霉事儿。阿大觉得自己就属于运气比较差的人，阿大不清楚命运为什么总是跟他过不去，让他一生这么劳累奔波。

阿大一边想心思，还不时抿一口酒，不知不觉感到有些晕了。他想，明天还有大事要做呢，可不能再喝了，连忙把瓶盖拧好。夜深了，四下显得更加寂静，他伸头朝洞外望了望，外面黑得像锅底，他又在火边坐了有一顿饭工夫，看到火渐渐地小了，便向火堆上加了些粗柴棍，在火边的干草上躺下了。刚开始，他急忙得睡不着，满脑子想的都是打猎的事情。他想要是明天还遇不到獐子，他该怎么办？他又认为这不可能，他这么精心地寻找，总会碰到吧。恍惚间，眼前真的出现了只獐子，见了他，拔腿就跑。他提着枪在后面紧追，追到一个密林中，突然獐子不见了，他急得到处找。正找着，他看到不远处獐子正在专心地吃草，他大喜，赶忙端起枪，瞄准，一枪打去，"叭"一声，獐子应声而倒。他两步走过去一看，竟然是孙子小民。小民已被他打得半死，身上正在哗哗地流血。他抱住孙子大哭起来，问孙子为啥不好好上学，却跑到这里来了？小民嘴里嚼着草根，说："我肚子饿，我在找草根吃呢。"

"你为啥不买饭吃？"他生气地问。

孙子说："我身上没钱。"说完就死了。他放声大哭起来，使劲摇着孙子说："你醒醒，你不能死，爷爷给你挣钱买吃的。"他哭的是那么动情，竟然把自己哭醒了——这才知道是做梦。这时已是半夜，到处一团漆黑。阿大的胸口还在怦怦直跳，梦中的情景太害怕人了。因为明天还要走长路，他不敢多想，便强迫自己入睡。

阿大再次醒来的时候，太阳已经照进洞口了。他是被两只小鸟吵醒的，两只小鸟在洞口一边来回飞，一边发出叽叽喳喳的叫声。阿大睁开眼，想立即坐起来。可他仍然感到浑身没劲，休息一晚上了，疲劳仍然没有完全消除，到底是人老了呀。尽管如此，阿大还是努力地爬起来，一摸全身衣服都是潮湿的。这才庆幸昨晚喝了些酒，要不然，在这又潮又湿的晚上，身体非弄坏不可。

天上一丝云彩也没有，又是一个炸晴的天气。阿大在心里盘算着，今天上午主要在五道碥的最后一道碥上寻找獐子，下午再到千丈崖去。千丈崖他不能深入太多，下午三点以前，他必须往回返，否则他就赶不到这洞里。阿大想，自己多半不会走到千丈崖就会遇到獐子，尽管昨天他没有碰到獐子，但他发现獐子的粪便了。这说明五道碥百分之百有獐子，而且数量也不会少。阿大计划最好是今天打到猎物，在山洞里歇一晚，明天一早便往回返，否则他的身体就吃不消了。

五道碥最后一道碥上全是裸露的黑黑的岩石，上面树木很少，野草和野枣刺却很多。这样的山是最难走的，往往走着走着，前面就到了绝路——不是悬崖峭壁无路可走，就是一大篷刺架拦住了去路，只能绕道走。好在他以前常在这一带打猎？凭记忆他仍然记得清楚，该走哪条路，不该走哪条路。

这一道山梁足有八里长，当阿大走完这段路时，感觉自己哪里是在打猎，完全是在赶路和受罪。这和以往完全不同，过去虽然打猎辛苦，可也充满了乐趣。因为每一次枪响，他几乎都会有收获，有收获便有劲头。可这次，唉！这是哪门子打猎。尽管这道碥上他也碰到了几个动物，其中一只黄羊还在崖石旁打盹，要是以往，这可是想找也找不到的猎物——黄羊肉鲜，肉也细腻瓷实，因此黄羊一直是猎人的偏爱。但是，面对这只足有六十斤重的黄羊，他还是没有开枪。他当时也很后悔，走了几步后便转身想把这只黄羊打了，然而那黄羊已听到了他的脚步声，身子一弹，便跑得无影无踪。

翻过了五道碥，走过一段水草丰茂的河谷地带，再往前去便是千丈崖了。这个时候太阳已经开始偏西。阿大心里很焦急，到现在，他仍然连獐子的影子都没发现。千丈崖显得十分高大、险峻，这对他是一种巨大的压力，他想，再找上一两个钟头，要是还没有，就得马上返回了。

阿大在河边洗了一把脸，摘了一些成熟的野桃充饥。他这时特别想躺在草上眯一会儿，他实在不想走了。可是他知道，要是他真躺下了，恐怕就再也爬不起来了。人在走长途的时候就是这样，中间不能长歇，一歇毅力和韧劲儿就会全跑光了。

六

南山为八百里商洛山的腹地，这里山势险峻，气候温湿，山上生长着丰富多样的树种，有落叶树种桦栎树、橡栎树、枫树、杨树、柳树、青冈木；也有常绿树种冬青、楠木、红豆杉等。由于山高路远，人迹罕至，各种树木生长得极为茂盛，有些树高达几十米。林子大了，便栖息了各种各样的动物。阿大听人说，有人在千丈崖看到了金钱豹，还有人说，他们在这里看到了老虎。

千丈崖是由三座气势巍峨的高山相连组成的，主峰海拔有两千多米，山势刀削斧劈一般，倾斜度达九十度，号称千丈崖。

由于千丈崖陡峭如削，常常有野兽在上面失足坠落，因此千丈崖主峰下常有不少野兽的尸骨。由于路程遥远，道路险阻，阿大年轻时都没有到过主峰，现在，阿大更没有勇气和体力了。从南坡的坡跟上山，到达主峰，起码有三十多里，而且有些路段几乎就是在悬崖峭壁上穿行。他想，自己再往上走一段就是了，实在没有獐子，他也没办法，得趁天黑前赶回山洞里。

南坡刚开始坡度很缓，上面长满了一人多高的杂草，已快到秋季了，野草已经由青变黄。阿大端着猎枪，踩着哗哗作响的杂草，一步一步往前行。他心里说，獐子呀，你快出来救救我吧，再走下去我非累死在山上不可。草丛里不时飞出一只野鸡，那长长的、漂亮的翎毛在身后翘着，嘎嘎叫着飞往远方。有只肥大的野兔也被阿大惊动，纵的一下，跑到山上去了。四周仍然很静，只有头顶上悬着巨大的火球。汗水不断地从他的额头流下来，眼睛里也进了汗水，辣得他睁不开眼。阿大腿上像坠了几十斤重的铁块，每迈一步都非常吃力。他想，再走一段路，他是无论如何再也不能往前走了。穿过杂草丛，上去就是一片矮松林。前几年有人在这里砍树锯木板，松树被砍了不少，现在新生的松树大多只有二三米，像蘑菇一样，这里一棵，那里一棵。阿大这时已经不抱什么希望了。他已经把枪竖提在手上了，每迈一步，都要用衣袖擦一下脸上的汗。他心里默默确定着，在前方五十米的地方，走到那棵大一点的松树下，他就转身下山。他已经尽力了，找不到獐子不是他的过错，只怪獐子太狡猾了。

40 米，30 米，20 米，10 米，就在这个时候阿大的眼睛突然一亮，仿佛有一道白花花的闪电在他的眼前一划而过，他突然看到那棵松树旁边的一个小岩石上出现了一只獐子——那只獐子面朝西蹲着，太阳像一道彩色的瀑布照在它那长长伸出的肚脐上；它的肚脐一翕一合着，散发出奇异的香味。成百上千只小虫，都纷纷往那张开的肚脐里飞。獐子此时聚精会神，眼眯着，等着最后把这些小虫一网打尽。这个情景阿大不知听多少个人给他描述过，他以为是做梦，揉揉眼睛再看，却是真的。阿大轻轻地蹲下身子，把枪横端在手上，然后，轻轻地，一步一步地朝前走去。獐子小小的头和褐色的体毛他已看得清清楚楚，还有那两只翘起的大耳朵。阿大为了准确击中，想再往前走几步，这样命中率会更高一些。可是他刚迈出了两步，那獐子似乎就警觉了，便睁开眼睛，扭头向这里张望。阿大吓得急忙蹲下了身子。过了一会儿，见没有动静，他便把枪端起来，向獐子的方向伸去。獐子还蹲在那里。阿大手有些颤，他眯起左眼，把枪口慢慢调准在獐子的头部。不料此时獐子发现了他，獐子想立即起身纵跃。阿大急忙扣动了扳机。

"叭"一声枪响，枪托的后坐力一下子把阿大震得坐在地上。他以为这一枪肯定会把獐子打死，至少也是半死不得动弹。可是，他爬起身往前看时，发现獐子并没有被打死，而是打伤了后腿，现在獐子正拖着受伤的后腿，一蹦一跳地往前跑。阿大急忙提枪追了上去。

七

阿大一口气追了好长时间。

当他扣动扳机，把獐子打伤后，他就在心里给自己定下了目标，今天无论如何也要把这只受了伤的獐子追到手。因此他身上就产生了一股巨大的力量，追赶的速度也加快了不少。他以为獐子受了重伤，要不了一会儿就会被他追到手。其实他错了，獐子并没有因为受伤而慢多少，他追了一段路之后，两者之间的距离不但没有接近，反而拉远了。阿大心里清楚，只要獐子跑出自己的视线，凭它对山林的熟悉，一眨眼工夫，就会消失得无影无踪。那么他就前功尽弃了，于是就咬着牙拼命往前追。

从南坡上去到主峰，自然形成了四个台阶，第一个台阶是南天门，第二个台阶是三棵树，第三个台阶是牛背岭，第四个台阶是千丈崖。每一个台阶之间相距五六里，地势高低起伏。獐子的路线很明确，它一直沿着山脊往前走，已经过了第一、第二个台阶，现在正向第三个台阶走去。由于受伤流血过多，獐子的前进速度明显减慢，沿途草丛里不时能看到獐子流的血。獐子跑一段路，就会停留一会儿时间喘息。阿大身体状况也不妙，由于昨天跑了一天路，今天上午他又一点也没休息，现在他感到身上的力气几乎耗尽了，每迈一步他都感觉是在花生命的最后一点本钱，有两次他眼前发黑，几乎要摔倒在地，他急忙扶住大树，休息了一会儿时间才稍稍好转。阿大这才明白，獐子在和他较劲儿呀。獐子是不会轻易让他得手的，它会竭尽所能，尽量逃出他的手掌心。阿大心里说，既然你和我较劲儿，我也和你较劲儿，没有办法呀，只看谁能坚持到最后了。

他们沿着山脊，从三棵树上到牛背梁。牛背梁地势非常险峻，两边都是陡峭的山崖，山脊宽不到二米，从这上面经过，稍不注意，便会从山崖上坠下去。这个时候，天色已接近黄昏，西天布满了晚霞，露光映照着山林，林子里明暗交错，像是上了彩。阿大心里不由得对这个獐子产生了极度的痛恨心理，他想不到这个獐子这么顽强，明明受伤了，却坚持这么久，它这不是成心把他往死里拖吗？他心里很悲哀，看样子，他要累死在追赶的路上了。由于用力超出了限度，他已经吐了三次血。最先他是跑着追，后来是走着追，现在则是摇摇晃晃挪动着步子追。眼看天色已经不早了，如果天一黑，他就没法追了。他心里不停地念叨着：獐子呀，你停下吧，救救我吧，我这不是为了我自己，而为了孙子上学，请你体谅体谅我做出牺牲吧。他知道，獐子是不会同情他的，这个獐子也在做最后的努力和挣扎呢。

八

阿大不知追了多长时间，他的神智已经模糊不清，几乎麻木的头脑中只有一个念头——往前追，捉住獐子。他每前进一步都要使出全身的力气，每挪动一点都要看看前面那个目标还在不在。

月亮升起来了，大大的，圆圆的。

阿大突然想起今天是八月十五，这是个举家团圆的节日呀，可是他却在这高山峻岭上。他知道，孙子的一切都指望着他，他就是他的粮仓、他的钱袋，可是他感觉自己已经不行了。别说是现在还没捉住獐子，即便捉住了，自己也不会活下去，撵这只獐子，已经把他的生命全部耗尽了。他这时不得不佩服这只受伤的獐子。凭感觉，他起码已经撵了三十多里路了。三十多里呀，那只被他打伤的獐子竟然还能坚持下去。

猎枪已不知在什么时候给跑丢了，他现在是双手匍匐在地，靠脚登手抓往前爬。他越来越清晰地闻到麝香的奇香了，他知道獐子离自己越来越近，就更加拼命地往前爬。可是獐子像天上那可望而不可及的星星一样，一直在他视线所及的范围内往前移动着。阿大生怕獐子会跑掉，想再加把力，却丝毫没有力气可用了。正在无计可施的时候，他突然想到了一个办法——唱歌。他曾多次听人说过，獐子这动物喜欢听人唱歌，人一唱歌，它跑得再快，都会马上停下来，支着头，竖着耳朵，聚精会神地听人唱，直到人们一枪把它打死。现在没有力气了，阿大想不如把这办法拿来使使。阿大年轻的时候跟乡村的戏班子唱过一段时间的戏，心里的孝歌装了不少，略一思索，歌词就出来了，于是便扯开喉咙唱起了《闹五更》：

一更孝子月发黄，
男捧灵牌女哭丧，
你看悲伤不悲伤。
昔日有个好唐僧，
为国为母去取经，
张孝打凤为母亲，
王祥为母卧寒冰。

阿大一唱，发现獐子果真停了下来，随即暗喜，他一边往前移动着，一边唱着：

二更孝子月明街，
孝子哭的泪悲哀，
不守丧木守棺材。
昔日有个陈友凉，
又摆猪来又摆羊，
油漆桌子明光光，
好似宗保背六郎。

阿大不知道，这只獐子曾经见过猎人采用这种办法打死过它的同类，所以它只略停了一下，又开始往前爬动了。阿大却还在不停地唱。由于力气耗尽了，没有底气，阿大的歌唱得很嘶哑、很微弱。山林里风大，他那微弱的歌声一下子被风卷走了。

一杯酒，慢慢筛，
亡人一去不回来，

亡人上了八仙台，
八仙台上一老者，
不哀哉来也哀哉。
……

他一边唱着，一边挪动着沉重的身子往前追。月光下，一大一小两个黑点都在慢慢地不停地往前移动着。

九

月亮升到中天的时候，獐子和阿大都爬到了千丈崖主峰的峭壁上，他们相距不到三米了。这里三面临空，在晚风的吹拂下，四周的山林发出阴森的呼啸声。阿大还有一口气了，但他还是不忘做最后的努力，一点一点挪动着沉重的身子，想最后把獐子捉到手。这个时候獐子似乎断了气，像块牛屎一样贴在悬崖边上。阿大心里说，好呀，你咋不跑了？你终于爬不动了吧，于是挣扎着向前扑去。当两者相距只有一米，几乎伸手可及的时候，阿大看到獐子绷紧身子，像箭一样射向下面的万丈深渊。阿大那只伸开的手爪顿时定格在空中，他看到空中那轮明晃晃的月亮猛然变黑了，他似乎听到了身上的骨头发出“咯咯叭叭”的断裂声，突然，“噗”的一声，从他的口中喷射出一股鲜血，月光下，像是一股黑色的喷泉。

（发表于《雨花》杂志 2013 年 1 期头条）

美人迟暮

一

一天，路过菜市场的时候，我突然听到一阵叽叽喳喳的吵闹声。打眼一看，只见一个很老相、修着披肩发的女人正在为五毛钱和一个街边卖菜的妇女争执不休。卖菜的妇女一把青菜要卖两块钱，可那个修着长发的女人偏偏只给一块五毛钱，两个人就为这区区五毛钱争来争去，互不相让。四周一时围了不少看热闹的人。

我看那女人的背影有些熟悉，走近一看，竟然是她！她的长发已经花白，脸色黄中泛黑，额头和眼角布满了皱纹。她那高挑的身材开始驼背了，显出松松垮垮的模样。从她现在的样子，已经丝毫看不出她当年的风采了，她当年可是让无数男子魂不守舍的大美人呀。

我和她是大学时的校友，又同姓，说起来还有点儿私交，遇到这种场合，我想还是尽快走了为好，以免发现了尴尬。于是我就匆匆地走开了。这时背后还不断传来她那大声争辩的声音：别人一把青菜都卖一块五，你为啥要两块钱？只给你一块五。

我心里感到有些悲哀，没曾想她竟为这区区五毛钱和人争成那样了！

我心里像是打翻了五味瓶。她可是20世纪80年代的大学生，绝色美人呀。我姑且把她称作H吧。

我第一次与H见面是在上大学二年级时的一次乡党聚会上。

这年元旦，一个在学校学生会当副主席且相当有组织能力的学生把我们同一个县籍的乡党组织在一起,像模像样地开了一个乡党会,然后到街上吃了一顿饭,喝了不少啤酒,乘兴我们又到歌厅里唱歌跳舞,闹腾了大半夜。

这次乡党聚会上,H 高挑的身材,野性而美丽的五官,尤其是她那长长的黑瀑似的披肩发,格外引人注目。那天她穿着红色羽绒服,蓝色牛仔裤,黑色闪亮的筒靴,一举手一投足非常时髦,非常靓丽;她歌声曼美,举止落落大方。总之,H 那天几乎把在场的所有男乡党都给吸引住了。

H 和我同级不同系,因为同在一个校园,我经常能碰到她,每次见她都忍不住多看她一眼。她身材好,容貌好,加上一头黑瀑似的披肩发,穿什么都好看。她知道我和她同姓,有时和她遇见了,她便笑着向我打一声招呼,但大多时间她都对我视而不见的样子。我听说她看不起本县的男学生,认为我们本县的男的老土,她想和外地男子谈恋爱,然后毕业分配时留在一个好地方。

大学三年级的时候,我们都在为毕业分配的事情到处奔走,很长时间,我都几乎没见到她,只是隐约听说她和商州城谁谁好上了,又和外县某某领导的公子好上了。我感觉这个女人实在了不起,我们县的姑娘一般都比较内向、含蓄、保守,她怎么那么大胆而开放呢?

二

大学毕业后,我被分配到本县一所偏远山区的中学执教。由于是刚毕业新分进来的,我被安置到学校最后一排靠边上的一间房子里。那间房子背后就是坟园。上到两个月的时候,我边上的一间空房子里又分来一个年轻的男教师,姓汪,小小的个子,戴着眼镜,外地口音。因为我们都是新分进这所学校的,又都是单身,而且都带的是初一的课程,几天后我们就成了无话不说的朋友了。他的名字叫汪书正。

那个时候我已经零星地开始写作了。

写罢的文章,我喜欢在作文课上给我的学生朗诵;有时我还把文章拿给汪书正看,想让他夸几句,增加几分自豪感。年轻人嘛,就这样。

汪书正看起来像貌非常一般,但说话做事很大气,尤其花钱上从不吝啬;而且他乐于助人,也比较健谈。

他看了我的小说之后,笑了笑,没夸一词。他拍拍我的肩膀说:“兄弟,你要和女人谈恋爱呀,不恋爱你怎么能了解女人?不了解女人怎能把小说写好?”

听了他的话,我一阵汗颜,我承认,我确实不了解女人,小说还写得相当稚嫩。

一个周末,学校老师都走了,偌大的校园只留下我和他两个人。这天下午,我睡了一觉起来,感觉周围阴森得可怕,一只蚊子的叫声都会引起我的一阵惊喜。觉睡好了,我伸着懒腰正准备看一看书的时候,突然听到敲门声。

我问:“谁?”

他说:“是我。”

我听到是汪书正,马上站起来开门。

他一见我,就笑眯眯地说:“走吧秦汉,到我房子里喝酒去。”

我刚好没事,就随他去了。

一进他的房间,就看见床边的小方桌上摆了四盘菜,香味扑鼻。

我一来,他就热情地请我入座。

他也坐下了,并把酒拿出来。五块钱一瓶的玻璃瓶太白。他把酒直接倒到酒盅里。然后对我说:“周末,没啥事儿,咱哥俩喝喝酒,解解闷儿。”

我说:“谢谢!”

他说:“吃菜吧。”

我夹了几口菜吃了,很可口。我想不到他竟然有这么一手。他喝酒很爽快,吱溜一声,一口把一盅酒喝得一滴不剩。

我那时才刚学会喝酒,一盅酒得分几口喝,太辣了。

一瓶酒喝到一半的时候,汪书正的话开始多起来,他突然问我:“秦汉兄,你知道我为什么到你们县吗?”

听了这话我一愣,我虽然知道他是商州城人,但却不知道他为什么到我们县教书,而且一下子分到这偏远的大山沟里教书。

我只好摇摇头,说,不知道。

汪书正这时又端起满满一盅酒,一仰脖子吱溜一声干了,然后对我说:

"我是为了一个女人呀。"

我听了大吃一惊,他怎么会为了一个女人跑这么远的路,吃这么大的苦?商州城可是许多贫困山区的毕业生梦寐以求的地方。汪书正可倒好,明明是商州城人,却为了一个女人下放到这儿。我忍不住好奇地问他:"那个女人是谁?值得你花这么大的代价?"

汪书正也不顾什么颜面了,便说了 H 的名字,说是为了她才分到我们县的。他父母虽然极力反对,但他为了能与 H 在一起,还是坚决分过来了。因为他是毕业之后改分的,所以比我们那一批毕业生分配要迟了整整两个月。

接着汪书正就讲了他和 H 的爱情故事。

从汪书正的讲述中我知道了,他与 H 在大学三年级时就已确定恋爱关系了,他的父亲是商州城的一个不大不小的政府官员,家里条件很不错。汪书正经常寒暑假期间把 H 带到他家里,好好招待她,还给她买了不少好衣服。他的父母对 H 也很满意,一心想让 H 做他们的儿媳妇。

可是想不到毕业分配的时候,H 却坚决不想留商州城了,而要回本县去,汪书正再怎么挽留都不行。没有办法,汪书正只好随后也撵下来了,目的就是能够把 H 追到手。

汪书正真诚地对我说:"兄弟,你得给我帮忙,我无论如何得把 H 追到手,不然我不是白到你们县上来了?"

我惊讶地问:"怎么帮你?"

"我要每个星期去找她,我不相信感动不了她。周末去就罢了,要是周中去的,你帮我管管班。"

当时我当初一(1)班班主任,他当初一(2)班班主任,我带(1)(2)班的语文,他带(1)(2)班的数学,经常要相互协作。于是我就满口答应了。

汪书正显出很高兴的样子,他对我说,H 不仅长得好看,而且很有才华。说着,他起身从他的桌兜里拿出一叠稿子,对我说,你看看,这就是她给我写的诗。

我接过来一看,只见一沓红格子信纸上全是 H 给汪书正写的情诗。

这些诗写得非常有文采,不仅语句华美,而且很动人,尤其是她的一手钢笔字写得非常俊秀,根本不像是一个女人的笔体。我原来只晓得 H 长得好看,竟想不到她还那么有才,难怪汪书正巴巴地从商州城赶过来,这么好的女人谁会舍得放手？

后来，就见汪书正时常星期中间就走人了。他一走我就帮他管班。要是学校领导问了，我也帮他打马虎眼。汪书正很感激我，一有空就炒些菜，我们两个把房间门一关，使劲儿地喝酒。

我一心希望汪书正能够把才貌双绝的 H 追到手的。可是一年过去了，汪书正一点进展都没有。而且据说，汪书正虽然不辞辛劳，每周风雨无阻地往 H 那儿跑，可是效果并不佳，汪书正给她买的东西，她无一例外地全部扔到了门外面；汪书正要进她的房间，她把门抵住，任汪书正怎样哀求，她就是不开门。后来由于两人感情上实在无法复合；再者，迫于家庭压力，第二年秋天，汪书正只好心灰意冷地调回商州城了。

汪书正临走之前异常伤感地对我说："最毒女人心呀，H 可把我的心伤透了。"接着他告诉我，H 之所以不想跟他，是嫌他个头太小，人太黑。更主要的是，她又遇到了本县一个高大英俊、家世又好的男子了。

我不禁替汪书正感到深深的惋惜，同时又替 H 担忧起来，她这么高的眼光，哪个男人才能完全中她的意？

三

几年后，我改行到了县政府一个文化部门工作。一天，在街头散步的时候，我和 H 竟不期而遇了。因为我们本来就认识，又想到她曾经把同事汪书正害得够惨，便细细打量起这个谜一样的女人来。她这时仍然很美丽，修长的身材，姣美的五官，长长的披肩发，真是风姿绰约呀。可是，由于到了一定年龄，明显感觉她身上那种动人的美在开始消退了。

H 见我定定地看着她，便捂着嘴哈哈地笑起来，讽刺我说："我们害羞胆怯的作家也脸厚了，也敢当街打量美女了！"

我有点窘地说："我见了你就忍不住地想到了一个人，你把人家坑得好苦呀。"

她问："谁？"

我说了汪书正的名字。

她笑了笑说，这都是过去的事了，提它干嘛。她接着问我在哪上班。

我说了单位名字，又礼貌地问她在哪高就。她说她去年因教学成绩突出被调到县城的一所中学。她要我有空到她那里去坐坐。我答应了，然后我们就分别了。

虽然我改行了，但由于原来从教，我教育上的朋友还是占大多数。此后便不断听到有关H的故事。

她的故事无非就是她不断地分手。在此后的几年时间里，她前后总共谈了大概七八次恋爱，时间长的半年，短的只有一两个月。H不知是忘记了自己年龄还是怎么的，似乎她一点也不担忧她自己，她总是以百般挑剔的眼光对待所谈的对象，一旦确定了恋爱关系，她的双眼就像探照灯和显微镜一样，仔细观察这个男人，一旦发现这个男人身上有瑕疵，或者有不可饶恕的恶习，她便决不姑息，不管俩人的关系走到了哪一步，她都会坚决分手。

H的美丽在我们小小的县城是众所周知的，加上教师职业比较稳定，她又很有才华，书教得很棒，在她的四周总是不乏追求者。于是，那几年，她走马灯似的不断变换恋爱对象。一般女的谈恋爱都比较讲策略，比较矜持，她不，她和哪个男子谈恋爱，都是全身心地投入。这样，恋爱谈吹了，吃亏的总是她自己，不少男人都会在与她分手之后向外人炫耀与她的身体故事。

每当这些故事传到我耳朵里，我心里都很气愤，不禁骂她：你这个傻子，你难道不怕老吗？还瞎折腾什么？哪个男人没缺点？婚姻有百分之百满意的吗？高傲的女人呀。当你老了，丑了，还有哪个男人肯要你？

我的担心不是没有道理，几年过去之后，有关H的爱情故事便渐渐稀少了。但他们学校的老师却说，H仍然对理想婚姻充满了希望，她仍然爱穿大红色时髦服装，爱留长长的披肩发，天天把自己打扮成青春靓女的模样。

有一天，我到她们学校去办点事。刚进学校大门的时候，突然见到了H。猛然一见到H，把我吓了一跳，她已不是十年前见到的大美女了。

她见了我很高兴，竟不顾人多，把我拉到门房后面的拐角处，问我来干什么。

我说要找个人办点小事。

她笑了笑，然后顿了一下说："我们还是校友呢，你看，你们一个个都成名、成家了，我仍然还是独身，你也不关心关心我。如果遇到合适的，给我介绍一个。”

听到她这句话，我惊愕不已，于是我仓皇应付道：“好吧，有合适的我一定介绍给你。”

她说谢谢，并深深地给我鞠了一躬。

我吓得赶快逃走了。

四

大概又过了几年，就在H渐渐要被我淡忘的时候，一天，一个朋友对我说，自从他嫂子去世后，他哥哥既要做生意又要照顾孩子，弄得焦头烂额的。他向我求救，如果身边有合适的女人，给他哥介绍一个。他哥这人性格好，爱家，生意也做得比较好，跟上他哥是不会吃亏的。

我见过这位朋友的哥哥几次，年龄大概四十二三岁的样子，人很精干，对文学也有些爱好，我曾经在他家吃过饭，对他印象比较好。朋友一说，我就想到了H。我觉得H比较适合这个朋友的哥哥。只是我这几年一直没有H的消息，也不知道她这个时候嫁人没嫁人，我只好留了活话：“我下去打听打听，如果遇到合适的，一定介绍给你哥哥。”

朋友就先代他哥哥给我道了谢。

第二天，我抽空专门去了一趟H所在的学校。虽然同在一个县城，但由于我那几年很忙，很少来这所学校。去了之后，我通过打听才终于找到了H。想不到她这时已经贷款买了学校集资盖的家属楼，但仍单身。在H的房子里，她热情地接待了我。

H的房子里收拾得很干净，但给人一种很清冷的感觉。

H给我倒了茶之后，笑着问我：“听说你是个大忙人，今天咋有空光顾寒舍？”

我喝了一口茶，看着她说：“几年前你托我的一件事儿，你还记得不记得？”

她一听立即说：“怎么不记得！亏你说得出口，这多年，你给我介绍的对象呢？你就不关心你的老校友，你想眼睁睁看到我孤身到老呀？”

我笑了一下说:“今天我来就是为了完成你交给的任务的。”

H一听,立即转怒为喜,她坐端身子,急切地问:说说看,你给我介绍了哪个人?

我就把那位朋友哥哥的有关情况比较详细地介绍给了她,并说了不少赞誉的话。

H点了点头,答应一切按我说的做,俩人先见面吃个饭,然后开始相处,如果处得不错,就把婚结了。

几天后,由朋友的哥哥做东,朋友、H和我,一共四个人在县城的一个高档酒店的小雅间里吃了一次饭。

这天H特意画了一下妆,披肩发梳得很整齐,额前还用一条蓝色的绸带扣住,脸上洋溢着一股心满意足的喜庆。她穿了一件乳黄色的低领套裙,黑色高跟皮鞋,人看起来一下子年轻漂亮了。

朋友的哥哥一身笔挺的蓝西服,白衬衫,红领带,虽然四十出头了,一点也不显老。

在这次饭局上,朋友的哥哥与H配合默契,相得益彰,我和朋友都有一种发自内心的高兴和喜悦,以为我们促成了一对幸福的婚姻,大有一种不辱使命的骄傲和自豪。

当饭局结束的时候,朋友的哥哥万分感激地紧紧握住我的手说:“大恩不言谢,兄弟可帮了哥一个大忙,我会一辈子感激你的。”

我也很高兴地说:“哥哥可别这么说,H与我是校友,她对爱情要求很高,你能把她娶上,给她一个好的婚姻归宿,也算是完成了我们的一个心愿。接下来你们就按程序走吧,如果处得不错,就定个日子结婚。时光不等人,我可盼着早日喝到你们的喜酒。”

朋友的哥哥说:“一定,一定早日请兄弟喝上我们二人的喜酒。”

接下来都是我的朋友转述他哥哥和H进展情况的。比如,某一天,他哥领着H到附近的一个风景区玩了一天,俩人都很开心。还比如,他哥哥领着H到金店去为H选购三金了。还比如,H生病了,他哥哥为H去学校请了假,并停下手头的生意,专门去照看H。

听到这些消息,我发自内心的高兴,我想,这也许是缘分呀,H寻找了那么多年,现在终于找到了自己的如意郎君。真是众里寻他千百度,蓦然回首,那人却在灯火阑珊处。所以说,婚姻是急不得的,是你的早晚是你的,不是你的,再着急也没用。

五

接下来,我就只等着喝朋友哥哥和H的喜酒了。

可是,一个周末的早上,我正在书房里写作时,朋友突然打来了电话,他告诉我了一个不幸的消息:他哥哥和H的这场婚姻只怕要泡汤了。

我以为是他哥哥反悔了,就很生气,大声指责他说:"你哥哥做人怎能这样言而无信?既然现在后悔,何必当初提说呢?H一个女人,年龄不小了,人家能承受得了这种打击吗?"

朋友一听,马上给我辩解:"不是怪我哥哥,是H坚决要悔婚,我哥哥怎样劝解、求情都不行。看到实在没办法了,我哥这才告诉我,让我请你去劝劝H。"

怎么又是H反悔了呢?

当我回过神来后,便对朋友说:"你放心,你告诉你哥哥,我一定去劝说劝说H,让她改变主意,尽早和你哥哥结婚。"

当天下午,我特意给H打了电话,问她这会儿在不在家。

她说:"在"。

我说:"有事要当面和你谈谈。"

她说:"你过来。"

我立即就过去了。

秋天到了,天气凉了,风一吹,街两边的梧桐树便飘下一片片落叶。我踩着干枯的落叶,气冲冲地朝H所在的学校走去。她家的单元房就在校园的后面。

H正在家等我。

我一进门,她就给我倒茶。

我冷冷地说:"你别倒。"

她对我看了看,问道:"咋了?"

我压住心里的愤怒,问:“你这是在瞎折腾!”

她不解地问:“我咋瞎折腾了?你咋这样说我?”

我说:“你和我朋友的哥哥,到底是咋回事?是他不愿意了,还是你不愿意了?”

H说:“我不愿意了。”

“为什么?”

“他是个畜生。”

“他怎么了?你们不是一直处得挺好吗?”

“那是开始不了解他,了解后才晓得,他不是个东西。”

“你决定和他散了?”

“决定了。”

“没有商量的余地了?”

“没有了。”

“你再想想吧,我也是为你好,才来劝你,人世间婚姻有多少是百分之百满意的?”

“你说的话我理解,能凑合我也想尽量凑合,但他这人不行,我能把我的后半生交给一个人面兽心的人吗?”

“你这么了解他?”

“越了解越可怕。我想不如快刀斩乱麻,尽早散了好。谢谢你为我的事操心。怪我自己不争气。”

话说到这份上我还能怎样劝说?我又坐了一会儿,感觉气氛很僵硬,便起身告辞了。

外面开始变天了,阴沉沉的,一阵阵秋风吹过,带来阵阵肃杀。我踩着遍地的落叶,低着头往家里走去。

六

由于这件事没办好,从这以后我也就懒得理睬H这个女人了。我认为她是个既高傲而又不可理喻的女人,这种人还是少打交道为好。

时间过得飞快，一眨眼又是三四年时间过去了。就在我几乎要将H彻底遗忘的时候，竟碰到了H和一个卖菜的妇女，当街为五毛钱而大声争执的那一幕。从这件事情上可以看出，H已经完全沦落成一个斤斤计较的连普通人都不如的老姑娘了。

那天晚上，一想到H花白而稀疏的长发，就不禁引起了我阵阵遐想，年轻的时候，她多美啊，她的披肩发多迷人啊，现在，她都成什么了！

我不禁鼻子阵阵发酸，难过的好长时间睡不着。

再接下来偶尔听到的都是H相当不好的消息。H过去一直是学校的教学能手，可她由于记忆力的惊人丧失，加上精神上的负荷，她时常在上课的时候，讲着讲着突然头脑里一片空白，一下子呆在了那里。课上不好，考试成绩自然就不行，无论大小考试，她带的课程几乎次次考试倒数。因此学生家长对她怨声载道，纷纷找到学校，要求换老师。可H还不认为自己教书不行，她认为是有些人故意跟她过不去，她偏偏要把课带下去，结果她不是跟学生吵，就是跟学校领导吵。她成了众矢之的了。这个时候，H已彻底没有男人想要她了。她也彻底死了心，早晚独来独往，时常自言自语，说些谁也听不懂的话。

又不知过了多久，一天，下着阴雨，我刚下班回来，突然一个朋友打电话告诉我，说H出家在真如寺当尼姑了。

我一听大吃一惊，好端端的，出什么家？朋友接着告诉我："H今年不知怎么喜欢上了县城某所学校的一名普通教师，她天天下午放了学之后都在那个男人上下班必经的路上等候着，只为能够见上一面，搭腔说说话。可是那个男人是有妇之妇，而且根本看不上她。H不以为然，仍然死了心地追求人家。结果可想而知，她不仅一次次地受到那个男人的羞辱，而且还被那个男人的妻子当众痛骂了一顿。事情传到了H所在的学校，校长大怒，让H在全体教师会上做出深刻检查，否则把她调离学校。"

H一气之下就出家了。

我唏嘘不已。

这个才貌双绝的女人，她咋把自己的一生过成这样了呢？

是呀，她咋把自己的一生过成那样了呢？

（发表于《秦岭》杂志 **2018** 年秋之卷）

雪落无声

一

雪还在下着。

这场大雪从腊月十五就开始下了，原以为两三天就会停的，谁知一直下到大年三十。在杨宝坠的记忆中，就没有下过这么久、这么大的雪，过去当地下雪，一般就是一两天，至多也就四五天，从来没有超过十天半月的，尤其是近年来，冬天下雪非常稀少，有时一个冬天竟没下过一场雪。杨宝坠种了一辈子庄稼，他知道，冬天不下雪不好，病虫害杀不死不说，一直干冷，土壤没有墒情。可是雪下久了，就成了灾害。这场大雪由于下得持久，县城所有出路都被封冻了，外面物资运不进来，导致县城物价飞涨。猪肉由十几块一斤涨到二十几块一斤，小青菜也卖到七八块一把。其他东西更不用说了。要是在老家，杨宝坠也不怕，在老家，菜园里种的有菜，圈里喂的有猪，田地里长的有粮，过年买些鞭炮、门联、香裱就行了，可他现在不在老家，而在县城。在县城一切花销都要买，遇到这种鬼天气，物价飞涨，杨宝坠叫苦连天，只好让儿子节省着买些年货。

杨宝坠本来一直住在老家野猪岭，那里有三间瓦房，好几亩山地。自从他的女人去世后，他一直在家种庄稼，倒也不愁吃不愁穿。可大儿子杨小松工作调到县城后，硬要叫他也到县城住，并在一个建筑工地上给他联系了一个照看场子的活儿，每月工资一千元；而且让他们全家免费住工地旁边的两间房子。为这事老汉高兴死了，一千元钱不少呀，要是搁农村，得干多少活儿才能挣到这么多钱？而且活儿也不重，他每天只需照看好场子上的机械设备和建筑材料便可。干这些活儿，简直就跟玩一样。

房子旁边还有一块闲地，他又种上了蔬菜，基本上解决了全家人的吃菜问题。儿媳妇下岗后，就儿子一人挣工资，能省一分是一分。有了这些，老汉很知足，饭由儿媳妇做，他专心照看场子，空余时间领领小孙子，种种菜，日子倒也过得逍遥自在。这里距县城也就二三里地，闷了他就到县城溜达溜达，看看热闹。小儿子杨小岁初中毕业后在外地打工，估计也能挣些钱，老汉心里谋划着，好好攒几年钱，也在县城里买套房子。

但是好景不长，他只在工地上照看了一年零三个月的场子，这家建筑队的工程便结束了。工程队一撤，杨宝坠便没活干了，那几间房子也被拆了。

杨宝坠闲不注，便央求儿子杨小松找找哪个建筑队，看是否能让他给他们照看场子。小松就到处打听，托人说情，想给他找个看场子的活儿，可是一者他岁数大了，二者小松是个小职员，说话没分量，最终也没在工地上给他找到活儿。他们一家人只好在县城南郊，租住了一家居民的两室一厅的房子。

他们是冬月初搬到新地儿的，搬来后好长一段时间，杨宝坠晚上都睡不着。在县城没活儿干，全家只靠儿子一个月的四千多块的工资，咋够花？他又让小松到县上的一些企业去为他找个工作，一是为儿子减轻压力，二是他闲得慌，一天什么也不干，简直能把他急死。小松又为他跑了好几个单位，可是到处都不缺人，跑了一个月，仍然一点效果也没有。小松一天工作也很忙，看他为家里事愁得头发都白了，杨宝坠心里像刀绞一样难受，小松刚满四十，老得像是五十多岁的小老头。为了使儿子活得轻松些，他又给儿子做工作，让他回野猪岭去，反正家里有房子有地，种庄稼不仅能养活自己，而且吃不完的还可以卖些钱。可他说了之后，小松死活不答应，小松说他上了岁数，一个人在老家照顾不方便。这样他只好在县城留了下来。

二

天黑下来不久，四周的鞭炮声便接二连三地响起来。他们住的地方虽然是城郊，但人口密度也比较大，楼房一幢挨着一幢。鞭炮声便响得如同炸豆子，这家响了，那家马上跟着响起来，有时是几家同时响。杨宝坠这时便感觉身子如同被炮声抬了起来，其他什么声音都听不到了，只有噼里啪啦的鞭炮声。杨宝坠心里很烦，坐也不是，站也不是。厨房里，儿媳妇正和小松忙着做年夜饭，他也插不上手，电视也看不成，只好一人来到阳台上。

雪还在下着，不时有一片大雪花随着寒风斜飘过来，落在杨宝坠的身上。杨宝坠有气管炎，冷风一吹，便开始咳嗽起来。尽管这样，他还是不想回到客厅，激烈地咳嗽了一会儿，他仍立在阳台上，看四周人家放鞭炮。他们租的是顶楼，四周都看得很清楚。杨宝坠静静地看着一家接着一家把长长一竿子炮燃着，发出震耳欲聋的声响。杨宝坠突然觉得这年过得这么没意思，过个年，不就是放放炮，吃吃年饭吗！别人高兴，人家有理由，人家有房住，有钱花，他呢？他们租的是人家的房子，可怜一家人就只靠大儿子一人挣工资，这日子怎么过得下去？腊月二十，小儿子杨小岁从广州回来了。他原希望小岁会带回来一些钱，可是小岁手一直很散，现在又谈着对象，不仅没带钱回来，而且还伸手向他要钱，说是想到对象家去给未来的岳父拜年。他很生气，当时就把小岁骂了，结果这几天小岁一直阴沉着脸不跟他说话。他和小岁晚上睡一室，小岁要么晚上跑到朋友家睡，要么和他睡一张床上，对他一句话也不说。杨宝坠知道小儿子一直生着他的气。小儿子当年考上了高中，家里供用不起，没叫上，这么多年一直对他耿耿于怀；今年他又骂了他。真是旧怨加新恨。杨宝坠心里想想，实在有愧，可是有什么办法，他只有那么大能耐，要恨就让他恨吧。

杨宝坠在阳台上不知立了多久，一直咳嗽着，他感到全身发冷，正准备回去，小孙子来叫他了，小孙子捏着他的手说："爷爷，爸爸叫你吃年饭。"

杨宝坠被小孙子拉住手牵到餐厅，这时餐桌上已经摆满了菜。小松让他在上席坐了，他紧挨着他右座坐了下来。小岁本应坐在他的左边的凳子上，可小岁故意不坐，而在他哥下手下坐了。杨宝坠心里顿时不愉快起来，连忙把小孙子拉到身边坐了。儿媳妇就坐在孙子的旁边。

一家人坐好之后，小松把白酒、甜酒都打开，把杯子、盅子都添满了，然后他端起酒盅说："过年了，咱们全家干一杯！祝来年我们一切顺利！"杨宝坠便端起酒盅，一家人在一起碰了一下，然后喝了。

喝了酒，便开始吃菜，虽然今年物价飞涨，但小松还是买了不少菜，鸡、鸭、鱼、虾都有。杨宝坠在心里很感激大儿子，是他让他们过了这样一个丰盛的年。杨宝坠不停地给孙子夹菜，让他好好吃。可孙子就是调皮，菜吃不了几口，要么跑到阳台上放炮玩儿，要么去看别的人家放烟火。

小松给他敬了两杯酒，祝他新的一年健康长寿，他高兴地喝了。小岁碍于情面，也向他敬了两杯酒，他也喝了。他这时已经喝了十几杯了，心里开始发热。乘着酒兴，他想不如把心里有些话都说出来，都是一家人嘛，不然心里都一直纠结着。

杨宝坠为了把话说出来，主动提出来他们父子三人共同饮两杯酒，他祝他们在新的一年顺顺利利。两个儿子也听话，都把酒端起来喝了。

一坐下，杨宝坠便对小儿子说："小岁，前几天为父的骂了你几句，是我的不是，希望你能谅解。"

小岁说："你说这话就见外了，当父的教训儿子是应该的，怪就怪在我生错了地方。"小岁叹了一口气。

杨宝坠听了这话一愣，他希望这个时刻小松站出来说小岁两句，他怎么说话呢！什么生错了地方？他这不是在恨他吗？他盼望小松给当弟弟的批评两句。有些话一说通，也就没什么了，一家人嘛，不能一直有什么东西在心里硌着。

可是小松不仅没有说他弟弟，反而和小岁开始划起了拳。他们划着，喝着，话慢慢开始多起来。小岁摆他的苦恼，小松说他的难处。小岁说他现在身无分文，工作没工作，房子没房子，对象看不起他，同学看不起他，说不定对象哪天就会跟了别人。小松说他现在虽然有一个破工作，可是工资低得可怜，别的不说，就连一套房子，一辈子也买不起。俩人的话越说越多，心里的牢骚情绪越来越盛。

杨宝坠听得出来，两个儿子是故意把话说给他听的。杨宝坠劝了他们两句，让他们少喝点，生活紧张就紧张过，世上可怜的又不止他们一家。可是两个儿子根本不听。

小松已经喝得脖子都红了，他声情并茂地说："我看世上可怜的就只有我们一家人了，你看我们单位，十几个人，人人都有房子，有存款，有的一家好几套房子。"

小岁也说:“我上初三时在班上一直学习占第一,结果高中没上成,你看看现在,我可怜的,连一个打工的对象都急忙说不到手。”

儿媳妇听到这弟兄俩在诉苦,也诉起了苦,她生气地说:“就说我们系统吧,有三分之二的人,下岗前都改了行,有了好工作,只有我可怜巴巴的坐以待毙。”

三个人你一言我一语,跟说台词似的。杨宝坠几乎都坐不下去了。他不停地咳嗽着,胸闷得慌,他真想拍屁股走了算了。可是想想大年三十,他还是忍了。

小松和小岁似乎觉得这样喝着酒,说着气话很舒服,他们喝完了一瓶白酒后,又打开了一瓶。仍然接着划拳,喝酒,发着牢骚。

杨宝坠想不到两个儿子会这样,他不明白他们为何要这样,是他们心里有气无处泻,还是故意想气他?他极力地克制着自己,耐着性子让他们把每一句话说完;压制着咳嗽,吃完了最后一口饭。

吃了饭之后,一家人都到客厅里看春节联欢晚会。

客厅面积很小,一家人坐在一起很挤——但是挤挤也能坐下,要是心情好,全家一起看春节联欢晚会是多么幸福呀。可是刚才憋了一肚子气,杨宝坠坐在那里,简直跟坐牢一样;而且儿媳妇在给大家端茶水时,故意不给他端,只给小松、小岁一人倒了杯水。

杨宝坠的泪水悄悄地从眼角溢了出来。电视上的画面仍然很热闹,一群年轻漂亮的姑娘穿红着绿,唱呀跳呀的,杨宝坠坐不住了,他说:“我嫌吵人,我出去走走,你们看吧。”

说罢,他咳嗽着立起身。儿子、儿媳妇都没说什么,孙子要和他一齐出去,被他妈妈拉住了。

杨宝坠心里很悲哀,当他拉门出去的时候,两个儿子谁也没对他说一句话。

三

杨宝坠流着眼泪从顶楼走下来。他走得很慢,边走边咳嗽着,他希望在他下楼梯的时候，两个儿子，或者儿媳妇打开门招呼他一声，让他回去，要么叮咛他不要走远了，早点回来。这样他的心里也好受些，毕竟今天是大年夜。可是，家里没有一个人出来和他搭一句腔，他们就这样放心他们的老父亲？他们不怕他出了什么事？他们的心咋就这么硬？

杨宝坠走到院子的时候，看到这家房东正和他家的小孩在院子里放鞭炮。见了他，房东热情地向他问好，并给他敬了一支烟，邀请他到他家里去坐坐。

杨宝坠说屋里太闷，他想出去走走。

“外面雪大，路滑，走路要小心。”房东叮咛他。

“知道。”他说，他感到鼻子发酸，连忙咳嗽着走了。

这幢楼房的前后左右都是楼房，有三四层的，有五六层的，这里是县上的新开发区，凡是有钱的，都可以在这里买地皮盖房。杨宝坠看到一家家大门上挂的一对对红灯笼时，不禁感慨，年还是给有钱人过的，有钱人吃住无忧，大年之夜才能尽情享受天伦之乐；而没钱的人，像他，过年就是过难，儿子儿媳妇们饭桌上说的每一句话，不就是对他的声讨吗？

天上的雪虽然小了，但是还没有停，零零稀稀的，一片，一片，往下落。地下的雪积得很厚，一脚下去，雪就围住了脚脖子。冷风一阵一阵地刮着，雪上了冻，踩在雪地上，发出咯吱咯吱的响声。

杨宝坠忍受着剔骨般的寒冷，不停地咳嗽着，一步一步朝前走，他没有明确的目标，他只想走到没有人去的地方去。夜空中不时发出一声鞭炮的响声，出现了一团五颜六色的烟花。夜显得更加寂静，他听到自己的脚步踩在雪上发出的沉重的叹息声。

杨宝坠很后悔到城里来，也许命中注定他只能在大山沟里生存，老家野猪岭才适合他，累了睡，饿了吃，烦了，就去干干活。而在这里，吃的是别人的，睡的是别人的，烦了，他就什么办法也没有，只能像现在这样，一个人孤零零地在雪地上行走。

杨宝坠已经走了很远，距他们租房子的地方，大概已经有四五里地了，路几乎看不到了，四下都是模模糊糊的。他是一个自尊心极强的一个人，刚才，他一直担心有人瞄见了，不敢放声哭，现在，到了这没人的地方，他才彻底放任了自己的情绪，放声大哭起来。

老汉开始是站着哭，由于浑身抽搐，咳嗽得心口痛，哭着哭着，他就蹲了下去。他是那么伤心和绝望，他有一肚子话要说，一肚子苦水要倒，可是对谁说？向哪儿倒？他唯有哭了。

女人死的时候他没有哭，那时他才三十多岁，女人一死，他一下子感到了责任的重大，即使再悲伤，眼泪一滴也流不出来。

在含辛茹苦抚养两个儿子，尤其是供养儿子小松上大学时他也没有流泪，那时多困难呀。为了挤出每一分钱寄给儿子，他硬是省吃俭用，把辛苦挣来的每一分钱都抠下来。那几年，一年到头吃不上一顿肉，喝不上一口酒，就连烟他都戒了。他那时的希望就是把儿子供养出来，就是累死他都心甘情愿。

现在两个儿子都长大了，他应该松口气了，他们却说这没有那没有，羡慕别人有房子住有钱花，怨恨自己生错了地方。他们都没有想想，那时他们的妈妈才去世，别说选择家庭了，活下来都不容易呀，他硬是又当爹又当娘，辛辛苦苦把他们拉扯大，还供养他们上学，他只有那么大能耐，他能咋？

杨宝坠越想越难过，越想越委屈，他感到有一把刀子在心里剜着。最令他痛心的是大儿子杨小松，他一直认为大儿子是个孝顺懂事的孩子，可他今天的表现却是那么不近情理。可是，儿子毕竟是儿子，他们纵然千不是万不是，他这个当老子的也不能和他们一般见识；况且今天是大年三十，自己再委屈也得忍着。话说回来，两个儿子包括儿媳妇在内，他们也确实不容易。

这时，杨宝坠发现雪不知什么时候又开始下大了，他的身上落了厚厚的一层雪片。他站起来，感到腿肚子发麻，浑身发冷。天已经很晚了，他应该往回走了。

杨宝坠把身上的雪抖掉，转身往回走。鞭炮和烟花早已经停止。夜更静了，地上的雪更厚了。这个时候，他的心情也平静了许多，身子也轻松了许多。杨宝坠正往回走着，突然他发现前面有一个模模糊糊的影子，好像一个人，他想肯定是儿子小松不放心，出来找他了，就激动了一下。走近才看清，原来是路边码的一堆砖。杨宝坠才知道自己想错了，儿子怨恨着他，又喝了那么多酒，怎么可能来叫他？即使他在外面待一个晚上，他们也不管不问。奇怪的是，杨宝坠并没生气，反而感到一阵轻松。

四

杨宝坠很快走到租的房子楼下。大门虚掩着，他一推就开了。院子里很安静，房东家的人都睡了，唯有门口挂的一对红灯笼还亮着。杨宝坠穿过院子，一直上到顶楼，开了门。他以为儿子他们都睡了，可是他们没有，他们都在小松的卧室里打牌，说话声不时从里面传出来。

杨宝坠换了鞋，走进自己的卧室，把灯亮着，有好长时间，他的头脑里一片空白，他静静地站着，不知是在想什么，还是在等什么——可什么也没发生，那边没传来任何其他声音，他们仍在打牌。

眼泪又想往出流，但让他坚决给控制住了，嗓子痒得不行，要咳嗽，他也硬压住了。他叮咛自己不能再流泪了。他这时从身上摸出了平时攒的一百块钱。腊月间他才把几十张零钱换成新的百元票子，这是他给孙子的压腰钱。他把钱掏出来却不知道怎样给到孙子手上。正想着，他看到床头桌子上放的一叠卡片。这是大儿子教孙子认字用的，上面是一些诗和图画。

杨宝坠把钱放在这张图片上，用一支铅笔在上面压住，他真心希望自己的孙子将来什么都有，快快活活地生活。

钱一放好，杨宝坠扭身就走，一刻也不想停留。临出门时，杨宝坠还担心儿子儿媳妇会发现他，会阻止他。但是他们没有发现他，他们依然在安心地打牌。

五

现在，杨宝坠脑子里反反复复萦绕的是：老家。野猪岭；野猪岭，老家。

好了，杨宝坠终于可以心无旁骛地回老家去了，那个叫野猪岭的山沟。

在他就要迈出院门的刹那间，他突然又收回了脚，他犹豫了，如果左邻右舍知道他大年三十晚上悄无声息地离去了，会有怎样的反应和议论？结果不言而喻，人们肯定要指责他的儿子儿媳妇，说他们不孝，甚至说他们虐待老人，大雪纷飞的大年三十晚上，竟然逼迫老人离家出走，随后衍生出来的各种话题扩散开去，后果会很糟糕。小儿子杨小岁在外地打工，也许他身边的人不会知道；大儿子杨小松就不同了，他在县政府机关上班，要是落下个对自己老人不敬不孝的名声，事情就麻烦了，他还怎么工作？怎么见人？更加严重的后果是会影响他的前程。想到这里，杨宝坠便放弃了独自离去的想法。然而，回归老家野猪岭的诱惑却总是拂之不去。接下来该怎么办呢？杨宝坠想了半天，也想不出个子丑寅卯。

夜更深了。雪下得更大了……

（发表于《朔方》2016 年第 3 期）

虎 猫

一

一只黑猫在后面紧追不舍。

王石头无论钻到哪里，那只猫都能准确地找到他的藏身之地。他跌跌撞撞，连滚带爬，不知摔了多少跤，也不知受了多少惊吓，最后他竟被猫逼到了一条死胡同里——四面都是森森的高墙，猫踏着沉重的步子一步步向他逼来。他吓得屁滚尿流，感到世界的末日已经来临了，他多么希望猫能发发善心，饶了他。可是猫越来越凶，体形越长越大，一直长到成年老虎那般大小。只见猫瞪着铜铃一样的大眼，张开血盆大口，两只前爪在地上按了按，然后一跃而起扑向了他……王石头大叫一声，一下子醒了。

王石头把灯打开，用枕巾擦了擦额头和脖子上流出的虚汗，然后靠在床头上，深深地叹了一口气。

媳妇蒋彩凤被强烈的灯光刺醒了，看到他惊魂未定的样子，问道："好好的你咋了？"

他垂头丧气地说："又做噩梦了，梦见那只黑猫变成了老虎，把我撵得到处跑，最后把我吞了"。

蒋彩凤一听这话便气愤地说："这个杂种猫可把人给苦了，它不就像老虎一样凶恶吗？"

昨天，因为那只猫，王石头又和邻居王守全夫妇大闹了一场。

王守全听说兔子繁殖快，从附近一家兔场买了三只小兔子，放在他家后院的笼子里养着。不知是怎么搞的,兔子竟让他家的黑猫发现了,四面都是三米多高的围墙呀,黑猫竟然跳进去把那三只兔子全吃了。

就那三只小兔子,王守全夫妇竟管他母亲要了三百块钱。他知道了事情的原委后非常生气,两家因此大闹了一场。结果母亲坚决制止了他和蒋彩凤,她不仅低声下气地向王守全夫妇赔了礼,道了歉,还给人家加了一百块钱。

这事越想越闹心,这几年,这只黑猫给他们家带来了多少麻烦呀。

去年十月,同村王大麻子的儿子结婚,结婚前一天,王大麻子亲自到乡下买了五只土鸡,回来后烧水、拔毛,收拾得干干净净,以备第二天结婚的酒席用。可谁想,当天晚上,那五只土鸡有三只都让那黑猫给偷吃了。

就为这事,王大麻子撵到他家门口,破口大骂,无论如何要他如数赔偿他几只土鸡。临时临为,他从哪儿找几只真正的土鸡,而且是拾掇干净的?为了这件事情,他好说歹说,只剩给王麻子下跪了。最后他不仅赔了三只白条鸡,还给了人家三百块钱。

去年腊月二十九,黄贵贵上街买了两条四五斤重的鲜鱼,以备过年吃的。结果挂在厨房的屋梁上还不到一天,竟然全让黑猫偷吃了。

黄贵贵过年买鱼,讲的是年年有余,图吉祥呢,可是鱼却让这只可恶的黑猫偷吃了,人家能依吗?黄贵贵仗着他弟兄多,势大,硬说黑猫坏了他家来年的运气,除了让他赔鱼不说,还要他亲自上门赔礼道歉。他也是个愣货,他能受这家人的随便摆弄吗?他坚持只赔鱼不赔礼道歉。结果两家越吵越凶,眼看就要打架了。这时黄贵贵的几个哥哥来了,他们手持棍棒铁锨,威胁他说,他如果还不答应他们小弟的要求,他们就会把他打成肉酱。面对这几个凶神恶煞般的大汉,他只好屈服了。他不仅给黄贵贵赔了钱,还乖乖地上门给黄贵贵赔了礼道了歉。

人活一口气,这事把他气得呀,去年那个年他算是没过成,整个一个正月他哪里都没去,他一直窝在家里生闷气。后来他逮住黑猫狠狠地踢了一脚,算是解了些气。

这才过了多长时间,可恶的黑猫又把小气鬼王守全家的兔子吃了,让他白白损失了几百块钱。他越想越生气,越想越憋气。

那只猫是母亲十年前拾下的,是母亲的心肝宝贝。

一天早上,母亲背着柴从后山大阳坡上回来。经过村里的砖瓦窑时,她突然听到了一声微弱的猫叫。抬眼一看,只见一只脏不兮兮的猫娃儿从砖瓦窑里一步一晃地向她走来。这只猫浑身糊得像个煤球,而且尾巴处还被火燎了,真是又脏又难看。那只猫径直走到母亲身边,仰起脏兮兮的头,微弱地叫了一声。就这么一只脏兮兮的猫,母亲根本就没有看上眼,便背着柴火继续往回走。当她把一捆柴背到家门口的时候,一扭身,竟看到这只被烧伤的脏猫仍然不离不弃地跟在她身后。母亲当时很生气,准备一脚把这只小丑猫踢得远远的。她脚都已经扬起了,但又改变了主意,她想丈夫去世好多年了,儿子也长大成人了,自己孤苦伶仃的,养只猫也是个伴儿,说不定洗洗,这只猫也许是只好猫呢。于是她把柴火放下之后,拿出一只塑料盆,倒了半盆冷水,又加了半壶热水,把这只小猫上上下下给洗了个遍。母亲以为用水一洗,这只猫会成为一只白猫,或者黄猫,哪想到,洗了几盆水,水都洗清了,猫还是黑漆漆的——原来是只黑猫。洗过澡的猫看起来顺眼多了,眼睛圆丢丢的,根根胡须直往外翘着。它抖动着身上的水珠,不停地喵喵叫着,听起来像是感谢母亲的意思。

从此后,母亲就收养了这只猫。

在母亲的抚养下,这只黑猫一天天壮大起来。几年之后,这只黑猫已长到原来的数倍大小,不仅头部硕大,目光炯炯,而且有一条又粗又长的尾巴。它的毛发漆黑,在阳光下,散发着黑黝黝的光泽。猫儿长壮实了,母亲的身体却日益萎缩了。由于年轻守寡,加上多年含辛茹苦地养育他和两个妹妹,母亲现在连走路都十分艰难了。她一天到晚几乎哪儿也不去,除了在门口晒晒太阳,其余时间都在屋里候着,那只黑猫就成了她形影不离的伴儿了。

二

王石头想,如果这是一只温顺的猫,放在家里,既可以给母亲做伴儿,又可以逮老鼠?就算是普通的猫,懒猫,甚至连老鼠都不吃的猫,他也不会伤害它。可是家里这只猫,在他看来,它简直就不是猫,它的个头比一般的猫要大一倍,而且动作极为敏捷、凶悍。原来村子里有不少猫,其中两只公猫竟让这只黑猫给咬死吃掉了，其余的公猫都吓跑了。几只母猫忍受不了这只黑猫极其庞大而野性十足的身体，见了它就亡命似的逃跑。现在村子里就这一只黑猫了。黑猫的攀爬跳跃能力极强，再高的树，它一眨眼工夫就能爬到树梢上去；只要有一点攀扶物，任何房子它都能一跃而上。而且，这只猫的食量非常惊人，它很少吃熟食，大多吃的是肉类，有人亲眼见过它跃起身子把一只刚飞起的鸟雀抓住吃了。这只长了近十年的猫，其嗅觉的灵敏度已大大超出人的想象，村子里几十户人家，哪家到镇上割了肉，搁在厨房里不到一天时间，它就能摸得清清楚楚。无论你把肉藏得多么隐蔽，挂得有多高，它都能吃到嘴！

而这还不是最要害的，自从黑猫偷吃了黄贵贵家的鱼，他受了奇耻大辱，狠踢了它一脚之后，王石头发现那只黑猫已经对他怀恨在心了。每次一照面，那只猫便如临大敌似的，两只圆丢丢的大眼瞪着他；嘴张开着，露出尖利的牙齿。嘴两边的胡须，根根直立，仿佛要与他拼命的架势。他只要往前走一步，猫便发出虎啸一般的叫声。猫一见他手中有武器时，马上狼狈逃窜，跳到墙上，或者树上。临走之前猫还不忘对他龇开嘴，吼叫一声。

白天他当然不怕黑猫，可到了晚上，他防不胜防呀！同宿一幢房子，黑猫如果想咬他，怎么办？自从有天晚上媳妇起夜受了黑猫的惊吓后，天天晚上媳妇都害怕猫会在他们熟睡时钻进卧室。如果猫趁机咬掉他们的鼻子、耳朵，甚至咬断他们的喉咙，那还不容易吗？一想到这些，王石头不禁毛骨悚然。

王石头知道，由于十年来的朝夕相处，以及母亲对它的溺爱，这只黑猫已成了母亲相依为命的伴儿了，他要是强行把猫弄死，会把母亲气坏。这样他会在村子里落下不孝的名声。唯一的办法就是悄悄地弄死它。这样母亲才不会怪罪下来，过几天，大不了他再逮一只温顺的猫送给母亲做伴儿。

王石头以为这个办法很好。可是问题来了，他怎样才能悄悄地把这只猫弄死？

这只黑猫可不是一般的猫，它异常灵敏，睡得再熟，稍有一点动静，它便立刻灵醒过来了；一旦发现有危险，它会一个箭步，跳出几米开外。而且，它还有母亲这把保护伞。除非在外面害人，一回家，它就忠实地守在母亲的身边。母亲寂寞了，便把它搂在怀里，亲它，抱它，有时还和它在一起耍着玩儿。

王石头是个孝子，他知道母亲把他拉扯大不容易，他说什么也不能让母亲心里不高兴。所以他只好寻找机会，趁母亲不在跟前的时候，把猫弄死。

机会终于来了。

冬至这一天，蒋彩凤包了一顿肉饺子。母亲好久没吃饺子了，结果吃多了，为了消化，她拄着拐杖到村子里面转悠去了。那只黑猫跟了一段路，不知为啥竟独自返了回来，然后卧在门前的葡萄架下晒太阳。

王石头暗喜。他把摩托车从屋子里推出来，打了一盆水，又拿来一块抹布。摩托车就停在距葡萄架几步远的地方。他装作懒得理睬它的样子，用抹布一下一下擦着他的摩托。开始猫对他还有提防，几次把头抬起来，高度地警惕着他。但他对猫瞅也不瞅一下，只是专心地擦着摩托。摩托好多天没骑了，上面落了一层灰，他用抹布擦了一遍又一遍，每擦一遍，他都要把抹布放在水盆里搓一搓，拧干，再擦。猫见他只是一心一意地擦摩托车，并无伤害它的意思，便放心地睡去了。

王石头其实一直用眼睛的余光仔细地观察着黑猫，见猫已在阳光下安心地睡着了，便踮着脚步轻轻走过去，然后一个猛扑，双手按住了黑猫。

黑猫虽然在最后一刻醒了过来，但已为时太晚，王石头双手已按住了它的脖子。黑猫口里吼叫着，发出可怕的声响；四只爪子拼命踢腾着，企图挣脱出来。

王石头岂能让猫挣脱出来？他不断地躲让着，让猫的爪子落空；并加大力气，紧紧卡住了猫的脖子。

于是他便朝屋里喊叫："蒋彩凤，快些，拿一只蛇皮袋下来。"

蒋彩凤从二楼窗户上露出头来，问："找袋子做啥用？"

王石头说："害人猫让我逮住了，我把它装进去，带到外面弄死它。"

蒋彩凤一听大喜，马上到房间里找了一个蛇皮袋子，然后噔噔跑出来。

蒋彩凤走到王石头跟前，见猫还在顽强地挣扎着，心里有些怕。问道："咋办？"

王石头说："你把袋子口撑开，我把猫塞进去。"

蒋彩凤怯怯地用两手把蛇皮袋撑开着，

"弄大些。"王石头生气地说。

蒋彩凤又把袋口撑大了些。

王石头便把猫头朝上，尾巴朝下往袋子里一塞。但在最后松手的那一刻，猫爪子竟一下子抓到他的手背上。王石头感到一阵钻心的痛，一道血口子立刻冒出血来。他顾不得痛，立刻接过妻子的手，把袋口捏死了，然后又让妻子找来一根绳子，把袋口绑紧。担心母亲一会儿回来了，他把袋子往摩托车上一绑，然后骑上摩托车就跑了。

三

入冬的通村水泥路上，行人特别稀少，王石头车骑得非常快，半个钟头后，他已经跑出十几里路了。刚好前面不远处是一个河道，四下又没有人。王石头把摩托车停下，把蛇皮袋从车后座上解下来，他打算一会儿把猫扔到河道里，搬几块石头砸死算了。

王石头拎着蛇皮袋往河道里走的时候，猫不断地在蛇皮袋里使劲挣扎着。虽然他刚才绑得紧，又跑了这么远的路，但这只猫还是这么厉害，它的爪子在袋子里乱抓着，发出刺刺拉拉的声音；头不断向上顶着，发出骇人的吼叫声。王石头的心里顿时有些发毛，他生怕猫会挣脱蛇皮袋子冲出来。他想尽快把猫弄死。

往前走了一段路，看到河道里堆了一堆石头，他便把蛇皮袋子扔到石堆中间，然后搬起一块石头准备砸下去。石头都已举到头顶了，他又放下了，——他想到了母亲。这只猫虽然可恶，可它却是母亲的宠物。这几年为了生计，他和媳妇天南地北到处跑，这只猫一直与母亲相依为伴。如今，他要用石头把猫砸死在河道里，是不是对不起母亲？毕竟他是母亲辛辛苦苦抚养大的。出于对母亲的一份孝心，他说什么也不该用这种残忍的方式把猫弄死。

就在王石头犹豫的时候，猫竟然在袋子里一动也不动了，而且还轻轻地叫了一声。这一声叫得很微弱，很可怜的样子。这声叫唤一下子打动了王石头，他不再犹豫了，连忙拎起袋子，返身朝摩托车跟前走去。他想，即使想把猫弄死，也不应该在这个地方这么残酷地弄死它，应该跑远一点，用其他办法弄死。

王石头只好把猫重新拴在车后座上，然后骑上车继续往前走。

车子又经过了几个村庄。

车子一边往前走，王石头心里一边思索着用什么办法弄死这条猫。原以为很简单的事，想不到这么艰难，用这个法子不好，用那个法子也不好。他都已经犹豫不决了，要不要杀死这只猫，是不是把猫放了？但想到猫的种种可恶之处时，把猫弄死的想法还是占了上风，他想自己既然已经花了这么大力气把猫带出来了，无论如何也要把这只害人的猫杀死。

到底用什么办法呢？放河里淹死会把水弄臭，那就从岩上扔下去摔死吧。刚好车子经过两山之间的一座桥时，旁边就是一处山崖，山崖下面是个乱石滩。王石头把蛇皮袋从车子上解下来，走到山崖跟前。

猫也不知道是死是活，在袋子里一点动静也没有，王石头拎着扎紧的袋口，手臂来回摆动了一下，然后使劲把袋子抡了下去。袋子在空中划了一个大大的圆弧，然后噗一声落在下面的烂石滩上。

王石头长长出了一口气，似乎是完成了一项重大使命似的。他想，这么高的地方扔下去，猫不是摔得肠子拖出来，也会摔得脑袋开花，血流一地。他感到自己有些太残忍，只好在心里祈求猫原谅自己，他是不得已才这么做的。王石头感到腿有些发软，他害怕这会儿骑车有危险，便在旁边的石头上坐下来，从身上掏出了香烟，点着，吸了一根。当感到胸口不再激烈跳动了时，这才骑上车子，一溜烟跑回家。

四

王石头骑着摩托回到家的时候，已经是半下午了，他把车子推进家里，刚出来，便看到母亲一脸的焦急。

母亲拄着拐杖颤巍巍地问他：“石头，你骑车子上哪达去了？”

“镇上去了一趟，我想找点活儿干干。”王石头撒谎说。

“你望见我的老黑没？”母亲一贯称这只黑猫为老黑。

“我从家走的时候还望见在葡萄架下晒太阳呢。”王石头说。

“中午饺子吃多了，出门走了一圈，回来就没见它了，我找了半天，也没见老黑的影子。”

“你急啥么？一会它就回来了，丢不了的。”王石头安慰母亲。

王石头这样一说，母亲似乎吃了定心丸，不再焦急了。她告诉王石头：“刚刚邱家屋场你姑父捎信说，他家小儿子邱立新明天订婚，让晚上去喝喜酒，我跑不动，你代我去。”

王石头一听暗自高兴，刚好他心里有些恐慌，出门避一避，也能缓解一下心理压力。于是他把摩托又推出来，对母亲说：“妈，那我就早点到姑家去，订婚是大事，有许多忙要帮。”

母亲说：“你去吧去吧，你媳妇回家了我对她说。”

王石头便把摩托车踩着，挂上挡，一溜烟跑了。

第二天吃过午饭后王石头才回来。由于客人多，这天晌午他喝了不少酒，回到家的时候，他感到自己腿软软的，身子飘飘的，心里烧乎乎的。

母亲正坐在门口晒太阳。他把车子一停，正准备进屋子，眼前的情景顿时让他眼睛一黑，心也一下子提到了嗓子眼上——就在母亲的脚边，竟然卧着那只黑猫。开始他以为是自己酒醉眼花了，便揉了揉眼睛仔细看看，没错，正是那只黑猫。

黑猫这时也看见他了，凶恶地尖叫一声，一纵身便跳出几米开外，然后一溜烟跑了。

王石头一下子愣住了，他以为这决不可能，那只猫明明被他摔死了，十几米高的山崖上摔下去的呀，袋口又是扎紧了的，再厉害的猫也会被摔死；何况，他骑着摩托跑了那么远的路，猫咋原路返回的？这只猫身上不仅看不出有任何损伤，刚才跑得还是那么快。

母亲见他面红耳赤的样子，便指责他说：“石头，酒又喝多了吧？你别学你父亲，老爱喝酒，当心喝多了伤身子。”

王石头胡乱应付了一句，糊里糊涂地把车子推回家里。

王石头感到脑子里一片空白，他对刚才看到的一幕一直转不过弯儿，猫为什么还能活着回来呢？这么高的山崖，那么远的路，它怎生还的？

妻子蒋彩凤正坐在床上一边嗑瓜子，一边看电视，见他一身酒味地回来，便问：“你昨天咋弄的？那黑猫咋又活着回来了？”

王石头呆呆的，他木木地在床头坐下，说：“我也说不清是咋回事，那只猫是我从十几米高的山崖上摔下去的，可哪想，刚才见它还是好好的，一见我，那猫出溜一下就跑得没影了。”

“你确定猫被摔死了？”蒋彩凤问。

“肯定摔死了，十几米高的山崖，下面尽是乱石浪子，猫摔不死才怪呢。”

“那它为啥活着回来了？”

“怕，怕是成精了，摔，摔不死了吧！”王石头结结巴巴地说。

丈夫这样一说，蒋彩凤顿时害怕了。

五

王石头曾经听人说过，什么东西成精了，就会变成妖魔鬼怪，来无踪去无影，上天入地，无所不能。像柳树精，槐树精，鲤鱼精，狐狸精等等都是这样的。如果这只黑猫成了精，那将多么可怕！要是他以前没有谋害它，也没有关系。可是，他前面曾狠狠地踢过它一次，一下子踢得滚多远。这次他又用蛇皮袋装着，跑十几里山路，把它从十几米高的山崖上扔了下去。最近他们刚看了《聊斋》电视剧，那里面的狐狸精害人，便是把人领到悬崖边边上，人还以为是平路，脚一迈，便从悬崖上摔下去，摔得粉身碎骨。狐狸精还会变成各种吓人的东西，让你夜间不得入睡，吓得七窍流血而死。想到那一个个恐怖的画面，王石头越想越害怕。可是，妻子比他还害怕。蒋彩凤埋怨他不该使劲用脚踢猫，更不该狠心地把猫从十几米高的山崖上摔下去。她一听说黑猫的名字就吓得浑身发抖，一看见黑猫的影子就连连后退，逃都逃不及。

王石头认为这样下去不是个事，两个大人总不能让一只猫吓坏吧，传出去，以后他们还怎样做人？他仔细观察了，黑猫这次回来以后，除了见他和蒋彩凤如临大敌之外，别的倒没多大变化。它依然对母亲十分依恋，虽然凶悍，但是见了母亲仍那么温顺。它和母亲在一起的时候，喜欢撒娇，翻跟头，还用舌头舔母亲的手。母亲的手被它舔痒痒了，竟张开没多少牙的嘴巴，嗯哈哈地笑了。而且母亲给它喂的食，它还照样吃，吃完之后，它还用舌头一下一下清洗它的胡子和爪子呢。

既然它没有成精，那为什么十几米高的山崖摔不死呢？王石头决定要亲自到山崖下去看一看，如果猫成精了的话，猫身子还在，灵魂飞走了，又变成了一只猫；要是没成精的话，那只口袋是空的，猫把口袋咬破逃走了。

一天上午，王石头骑着摩托，再次来到那座山崖跟前。远远望去，蛇皮袋还在崖下的石浪子上。他的心开始怦怦跳起来，从山崖下去的路不好走，他绕了好大一个圈才绕到下面的乱石滩跟前。蛇皮袋就在眼前，他一步一步走过去，他非常担心猫还在袋子里。如果是那样的话，猫肯定成精无疑，那他和妻子就休想活在人世了；要是袋子是空的，那他就不怕了，这只能说明猫侥幸活下来了，没有成精。

几米远的路走了他好半天，当他走到袋子跟前，开始一摸里面是软的时，他的魂都吓飞了。可又往下一按时，袋子是空的，他顿时放了心。他把袋子往起一拎，下面竟是半截海绵——可能是夏季上游涨大水时把谁家的沙发冲走了，半截海绵被冲到了这里。他上次把猫扔下去的时候，刚好落在这半截海绵上。那只黑猫肯定是趁他走了之后，用它的坚牙和利爪，把蛇皮袋撕破，然后逃了出来。

事情已经真相大白，王石头再也不必害怕了。

王石头回去把实情对妻子蒋彩凤一说，蒋彩凤顿时心花怒放，心中悬着的一块石头顿时落了地。

再次见到那只黑猫，王石头和妻子蒋彩凤再也不战战兢兢的了。只是那只猫见了他们仍是如见宿敌的样子，双眼瞪得溜圆，尖叫一声逃走了。

六

黑猫一如既往地惹事。村东头抓鸡吃，村西头偷鱼吃，谁家在镇上割了新鲜肉，指望第二天待客呢，谁知当天晚上肉就被这猫叼走了。因而，村子里来找母亲麻烦的总是接连不断，今儿人家要她赔钱的，明儿人家要她赔鱼赔猪肉的。母亲七十多了，跟人争执不过，遇到心善的，她说说软话，向人家道道歉，人家说两句便走了；遇到难缠的，扭不过，只好给人家赔钱，赔了钱，还向人家道歉，说自己没有把黑猫管好。

找事的人刚走，黑猫就回来了，在母亲面前摇头摆尾，做出各种顽皮状，母亲又好气又好笑，她把黑猫搂在怀里，用枯瘦如柴的手轻轻拍打着黑猫壮硕的脑袋。教训说：你这坏东西，那么嘴馋，看把你吃得多胖啊！黑猫也不反抗，任主人拍打，打着打着，它就眯起了眼，在主人的怀里呼呼睡着了。每当此时，母亲脸上便漾出幸福的微笑，她像抱小孩一样把猫抱在怀里，让它好好睡觉，要么把它抱起来，轻轻放到她床上。

七

王石头认为，既然这只黑猫一贯作恶，不如把它杀死算了。

王石头下了死决心，这次再整，一定要把这只猫整死，决不能像上次一样让它活着回来。因此，他为下一步的行动在心里反复进行了谋划。他想，最好是把猫弄得远远的，神不知鬼不觉地把它杀死。上一次猫之所以能活着回来，一是没有摔死。他听老年人说，猫有九条命，轻易摔不死的。二是上次扔猫的地方距他们家比较近，才十几里路。他听人说，猫的听觉异常发达，嗅觉也很灵敏，只要是二十里以内的，它都能听出声音，辨出气息的。因此，二十里以内的地方，要想把只老猫扔掉，几乎就不可能，除非那只猫就不想回来。所以，他这次要把猫弄死，最好在20里以外，远远的路，猫的听觉、嗅觉再灵，也不会找回来了。

刚好这个时候，邻县他一个姓赵的朋友给他打电话，说快到过年了，让他到他那里玩几天，一起喝喝酒，商量一下明年俩人合作做生意的事儿。

王石头和这个姓赵的朋友认识好多年了，他很乐意同这个朋友在一起做生意。

头天晚上，王石头和妻子花了很大气力，在家里把黑猫逮住了，然后他们把猫腿绑住，塞进了一个硬纸箱子里。

第二天一早，王石头骑着摩托把纸箱子带到车站，他先把摩托车存放好，然后抱着纸箱子上了去邻县的班车。这次他可记好了，一定要把黑猫扔得远远的。

班车沿着国道行驶了好长时间，估计已走出八九十里开外了。看路牌，再有二十多里路，就到邻县朋友的家了。

王石头不想把一只害人猫带到朋友家门口杀死，最好在路途上把猫弄死算了。刚好这时有乘客要上厕所，司机便把车靠路边停下来，让大家都下去方便方便。

王石头连忙抱着纸箱子抢着下车。当他走到司机跟前时，礼貌地请这个师傅一定等他回来再开车。为了放心些，他把纸箱子放下，给司机发了一根烟，然后抱着纸箱子就走了。

路边是一个破败的小村庄，大多人家都搬走了，房子都是空的，门口长满了荒草。王石头把箱子抱到手上，想找一个理想的地方，把箱子放下来，用脚把猫踩死。可是，不少乘客都在下车找厕所，周围到处都有人。王石头只好往村子里面去，一直走到山跟处一户人家门口，看看四下没人了，他这才把纸盒放下，然后抬起腿，准备用力踩下去。正在这时，他突然看到前面有一个红薯窖，便把腿放下，伸头一看，这红薯窖足有五米多深，里面黑洞洞的，好像还有水。

王石头想，用脚把猫踩死，毕竟是有些残忍，不如把猫从这红薯窖里扔下去，这么深的红薯窖，周围也没有人，饿也把猫饿死了。况且，他已耽搁不少时间了，他得赶快回到车上去，不然一会司机把车开走了可划不来。想到这里，王石头便把纸箱子搬到红薯窖口上，然后一脚把纸箱子踢了下去。当他听到纸箱子咚的一声落到红薯窖底之后，这才拔腿往公路边跑去。

这次王石头在朋友家里玩得很尽兴，姓赵的朋友不仅在家里给他摆了两场酒席，还请了不少朋友来陪他；最后一天还带他到县城里去洗了桑拿，吃了海鲜。他俩已初步商定，明年开年之后，两人一起开餐饮，地点俩人都去看了。

美美玩了三天，第四天早晨，王石头才被朋友送上车，返回。

回到村子时，已是午时。他刚把摩托车在门口停下，便听到一声熟悉的猫叫，一抬头，在门口的干葡萄藤下面，母亲正坐在椅子上与黑猫逗着玩。那只黑猫摇头摆尾，做出各种顽皮动作，仿佛什么都没发生过一样。母亲则沉浸在巨大的快乐之中，她一会儿把猫搂在怀里，用多皱的脸可劲儿地亲着猫，神情兴奋得像十八九岁的姑娘。一会儿把手指放在猫嘴前面，让猫用长长的舌头一下一下地去舔，舔得她好受极了，便张开只剩几颗牙齿的嘴巴，幼童似的哈哈大笑起来。

猫不是已经被他摔进五米多深的红薯窖里了吗？而且那么远的路，猫是怎样跑回来的？这东西到底还是不是猫？

真是越想心里越害怕。王石头不禁双腿发软，一屁股坐在地上……

八

年一过，王石头急惶惶地收拾行装准备到姓赵的朋友那里去合伙开饭店。

这个年他过得相当糟糕，那只黑猫时时让他心惊胆寒，每天晚上，他都把门和窗子关得严严的，生怕这个魔鬼一样的东西潜入他们的卧室，咬断他和妻子的喉咙；白天见了这只猫，仿佛见了大老虎，双腿发软，头发直竖。那猫也许看出了他的怯懦，每次从他和蒋彩凤面前经过时，都故意停下来，眼露凶光，吼叫一声。为了提防这只可怕的猫，王石头和妻子时时手里都准备一个防身的东西。尽管这样，他们仍然战战兢兢，时时如临大敌。

终于把年熬过去了，他得马上逃离险境，摆脱这个魔鬼的折磨。

妻子见他要出门，说什么也要跟一块。王石头开始不让，想让她在家照看老娘。蒋彩凤偏不同意。

王石头想了想，知道这女人胆小，把她留在家里，还不让那只猫给吓死了？于是一家人一块走了。

谁知走了仅仅一个多月，清明节刚过，母亲不小心得了一场重感冒，由于治疗不及时去世了。

王石头悲痛万分，想到老娘一辈子的辛劳，想到自己作为儿子竟然不能为老娘养老送终，十分惭愧，便趴在老娘身上放声痛哭。

把老娘安葬入土之后，王石头准备把娘原先用的被褥和床草统统拿出去烧了。可是他在收拾东西的时候，竟然发现那只黑猫躺在床底下。开始把王石头吓了一跳，他担心猫出来咬人，便不敢近身。可半天了猫也不见动弹一下。他这才拿根棍子进去试一试，一戳猫身子都硬了。拖出来一看，猫身上什么伤也没有——原来它是活活饿死的。

想到猫是娘的伴儿，王石头亲自动手做了一只木匣子，把黑猫装在里面，葬在了老娘的坟边上。

（发表于《躬耕》杂志 **2021** 年 **10** 期）

写给父亲的文字

一

父亲在世时曾经对我说:“秦汉,信不信?你是个当作家的料。”其时我还是名不称职的教师,每个学期,我收获的仅仅是地市级报纸上发表的几篇豆腐块文章,学课会考几乎门门受罚。在我垂头丧气的时候,父亲却戴上老花镜,一个字一个字地认真看我写的文章。父亲教了一辈子中学语文,对文章自然一看便知优劣,因而每当他看我的文章时,我都阵阵汗颜,我怕他说我写得太拙劣,是狗屁文章。谁料他看过我的几篇文章之后,竟用异常庄重的语调说了上面那句话。此时父亲已经衰老不堪,生命的夕阳正惨淡地照在他身上,他说他剩下的时间恐怕不多了,他要我抽空把他写一写,“我不想把这事带进土里去,趁现在还有口气,把过去的事讲出来,你写一写,也许是篇好东西。”父亲气喘吁吁地说。

后来,每次我放假从学校回到老家,都见父亲以期待的目光注视着我。我懂得那目光中所包含的意义,可是我没有在他身边坐下来。那时我正和一名女子谈恋爱,我心里到处装的都是她的影子,哪容得下父亲那些陈年发霉的旧事?有时勉强在父亲身边坐下来,也是耐着极大的性子。父亲洞穿了我的心理,叹了一口气,也就始终没有开口向我说及他以往的故事。

谁料两年后的一天深夜,父亲竟与世长辞了。其时我不在父亲身边,当我赶回家时,父亲已静静地躺在床上,永远地走了。我泪如泉涌,父亲说走就这样悄无声息地走了。母亲去世得早,在这个世界上,父亲是我唯一的亲人，可他却在我毫无察觉中撒手人寰了。看着枯瘦的父亲，我不由得十分同情他孤寂的一生，我痛悔在他生命的最后日子里怎么没有好好陪伴他。邻居告诉我，父亲去世的前几天一直念叨着我，并且多次拄着拐棍在路口盼望我回来。

听了这些话我更加揪心，我知道父亲是多么希望在他生命的最后日子里我能在他身边，可是这个小小的愿望他都没能如愿。父亲是带着深深的遗憾离开这个世界的。

二

父亲去世的第二年，我的一篇小说在全国获了大奖，随后我又在《当代》《收获》等几家大型文学刊物上发表了几篇颇有影响的作品，我终于摆脱了教师行业，成了县文化馆一名专业创作人员。走到这一步，我是没有料到的，就像有人喜欢书法，有人喜欢绘画一样，我只是喜欢写作。当教师的时候，我几乎把所有业余时间都花在读小说和构思小说上，我对这种痴迷的爱好经久不衰，我在浸淫文字的极大享乐中有了收获，这是出乎我的意料的。父亲却在几年前就已经意料到了，我不禁暗暗佩服起了父亲，而在内心深处，我又是多么惭愧。盘点以往的作品，那么多的文字，竟没有一篇文章是写给父亲的。我心里不禁惊诧万分，我对父亲原来是这般陌生和麻木！我想弥补一下，写一写父亲，可是写他什么呢？我现在才发现我对他的了解如此之少——我不知道他的生辰，不知道他的喜怒哀乐，更不知道他的过去，父亲对我来说，像是一间门窗紧闭的房屋，我徒见其外，屋内的一切陈设我都一无所知——而那扇门是曾经向我开启过的，是我自己把大门紧紧关上了。这真是不可饶恕的错，这也注定了我无法亲近父亲，无法写给他任何有价值的文字。在深深的自责中，我背负了沉重的十字架，这是我们这一代人的不幸和悲哀，我们为什么对父辈那么麻木？那么没有情感？也许是我们太爱自己的缘故吧。

为了安慰自己，减轻心理压力，我极力为自己开脱，心想父亲也许没有什么可写。在我的印象中，他只是个循规蹈矩的教书先生，一辈子平平淡淡。要是随便什么人都可以写，文学也就不叫文学了，父亲之所以要我写他，大概是想身后留名而已，这是小知识分子的通病，我坚信父亲的一生中是没有什么惊天动地或者惊世骇俗的故事可写的，想到这里，我也渐渐觉得心安了。

三

父亲去世后，我家的几间老屋没人住，很快就破败了，屋顶开始漏雨，庭院里长满了杂草。我打算把它卖掉。我用了整整一天时间清理父亲的遗物。父亲一生清贫，屋里无任何贵重物品，唯一看上眼的是他书房里的几百册旧书。这些书籍内容庞杂，不仅有医学、军事方面的专业书，还有文学、花卉之类的闲书，但多数是他过去当教师时所用的课本。这些书籍有些尚有用处，有些只能当作废纸处理掉。于是我就一本本的挑选，在拿到一本厚书时，我心里一阵惊喜，这是我非常喜爱的一部外国小说《福尔摩斯探案集》。我随便翻阅了几页，想把它拿走，这个时候我突然发现这本发黄的书页中竟夹了几张颜色已经发黄的黑白照片。开始我并不在意，我以为是别人的照片，可当我仔细看了每张照片后，我的心不禁怦怦跳动起来。照片一共三张，其中两张上面都有父亲，这大约是父亲二十多岁时的照片，照片上的父亲一身戎装，英姿焕发。一张是父亲的单身照，一张是他与一个年轻女子的合影，那女子非常漂亮，身着二十世纪三四十年代流行的短裙，齐耳短发，大大的眼睛，她的身子紧紧靠在父亲的肩上，显出一副小鸟依人的模样。还有一张照片是那个女子的单身照，那个女人坐在一个花园旁，怀抱一本书，眼睛微微上瞧，做出沉思状。在其中一张照片上写着：民国三十六年摄于鹿县吴家花园。

父亲年轻时怎么会是军人？那个女子是谁？从相貌上看，她绝不是我母亲。很显然这些照片是半个世纪以前照的，尽管经历了那么漫长的岁月，可父亲的相貌基础我还是确认无误，尤其是右眉尖上的一颗痣，照片上还看得出。我想从父亲的遗物中找出其它一些物件，可是什么也没有。

我只好带走了父亲几本有用的书籍，包括几个红塑料皮子日记本，其余的一切,包括几间老屋,一个院子,全部削价卖给了一户姓杨的农民,然后怅然地离去了。

四

回城后,父亲的音容笑貌一直萦绕于心,父亲是我在这个世界上的最后牵连,这根线一断,我真成了孤儿了。在巨大的孤独和恐慌中,我很想在记忆中搜寻一些有关父亲的往事,写一写他,可惜世事都像隔了一层云雾,岁月茫茫,一切都无从写起了。

一天,我正在书桌前冥思苦想时,眼前突然一亮——我突然想起了那三张照片。父亲不是曾经想告诉我他过去的一些故事吗?他的那些故事肯定隐藏在这三张照片中,看看这些照片,也许会猜测到他过去的经历。于是我把那三张照片取出来,仔细地端详着。

父亲故于2005年,享年七十五岁。按民国三十六年推算,照片上父亲的年龄大约在二十五六岁。父亲一身美式军官装束,可以看出他当时是个中尉或者上尉,属于下级军官。照片上那个女人呢?从发型上看她该是一名学生;从气质上看,她的出身绝不是一般穷苦百姓。为了弄清事实真相,我特意回了趟老家,找到一位八十多岁的名叫杨树林的老人。据说杨树林年轻时当过兵,他又比父亲年长几岁,父亲年轻时候的事,他应该清楚。

杨树林老人见了我拿的几张照片后,像是用巨大力气回忆似的,浑浊的眼光中显出十分迷茫的神情。在我感到已经没有希望的时候,他竟一字一字地告诉我:"你父亲那时候是个连长,这女的是他的相好,是个教书的。吴家花园,我知道,就在咱们老县城的中心。那时,旁边有所女子小学。"我随后又问了几个问题,比如:我父亲为什么没有和那个女的在一起?那女的叫什么?他们是如何相识的?对这些问题,杨树林一概不清楚,他东拉西扯,前后矛盾。我只好离开他,找到了一本《鹿县县志》。在大事记一节中有这样的记载:"民国三十五年春,国民党68军协同当地匪首白青云的民团据守鹿县。李先念所辖中原部队一部六进六出,攻县城未克。后转移至湖北郧县。"

有了这样一条线索，我便继续往下找。哪里才能找到在这次大的历史事件中父亲和那个女的行踪呢？父亲当时作为一个普通下级军官，公开的文献资料上肯定不会记载，唯一可能留下资料的只能是父亲自己写的东西。于是我就从老家拿回来的父亲的几本书和几个笔记本中仔细地寻找。我一本本地翻，一页页地找，几本书和几个笔记本都找遍了，还是什么都没有找到。我生气地将那本颜色已经发暗的红塑料皮笔记用力地往桌子上扳了一下。谁知，由于时间长了，红塑料皮子经我用力一摔打，竟然被摔破了——几页叠好而且写了字的蓝格子纸从那个破孔处露了出来。我的眼前顿时一亮，马上把那写有字的几页纸从摔破了的红塑料皮子夹页中小心地取了出来。

原来这上面竟是父亲写的一篇文章，文章的名字叫《我的故事》。我的心咚咚地跳了起来，我感到我已经找到了一扇走进父亲的门了。文章用钢笔写在四张印有横格子的白纸上，虽然字写得很密，但整齐隽永，看起来像是一幅钢笔书法字帖。也许放得时间长了，纸的颜色已经发黄，由于受潮有些字洇开了。我小心翼翼地一字不落地看了下去——

我的故事

一九四六年春，国共双方在鹿县展开了激烈的拉锯战。我所属国民党68军与当地民团死守鹿县县城，每天炮声隆隆，杀声震天。一天夜里，明月高悬，空气里散发着浓郁的硝烟气息，城墙外不时传来零星的枪声——这是一个充满着战争气息的夜晚。此时我是68军3团的作战参谋，是日夜，受长官指派，我带着几名荷枪实弹的士兵去巡查每处的岗哨及布防情况。静悄悄的夜晚，那皎洁的月光和零星的枪声很不协调——我是一个喜爱和平和安静的军人，我真不希望这仗再继续打下去了，更不希望再看到大量的生命在枪林弹雨中丧生了。可是这一切由得了我吗？面对着深邃的夜空，我不由得发出一声长叹，然后迈着沉重的步履继续往前走。

途中经过吴家花园时，芬芳的花香一下子吸引了我。白天战事紧张，根本无暇欣赏花草，此时我何不利用巡夜之便欣赏一下月光下的花草？可还未走到花园跟前，我突然发现花园里边似乎有动静，便警觉地拔出手枪，问道："什么人？"

和我一起巡查的几名士兵也立刻端枪上前。这时花丛中发出轻微的响动,一会儿,一位修着齐耳短发、身穿连衣裙的女子从花丛中站了起来。我便走上前,惊异地望着眼前这位美丽而妩媚的女子,她的气质和容貌一下子吸引住了我,我便一动不动地专注地看着她。她先是害羞地低了一下头,但马上抬起来,定定地看着我。就这样,在皎洁的月光下,我们俩人都静静地看着对方,没说一句话。随行的几名士兵见状,立即识趣地退后几步站立着。

直到一名士兵的咳嗽声一下子惊醒了我,我这才感觉失了态,我的脸一下红到脖跟,便镇定了一下自己,问那女子:“夜深了,你一个人在这儿干什么?”

那女子扑哧一笑,说:“你不见我正在赏花吗?”

“赏花? 夜间赏什么花?”我问她。

她又笑了一下说:“你不也一样吗?你为什么白天不来赏花,要晚上来赏花?”

我被噎住了,半晌,只好红着脸说:“我不是赏花,我是巡防。”

“你是来巡防的? 我看不像。”她说,“哪有巡防的这么闲情逸致的?”

我被眼前这位伶牙俐齿的女子问住了,而且这天晚上还有巡防任务,便对她说:“你早点回去吧,夜里外面不安全,小心流弹。”说完我便带着两个士兵走了。

这件事情过了大约半个月,一天下午,我和几个长官正在团部指挥所研究战事,突然外面传来吵闹声。我走出去一看,原来是一个女子硬要往里闯,结果被卫兵拦住了,双方正在争吵。我一看那女子面熟,便走了过去。那女子一见我来了,喜出望外,连忙对把门的卫兵说:“我就是来找这位长官的,你敢阻拦我!”

卫兵马上放她进来了。

她走到我跟前,问我:“你是不是把我忘记了?”

我这时已经想起了她就是那天夜晚在吴家花园遇到的那个赏花的女子。但我没有接她的话,我问她:“这里是指挥所,闲人不能随便进出,你怎么这么大胆,竟敢硬往里闯?”

这时她扑通一声对我跪下了,然后流着泪对我说:“看在咱们有一面之缘的份上，求你救救我吧。”

一见她这样，我感到特别意外，便让她赶快起来。

她说：“你要是见死不救，我就跪死在这儿。”

我说：“我答应救你，但要看什么事了，只怕我也无能为力。你先起来吧。”

这女子便站起来对我说：“昨天上午我刚从女子学校大门出来，在街上迎面碰到了几个民团，其中就有土匪白青云手下的一个副团长。那个副团长一见我就起了歹心，要我跟他走，跟他成亲。我怎能答应这猪一样的土匪。我骂了他一顿，然后就走了。谁料下午这个副团长竟带了一班人马和彩礼，亲自来我家提亲来了，让我做他的五姨太。他威胁我父亲说，限三天时间，要是答应了他的要求，一切都好；要是不答应他，他就把我们家的商铺全烧了，人全杀了。你说怎么办？”

对白青云民团的恶劣行径，我早已耳闻，而且非常痛恨。这帮土匪，时而占山为王，欺压百姓；时而与官府勾结，捞取更大的好处。我真想把他们一个个全杀了。可是我能奈何得了他们吗？他们人多势众，而且个个身手了得。眼下我们国民党军队兵力不足，还得依仗这帮土匪防守鹿县县城呢，解放军李先念的部队一次比一次攻得猛烈。可是如果我不管她，眼前这个玉洁冰清的女子肯定要遭殃。一种恻隐之心使我做出了一个大胆的决定，我对她说：“你的这个问题确实很棘手，白青云和他的那帮土匪向来飞扬跋扈，无恶不作，一般人根本奈何不了他。除非你已经定下亲了，而且要嫁之人在军方有一定势力。这样我才能去找他理论。”

这个女子一听便羞涩地看了我一眼，说：“那我就嫁给你吧。你要是同意了，就去找他们；要是不同意了，大不了我一死了之。”

我其实心里早已喜欢上了眼前这位美丽的女子，在这危难之际我怎能袖手旁观？我就向我们团长求救，让他出面与白青云谈判，说这个女子是我的未婚妻，要白青云手上的那个副团长放弃他的打算。

我们的团长是个好人，而且我曾经在战场上救过他一命，现在我有难了，他怎能不管？他就带上我亲自找到了白青云的民团。白青云还不知道这事，听了我们团长的一番话后，他立马把他的那个副团长叫来，狠狠地臭骂了一顿，让他不要发骚，人家布商胡老板的女儿已有了婆家。他指指我说，就是这位秦参谋。

那个副团长怎敢不听白青云的话？他马上向我道了歉，他说他不知道那女子是我的女人，否则给他三个胆他也不敢这么做。他让我放心，他再也不敢打胡小姐的主意了。

这件事就这样顺利地解决了。

我也是通过这件事与这位姑娘相爱了，她的名字叫胡婉云，一个很好听的名字。此后的一段时间里，我们深深地陷入爱情之中，战争似乎已被我们忘到九霄云外，我们充分享受着爱的甘甜和幸福。她比我小四岁，当时还在鹿县女子学校读书。她的父亲是个布商，县城里他们有好几家商铺。

对于我们俩人的关系，她父亲极力赞成，可她妈妈却不大满意。但婉云还是说服了她妈妈。我心里特别高兴，我特意带着婉云到县城的南街照相馆照了合影照，为了纪念我们第一次见面的地方，我们还请照相师到吴家花园给我们照了几张照片。我也给家里写信说好了，等战事一停，我就准备和婉云成亲。

哪里知道，这场战事拖得天长日久，后来形势又发生了剧变，一天68军军部的命令下来了，命我们3团奉命即日转防，不得延误。我是个军人，服从命令是我的天职，我只好揣着那几张照片与婉云挥泪告别了。我发誓，我即使走到了天涯海角，也会回来找她，我让婉云一定等我。婉云答应，即使海枯石烂，她也要等到我。后来，我随部队到处转移，几乎天天都在打仗，过着提心吊胆的日子。尽管这样，我也忘记不了婉云，在战斗的空暇时间，我一次次地想她，每当无法排解时，我就把婉云的照片拿出，仔细地端详。

全国解放前夕，我所在的国民党部队投城起义了。这个时候我们在广州，距鹿县大约三千多里。因为我有文化，本来我可以在部队任职的，可是我心里放不下婉云。归心似箭，第二天一早，我只带了少量的盘缠，便动身向鹿县赶去。我整整走了一个多月，才来到鹿县。我原以为马上就能见到婉云，可是到了一看，她家的几个商铺都成了一片废墟，她和她的家人一个也寻不到了。

文章在这里戛然而止了，也许是没写完，也许是写了撕了。父亲为什么要这样？

看了父亲写的这个东西，我十分惊诧，原来我一点也不知道，在父亲的一生中竟然还有一段这么曲折的经历。尽管照片和文章都是真的，可是我还有些怀疑，从我记事时候起，父亲一直是一个兢兢业业的教师，在他身上看不出一点军人的影子，更别说浪漫的气息了，他写的这个东西是他亲身发生的，还是他虚构的？

为了进一步摸清父亲的情况，我走访了一位和父亲年龄相仿而且同在一块教书的翟老师。

二十多年前，父亲在学校教书时，一直带着我，那时我就经常见父亲和翟老师在一起。记得那时学校的老师嫌翟字发音拗口，都喊他“贼”老师。父亲退休后曾找过翟老师一次，记得他好像住在县城东岗的家属院内。

一天，我打出租来到东岗家属院内。这里是“文革”时期五七干校所在地，虽距县城不远，但院内杂草丛生，很荒凉。我通过打听，终于在院子西北角处找到了翟老师。

翟老师已经很老了。人非常瘦，脸上长满了老人斑，说话声音都沙哑了。他和老伴正在家里看电视，对我的造访，他感到很惊诧。当我说到父亲的名字时，他想了想，这才让我进屋。

我先询问了一下他的近况。翟老师很悲观，他们一生无儿无女，退休后买不起房子，只好在这里租便宜房子，一间房子一月八十元，包括水电。老伴没有工资，他们的生活全靠他一人的退休金，每月紧紧张张。看到翟老师这种样子，我从身上掏了 500 块钱，算是看望他。翟老师连连推辞，见我态度坚决，他才接受了。我说明了这次的来意，希望他能向我提供一些有关我父亲的往事。

翟老师听说我是为我父亲的事来找他的，立刻高兴起来，马上让他老伴儿给我沏了茶。我心里抱了很大希望，我想，作为和父亲在一起工作了很久的人，他不会对父亲的往事一概不知，他肯定会说出几件让我惊奇不已的事。

谁知他一开口说的都是有关父亲教书方面的事，他用沙哑的声调极力称赞父亲的书教得怎样好，父亲的字写得怎样好，父亲的知识怎样渊博，全校老师都很佩服我父亲等等。我不满意，让他谈一谈父亲婚姻上的事情。翟老师又想了好半天，只讲了一件事，他说我母亲死后，我父亲一直独身，学校几个老师想把父亲的婚事促成，对方都满口答应了，谁知父亲却一口拒绝了。

这事使我感到了一丝希望。

我问翟老师："你知不知道我父亲为什么没有再婚？是不是嫌那女的长得丑？"

"不不！"翟老师说，"那女的很漂亮，家景也不错，配你父亲绰绰有余。当时我们都感觉很怪。"

"除了以上说的，你还知道些什么？"

翟老师想了半天，又说："你父亲那时常年不回家，你母亲活着的时候还到学校闹过两次。校长还找你父亲谈过话。"

我心里隐隐地疼了一下，我知道，肯定是照片上那个女人占据了父亲所有的爱，这才使母亲发生那样的悲剧。

"你知道我父亲在中华人民共和国成立前的事吗？"我问翟老师，并把那三张照片拿出来让他看。

翟老师见了那三张照片，显得有些激动，他突然挺直身子说："哦！想起来了，你父亲在中华人民共和国成立前是个中共地下党，对，关于这事你父亲曾亲口对我说起过。"

"是真的吗？"我怀疑地问。

"错不了，他亲口对我说的。照片上这个女的是个小学教师，她和你父亲成了婚。可后来那个女的在战火中牺牲了。你父亲一直念叨她。"

翟老师的话让我十分惊讶，我不知道这些话的真实性能有几分，我想证实，但向谁证实呢？

回去之后，我又拿起了那三张照片，反复端详，尽管翟老师没有提供给我有关父亲在中华人民共和国成立前的任何完整的故事，但是他向我吐露了一个令人意想不到的秘密——父亲在中华人民共和国成立前是个中共地下党员。我还是第一次听到这样一个消息，作为儿子，我感到十分骄傲。

可它的真实性却很值得怀疑，原因是翟老师在年轻时就爱说谎，不然大家何以叫他"贼老师"？何况我又给了他500块钱，他为了讨好我，肯定要编一个能给父亲增光添彩的故事。

五

一天上午，我的一位舅舅来了，他是母亲的堂兄，已七十多岁了，算是母亲家族中现在年龄比较长者。他这次找我是因地界问题与邻居发生争执，那个邻居不仅侵占了他的地界，还打伤了他的儿子，他想让我给他写张状子告那可恶的邻居。

我把他带到我的书房，帮助他写好了状子。舅舅很满意，说我不愧是个作家，句子写得就是好，他说他白养了几个儿子，学倒是上了不少，屁文章也写不了。我说人各有所长，几个表弟能干的，我未必干得了。

舅舅生气地说："他们能干什么？什么也干不了！生了几个窝囊废儿子，不受人欺负才怪。"他随之感叹我能行，说我给我母亲脸上争光了，我母亲要是知道我这么能写，也含笑九泉了。

一听到舅舅说到我母亲，我心里一动，也许舅舅对父亲过去的事情略知一二，就问问他吧。

我就把父亲所写的那篇东西拿出来让他看了，问他知道不知道父亲原来的一些历史。

舅舅认真地看了父亲所写的那几页纸的文字，看罢之后，他连连摆手："瞎胡扯！你父亲瞎吹什么，还国民党军官呢，没有没有，他也不是什么地下党。"

"你能确定？"我问舅舅。

"能确定。他是一个外地人，能识几个字，大概在1960年前后流浪经过我们村，你姥爷见他可怜，才收留了他，又替他找了份工作，你妈才嫁给他。可你父亲一直嫌你妈没文化，俩人经常拌嘴，他常年不回家。你妈身体一直不好，农活儿又重，在你三岁那一年，你可怜的妈大病一场就去世了。"

对舅舅的话，我将信将疑，我确信父亲原来不会那么简单，他绝不是一个可怜的流浪汉。

为了证明这一点，我把那几张照片拿出来让舅舅看。

舅舅看到这几张照片后也感到十分吃惊。他问我是从哪儿得到的，我说是从父亲的遗物中发现的。

舅舅看到照片后也十分吃惊，喃喃自语："难怪你父亲不喜欢你妈，原来他有心爱的女人。"

但舅舅还是不认为父亲是一个地下党，他说我父亲要真是个地下党员，决不会虐待我母亲；要是我父亲果真是一个对革命有贡献的地下党，国家也不会亏待他，让他一辈子当一个无职无权的教书匠；而且他说我父亲的教师职业还是我姥爷托关系给他找的。这一点，舅舅确认不误。

舅舅走后，我对父亲过去的故事仍然一头雾水。有时我认为他是一个国民党军官，有时又认为他是一个地下党，反正认为他就是这两种人中的一种，他的爱情故事也真像他写的那样凄美动人。

六

后来我仔细想想，仅凭几张照片就能证实父亲青年时所发生的故事是十分荒唐的。当事人已逝，我只能说那些故事也许是父亲的亲身经历，也可以说根本不是。父亲年轻时可能是个地下党，也可能是个对人民有罪的军人，还可能是一个普普通通的人，这谁能说得清楚？

后来我想尽办法终于在县教育局找到了父亲的档案，档案在籍贯一格上清楚地写着父亲是上海浦东人，但工作简历只从一九六七年写起，以前的一切只字未题。

这样，父亲过去的故事也就永远成了一个谜，我只能凭着几张发黄的照片和那几页残缺的文章想象一段有关父亲的故事。

那么，上面所写的这些文字也就毫无价值，只是一篇荒唐之言。尚飨！我敬爱的父亲。

（发表于《商洛日报》副刊 2018 年 7 月 24 日）

金川河的枪声

爷爷无聊地坐在民国二十四年(1935年)冬月二十九日下午的金钟山山顶上。爷爷这个时候是大财主白少奎家的放牛娃。这一年爷爷只有十三岁。

冬天的山野一片岑寂,四周没有鸟鸣,也没有虫叫,只有牛嚼草的"咯滋——咯滋——"的单调声响。爷爷正想倒在草丛里睡一觉,突然他的耳膜里响起了"叮当叮当"的声响。起初,爷爷以为是幻觉,后来那叮当声竟越来越清晰了。爷爷站起身,他一眼看到了远山蛋黄似的瘫软无力的夕阳,接着,他又看到了山下弯弯曲曲的河道上长长一队毛驴。毛驴大约有一百多头,每头身上都架了长长的两个布袋。毛驴脖子上挂着铜铃铛,风正将那"叮当叮当"的声音轻轻地送过来。

这是金川河大财主白少奎家的运粮队。

每年冬月二十前后,白家都在五十里外的荆紫关设点收课。白家良田千顷,收好的山一样多的粮食用袋子装好封紧,往驴背上一架,一声吆喝,驴子便会一头接一头,流线一般沿着金川河河道,把粮食安全驮到回府上。长长五十里的河道,根本无需人去押送。原来整个金川河的人都慑于白家的势力,每逢运粮的驴队要过来,人们都躲得远远的,唯恐惹上麻烦。据说白家这样运粮从白少奎的祖上就开始了,上百年时间,从未出现半点差错。

爷爷立起身,狠狠地盯着白家高傲的驴子队,爷爷觉得那一个个驴子就像白府的人一样恶横无比。心想:狗日的驴子都滚到金川河淹死才好哩。正咒骂着,爷爷忍不住笑了。因为驴队中有一头发情的公驴把嘴拱到前面母驴的屁子上,两头驴打情骂俏,背上的粮袋竟然被路旁的树枝给挂掉了。爷爷心说好,真是太好了,但愿每头驴子都这样骚情吧!然而,别的驴子都规规矩矩倾着头赶路,就连刚才那对骚情的驴子也不骚情了。

爷爷很泄气地下了山，望着渐渐远去的驴子队，心说，我要是有胡杰那么大能耐就好了，我会把白少奎家的粮食全抢了。胡杰有人有枪，抢白少奎家粮食的时候一定很痛快，搬一袋又一袋，搬一袋又一袋……爷爷想到胡杰抢白少奎的粮食时候，就把自己当成胡杰了。略识一点文墨的爷爷，情不自禁地用手指在沙滩上写了“胡杰”两个大字。

这块河边的沙地很潮湿，手指写在上面的字像刀雕刻出来一般清晰，爷爷像欣赏杰作一样欣赏着自己刚写的几个生硬的字。爷爷此时头脑已完全朗明，他明白自己不是胡杰，而是大财主白少奎家的放牛娃；他知道自己无多大能耐，只能将那四袋被树枝挂掉的粮食扑通扑通全扔进路下深深的金川河里。

扔最后一袋粮时，袋口不知怎么散了，粮泼了一地，爷爷喘着气骂着财主白少奎的娘，用脚把粮踢得遍地都是——真像人多践踏了一般。然后爷爷就甩着响鞭，赶着牛，唱着放牛歌回家了——

月亮月亮光光，
给牛吆到岗上。
岗上没得草，
给牛吆到跑；
天上在打雷，
给牛邀到回。
……

略识一点文墨的爷爷在沙滩上写下“胡杰”两个字，并不是采用什么离间计，他只是内心把自己想象得像胡杰一样英武强大；可是爷爷无意中的这一露手，竟产生了奇妙的作用。

话说这天刹黑的时候，白家的毛驴队在“叮叮当当”的声响中顺利归来。在白府的后院里，灯火通明，头戴瓜皮帽的管家开始指挥下人从驴背上卸下一袋袋粮食，一一搬进白家的粮仓里。

长一对鼠眼的管家很精明，他的眼睛就是一杆秤——他用这杆秤一一称量着每一头驴背上粮袋的大小轻重。就在这个时候，管家的眼睛直了——他发现两头驴背上竟然空无一物！

管家的眼眨了一下，又眨了一下，随后连忙扶了扶瓜皮帽子——去向主人报告去了。

此时大财主白少奎正同新娶来的五姨太在餐厅里用餐。尽管外面寒冷异常，滴水成冰，财主家的餐厅里却其暖融融。屋里生了一大炉木炭火，白少奎一面享受着下午才从金川河打捞上来的鲜鳜鱼，一面欣赏着秀色可餐的五姨太，心里实在美极了。这时管家低头哈腰地进来了。

白少奎听了管家的话，气得拍了下桌子，又拍了一下桌子——两条驴背上的粮食没有了！这在白家是绝无仅有的事，白少奎立即命令管家去把这事查查清楚。

管家马上带了十几个家丁，背上枪，举着火把，沿途搜查去了。

就在河边那块沙地上，他们发现了泼洒的粮食和“胡杰”的大名。

这件事如果忍了也就没什么大不了的，白家粮仓的粮食多得吃不清，多得发霉，丝毫不在乎那区区四袋粮食。

可白少奎却偏偏在乎那四袋粮食，因为那不单纯是粮食的问题，因为那是“胡杰”，不是别人。

胡杰可不是一般的人。

近年来，胡杰的烟土生意发了财，成为金川河的另一霸，这是白少奎的一大隐患。但他也曾经退一步想过，你胡杰做你的烟土生意，我收我的租子，你占河东，我占河西，两家井水不犯河水，谁都平安无事。可是去年春上，他手下一名家丁羡慕胡杰从上海购回来的新式德国盒子枪，竟因为一点事情不乐意，跑到胡杰手下去了。这件事让白少奎憋了好几个月才把气压下去，不料现在又发生了这宗事，白少奎内心之火又轰地一下熊熊燃烧起来。他立即下令集合所有人马，连夜去找胡杰算账。

这天晚上金川河泼妇吵嘴似的响了一夜的枪声。

第二天爷爷才知道白少奎和胡杰干仗的事，他听说胡杰死了，白少奎也被打死了，没死的，也树倒猢狲散，四下跑了；整个金川河的老百姓都像过年似的鸣炮欢庆。当时，徐海东率领的红二十五军正好路过这里，金川河一带的人打听到共产党的军队是为穷人打天下的，就趁机分了胡、白两家的财产。爷爷也不当放牛娃了，参加了红军。

后来爷爷一直做到了红军的团长。

（发表于《百花》杂志 2018 年 2 期）

板凳哥传

一

金宝是我堂哥，我二伯的儿子。因矮胖，生着罗圈腿，姚庄人便给他取了一个板凳的绰号。渐渐地，他的真名无人叫，相反，绰号却叫得家喻户晓。

我二伯生前是个出了名的大懒汉。据父亲讲，他能懒到睡觉不脱衣服，半月不洗脸的程度，最后他终于死在懒上——“文革”初期两派搞武斗，别人都去安全的地方避难，他却懒得跑，而是靠在生产队牛圈旁边朝阳的一面墙上晒太阳。结果他睡得正香，“叭”一颗子弹飞来，正中二伯的头上，二伯“咚”一声栽倒在地上，当场毙命。二伯一死，家里更穷了。因此板凳哥到结婚年龄的时候，家里却没钱张罗他的婚事，一直过了三十岁，和他同龄的，孩子都七八岁，开始上学了，他却连媳妇都没有。板凳哥这下急了，哭着央求我二娘说：“妈呀，你看村子里和我一样样大的青皮、二狗，孩子都上学了，俺连媳妇都没着落，求求你给俺找一个媳妇吧，不然咱家不就要断子绝孙了吗？”

可事情远没有二娘想的那么容易。虽然我二娘托了七八个媒人，有专业的，有业余的；有男的，有女的；有能说会道的，有老实本分的。每做一次媒，媒人都要陪着女方的母女二人来看家。看家这一天，二娘都要把屋子收拾得干干净净，让板凳哥穿得体体面面（借别人的衣服），并且把家里最好吃的东西拿出来招待客人；临了，不管成与不成，都要给媒人塞上做媒的跑路钱。结果怎样？说不清到底来了多少姑娘，家里花了不少钱，吃了大约上百颗鸡蛋,女方不是嫌板凳哥个小,就是嫌他家里太穷,要么就是说他们八字不合,不般配,总而言之,没一个姑娘看得上板凳哥,就连一个长着兔唇的麻脸姑娘,也没瞅上板凳哥。

二娘彻底泄气了,她羞愧地对儿子说:“板凳呀,不是为娘的不给你张罗媳妇,你都看到了,家里这两年为了给你说媳妇,把仅剩的几十块钱家底花光了不说,还借了人家十几块钱,再这样下去,我们就得讨荒去。你也别怪当娘的没本事,认命吧,你该有一房媳妇,那女人迟早要进咱们家门;不该有一房媳妇,你就是把房子卖了,也没有人进来。”

二娘哭,板凳哥也哭,母子俩哭成了泪人。姚庄人听见了,不少人都来看热闹。热心肠人便上前来安慰我二娘,让她别难过,说板凳这人善良,脑瓜机灵,一定能娶一房媳妇回来。他们也四处去打听打听,看有没有合适的姑娘肯嫁过来。

听了别人的劝解,二娘将信将疑,便让板凳给各位乡亲磕头,谢谢他们的好心好意。

板凳哥就听了我二娘的话,像捣蒜一样给各位乡邻磕头,嘴里诚恳地说道:“谢谢你们,谢谢各位乡亲,帮我找下媳妇,我做牛做马报答你们!”

二

由于好心人的帮忙,距姚庄二十里地的窑沟有一户姓卢的庄户人家终于没有拒绝板凳哥。这对母女上门看了家,吃了一顿相亲饭之后,那个姓卢的姑娘当着我二娘的面说,她不反对这门亲事,但这家里实在太寒酸了,总共就这两间茅草房子,结了婚住哪儿?她让我二娘两年之内把三间瓦房盖起来再谈婚论嫁。

二娘一听,当下吓呆了,三间瓦房,得好几百块钱呢,她上哪儿弄去?可是,想到板凳三十多岁的人了,长相又那么差,要是错过了这户人家,板凳怕真的会打一辈子光棍。于是她慌忙应承道:“一定,一定,两年内把三间瓦房盖起来。”

那姓卢的姑娘走了,二娘却愁死了,她是被逼上梁山了。想到这么重大的事，山一样地压在肩膀上，她便到二叔的坟上哭诉，说是哭诉，其实是痛骂二叔，她骂二叔大懒货，自己图轻松，早早地到地下安睡了，却让她辛苦劳累。最后她哭诉，让二叔不能在地下图清闲，得替她想想办法，如何才能把三间瓦房盖起来。

二娘哭诉的时候，板凳哥就立在旁边，他上前把他娘拉起来说："娘，你别哭了，你放心，有我哩，就是再苦，我也一定要把那三间瓦房立起来。"

二娘不放心地问："你能行？"

"能行。"板凳哥咽了一口唾沫，斩钉截铁地说。

"板凳，我老了，不行了，你爹又死得早，一切都指靠你了，你既是为自己，也是为了咱这个家，即使累断三根肋梆骨，也要把房子盖起，把那个姓卢的姑娘娶回来。"

板凳哥说："妈，你放心，我一定把卢凤莲给娶回来。"

三

板凳哥开始了没日没夜的辛勤劳作。

盖三间瓦房，对于那些有钱人家来说，可能不是件多么难的事，只需把瓦买好，木料、石料备齐，请人施工而已。但对于二娘家来说，盖三间瓦房，无疑像是要修起一座万里长城。他们家前几年为了给板凳哥说媳妇，已经把家里仅有的一点点家底掏光了，而且还借了别人的钱。要是人手多，可以跟别人换工。可是他们家，二娘已年过六十，出不了大力，里外就指靠板凳哥一人；并且，板凳哥个矮，即使别人家盖房挑土砌坝什么的，也不一定看得上他。没办法，板凳哥只好咬着牙，豁上性命为盖房子做好每一件该做的事情。

盖房下根基，首先得备石料。板凳哥就在每次收工的时候，从附近的山上、路边，把每一块看上眼的石头背回家；遇到山洪暴发，每次大水一消，他立即拉上手拉车，到姚庄门前的河道里捡石头。石料备齐后，接着就要备木料。盖瓦房最关键在于木料，粗的细的，长的短的，尤其是几根屋檩子，不花钱买是不行的。可哪有钱买屋檩子？为此，把板凳哥愁得头发都白了，顿顿饭都咽不去。后来,还是二娘替他出了主意,让他把他们家柴山上的几棵老松树砍了,当屋檩子。

石料木料备齐后,就差买瓦了。板凳哥请人估算了一下三间房子需要的瓦数,然后便到生产队去借。生产队有一个窑场,专门烧制砖瓦的,一方面是自己用,一方面是往外卖。板凳哥就给生产队长做工作,向队里借。队长嫌他家里穷,不敢借,怕以后还不了。板凳哥就给生产队长下跪,队长还不同意,他只好把自家的两只公鸡杀了,悄悄送给队长,队长这才同意借瓦给他,但必须是三年还清。三年就三年,为了先把房子盖起来,一切后果他都不去想了。

在石料准备充足之后,板凳哥就请人拉线划好了地基线,然后把地基砌起来。地基砌好了,偷空,他就开始打土坯。打土坯一般要几个人合作,有人挑土,有人提夯。可板凳哥为了省下钱,这些活都是一早一晚他一个人完成的。他先把土从外面拉回来,然后用篓子挑到墙上,倒进木模里。土倒好之后,他就拿起提夯一下一下砸起来。一层打结之后,他再挑土,再夯。其实当时农村里有专门打土坯的,只要稍微给点钱粮,这些活儿就有人干。可整个三间瓦房的土坯都是板凳哥独自一人完成的。有时一天只能打三四摞,有时一天只能打一摞,打好的土坯,板凳哥用草和油纸苫住,有空的日子接着打。

看到板凳哥辛苦的样子,二娘心疼得不得了。当时还没有包产到户,白天还要在大集体劳动,只有收了工,或者是有月亮的晚上才能打土坯。生产队的活儿本来就累,而且经常熬钟。收了工,屋场上的男人们一般都几个人在一起闲聊、玩耍,要么就是拢在一起喝酒打牌。可板凳哥哪有这等福气?他还得拖着疲乏的身子,干更重的活儿,这些活儿对身材高大、有力气的人来说,也没有多么难;可板凳哥身高还不到一米六,别人有一百斤力气,他顶多只有五六十斤力气。

二娘看到板凳哥这么没日没夜地辛苦,就劝儿子要顾惜身体,可别累趴下了。板凳哥说:“我也想玩儿,可我不干,这活儿谁干?两年后三间房子没盖起咋办?”

听了这话二娘无言以对,只好抹着泪走了。

待土坯打起,木料找全,瓦片全部拉到屋基场之后,板凳哥就请了七八个关系亲近的亲戚,把房子盖起来了。

房子落成这一天,板凳哥病倒了,他整整在床上躺了半月。姚庄人都很同情板凳哥,他们以为板凳哥这下完了,为了说个媳妇回家,却把自己累趴下了,不少邻居都拿些红糖、鸡蛋来看望他。不料半月后板凳哥却从床上爬起来了。

这件事使板凳哥一下子在姚庄人面前高大起来。不少人家的父母教育子女都拿板凳哥当例子,说板凳多英豪,白手起家,两年时间就把三间瓦房立起来了。这真是应了毛主席他老人家的一句名言:世上无难事,只要肯登攀。姚庄人认为,板凳既然把三间瓦房盖起来了,那位姓卢的姑娘就会顺理成章地嫁过来。

谁知那姓卢的姑娘到那三间瓦房里面看了一遍后,对板凳哥说:“这门亲事我算是答应了,但结婚要在一年后再说。”

板凳哥一听傻眼了,他现在已经三十多了,再过一年,他能等吗?

于是二娘就把媒人请去说情,争取早日结婚。

媒人去说情了,结果女方还是不答应。媒人不知道原因何在,就反复说好话让对方把心窝子话说出来。女方说了:板凳人实诚,也勤劳,但是个头矮,一辈子靠力气吃饭肯定不行,得靠智吃饭。可他却无一技之长,要想早日结婚,得学一样手艺——比如,把木匠手艺学会。

媒人回来把女方的话原原本本地对我二娘和板凳哥说了。

我二娘听了,顿时大骂起那户姓卢的人家,骂他们故意刁难人,开始说盖房子,现在又让板凳学木匠。她等得起,板凳三十多岁的人了,等得起吗?

可板凳却把他娘给挡住了,他让媒人再辛苦跑一趟,告诉那姓卢的女子,他愿意学木匠,等木匠手艺学好后,他亲自做几件家具背过去让她看看,然后他们成亲。

媒人有些为难,板凳就把前段时间他生病,姚庄人看望他拿的鸡蛋装了二三十个,让媒人务必把他的话传到。

四

姚庄人听说板凳哥把三间瓦房盖起来了,女方又加了一个条件,要他学会了木匠活手艺才肯嫁过来的消息之后，一个个都不禁大笑起来，他们都认为这次板凳哥可是栽大了。盖三间瓦房就已经相当不容易了，但那仅仅还是力气活儿，多辛苦一些就行了，这木匠手艺可非同一般，悟性高的人，三五年才出师；悟性差的人，干七八年也出不了师。有些人跟师傅学了一辈子木匠，到老也出不了师。板凳要是出了师才能把媳妇娶到手，那不是兔子过了八架山，还娶什么媳妇？八成那姓卢的人家不是真心要嫁女子的，而是欺骗刁难板凳的。一些好心人就到板凳哥跟前，劝他别死心眼了，反正现在已经有房子了，姓卢的女子不嫁，再找别的姑娘去，千万别一棵树上吊死。

可板凳哥说："你让我找谁去？我就找卢凤莲。卢凤莲让我学木匠，我就学木匠，几时学不会，几时不把她娶进门。"

那些好心人一听头摇得像拨浪鼓，他们认为板凳哥八成已经走火入魔了，要么是让那姓卢的姑娘迷了心窍，他们就懒得管了，任板凳哥胡折腾去，他们倒是想看看，板凳能折腾到何时为止，他已经三十多岁了呀。

不管姚庄人怎样说，板凳哥正儿八经地开始学起了木匠。

学木匠先要拜师。姚庄有两个木匠师傅，一个是姚一眼，还有一个是他的儿子姚小眼，姚一眼长得细高精瘦，小时候顽皮捣蛋，左眼让公鸡给啄瞎了，成了独眼。可这对学木匠却有大益，木匠活中关键一项是吊线，这要用眼瞄。两只眼睛一齐看，容易产生误差，只能睁一只眼，闭一只眼，墨线一吊，"嘣"一弹，把线打上了。有些人不会闭眼，老是把线打斜，线打斜了，家具如何做得好？而姚一眼从小就一只眼看东西，不仅没有误差，反而贼准，尤其是用墨线打线时，几乎分毫不差。因此他做出来的木匠活儿，咋看咋顺眼，咋看咋舒服。他的儿子姚小眼，虽然有两只眼，可都小小的，就像小说中描写的："豆大的眼睛。"眼小则亮，你看老鼠的眼睛，虽然小，看东西却贼准。姚小眼眼小，又会闭眼，他跟他爹学了几年手艺后，手艺大进，据他爹说，他将来的木匠活儿，一定会青出于蓝而胜于蓝。

姚一眼平时爱看一些古书，说话文绉绉的，他说他儿子青出于蓝而胜于蓝，本是极力夸奖他儿子的（同时也是夸他自己），但是姚庄人听不懂，就问他啥意思，问他和小眼，到底谁是青，谁是蓝？姚一眼一听只摇头，他不屑于回答这个简单的问题，又叹息一声道："朽木不可雕也！"

你想，姚一眼这么个心高气傲的人，一般的人，谁他能看得上眼？板凳哥要拜他为师，他能收吗？可板凳哥不拜他为师，拜谁为师？

五

姚一眼家住姚庄西头的一个土台台子上。到他家去要上十几级石台阶，台阶走完，有一片竹林。这片竹林很旺势，它把这户人家和庄子上人隔开了。只要不上工干活，姚一眼父子俩都在这片竹园后面做木活。他们的木工活做得精细、结实、好看，不愁卖。但当时他不敢明目张胆地把家具卖出去，否则生产队或大队上的人就会来收拾他，这叫割资本主义尾巴。一般是人们主动上门的多，悄悄把钱一付（有的人家给粮食），家具拉走便是。因此姚一眼家比姚庄一般人家都富有。他们家的人不仅穿得好，吃得也好。一般人都不服气，可又没办法，人家是靠手艺挣的，而且你说不定什么时候还要到人家那里买家具呢。

板凳哥去拜师是这年冬季进九的第一天，天上落着雪，刮着刺骨的小北风。板凳哥拿了一斗麦子，两块腊肉去行拜师礼。可是，当姚一眼一听说板凳哥要拜他为师时，那只独眼立刻露出极度的不屑，嘴里不阴不阳地说："就你？拜我为师？你以为什么人都能当木匠？"

姚小眼则哈哈大笑起来，笑了好一会儿之后，他用手掌从板凳哥头顶尖削过来，比到他胸口上部说："你这么一拃长，木匠活儿你能做得了？"

面对姚一眼父子俩的讥笑和挖苦，板凳哥神态安详，他诚恳地对姚一眼鞠了一躬说："只要叔你答应收我为徒，我一定把你的手艺学到家，决不给你丢人。"

说罢，他便往姚一眼前面一跪，开始行起跪拜礼来。

姚一眼父子大惊失色，姚一眼迅速扭过身去，嘴里说："板凳，你这是干啥？快起来，谁让你跪？"一面让小眼赶快把板凳拉起来。

可板凳哥一副决绝的样子，任姚小眼如何生拉硬扯，他就是不起来。

姚小眼拉累了，便不拉了，哀求道："板凳哥，这么大冷的天，咋受得了！你起来吧。"

板凳哥说："叔若不收我为徒，我就不起来。"

姚小眼又要去拉，姚一眼说："不管他！他要跪就让他跪去，咱们回屋。"说罢就先走了。姚一眼一走，姚小眼也走了。他们回到屋里之后，把大门"咚"的一声关上了，任板凳哥在纷纷飘落的雪花中跪着。

板凳哥这天整整跪了两个时辰。雪片一直落着，最后把他的膝盖都围住了。板凳哥是想用诚心感动姚一眼，收他为徒。可是，他哪里知道，姚一眼铁石心肠，任你怎样下跪，他就是不答应，连面都不见了。其间姚一眼的女人从门缝里看到板凳哥可怜兮兮的样子，就劝姚一眼答应了人家，要么出去说几句话暖心话也行。可是姚一眼不让，他让把大门关得死死的，任板凳把腿跪断跪死，他也不动摇。

姚一眼有他的小算盘，他自己有儿子，他把手艺传给了外人，不是端起石头砸自己的饭碗吗？因此他坚决不收板凳哥为徒，板凳哥拿来的东西，他也丢在板凳哥的身边。

板凳哥大雪天跪求姚一眼为师的消息不胫而走，姚庄人开始不知道，听说后，都纷纷冒雪前来看热闹了。开始只是几个人，后来是十几个，再后来越来越多。

雪还在不停地落着，板凳哥的头上、身上积了厚厚一层雪，板凳哥一动不动地跪着，像个雪人一样。而姚一眼家的大门则始终紧闭着。

庄子上人开始是看热闹来了，可看着看着，不少人不禁愤怒了，面对姚一眼的铁石心肠，他们开始只是在心里骂，后来便骂出口了。先是一个人骂，接着是几个人骂，几个人一带头，大家都大声骂起来。

姚一眼从门缝里不仅看到了姚庄人的愤怒表情，也听到了他们对他的怒骂声。姚一眼知道，他如果再不出来，姚庄人只怕会一把火把他家烧了。

人怕触犯众怒，于是姚一眼"咯吱"一声把大门打开了，然后飞快走出去。围观的人便不再言语，看姚一眼如何行动。

姚一眼走到板凳哥面前，双手拉着板凳哥的胳膊，惋惜地说：

"你看你这娃，快起来，我以为你都走了，你却一直跪着，好了，起来，叔答应你，教你木匠活儿。"

板凳哥慢慢站了起来，由于跪的时间太长，站起来之后，他打了一个踉跄，方才站稳。站稳之后，板凳哥恭敬地向姚一眼鞠了一个躬，说："谢谢叔！"然后起身便走了。

姚庄人惊愕地望着板凳矮矮的身躯从人群中穿过，下了石阶，头也不回地去了。

六

从此，板凳哥便正式开始了他的木匠学徒生涯。

姚一眼先让板凳哥置下木匠所必需的几件工具：刨子、锉子、锛子、锯子。几乎每一件都需大中小三个号，比如锉子有宽的，有窄的，有不宽不窄的。刨子、锯子也是一样的。把这些工具置全得二十多件。板凳哥家本来就穷，盖三间瓦房折腾得更穷了，如何掏得起钱把这些木匠工具置全？姚一眼当然知道板凳哥的家底，他在一阵冷笑，一声叹息之后，给板凳哥指明了一个路子：他还有一套用旧的木匠工具，他愿意折价卖了。

"你看行不？这一套工具本来得四十多块，我折成半价，二十块钱卖给你。"

板凳哥还能说什么！他除了感谢之外还是感激。后来他变卖了我二娘的一件金银首饰，才凑够了二十块钱。

姚一眼接到钱后，认真仔细地数了两遍，然后才把那一套工具从他家的夹楼上取下来，一一交给板凳哥。

板凳哥把这些落满灰尘的工具扛回家去之后才发现，里面许多都是用坏用废的，不是缺沿少边，就是损耗得不成样子。但板凳哥不好说什么，人家都半价卖给他了，又要教他木匠手艺，掏这点钱算什么？他收拾收拾就行了。

后来，只要有空，板凳哥就到姚一眼家去学手艺。姚一眼既然在姚庄大庭广众面前答应教板凳哥手艺，又将废旧的木匠工具卖给了板凳哥，他就没有理由不教板凳哥。但是姚一眼哪会轻易地将自己的绝活传给别人？他只是将一些皮毛技术传给板凳哥，而且每次板凳哥来，不是帮他家挑水，就是帮他家挖地劈柴。总而言之，只要他家有活，板凳哥只要遇上了，没二话，甩开膀子干就是了。看到把板凳哥累得差不多了的时候，姚一眼才教他手艺，如何用锯，如何刨刨子，如何用锛子，如何打线。

板凳哥是个勤快人，姚一眼每传授一点手艺，他回去便亲自实践。比如用锯，好的木匠，要锯多宽木板，眼一瞅，拿起锯，三下五除二就锯出来了；次一些的木匠，则要用墨线按尺寸打好，然后按线线锯下；差火的木匠，即使打了墨线，锯路也是左弯右拐，锯得不齐。板凳哥首先从锯工开始。他家才盖过房子，有的是废木板，反正这些木板也无大用，他都统统用作训练锯工手艺了。通过一个多月的认真训练，他拉锯的轻重缓急都掌握得非常到位，只要打好线，按线路锯下去，他不会错一丝一毫。

学会拉锯之后，板凳哥接着又学如何用刨子，如何用锉子，如何用锛子……一样比一样难。但板凳哥不怕，他很有耐心，一样一样地都学会了。

不久，在姚一眼的指点下，板凳哥亲自做了一对板椅。这是他第一次独自做出来的家具，尽管做工还比较粗糙，有些楔口还不是多么合缝，但大眼看起来还将就。这对椅子对姚一眼来说，简直是两堆臭狗屎，但他没有批评板凳哥，而是伸出大拇指夸奖说："不错，板凳，你第一次做的家具就这么好，简止出乎我的意料，好！好！好！"

姚一眼有姚一眼的小算盘，他想，要是批评板凳做得不好，板凳就会加劲提高手艺，板凳要是手艺精了，不是把他们父子的饼子擀薄了吗？他就是要让板凳哥自我满足，洋洋得意，止步不前。

也不知是受了姚一眼的鼓励什么的，板凳哥接着又到树林去砍了几棵松树，又做了两对椅子。由于有前面一对椅子打基础，再做这两对椅子时，他心里就有谱了，活干起来也就更随心所欲些，结果这两对椅做得非常好，连他自己都感到意外。

一是高兴，二是为了炫耀自己，板凳哥亲自把这两对椅子用扁担挑着，送到窑沟的卢家。

卢家一家老小看到板凳哥做的两对椅子，都很高兴，尤其是卢凤莲，对板凳哥更是另眼看待，她看板凳哥的眼神都变了，说话的口气也变了，就连吃饭的时候，她都亲自往板凳哥碗里夹菜。

板凳哥其实是一个心智很聪明的人，他本人年龄也不小了，见卢家上下现在对他都很好，何不趁热打铁？于是就对未来的岳父说："你老也看到了，我年龄老大不小了，你们让盖三间瓦房，我盖了；让我学木匠，我也学得差不多了，今年就把我和凤莲的婚事办了吧。"

岳父本来要答应的，但沉思了一会儿之后说："你先不急，待我和凤莲商量了之后再给你回话。"

板凳哥喜滋滋的，他以为这次卢家十拿九稳会答应。但结果却让他再次吃惊，卢凤莲只答应今年和他定亲，要想结婚，还必须学会一项手艺——当医生。

板凳哥听了这话简直傻了眼，他想不到卢家会有这么一出，世上事难就难在治病救人上，这不是出蛮力就能学会的，这要有真才实学；否则，别说治病救人了，好好的人都会治死的。

可是他又不能不答应，他前面的工作都做了百分之七八十了，要是这一件不答应，前面不是白做了吗？

七

姚庄人听说卢凤莲又要让板凳哥学会医生之后才肯嫁给他时，一个个都笑弯了腰：感情这户姓卢的人家不把板凳折腾到牙齿掉光、头发脱光是不会甘心的。板凳已经三十多了，庄里和他同龄的，孩子都上初中了；而他，别说孩子了，连媳妇都没娶进门，搁谁谁不急？有人直接在田间地头劝他："板凳，那姓卢的女子不是成心想嫁给你，所以才一再刁难你，你也不要太死心眼了，她说啥你依啥，这样到了最后，受吃亏的是你。你现在不如再找一个，条件差点也没有关系，只要能生娃过日子就行。"

姚一眼也亲自找到板凳哥，让板凳哥不要听从那个卢凤莲的歪点子去学什么医，他愿意真心实意地教他木匠手艺。他诚恳地对板凳哥说，其实他前面都是糊弄他的，教的都是皮毛，他真正的手艺还藏在身上。他说他通过板凳哥跟他学木匠的钻进以及悟性上，他可以预见，你板凳将来可以成为百里闻名的木匠师，他也会以板凳为荣，他劝板凳哥别为了找一个女人而把自己的前程给毁了，"如果你继续学木匠，你的前途无量，不信你试试。"姚一眼一只独眼闪着光自信地说。

谁知板凳哥竟平静地说："谢了叔，木匠手艺我不会丢，但我必须听凤莲的，去学医生。"

姚一眼很惋惜，逢人便说窑沟姓卢的女子硬是毁了一个木匠大师，太可惜了。

而姚庄人都认为板凳哥是鬼迷了心窍，这个鬼不是别人，正是那个卢凤莲，他们也看见了，那个姓卢的女子也不算漂亮，可板凳竟对人家百依百顺，这大概就是命数吧，命中注定板凳要受这卢凤莲的折腾和欺骗。

板凳哥受到了姚庄人普遍的讥笑和冷眼，他也感到很无奈，就向他母亲讨主意。

我二娘年岁已经大了，这几年眼睛也处于半瞎状态，面对儿子的询问，她说了一句很有哲理的话："这是你自己的事，别人都当不了家。你认为怎样好，就怎样来，只要对得起自己的良心就行。"

板凳哥心里一下亮堂了，他不再犹豫了，决定就去找下王庄的王济世为师。

八

王济世家数代行医，属于医生世家，且本人医术高明，医德高尚，因而闻名乡里。但是人是要讲运气的，若是生不逢时，即使有医德、有医术，也是不大受人欢迎。王济世从小跟随父亲行医，又到商州城上了两年卫校，掌握了不少中西医知识。结果几年前，他因为替一个被批斗致伤的反革命分子治病疗伤，被大队革委会抓起来，批斗了一场开除了公职。

王济世的名字是他爷爷——一个著名的老中医取的，目的是让他学好医术，悬壶济世。结果他被批斗了，被开除了，成了臭狗屎，他的真名没人叫了，反得了一个别名——王鸡屎。这样一个人，人们别说让他去治病了，平时见了他都躲得远远的，生怕牵连了自己。板凳哥是个忠厚人，他不管人们如何看待王济世，叫他狗屎也好，鸡屎也好，他只知道王济世医术高明，而且人品好，他就是要拜他为师，学好医术。

王济世住在下王庄，距姚庄大约三里多路。一个星光灿烂的晚上，板凳哥提了四色礼，前往下王庄拜师学医。

板凳哥对王济世的身世状况比较了解，他知道，要想让王济世收他为徒，确实有些艰难，但他不担心，姚一眼那么刁钻的人，最后还不是答应了他？他只要心诚，一定能感动王济世的；况且，王济世是一个专治处理分子，他只要高看他，虚心求教，不怕王济世不答应。

前几天才下过一场雨，通往下王庄的田间小路软软的，走起来很舒服。路边的小河在月光下发出金子一般的光彩。一只又一只青蛙在草丛里咯哇咯哇地叫着。感受着春天的气息，板凳哥对自己未来的生活充满了希望。他只要把医术学会，就可以把亲爱的卢凤莲娶回家了，卢凤莲一嫁过来，房子有了，媳妇有了，下来便生一个娃又一个娃……想到这里，他心里不禁乐开了花。

不长时间板凳哥便走到下王庄了，下王庄分布在河流的两岸，全庄一百多户人家，几乎全姓王，板凳哥小时候身体不好，经常让妈妈领着，请王济世的父亲看病，后来为了给母亲治病，他又多次找过王济世，因此王济世家他非常熟。板凳哥过了小河，穿过几户人家，便来到王济世家院子门口。

是王济世的女人来开的门。板凳哥在心里一直很尊敬这一家人，无论男的女的，老的少的，他们不仅长得体体面面，文雅大方，而且对人彬彬有礼。无论你何时来，他们都是一副慈祥的面孔。今晚上也是，当他敲了几下门之后，门便轻轻开了，随后便看到了月光下王济世的女人方明慧那张清秀白净的面孔。

方明慧稍稍有些意外之后，便客气地请板凳哥到屋里坐。

“王医生在家吗？”板凳哥问。

“在。”方明慧说，见板凳哥手上提着东西，便问：“你家谁病了？”

“我不是来看病的，我是来拜师的。”板凳哥直截了当地说。

“拜师？拜谁为师？”

“当然是拜王医生为师，他医术那么高，我要拜他为师学医。”

方明慧听了冷笑一声，说：“他医术高有什么用，现在谁还认他？”

“不管别人认不认，反正我认，咱这一条河上下几十里，有谁的医术有王医生那么好？求你给说说情吧，我想拜他为师。”

方明慧虽然很惊讶，但她还是领着板凳哥去见了王济世。

王济世在药房里。当方明慧掀开门帘让板凳哥进去的时候，板凳哥看到王济世正在油灯下聚精会神地看药书。

看到王济世专注的神态，板凳哥对他的敬重之情又增加了一分。他想，这就是普通人和特殊人物的不同，普通人遭受了打击，一般都显出颓败萧条之象；而特殊人物即使受到了迫害打击，也显得处乱不惊、神态自若。

这个药房不大，但是非常干净整洁，一层层的抽屉上标着中药的名字，桌子上整齐地摆放着称药用的小秤，碾药用的石臼，以及其他医疗器材，一切都陈列有序，给人一种随时有人看病，便能接纳治疗的感觉。尤其是墙上的一幅字更是让板凳哥记忆深刻：

济世良医诚上起，

回天妙药苦中来。

这幅字板凳哥以前来从未见过，不知是后来挂的，还是原来挂的，他没注意。这天晚上，这幅字给了板凳哥很深的印象。虽然他识字不多，但他似乎已从这字里行间中读出了王济世的为人为医之道，他真是庆幸自己来对了，要拜人学医，就必须拜王济世这种医生。

这时方明慧上前开口说："济世，有人找你。"

王济世合起书，抬头问："谁找我？"

板凳哥马上把四色礼放在边上桌子上，上前说："王医生，打搅你了，我有件事情想求你。"

王济世脸上露出慈祥的微笑，说："我这无用之人，如同朽木，还有什么要人求的？"

"我要拜你为师学医，求你答应。"说罢，板凳哥便扑腾一声，行起了拜师礼。

一见板凳哥这样，王济世夫妇便都上前去搀板凳哥起来，他们是被管制对象，受不了别人对他们那么尊重。

可板凳哥硬犟着不起来，说如果不答应收他为徒，他就不起来。

王济世便不拉了，他向板凳哥解释说："现在都什么年代了，你还行这种礼，这要是让人发现了，又该批斗我了。你还是起来吧，为什么突然要想拜师学医？你说说清楚。"

板凳哥听王济世这么一说，便起身坐到一张凳子上，把他娶媳妇一事所做的努力齐齐地讲了一遍。

王济世听了板凳哥的故事之后，笑了，然后说："那个姓卢的女子心意是好的，让你多学本领；但她也把世事看得太简单了。人生有限，精通一门手艺都不错了，她还让你学这学那，学多了，只会掌握皮毛，要想掌握皮毛很容易，一个月我就能教会你。但这有什么用呢？比如中医学，博大精深、源远流长，即使一辈子反复实践学习，也仍然掌握不了多少知识。只学会一点粗浅的知识就去行医，那不仅治不了病，反而会误人性命。现在这样的事还少吗？”说到这里，王济世显得很激动。

停了一会儿，王济世接着问：“你是为了找媳妇，学些皮毛医术，还是想把医术真正掌握学会？”

板凳哥想了想说：“我文化浅，只掌握个基础就行了。”

王济世听了有些泄气，便说：“那你为何不到大队卫生所去请教那些赤脚医生？他们一定会传授你很基础的医学知识，何必深夜到我这里？”

“你医术高明，跟你学能学到真本领。”板凳哥说。

“那你想先学什么？”

“怎样给人把脉看病，怎样写端方，怎样抓药，还有怎样打针。”

“这其实包含了看病的整个内容，这样吧，我就先教你如何看人的病相。”

随后，王济世便让他的女人方明慧出去，他敞开心扉地向板凳哥讲起了中医的“望、问、闻、切”四项最基础的看病原理。

王济世是一个知识渊博的医生，一生对中医滋滋追求，因此当板凳哥求他传授医学知识时，他便把他所掌握的中医知识毫不保留地讲了出来。

板凳哥虽然读书不多，但天生记忆力超群、悟性高，王济世所讲的知识他都一字不差地装进脑子里了。

当天晚上走的时候，王济世又送给了板凳哥一本中医基础知识书，他让板凳哥把这些内容都背下来。

闲活休说，此后短短三个月时间，板凳哥不仅背会了王济世送给他的五本中医学书籍，而且对王济世所讲述的看病原理，都能牢记于心。

当医生首先要记性好，面对板凳哥超强的记忆力和领悟力，王济世十分惊讶，便一步一步地引导他，向中医的更深更高处发展。

这年的中秋节，板凳哥要到未来的老丈人家去送礼，恰巧村子里一位老人得了急病。那家人惶惶无主时，板凳哥自动上门，而且手到病除，挽救了那个老人的病。这下板凳哥名声大振,彻底把老丈人一家人给镇住了,卢凤莲对板凳哥更是佩服得无体投地。第二天晚上,俩人相约着钻到一个山沟沟里,趁着月亮,在棉乎乎的草地上,他们痛痛快快地把好事做了。事后,卢凤莲贴在板凳的怀里说,她已是他的人了,她要板凳哥快快将她娶了去。板凳哥一听,简直欢喜疯了。

九

板凳哥知道,他其实对医学只学到了一点皮毛,甚至连皮毛都未学全,然而他不经意的一次露手,不仅让自己扬了名,而且亲爱的卢凤莲把身子都献给了他,这让板凳哥对王济世更是敬仰不已,他知道,王济世医术精湛,从他身上将会学到多少医学知识呀。从岳父家回来的第二天晚上,天上下着雨,板凳哥认为,节气已经到了秋季,反正雨也不会下多大,因此吃过晚饭后,他便撑起一把雨伞到下王庄去。他一是向王济世报喜,二是听王济世讲医学知识。板凳哥动身从家里走的时候,雨还不是很大,但走着走着,雨声便响的像敲鼓一样,四下都是哗哗的流水声。而且天上竟然响起了雷声。板凳哥很奇怪,秋天了,怎么还响雷?他这时有些犹豫,是继续往前走,还是返回家去?板凳哥心里终究是太兴奋了,一个人有激动的事,总是想让人知晓和分享的,板凳哥就想让王济世夫妇知晓他的快乐。因此,面对越下越大的雨,他没有折身返回,而是继续向前走。他想既然是暴雨,肯定下不长,一会儿就会停的。

板凳哥冒雨来到下王庄前面的小河旁。平时没下雨的时候,这条河水量很有限,从这边走到那边,也就是三四个石铺子,腿长的人一个箭步都能跨过去。

板凳哥这半年来下王庄的次数多,知道石铺子的位置,因此走到河边的时候,他几乎想都未想一下,直接就迈腿走过去了。他想石铺还在,直接从石铺子上踩过去便是。

不料这天晚上雨下得太大了,山区沟汊又多,不长时间,这条河的河水就已涨到平时的几十倍还多。当板凳哥前脚迈出去,一下子踩到汹涌的洪水时，他才后悔了。但是，一切都迟了，由于前身用力，他整个身子一下子栽倒在洪水里。他恐惧地大喊了一声，想用力划到岸上。但是，洪水力量太大了，一个浪头袭来，他整个被洪水吞没了。

板凳哥的尸体还是第二天上午从下游二十多里处找到的。他的面目已经全非，但从那矮矮的身材和身上仅剩的一点衣衫上，人们还是认出了他。

姚庄人不知道板凳哥为什么会在晚上被河水淹死，但他们知道，每天晚上，板凳哥都悄悄地到下王庄王济世那里去学医，这说明板凳哥是在去学医的路上，让洪水冲走了的。

姚庄人猜到了板凳哥真正的死因后，都对卢家女子痛恨不已，他们都认为是那女子把板凳逼到了死路。现在板凳哥死了，他们倒是想看看这卢家女子会怎样，她八成会翻脸不认人，马上找个男人嫁出去便了事。

出乎姚庄人意料的是，闻听板凳哥淹死的消息后，卢凤莲披麻戴孝地到姚庄来了。她帮着我二娘料理了板凳哥的丧事后，然后便住下不走了，她告诉我二娘，她已经把身子给了板凳，板凳就是她此生此世的丈夫，她管我二娘叫妈，她说她要一辈子伺候我二娘。

我二娘不知是悲伤还是感激得放声大哭起来。

十个月后，卢凤莲生了一对龙凤胎。

姚庄人惊讶不已，他们认为板凳哥死也值了。

（发表于《长江文艺》杂志 **2012** 年第 **1** 期）

一串鱼

一

多少年以后，每当想起那串鱼的时候，我依然清晰地记得那个午后时分静悄悄的阳光和一声接一声的蝉鸣。

那一年夏季，我终于如愿以偿地考上了大学。当接到大学录取通知书时，我激动万分，这是对我十年寒窗苦读的最好回报呀；父母也高兴得不知所措，直呼苍天有眼。

家里已经把我上大学的学费，及其他一切生活用品都准备好了，再过十天半月，我就要赴省城上大学了。

这个时候我真是春风得意呀。在家里，我几乎什么活也不用干，母亲还每天变着花样给我做好吃的，父亲也时时把我挂在嘴上，在村子里到处夸耀我如何懂事，如何刻苦学习。父亲那段时间几乎把我用功学习的故事向全村人讲遍了，他一家一户地说，生怕遗漏了一家。这样，我便成了父亲的骄傲，也成了全村人的骄傲。在我们那个一百多户的村子里，以前还从没有谁考上大学呢，我算是首例。在父亲的极度赞扬和村人极度地羡慕中，我享受着那种无比甜蜜的得意人生。

但是，这种日子时间久了是会让人生腻的，我觉得成天待在家里单调，气闷，我想出去走走。可是能到哪里去呢？几个关系不错的同学，这年高考都没有考上大学，他们见了我躲还来不及呢。有几家亲戚，家里却没有和我年龄相仿的孩子，我去了没人陪我说话，陪我玩耍，也不想去。

就在我彷徨无主、无处可去的时候，母亲建议我到姑姑家去，她对我说：“春山不是放暑假了吗？你们以前不是常在一起玩吗？”我一听，这主意果真不错，姑姑家不仅有和我年龄相仿的伙伴，而且那个村子里还有一处好玩的地方——鱼塘。一想起那个鱼塘，我的心就像春风一样荡恙起来。多少年以前，那里可是我们的天堂呀。

母亲让我穿了新衬衫，新短裤，还让我把一双新凉鞋也穿上了，我感到自己很神气。母亲给了我十块钱，让我在公路边的商店里为姑姑买几样礼品。

真是春风得意马蹄疾，七、八里路，一会儿就到了。姑姑见我来了，非常高兴。看到我还拎着礼品，便责怪我说：“你来看看姑姑就行了，还买什么东西？”

我说：“我马上要出门上大学了，临走前，特意来看看姑姑。”

姑姑听了这话更加高兴，她问我考上了哪所大学。我说是省师范大学、中文系，是一本，是所名牌大学。姑姑听了连连夸奖我，说我可给家里争气了。

这时已经是上午十一点多了，姑姑让我在屋里看电视，她开始做午饭。我看了一会，觉得电视节目不好看，就去问姑姑：“春山哪里去了？”姑姑说，春山已经和他父亲一块儿上山做活儿去了，可能马上就回来了。于是我就一边看电视，一边等春山回来。只要外面有一点动静，我都会伸头看看是不是春山回来了。

上午十二点多的时候，春山才和姑父从山上回来，他们锄苞谷草去了。太阳很毒，他们的脸被晒得通红，浑身冒的汗已经把衣服湿透了。

春山见了我非常客气，他比我小两岁，但个头几乎和我一样高。几年前，我们几乎年年暑期都在一起玩儿，这几年我由于上高中考大学，我们就很少在一起了。现在我考上大学了，我想我又可以和春山在一起无拘无束地玩耍了。春山可是个爱说爱笑爱耍的孩子，以前我每次到他家里，他都要领我到村子里的鱼塘捉鱼。春山是捉鱼的好手，每次他都会捉好多名目不同的鱼。我们把鱼用细细的柳条串上，或者在河边生火烤着吃，或者拿回家把鱼身上撒点盐，用麻叶包着，放在红火灰里烧的吃。我真希望这次来了，他能像以前一样。因为再过半个月，我就要上大学去了。

二

因为我来了，午饭就做的格外丰盛，大大小小，热的凉的，满当当摆了一桌子。姑姑在烹饪上有一手，十几盘菜摆在桌子上，香味扑鼻。姑父还特意拿出了一瓶白酒，取了两个大酒盅，我面前摆一个，他面前摆一个，然后用酒壶把酒盅添满了。

见春山也在座，我便问姑父："怎么不给春山倒上，让春山也喝几杯吧。"

不料姑父却说："他要是像你一样考上了大学，别说让他喝几杯，就是喝一瓶子我都不反对。"说完，姑父眼睛对春山狠狠地剜了一眼。

一听这话，春山便把头深深地低了下去。

于是我就只能跟姑父俩人喝酒了。

姑父把酒盅端起来，笑着对我说："祝贺侄子考上大学。"然后一仰脖子便把一大盅子酒喝得一干二净。

见姑父把酒喝起了，我也端起杯子，一口喝干了。我是第一次喝白酒，那辛辣的味道呛得我直咳嗽。姑父笑了，说，"侄子真行，来，咱们再干一杯。"他又端起了酒盅。

我连连摆手，说，"我不敢喝了，我不会喝辣酒。"姑父却不依，硬把酒盅端着说，"第一次喝辣酒都觉得辣，辣过之后就觉得香了，信不信？不信你喝着试试。"

我将信将疑地又把一盅酒喝进了肚子。

这次虽然感觉也辣，但比第一盅好多了。就这样，在姑父的鼓励下，我把一盅又一盅的白酒喝了下去。直到喝得尝不出什么辣味，却有一股说不出的甜香味从口中淡出时，我才觉得姑父所言不差，此时我感觉大脑开始兴奋起来，话语也格外多起来。

姑父不断地夸奖我，鼓励我，不断地把酒添满，然后碰杯，让我们一起喝下去。这样喝了大约二十几盅酒之后，姑父说这样喝酒太单调，不如咱俩猜着喝吧。

我问怎么猜？

姑父说，“咱们猜拳喝。”

我说我不会猜拳。

姑父说，“不会，我教你。”他让我伸出右手，把五指张开。一个指头代表一个数，出拳的时候，可以出空拳，可以出满掌；出空拳时可以喊0至5几个数，出满掌可以喊5至10几个数，所喊的数如果刚好等于双方指头加的数你就赢了。还有，出拳的时候，除了空拳之外，大拇指要始终出现，叫大旗不倒；不能光出小拇指（这是小看别人），也不能光出大拇指和二拇指（这是向别人开枪）。姑父把划拳的要领向我讲清之后，便开始与我划拳。

我这会儿其实是耍了花招，上高中的时候，我们男生差不多都学会了划拳。我们在宿舍里吃了饭之后怕洗碗，便几个人在一起划拳，谁输了谁洗碗。为了偷懒，尤其是冬天，我们都把划拳练得贼精。而姑父还真以为我不会划拳呢，他给我讲了划拳的要领之后，就和我先来几拳试试。我便装出笨手笨脚的样子，错误百出地来了几拳。经过纠正之后，姑父便正式与我开始划拳了。

为了把戏做像，开始几拳，我全输了。我便把一盅盅酒喝了下去。姑父得意地笑了。可是来了七八拳之后我便渐渐地开始赢了。姑父输了便把酒喝起，一边夸我聪明，这么快就把拳学会了，而且赢了他。

姑父这样一说，我便来了劲儿，便把以前在高中学的划拳招数全使了出来。姑父的拳划得虽好，但是他没有我脑子变得快，没有我手指头灵活。这样，划一拳，姑父输一拳；再划一拳，又输了。姑父脸上开始搁不住了，但他仍然一杯不欠地把输的酒喝了下去。

我和姑父把整整一瓶白酒喝光了。姑父已显出醉态，而我仍然状态良好。我不禁对自己第一次划拳喝酒的实战本领暗暗称奇。

姑父本来是想再拿一瓶子要和我喝的，可是姑姑阻挡了他，说酒喝多了伤身体。姑父大概也确实感到自己喝多了，姑姑一阻挡，他便不再拿酒了。

酒喝好了，姑姑便开始上饭。春山亲自去把一碗米饭端给我，我发现他似乎很不高兴。

我便带着酒性对他说：

“春山，下午你带我到鱼塘捉鱼吧。”

春山对他爸怯怯地看了一眼，嘴里含含糊糊地应了一句。

吃过中午饭后，姑父很快就睡下了，他喝得有些高，大概已七八成醉了。我也好不了哪里去，我原以为我还不要紧，谁知，酒性发作之后，我感到头晕目眩。姑姑让春山把我领到一间房子里休息。

春山把我领进一间房子就要离开，我急忙把他叫住说："春山，你可记下了，下午领我到鱼塘捉鱼。"

春山说："你睡一觉吧，睡起来我领你去。"

我往床上一躺便睡着了。

大概确实喝多了，我一口气竟然睡了四五个小时。

当我醒来时，屋子里光线已经昏暗，恍惚间，我以为是早晨，仔细一想，才明白这已是黄昏了。我坐在床上发了一会儿呆，头脑仍隐隐有些痛，我用拳头把脑袋捶了捶，后悔不该喝多了。这是生平第一次喝辣酒，第一次就醉了，这让我感到辣酒确实让人畏惧。我便告诫自己，以后再喝白酒，务必小心才是。

屋子里很静，静得什么声音也听不到，外面却传来了知了悠长的鸣叫声："知了——知了——"我脑子里突然记起了临睡前春山说的话，便马上从床上爬起来。此时夕阳已经落山，晚霞映照下，四周的房屋和树木像是镀了一层金铂，金碧辉煌。微风吹拂，送来了阵阵爽意。我感到心旷神怡，心里有一种说不出的舒适。

我以为春山还在家里等着我，谁知我寻遍了，也不见他的影子。姑姑也不见人，只有姑父在屋里。我推开门时他还在大睡，一屋子的酒味，我几乎要呕吐了，连忙把门拉上了。

刚出来，就见姑姑挽着一篮子青菜从外面回来。

"睡好了？"姑姑问我。

"睡好了。"我应道。

姑姑把篮子放在门前的水龙头上，开始清洗。

我站在边上看了一会儿，然后问姑姑："春山到哪儿去了，咋不见他人呢？"

姑姑一边洗菜一边告诉我："春山上山砍柴去了。"

"他不是说要等我睡觉起来领我去捉鱼吗？"

"他看你醒不来。"

我便懊悔，不该睡过了头，误了正经事。

我问姑姑："春山大概什么时候能回来？"

姑姑说："说不准，柴砍够了，他自然就回来了。"

"这么热的天，咋让春山去砍柴？"我问姑姑。

"家里要烧火做饭，他不砍能中吗？平时上学没有空，现在放暑假了，砍砍柴也能为我们分分忧。"

我默然了，我这才感到自己在家里真是享福。为了让我安心读书，家里从不让我干那些体力活儿。家里烧柴，全是父亲和哥哥上山砍的。

"春山学习成绩咋样？每次考试在班上能占多少名次？"我问姑姑。

姑姑一听我问这个，脸上立即阴暗下来，半天才说："他哪能跟你比，他次次考试在班上都倒数。今年放暑假回来，他连通知书都怕让你姑父看。你姑父把他的通知书从床板底下搜出来，一看，几门功课门门考试都不及格，你姑父气不过，把他狠揍了一顿。"

我有些疑惑，按说春山脑子不笨，怎么会考试这么差，就问姑姑这是为什么。

"春山就是爱贪玩，上初中时就不好好学，天天到河里洗澡捉鱼，上高中了，仍不悔过，一有空儿就和一帮子坏学生上街逛得玩。学习不差到几时？侄儿出息学习好，你抽空对他说道说道，让他不要贪玩了，好好用功学习。我们就这一个儿子，要是不成器，我们以后指望谁？"

我便答应适当的时候给春山讲讲学习的重要性。

姑姑很感激的样子。

谁知我左等右等，春山一直未见回来。这时夜幕已经悄然降临。我心里有些失落，一怨自己午睡时间过长，二怨春山回来得太迟。我心里还老想着去鱼塘捉鱼呢，今天看来是如何也捉不成了。

这个时候姑父从床上起来了。

姑父一起来就搬条凳子坐在门前的道场上。姑姑正在厨房里做晚饭，马上让我把一壶沏好的茶端出去，让姑父醒醒酒

姑父接过我端来的茶，猛喝了一口，说："侄儿酒量大，姑父陪你喝，你倒把姑父喝晕了。"

我说："我也晕了，中午我睡了好几个钟头，也才刚刚醒。"

姑姑在厨房炒菜的香味弥漫开来，很好闻；天上的星星也出来了，一个又一个，亮晶晶的。我几次向路口张望，总是不见春山回来。我心里有些担心，天都黑实了，春山怎么还不见回来，他不会在山上出什么事吧？

很快，姑姑便把饭做好了。姑姑喊姑父拾掇桌子端菜。姑父把门头上的灯拉亮，将一张小桌子搬到门前的道场上，对我说：

“就搁外面吃吧，外面凉快。”

我说好的，连忙去端凳子。我把四条凳子依次放在小方桌的四面，又从厨房里取了四双筷子，放在桌子上。

晚上吃的是面片，比较简单的饭，但姑姑仍然炒了四个菜。

饭都端上来了，仍不见春山回来。我问姑姑：“春山怎么还不回来？”

姑姑对路口张望了一下说：“谁知这孩子，咋这个时候还不回来。”

“肯定又在山上玩过头了。”姑父说，一边催我，“不管他，我们先吃。”

我便端起碗就开始吃饭。直到我们把饭吃罢，开始收拾桌子时才见春山背着一捆柴回来。

我心里有些惭愧，春山把柴一放下，我连忙走过去，招呼他赶快把手洗洗，开始吃饭。春山也不吭声，把身上别的镰刀“咣当”一声扔到门前的阶沿上，然后就在水龙头前把手和脸洗了。姑姑这时已把饭舀好端到了桌子上。

春山往桌子上一坐，就大口大口地吃起来。

姑父脸上有些不高兴，他抽了一根烟后，又点着了一根，问春山：“你咋回来这么晚？”

春山吃了几口饭才说：“路远，下山的时候天就黑了。”

姑父说：“你跑那么远的路干啥！哪个山上没有柴？你怕是只顾玩耍，玩到天黑了才想到砍柴吧？”

“我和谁玩去了？你到村子去打听打听。”

“还用我打听？你，我还不清楚。”

姑姑这时阻止姑父说：“你让娃好好吃饭，柴只要砍回来了，早一点迟一点有啥了不起！”

春山几分钟就把饭吃完了。饭一吃完，姑姑就把碗碟统统端到厨房里。

我这时很想同春山说一说明天如何捉鱼的事情，可是春山饭一吃罢就说他有件事要出去一下，说罢转身就走了。

我以为春山很快就会回来,可他一直到我睡觉时也没回来。姑姑只好让我先睡,她一个人在门前等着。我心里有些沮丧,我隐约觉得,春山似乎是在有意避着我。

三

翌日,我想春山无论如何也会带我去那个鱼塘捉鱼的,我们的关系在那儿,他没有理由拒绝我这个小小的请求;况且,我好歹是个客人,他也有责任让我在这里玩得高兴,我这次走亲戚,很大一部分原因是冲他来的。可是我万万没有想到,早晨我被姑姑喊叫起来吃早饭时,春山又上山砍柴去了。

"天刚亮,铁蛋就在门口喊他一块儿上山去砍柴了。"姑姑有些歉意地告诉我。

"砍柴用得着去那么早吗?"我疑惑地问。

"他们还不是怕晒人,一大早上山,等太阳厉害的时候,柴已经砍够了。"姑姑说。

我一想果真有道理,这时心里就对自己一味地要求春山带我去捉鱼感到很惭愧,对于我来说,到鱼塘捉鱼重要;但对他们家来说,当然是上山砍柴重要。我们当地就有句谚语:养女有衣穿,养儿有柴烧。姑姑家就他这一个儿子,他不上山砍柴谁上山砍柴?我只好耐心等待着,等春山把柴砍回来了好领我到鱼塘里捉鱼。

吃了早饭之后,姑父、姑姑让我在家里看电视,他们扛上薅锄上田里去锄草。姑姑对我说:"春山半晌午就回来了,他一回来,就让他领你去捉鱼。"说完姑姑就和姑父走了。

我只好耐心地在堂屋里看电视,这是台十七英寸的黑白电视。那个时候电视在农村还未普及,一台电视机得好几百块,一般家庭还买不起,一个村子,往往只有几台电视,有的村子一台电视都没有。

可是我看了一会儿电视就不想看了,原因是信号不太好,电视里不是人影乱晃,看不清;就是满屏的雪花,嗡嗡直响,炸耳朵。我只好把电视关了,独自到附近村子里去转悠。

我不知不觉来到了那片鱼塘。这是一个公共鱼塘，距离姑姑家只有一里路，与鱼塘隔个石坝就是一条河流。春山告诉过我，这个鱼塘原来是生产队种莲菜的，责任田承包以后，这片荷塘让人挖败了，于是有人向里面放了些鱼苗，就成了鱼塘。由于污泥多，水草长得茂盛，很适宜鱼儿生长，几年时间里面的鱼就繁殖了不少，一到夏天，村子里的孩子就在里面捉鱼，玩耍。

上初中的时候，每年放暑假的时候，我都要和春山，还有这个村子里的一些顽皮少年，在这个鱼塘里捉鱼，打水仗。

这时太阳刚刚冒出来，鱼塘里零星的还有些荷叶，太阳照在荷叶的水珠子上，晶晶闪亮。水面上长满了青青的水草，不时发出扑腾一声响，仔细一看，是青蛙在里面跳动的声音。

我从附近找到了一根棍子，轻轻地拨开青苔。我惊喜地看到，青苔下面有不少鱼儿在游动。我惊喜不已，我想，春山不领我来捉鱼，我自己难道不能独自捉鱼吗？于是我就迅速把鞋脱了，把裤脚挽了起来。

鱼塘里的水不知有多深，我慢慢地试着把脚伸下去，可是刚把脚放进水里，就把我凉得打了个寒战，我想不到水这么瘆人。又试了几次，终究还是不敢走进鱼塘，一是怕鱼塘水太凉，二是怕水太深。我只好不甘心地把脚擦干，把鞋穿上。我对鱼塘里张望了半天，这时不少青蛙开始在水草间跳动起来，几只青蛙张开嘴开始鸣叫起来：“咯哇，咯哇——咯咯——”我想它们是在嘲笑我吧，我只好悻悻地走了。我想大概是时间太早的缘故，要是中午和下午，水就不会这么凉了。

我又回到姑姑家里，看一看，春山仍未回来，我觉得很是无聊，想一想时间尚早，不如到这个村子里一个女同学家里去坐一坐吧。这个女同学叫叶翠枝，我们是高中同学，我记得高一时候到她家去过一次，后来由于学习紧张，我很少到姑姑家来，所以就没再到她家去了，在学校，我们也很少说话。现在总是没地方可去，不如就到她家去坐一坐吧。她今年考大学落榜了，去看看她也是应该的。

叶翠枝家距姑姑家也不远，中间只隔七八户人家。当我刚走到她家房子后边时，一眼看到她正在房子里看书。叶翠枝也在窗子里看见了我，马上喊我到她家里坐。

叶翠枝一个人在家里，她热情地把我迎进她的房间。

房间里有一张床，一张大方桌，墙上钉了几块木板当书架，书架上摆满了书。

“你啥时候来的?”叶翠枝给我倒了一杯水问。

“昨天上午。”

“上大学快走了吧?”

“还得半个月呢。”

“考到了哪所学校？听说是师大中文系，对吗?”

我点点头。

“你真行，那可是所名牌大学。”

“有啥好，出来当教师，一辈子站讲台。”

“那也比落榜强，你看我，回家当农民，以后只有终生在田野上耕耘了。”

“你可以再补习一年嘛。”

“家里供应不起，而且我也不想上学了。”

“那你怎么办，甘心当农民?”

“我想靠写作走出去。”叶翠枝羞涩地笑了一下，然后拿起她刚才看的一本书遮住了她的脸，问我：“不知中不中?”

她一说我才想起来，似乎她的作文写得不错，隐约记得语文老师曾把她写的作文当范文读给全班学生听。

“你的作文写得好，这条路肯定能闯出去。”我鼓励她说。

“你说这条路我能走出去?”她把脸上的书放下来，认认真真地问我。

“肯定行的。”我鼓励他说。因为那时是上世纪八十年代，文学还处于非常热火的时代，不少农民作者由于写了一篇小说在全国获了奖而被正式调进文化部门，从此改变了命运。

“我就担心家里不支持。”叶翠枝显得很忧郁。

“没啥，一切事在人为，只要你把文章写好发表了，引起了轰动，他们高兴还来不及呢，咋会不支持!”

“你说的也是，那我就勤奋读书，勤奋写作，力争在三五年之内写出名堂。”

“我等你的好消息。发表了文章，可别忘了告诉我一声。”

“一定告诉你。”叶翠枝说。

我把她刚才看的书拿过来，是一本《一九八六年全国优秀短篇小说获奖作品集》，我随便翻了翻，就丢下了。我这个时候对文学仍没有一点兴趣，对这个女同学也没有兴趣，她主要是长得太差了。我仍想着春山，想着鱼塘里的鱼。

叶翠枝这时又往我杯子里添了些水，然后从书架上取了一个本子，对我说："这是我才完成的一篇小说，你看看，提提意见。"

我这时已经有些坐不住了，很想走，但又碍不过情面，只好接过那个本子硬着头皮看了起来。我原以为只有三四张，谁知她几乎把一个本子写完了，我整整看了一个多钟头才看完。在我看小说的时候，叶翠枝一直很热情，她不仅为我倒茶水，见我脸上出汗了，还用扇子为我扇风。说实话，小说看后我也没什么印象，我的心思全不在这儿。

我们又说了一会话，看看时间已不早了，我便起身要走。刚出门，便遇见叶翠枝的父母扛着锄头从田地里做活儿回来了。她的父母不认识我，见了我眼神怪怪的，叶翠枝便做了介绍。她的父母便热情让我中午就在她家吃饭。我拒绝了，我想春山肯定早已经回来了，便赶快就走了。

叶翠枝在后面大声喊我："你要是不走就到我家里坐坐。"

四

太阳已经升到头顶了，四处像下了火似的。走到姑姑家门口的时候，我一眼看到柴堆旁边放了一捆柴，我想这肯定是春山今天砍的，就一边喊着春山的名字，兴冲冲走进屋子。

可哪里知道，春山又不在家，只有姑姑一个人在厨房里掐豆角。

"你到哪儿去了？"姑姑问我。

"到我一个同学家里去了。"我说。

"是叶黑女吗？"

"叶黑女？不是，叫叶翠枝。"我说了她家大概位置。

姑姑笑了，说："叶翠枝就是叶黑女，叶翠枝是她的学名。"

姑姑告诉我，叶翠枝没考上大学家里很生气，她家里为了她上高中花了不少钱，谁知钱白花了。叶翠枝的妈妈想马上就给她找婆家，早一天把她嫁出去。

“春山哪里去了？”我问姑姑。

“她刚才还在家里，咋出溜一下不见人了，他是不是到村子里找你去了？”

我一想，有可能是这样，便立即出门去找，却不见人。我就在门前的枣子树下等着，等了半天，却见姑父满头大汗地背着一背篓青草回来了。他问我为什么不回屋子里，外面这么热。我说我在等春山。

这天中午春山又不在家。姑姑到村子里几个孩子家问了，说是春山和一群孩子一道，不知到什么地方去了。姑姑、姑父都把春山骂了，他们安慰我耐心等着，春山要是回来了，他们一定要好好教训他一次，要他好好陪我玩，不准在外面疯了。

也许是姑姑、姑父的话消除了我的气，我就只好耐心地等候春山回来。天热，我没哪个地方去，只好睡中觉，可怎么也睡不着，刚要睡着，外面就传来一点响动，我以为是春山回来，仔细听听却又不是。

这样反反复复地经过了几次，我心情更加烦躁，身上直冒汗，为了驱热，我便打算到厨房里舀点凉水喝喝。姑父、姑姑此时都在午休，屋子里很静悄。我轻手轻脚地走到厨房里，准备从水缸里舀一些凉水解喝。就在这个时候，我突然看到了案板上的一串鱼，鱼放在一个大洋瓷碗里，上面落了不少苍蝇。我拿手轻轻一挥，苍蝇便嗡一下飞走了。这是用一根细柳条串起来的一串鱼，我把鱼拿起来，竟嗅到了一股浓浓的鱼腥味。

我记得中午吃饭的时候还不见这串鱼，这会儿是怎么冒出来的？姑父、姑姑不会去捉鱼，这鱼是谁弄的？

我很快就明白了，一切都明白了。

我生气地走出去，此时头顶的阳光像一块烧得发亮的铁砧静静地贴在天上，房前杨树上的知了在一声接一声地鸣叫。我感到了委屈，眼泪顿时哗一下流了出来。

我一刻也不想再在这里待下去了。我便喊醒姑姑，借口要回家准备上大学的行李，要马上回去。

姑姑对我情绪的突然变化很吃惊，就一再挽留我，她保证一定让春山陪我去那个鱼塘里捉鱼。但我去意已决,她就只好同意让我走了。并让我放假回来一定到这里玩儿。

我冒着炎炎烈日回家了。

五

后来,我就上大学去了。

后来每次放寒暑假回来,母亲都让我到姑姑家去玩儿,可是我再也没有去了。我脑海里一直记着那串鱼,那串腥腥的鱼,是那串鱼让我从此告别了仍处于懵懂之中的少年时期,真正步入了青年。我不知道这是好事还是坏事,每次想到那串腥腥的鱼,我鼻子都酸酸的。

生活中有多少事情让人念念不忘呢?只有我们自己心里清楚,当我们一年年长大,变老,才明白,生活中的细节比事件重要,有些事件可能忘记了,但是细节仍历历在目,即使过了十年,二十年,甚至三十年。

(发表于《商洛文化》杂志 2019 年第 4 期)

最后的真相

我不教训任何人，我只是陈述事实而已。

——蒙田

一

想一想，时光真是流水一般呀，十几年时间眨眼间就悄无声息地过去了。留给他的，除了叹息之外，还有什么呢？

当初，黄石还是个中学语文老师。有一年，他阴差阳错地突然间爱上了写作，一天到晚，不是如痴如醉地写散文，就是废寝忘食般地写小说，着了魔一样。他的怪异行径引起了全校老师的关注。校长和教务主任为此很生气，大会小会上，没少对他进行讽刺和挖苦；并且把他叫到办公室谈话，警告他精力要用在教学上，不要不务正业、误人子弟。

黄石也许就是因为受不了那个破公鸡嗓子校长无休无止的讽刺和挖苦，和那个长相如同老山羊似的教务主任无时无刻地对他的监视和诽谤，这才动了改行的念头。恰好这年县文化馆缺人，黄石因在报纸上发表了好几篇散文，而被县文化馆破格要了去。

不进县文化馆黄石真不知道，文化馆有这么好。馆里工作十分闲散，每天早上睡到八九点钟起床，简直如家常便饭，而且从没有人会指责你。因为馆里差不多人人都这样。

文化馆在一院老式徽派房子里办公，人少房子多，又在县城一隅，白日里，里面安静得树叶子落下来的声音都听得见。在文化馆工作，不以身份高低论尊卑,而以作品发表多少论英雄。改行后,黄石几乎天天晚上通宵写作,白天睡大觉,从没人管,太惬意了。因而到文化馆的第一年,他就在省级文学杂志上发表了好几篇小说,一下子在县上有了名气,这样他便在文化馆牢牢地扎下了根基。他心里不由感叹,文化馆大概就是为他这种人设的。

人走运的时候,好事常常是接踵而至。

这一年县上新调来了一位主管文教的副县长,恰好这位副县长也爱好文学。当得知黄石在省级杂志上发表了不少小说时,副县长亲自上门见了他,并翻阅了一下他发表过的文学杂志。看过之后,这位副县长显得非常惊讶,随后便在不同场合表扬他,说他是个人才。这个副县长是外地人,陕师大中文系毕业,星期天不回家的时候,便打电话让黄石到他那里去谈文学。黄石的书读得多,文学功底又很扎实,他们一起谈了几次文学后,那个副县长对他印象非常好。为了活跃全县文学气氛,这个姓李的副县长利用职务便利,让黄石组织县文艺骨干开展了几次内容丰富的文学沙龙活动,他每次都忙里偷闲地参加了。黄石形象气质好,加上当老师时练得一口标准的普通话,每次活动中,他表现得都很优秀。因而赢得了李副县长的大力赏识,他逢人便说黄石才华横溢,是个人才,他准备把他要到政府办,并表态两年后就想办法把他提拔成政府办副主任。可黄石却不为所动,他认为自己改行的目的是为了写作,而不是为了当官,如果到了政府办,当官也许有可能,可写作是万万不可能继续了。

他这种做法自然引起了周围一些朋友对他的不满,认为他是榆木疙瘩,好好的资源不利用,非要当什么作家,作家能发财吗?作家能为人办事吗?劝他趁早断了这一念头,去走一条快捷而实惠的发展之路。黄石没有听人这么劝,他仍然一如既往地潜心写作。为了不浪费资源,他只是求那个副县长把他在乡下当小学教师的妻子调到县城关小学。这事对主管文教的副县长来说,简直小菜一碟,一句话就把他妻子调回来了。

可惜那个副县长在任上只干了一届就升到其他地方当更大的官去了,黄石仍然一门心思搞他的写作。文化馆剩余房子多,老婆孩子回城后,他主动向馆里多要了两间房子。加上原来的一间,他一共有了三间房子,而且紧紧相挨着,前面还有一个小院子。这三间房子,一间做厨房,一间做卧室,一间做书房。门口的小院子,他用几根木棍支起来搭一个凉亭,旁边栽上葡萄,里面支上石桌,摆上凳子。几年时间,葡萄藤就把凉亭上面铺满了。他就给这个凉亭取名为“悦心亭”。黄石吃饭在这里,看书在这里,遇到高兴事,他就把县城里几个文人叫到一起,在这里吟诗作词,或者朗诵他所写的散文和小说。他感到自己简直过得就是神仙日子,再好的地方他也不眼气。

黄石在写作上很勤奋,又比较有天赋,几年下来,他就发表了几十篇中短篇小说,出了三本小说集。黄石以为自己已经很不错了,更知足了,写小说的劲头更大了。

这叫什么?叫作茧自缚,他不晓得世道正悄然地发生着沧桑巨变。

不知从什么时候开始,身边的人都发了疯般地开始做生意挣钱。有门道的,做大生意,挣大钱;没门道的,做小生意,挣小钱。文化馆这个曾经既清闲又体面的单位,顿时成为人嫌狗不爱的穷酸单位,里面几个正式职工,有的下海经商去了,有的利用关系,跳槽跳到有钱有势的单位去了。

妻子比较敏感,见世道正发生着惊人的变化,便劝黄石与时俱进,动动心思,跳槽跳到有实惠的单位,或者下海去经商。黄石听了嗤之以鼻,他责问道:“我当初改行的目的是什么?难道是为了升官发财吗?”妻子只好什么也不说,任他专心地写小说。

做生意的热潮还没有退,人们又开始在房子上面打主意了,没楼房的想买房,有楼房的想买更多更好的楼房囤积起来,房地产被炒得热火朝天。无论是单位,还是个人,都在利用资源优势,置办房产,或者大捞钱财。文化馆的主管上级是文化局,文化局虽然也是个穷酸单位,但却管着一大摊子更穷的单位,图书馆、文化馆、剧团、电影院、电影公司等,这些单位最大的优势是曾经有过辉煌的历史,占的地盘比较大。比如电影院,有上百亩地皮,间间房子因年代久远而摇摇欲坠。

这届文化局局长脑子灵活,通过积极争取,县上同意了他们整活文化系统资源,以建文化活动中心为由,把那破破烂烂的电影院及四周年久失修的老房子全给扒了,一方面向上争取资金盖文化活动中心,一方面集资盖家属楼。文化系统职工有优先权,而且每套房子能优惠两万块呢。按说这是个千载难逢的机会,黄石当时只要花上三四万块钱,就能买一套面积不小的单元房。文化系统几乎所有干部职工都报了名,有的不仅买了单元房,还买了门面房;有的不仅自己买了房子,还给亲戚朋友在里面买了房。妻子这次也是积极鼓动黄石买房的，而且他们手头刚好有两万多块闲钱，买套房子借不了多少钱。可是黄石不同意，他认为，文化馆有剩余的房子不住，偏要去买商品房，那是瓜蛋。他情愿把这钱借给别人去买房子。他仍然住在文化馆分给他的几间老房里，独善其乐，看他的书，写他的小说；烦闷的时候，他就把县城里几个文人叫在一块，吟诗作词，划拳喝酒。时光就这样缓缓地流淌过去了。

黄石也没觉得有什么不好，他是个把精神生活看得比物质生活更重要的人，他有工资，有饭吃，有地方住，一家人团聚在一起，尽享天伦之乐；而且谈笑有鸿儒，往来无白丁，何其妙哉！更令人自豪的是，他还时不时有作品在报刊上发表，挣些稿费。人生如是，夫复何求？

但他万万没有想到，又过了几年后，全国上下大规模城镇化建设又开始了。县上提出了宏伟目标，要用两三年时间把县城发展成一个新兴旅游城市。按照规划，许多陈腐的、破烂的、不规整的房子都要被扒掉。文化馆历尽沧桑，已显得非常破旧，有碍观瞻了，在首批拆迁名单中，就被挂上号了。这是县上的大政方针，文化馆胳膊怎么能扭得过大腿？县上限几时搬走，就得搬走。倾巢之下岂有完卵？文化馆都搬走了，黄石能不搬吗？那可是公家房子。没有办法，黄石和妻子只好先租了一套二室一厅的房子，告别了他住了二十多年的县文化馆。

这个时候，妻子似乎才彻底醒悟过来，她后悔当初没有买房子，后悔当初一切听黄石的，弄得现在房子没房子，钱没攥到钱，眼看着县城的房子仍在像直升机一样地往起升，她觉得无论如何也要把房子买上，不然以后咋办？难道他们两个双职工打算一辈子租房住？别人笑话不笑话，他们的儿子大学也快毕业了，将来住哪儿？

黄石也想不到时事变化这么大，真是白云苍狗，野马尘埃呀，他内心坚守的东西一件件地都在垮塌，许多他认为是永恒的东西，瞬间就消亡了；许多他认为是正确的东西，马上就成谬误的了。他彻底迷茫了，跟不上时代了。所以面对妻子滔滔不绝地指责和埋怨，他一句都不还口。好在妻子贤淑大度，知道他是个文人，说归说，埋怨归埋怨，并没有把他们之间的矛盾激化升级，她只是让他以后要改变思路，不要再一门心思地看书写小说了，要学会挣钱。而且他们一定要想方设法买一套房子，不然以后就是想买也买不起了。

刚好广场新区旁边又在盖商品房，那里位置好，户型好，很抢手。妻子看中了一套，面积130多个平方，南北通透，采光很好，楼层也不错，三楼。但条件却非常苛刻，首付款就得20万，谁交不够，就别想要房子，有的是人要呢。房子定下来之后，妻子便成了热锅上的蚂蚁，东凑西借，能想的办法都想遍了，钱还差两三万。妻子急得嘴上起泡，对黄石大发了一顿脾气，让他近期无论如何得完成两万块钱的筹款任务。

这多年来，黄石从来就不操心钱的问题，交往的朋友也多是清贫如洗的文人，让他去借两万块钱，除非把他给卖了。可是，房子毕竟是全家的大事，他总不能让妻子一个人操心呀。怎么办？借吧。第二天他就厚着脸皮去向几个关系不错的朋友借，可那些朋友一见他是来借钱的，马上像见了瘟神一样，连连声称自己手头没钱，要么说钱早让谁谁给借走了。

钱是硬道理呀，这可怎么办？

二

事情也真奇怪，黄石正在为钱的事愁得两眉成一眉的时候，县作协主席汪洋突然打电话问他："黄作家，最近忙什么呢？"

黄石说："忙什么？忙着数钱。"

"说正经的，你要是有时间，想挣钱不？"

"你要是能让我挣到钱，让我卖淫我都愿意。"

"也不用你卖淫，你只需动动笔、写写文章就行了，而且报酬优厚。"

"你是不是闲着没事干，故意拿我来开玩笑？"

"谁给你开玩笑！你现在在哪儿？我去找你。"

"既然这样，怎敢劳你的大驾，你在哪儿？我去找你。"

黄石立马就找汪洋去了。

黄石一到，汪洋就热情地给他倒茶递烟，还没等黄石开口，汪洋就开门见山地说："这次我想拉你入伙，给鸿运公司的老总牛红旗写一部大型报告文学。鸿运公司你熟悉不熟悉吧？"

“咱县上的第一大企业,谁不知道!”

“对。可你知道不？鸿运公司的前身竟然是一个乡级水泥厂,公司老总牛红旗也是从西河水泥厂的天天工干起的。”

“我当然清楚。”

“这你也知道?”

“怎么不知道！我和牛红旗都是西河镇的人。”

“是吗？那太好了,告诉你实情吧,牛红旗今年已经六十多,快七十的人了。在公司的几次董事会上,他已经明确表示,他来年有退居二线的意思。其他董事会的人自然不同意他这个请求。可牛红旗决心已定,他说他干了一辈子了,人老了,思想跟不上趟了,想休息休息;并让办公室主任李栋梁找到我,要县作协牵头把县上的几个大笔杆子拢在一起,成立一个写作班子,给他写一部创业史,作为他一生的总结。”

黄石问由哪些人组成。汪洋说:“除了你,还有天涯飞雪和牧童,你们三个是县上公认的大笔杆子;你和牛总又是同乡,肯定能把牛总的创业史写好。你放心,鸿运公司有的是钱,稿子写好审定之后,每人至少可得两万元稿费。怎么样？加不加盟?”

黄石听说这次至少能得两万元稿费,这不是能完成妻子交给他的筹钱任务吗？于是痛快地答应道:“好吧,我加盟！但丑话说在前头,文章写好之后,你要立即兑现稿酬,少一分钱也不行!”

汪洋拍着胸脯说:“你放心,这事包在我身上了。”

写作班子终于在县作协一间独立办公室里隆重宣告成立了。鸿运公司不仅先兑现了三万块钱的启动资金,老总牛红旗还亲自在鸿运宾馆设宴招待了作协主席汪洋和写作班子的几个成员。在热情洋溢的气氛中,作协主席汪洋毕恭毕敬地向老总牛红旗一一介绍写作班子的几员大将,当他郑重其事地介绍到黄石,并且说他已经出了三本小说集时,牛红旗马上举起酒杯站起身说:“想不到我们西河镇出了个这么了不起的大作家,恭喜你呀。为你写了那么多的精彩文章和我们的这次愉快合作,我敬你一杯!”

黄石端起杯子和牛红旗碰了一下。

李栋梁见牛总向黄石敬了酒,便马上端起酒杯说:“西河镇真是风水宝地,不但出了我们牛总这样的商亚巨子,还出了黄作家这样的大才子,我也向你敬一杯!"

黄石推辞说:"牛总才是真正的人物,我等清贫文人,算个什么!免了,免了。"

汪洋忙说:"黄作家,你不要妄自菲薄嘛!文人怎么了?文章千古事,文人自有文人的价值。喝吧,李主任敬的酒,你可一定得喝。"

黄石无奈,只得喝了。

接着,牛红旗又向天涯飞雪和牧童敬了酒,鼓励他们好好写书稿,有什么困难可以对汪洋主席说,或者直接找李栋梁主任也行,公司会积极支持的。

汪洋首先表态,他一定要把这项工作当成作协今年的头等大事来抓,保质保量地按时完成任务。

天涯飞雪和牧童也在现场表了态,保证认真写作,不辜负牛董事长的厚望。

临到黄石了,黄石说他也没啥可说的,只是有一点,写牛董事长的创业史必须认真采访,包括牛董事长本人及相关的人和事,他希望鸿运公司能给写作组提供一些人员名单,他好按名单去一一采访,只有情况非常熟悉,并掌握了翔实的第一手资料,写作才能得心应手。

牛红旗连连称赞说:"对对对,黄作家提的这个意见很好,下来让李主任拉一个名单,你们按名单去采访。我非常希望把真实的我写出来,要客观,不要言过其实。你们需要用车什么的,可直接跟李主任联系,他会陪你们去。文章写好了,钱不是问题。"

作协主席汪洋激动地说:"大家都看到了,牛董事长非常重视这项工作,你们一定不负厚望,写出精彩的华章。"

三

为了能更好地完成这部报告文学的创作任务,作协主席汪洋根据实际情况,进行了任务分解:

黄石撰写牛红旗头十年的创业史,即从 1971 年写到 1981 年。字数

10万。

天涯飞雪撰写牛红旗1982年至1999年的创业史。字数10万。

牧童写牛红旗2000年至今的创业史。字数10万。

从难度上讲，黄石的任务要艰巨一些，因为他写的内容，年代已经久远，牛红旗当年的很多业绩几乎没有留下任何文字记载，又不能随便捏造，唯有靠一点一滴地采访了。

黄石向汪洋摆了他的具体困难，要汪洋务必联系牛红旗再见一次面，先通过他本人讲一讲他当年的创业经历，下来之后，他拉一个采访大纲，然后按采访大纲逐项采访，获得丰富的第一手材料；否则他没法写。

汪洋面有难色，他权衡再三，最终还是答应了黄石的要求。

一个雨声淅沥的下午，黄石正在家里看书，汪洋突然打电话告诉他，牛总正在鸿运公司的足浴房等他们，他正在往那里赶，他催黄石也赶快过去，牛总特别忙。

黄石急忙揣上笔记本和笔就走了。

外面下着蒙蒙细雨，天色阴暗，寒气袭人，但一进洗脚房，一股暖气便迎面扑来。橘黄色的灯光下，衣着华丽的三名洗脚小姐仪态万方。

牛红旗老总正躺在沙发里抽烟，见俩人都来了，便笑着对这些姑娘说："人到齐了，开始洗吧。"

三名姑娘说了声"是！"便纷纷出门，然后一人端一盆热气腾腾的药水进来。黄石靠在沙发上，让洗脚女脱去鞋袜，将双脚轻轻地放进浴盆，一阵说不出的舒适从脚底一直传到丹田。

牛红旗就躺在黄石旁边的位子上，他关切地对黄石说："满意不？不满意再换一个姑娘？"

黄石说："很好，这个姑娘很好，不必换了。"

给黄石洗脚的姑娘一听，立刻红了脸说："谢谢！"对黄石的动作更加温柔了。

牛红旗说："咱们边洗边聊吧，你要了解什么，只管问。"

黄石说："牛董事长，我想了解一下你起家的历史，能否把你最初的一些难忘经历讲一讲？哪怕大致轮廓都行。"

也许是牛红旗今天的心情格外好，他高兴地说："好呀！"接着他就讲起了他在部队当兵的经历，牛红旗说他在新疆当兵，那里环境特别艰苦，热天热死人，冬天冻死人。但他不怕苦，每天早上出操他第一个到；晚上，别人都休息了，他还在营外做投掷手榴弹练习。由于他能吃苦耐劳，刻苦训练，在全团射击比赛中他多次获得第一名的好成绩。当了三年兵，他一复员回到家，就担任了生产队长，领导全队修大寨田，每次评比，他们村都是第一名。

一听说牛红旗还当过生产队长，作协主席汪洋惊讶地说："牛董事长还当过生产队长！真想不到，不容易呀，从一个生产队长，发展到一个拥有上亿资产的公司董事长，真是奇迹！"

牛红旗谦虚地说："不值得一提，不值得一提。"

接着牛红旗又讲述了他如何从生产队长干到大队副支书，再由大队副支书干到西河水泥厂的副厂长、厂长的经历。令黄石深感惊讶的是，牛红旗的记忆相当好，过去了几十年的事件，他竟然记得清清楚楚。

"你到西河水泥厂是哪一年？"黄石问。

牛红旗想了想说："应该是——一九七二年十一月，对，就是，记得我去水泥厂的那天，正下着鹅毛大雪，我是踏着积雪进厂的。"

"当时水泥厂的情形如何？"黄石问。

"那时的水泥厂当然无法和现在相比，我去的时候工人只有七八个，粉碎机只有一台，运载石料和水泥的大卡车只有一辆，而且技术员也是临时凑数的。大队是看水泥厂要垮掉，才让我去接手的。"

汪洋此时又不失时机地对牛红旗恭维了一番，说要不是牛董事长去西河水泥厂，也就没有今天的鸿运公司。

这话牛红旗听了自然很受用。接着他又详细地讲述了他是如何整顿水泥厂，如何扩大水泥生产线，增加设备。改革开放后，他又是如何紧跟形式，不断扩大销售市场。

黄石细细地听着，并在提到相关人和事时，他拿出笔在本子上记一下。

牛红旗对黄石的这种工作态度很是赏识，竖起大拇指对汪洋说："你看看我这位老乡，不愧是个作家，干事就是认真，这种人我喜欢。"

汪洋说："是的，是的。黄石是我们县最有希望的作家。"

脚洗罢之后，牛红旗又特意请黄石和汪洋吃了一顿饭，并郑重叮嘱办公室主任李栋梁：对于黄作家提出的任何要求，公司一概无条件地予以满足。

四

黄石开始还担心自己的写作任务不好完成,没想到鸿运公司老总牛红旗配合得那么好;而且给他讲述了最初起家的那段经历。这些经历无疑很有故事性,对于一个写了上百万字小说的作家来说,只要有故事轮廓,他随手写,也能写它上十万字的东西。这样那几万块钱稿费就稳操胜券地归入他的囊中了。大功即将告成,黄石心头卸下了重负,回家后,他就得意地把这件事的来龙去脉给妻子讲了一遍。

妻子听说给牛红旗写一篇报告文学就能得到两万元稿费,眼睛睁得像铜铃,她激动地说:“那你就好好写吧,这个月家里的大小事你都不用插手了,专专心心地哄牛红旗高兴,把那两万块钱妥妥地拿回来。”

黄石也确实觉得这是件好事,写报告文学比写小说容易多了,说实话,写报告文学其实就是写煽情故事,他只需把语句写得华丽一些,把情感写得激昂煽情一些就行了。

可是,这件事却引起了黄石对他大姐的伤心记忆,他的大姐黄英姑就是在西河水泥厂最初发展的那个时间段亡故的。那一年他才八岁,还在上小学二年级。

黄石回了一趟老家。途经水泥厂时,黄石故意停下车,走了进去。现在的水泥厂已不叫西河水泥厂,而叫鸿运水泥厂。厂址仍是几十年前的老地方,但厂房增多了,规模扩大了。过去只有一个空荡荡的院子,十几间厂房,现在厂房已经漫延到二三里,不仅有生产区,还有化验大楼、销售部和生活区。听李栋梁介绍,如今水泥厂的水泥月生产就达 800 万吨,水泥远销河南、湖北及西安等地,效益非常好。站在大门口,只见一辆又一辆大车轰隆隆响着从眼前经过,扬起了漫天灰尘。这些车都是用来拉水泥的。听说现在买水泥都要走后门,否则买不到手,可见水泥厂多么红火。面对此情此景,黄石心里有种说不出的滋味,他想,要是他大姐活着,不知现在会是什么样子?

回到老家后,黄石特意来到大姐的坟前。大姐去世已经几十年了,荒草已长满了坟头,坟前的一棵桦栎树也已经长得很粗了。黄石的心情十分悲痛,尽管几十年过去了,可他还是忘不了大姐惨死的情形,那沾满血迹的工作服,那血肉模糊的尸体……依然清晰地留在记忆的深处。安葬大姐的那一天,全村人都来了,满山的哭泣声,数不清的花圈、挽联。母亲因悲伤过度,无数次地昏迷过去。如今,父母也都故去了。想到这里,黄石的眼泪不自觉地流了出来。

五

按照黄石的意见,李栋梁先给他提供了两个采访对象的名单:一个叫甫安松,六十五岁,当年西河水泥厂的会计,现在退休在家,但还担任着鸿运公司董事会的顾问。家住西河乡的四坪村;一个叫汪柄男,当年水泥厂的职工,六十多岁,家住西河乡的磨盘村。

李栋梁对黄石说:"这俩人都是牛总创业初发迹的见证人,有些动人事迹他们最清楚。你什么时候去,给我打个招呼。"

黄石谢了李栋梁。一个阳光灿烂的周末,他把汪洋和李栋梁一起叫上,由公司派车把他们送往四坪村的甫安松家里。

从县城到四坪村大约有五十多华里,道路非常好,先是三十里的县级公路,又是二十多里通村水泥路,不到一个小时,便到了甫安松家门口。

李栋梁提前已经跟甫安松联系过了,小车刚在门口停下,甫安松和他的女人就出门迎接了。

甫安松家看起来非常殷富。从高大威武的门楼进去,迎面便是一个异常阔大的院子。一只凶恶的狼狗一见人进来,立即吼叫着扑上来。黄石平时最怕狗,一见这只足有半人高的狼狗,吓得腿发软。甫安松见狼狗蛮不讲理,指着狼狗大骂了两句,狼狗马上乖溜溜回到拴它的树底下卧着去了。院子里规划得很美,花草树木,应有尽有,且都是稀奇珍贵品种。靠院墙的地方还修了一座四五米高的假山,一股清水从假山顶部流淌下来,发出潺潺的流水声。院子里面是一幢设计非常别致的五层洋式楼房。

甫安松在前面把大门打开,让几位客人进屋。一进客厅,把黄石吓了一跳，客厅呈长方形，足有八十多平方米，显得异常宽畅，而且装修得十分讲究。顶篷上安了一个直径约有一米五的水晶吊灯。正北的一面墙上还挂了张巨幅的山水画，其他几面墙上，悬挂了几幅字。黄石这几年除了写小说，为了消遣，还醉心于书法，而且取得了不菲的成绩。但是看到这上面挂的书法，他不禁暗暗称奇，这几幅字丰厚雍容、气韵生动，一看便知是位功底深厚的方家手笔。在书画的点缀下，客厅显得既气派又高雅。客厅里面的摆设，一律都是仿古的红木家具，透出一种好闻的古檀气息。估计光这些家具都得几十万。

甫安松虽然已经快七十岁了，但看起来只有五十来岁，他的精神气很好，也比较健谈。

李栋梁先把汪洋和黄石介绍给甫安松，然后说明了来意，让甫安松给黄石提供一些牛总当年如何发展壮大水泥厂的动人事迹。

甫安松满口答应了，而且一副非他莫属的样子。他先是给黄石竖起了大拇指，说作家就是了不起，能写出让人感动流泪的故事。他现在就喜欢看书，并且还列举了一些书名。接着他说，牛红旗董事长太了不起了，能把一个破水泥厂发展成为全县最大的企业，又是搞水泥，又是搞房地产开发，还弄宾馆餐饮业、大型超市，这不是一般人能干得了的，牛总早就应该写成书了，而且最好能拍成电影和电视剧，让大家都能学习学习。

“甫叔，你能不能给我们讲一些牛总刚到水泥厂时，他身上所发生的一些典型事件?”黄石建议说。

“那没问题。”甫安松说，“牛总是一九七二年冬季到水泥厂的，当时水泥厂首任厂长是殷实劲，这个人是个大老粗，管理混乱，生产的水泥标号不够，几乎卖不动。牛总一到水泥厂，首先从水泥质量上着手，他从县上聘请了几名专业技术员和化验员，使水泥质量赶上并超过了县水泥厂；接着他又抓管理。牛总是当兵出身，干事雷厉风行，从不拖泥带水，管理上更是严格按制度办事，不论关系，不讲情面，只讲能力和水平。因而他到水泥厂不到两年时间，西河水泥厂就起死回生，水泥产量节节提升，经济收益不断提高。牛总这人非常能吃苦，虽然当着厂长，可是他经常下车间和工人一同劳动，还开着大卡车亲自到采石场拉矿石。牛总的车开得非常好，别人一天拉三趟，他一天拉五趟、六趟……”

甫安松说，黄石拿笔记，不知不觉两个钟头过去了，黄石记了大约四五千字。黄石很满意，从甫安松口里，他清楚地了解到了牛红旗早期许多鲜为人知的动人事迹。凭这些素材，回去一加工，就能写出一篇非常精彩的报告文学。

正在这时，甫安松的女人进来说饭好了，问是不是开始吃饭？

甫安松便征求黄石："那咱们就说到这儿，还有哪些事情不清楚，咱们边吃边聊，黄作家您看行不行？"

黄石说："好呀！"

正在上菜的时候，门外突然传来了车喇叭响，一会儿外面便走进来两个人，他们一人抱了一箱子啤酒，提了不少菜。这俩人一进门就和黄石、汪洋亲切握手，其中一个中年人对李栋梁说："李主任，你们来了也不提前给我打声招呼，让我好准备准备。"

李栋梁说："甫厂长很忙，我不想打扰你。"

那人说："说什么话！李主任一向是无事不登三宝殿，况且这次不是有关牛总的大事吗？我再忙也得回来。"

李栋梁马上趁机把来人向黄石和汪洋做了介绍。原来这俩人一个是甫安松的大儿子，叫甫宏运，在鸿运公司下属水泥厂当厂长。另一个是甫宏运的儿子，叫甫远，任鸿运宾馆餐饮部经理。

黄石心想，甫安松家真是鸿运公司的世家呀，难怪甫安松对牛红旗说了那么多好话。

六

采访了甫安松之后，按说应该接着去采访汪柄男。但是通过与牛红旗座谈，以及在采访甫安松的过程中，黄石都一再听到殷实劲这个名字，知道他是西河水泥厂的第一任厂长。既然他是厂长，对牛红旗初到水泥厂的这一段历史，他自然比别人再清楚不过了。因此黄石改变了当初的采访计划，私自决定增加一个采访对象——殷实劲，待他采访了殷实劲之后再去采访汪柄男。黄石本想把这一计划告诉给汪洋的，可他隐约地感觉到，现在鸿运公司的几个高层人物好像都不大待见殷实劲这个人。他怕给汪洋说了，汪洋会阻挠他。因此他决定悄悄去采访一下殷实劲，他想从这个特殊的人物口里，采集到更多、更真实的第一手资料。这样塑造出来的人物形象才更丰满真实。

通过打听，他得以知晓殷实劲是西河镇土门村人。殷实劲的老伴几年前已经去世，两个儿子都在外地打工，他现在一个人在家里照看孙子。

吸取上次的经验教训，这次黄石决定独自一个人去见采访对象。上次在甫安松家里，黄石被甫安松的儿子和孙子轮番劝酒，最后醉得一塌糊涂，他难受了好几天。李栋梁现在是鸿运公司办公室主任，老总牛红旗的大红人，他跟着李栋梁到哪里，肯定少不了酒肉款待。黄石好静，他不喜欢酒席上乌烟瘴气的环境，更不喜欢酒场上肉麻而虚假的吹捧和恭维。他想独自一个人去了解一些牛红旗当年真实的创业经历。黄石清楚，一个企业的成长和壮大，绝不会是一帆风顺的，它肯定凝结了多少代人的心血和汗水，牛红旗的功绩当然是首屈一指，但肯定还有其他一些为西河水泥厂的发展壮大立下汗马功劳的人，他要在写牛红旗的同时，把这些人也捎带写上。红花尚需绿叶扶，只有把西河水泥厂当初艰苦的情形及多少人的共同奋斗历程都写出来，才显得真实，才血肉丰满。

土门是西河镇最边远的一个重点贫困村，几十户人家散居在一个山坳里。黄石于某一天的中午时分骑着摩托来到土门。冬日的阳光下，土门清一色的土瓦房子，显得十分陈旧和破败。很多人家都关门闭户，门口的荒草长得齐腰深。一进村里，黄石就去打听殷实劲家的住处。殷实劲似乎在当地有一定的知名度，黄石几乎没有费多大气力，就找到了他家。黄石到门口的时候，一个满脸络腮胡子的干瘦老人正坐在几间几乎要倒塌的房子前面晒太阳，旁边三个孩子，一个三四岁，还有两个大概五六岁。

黄石走到他眼前，先给他敬了一根烟，然后问道："叔，你就是殷实劲吧？"

老人惊愕地看了他一眼，先把烟点着，然后吸了一口说："是的，你是谁？"

黄石作了自我介绍，然后简要说明了来意。

殷实劲一听说县作协要为牛红旗写成一本书，两颊茅草一样的胡须立刻怒张起来，眼瞪着，生气地说："为什么要把他写成一本书？他这个大腐败分子，不把他捆起来都算便宜他了。西河水泥厂不是他一个人搞起来的。"

黄石便立即向他解释："鸿运公司如今每年向县上上缴财税1000多万，是县上的第一大企业，牛总现在面临退休，给他个人写部书，也不为过，毕竟他为鸿运公司的发展壮大立下了不可磨灭的贡献。当然——"黄石接着说，"你是水泥厂的首任厂长，写牛红旗，自然也少不了你，我想把你当初所做的贡献也写进去。"

听黄石这样说，殷实劲脸上的怒气才慢慢消下去。他起身到屋里端了一张凳子，又拿来暖壶和水杯，先给黄石沏了一杯茶。

黄石一边喝茶，一边对殷实劲说："前几天我去采访了甫安松，他向我提供了不少牛红旗当年的奋斗经历，你可以看看，再向我提供一些更有价值的线索。"黄石把采访甫安松的本子递给了殷实劲。

殷实劲的眼睛不好，他进屋去拿了副老花镜，认真地看起来。旁边玩耍的几个小孩马上围过来，爷爷爷爷地叫着，并用脏手要夺本子。

殷实劲老豹子似的吼叫了一声，让他们到一边去，几个孩子马上乖乖地四散走开，一边耍闹去了。

殷实劲一口气把黄石记录的十几页文字看完，非常生气地说："甫安松尽放屁！牛红旗有那么好吗？别人不知道我还不知道，牛红旗从大队到水泥厂，不是大队派的，是处理进去的。"

黄石不明白，问："为啥是处理进去的？"

殷实劲说："他跟大队部播音员好上了，经常在播音室干那肮脏事。一次那女的忘了关机子，结果把他们做事的声音传了出去，被人当场捉了奸。"

黄石听了大吃一惊，他想不到牛红旗是因为男女关系而进了水泥厂。

殷实劲接着说："牛红旗进了水泥厂之后也并不像甫安松吹嘘的那样，还亲自下车间、亲自拉水泥哩，他几乎不干活。那时我抓全盘工作，让他抓安全生产，结果他三天两头请假，水泥产量上不去，还一直出安全事故，有好几个职工丧了命，厂里赔了不少钱。"

听到这话黄石心里一紧。他大姐就是那几年去世的，是不是和牛红旗有关？但黄石没有打断殷实劲的话音，他想让他把话说完。

殷实劲说："当然，牛红旗脑瓜子比较灵活，鬼点子多。厂里让他抓生产不行，接着让他负责销售。牛红旗嘴巴能吹，靠销售水泥，挣了不少钱。他又玩手腕把我给踢了下去，他当了厂长。后来又遇到了好形势，加上他这人善于投机钻营，会给领导送礼，水泥厂在县上低价购买了几个厂子，由西河镇打进了县城。接着他们又靠国家项目支持，贷了上亿元的款，这才有了今天这个局面。人家运气好，越活越光彩，不像我，你看我现在这光景过的，唉——说不成！”

黄石问：“你是元老，鸿运公司一年对你也没什么照顾？”

“照顾啥？谁还想到我？”殷实劲生气地说，“我在水泥厂干了十多年，钱没挣到钱，倒落下了一身病。”说着便咳嗽起来。

黄石这才明白李栋梁为什么没有提到殷实劲的名字，殷实劲对牛红旗有怨气呀。黄石主要是写牛红旗的，按说再听殷实劲发牢骚也没有用，因为他不能把这些话写进去。可他这时突然想到了他大姐，便随意问道：“殷厂长，有个人你不知道认得不认得？”

“谁？”殷实劲问。

“黄英姑。”

“……你是说在水泥厂死了的那个黄英姑？”

“对。”

“这人我咋不记得，你问她做啥？”

“我是她弟弟。”黄石说。

“你是她弟弟？——你也是西河镇人？”殷实劲大吃一惊。

“对。”

“那可是个好女子呀，可惜死了，要是活着，也该六十多了，子女都成群了。”

“你刚才说牛红旗主管安全生产时不尽职，我大姐的死和他有关吗？”黄石问。

“你问这干啥？”

“这多年我一直很疑惑，我大姐那么聪明的一个人，怎么会死在车间里。”

“当时情况你不清楚？”

“什么情况？”黄石摸不着头脑。

"你真的不知道?"殷实劲又问了一遍。

"真的不知道。"

殷实劲说:"这件事倒与牛红旗无直接关系,可与另一个人有关。"

"谁?"

"汪柄男。"

"汪柄男?"

"对,与他有关,是他无意中害死了你大姐。"

"啊!"黄石大吃一惊,他想不到是汪柄男害死了他大姐。

"我的父母不知道这件事吗?"黄石问。

"你父亲知道。厂里调查处理后,你父亲还在字据上按了手印。"

"厂里咋处理的?"

"我想想,对,厂里给你家赔了两万块钱。"

"那字据呢?"

"厂里一直保存着,不知现在还在不。"

"你确定有这事?"

"我当时是厂长,事故是由我、牛红旗、汪柄男,还有你父亲四个人在一起协商处理的,我咋不清楚?"

"汪柄男是怎样害死我大姐的?"黄石问。

"是因为天气的原因吧,具体情况我也不太清楚,但汪柄男是无意的。"

黄石十分惊讶,几十年了,他还是第一次听说大姐是被人害死的。

"我父亲为什么没有往上找?"黄石问。

"你父亲是准备往上找的,可是后来又放弃了。"

"为什么?"

"你去问汪柄男吧,他肯定清楚。"

仿佛头顶上响了一声惊雷,黄石想不到事情会是这样。

殷实劲看出了黄石的心情,安慰他说:"那都是几十年前的事了,我以为你都知道。"

七

见了殷实劲之后，黄石的心情变得十分压抑和难受，他实在想不到他的大姐是被人无意害死的，而这个秘密竟然一藏就是几十年。

就在这天，汪洋突然打电话来，问黄石写了多少字，并告诉他，天涯飞雪和牧童都已经写上万字了。

黄石说他还在搜集素材，文章暂时还没开始写。

汪洋说："你可别误了交稿时间，牛总可是最看重你的。"

黄石说："你放心吧，我会按时完成交稿任务。"

黄石情绪不好，哪有心情来写牛红旗的报告文学？几天来，他脑子里不断浮现出大姐生前的样子。在他的记忆中，大姐修着一根又粗又长的辫子，特别爱笑，为人十分热情。每个月发的工资，她都按时交给父亲；每次从水泥厂回来，她总是给几个弟弟妹妹带一些好吃的。黄石小的时候，经常领着村子里几个小伙伴到大姐那里去。大姐一见他们，就给他们一人搅一缸子糖水，还从食堂里给他们一人买一份饭。家里已经给大姐找婆家了，对象是个军人，嫁妆都做好了，她却不幸亡故了。大姐的亡故对母亲打击非常大，母亲经常到大姐的坟上痛哭，哭着哭着就昏迷过去了。然而，就连母亲都不知道当年的事实真相，不知道她的大女儿竟然是让人无意中害死的。父亲为什么不把实情告诉母亲？难道仅仅为了那两万块钱，就放弃了为他的大女儿讨回公道？再者，为什么说大姐是无意中被人害死的？怎样区分有意和无意？里面是否隐藏着什么秘密？黄石心里像一团雾，他想，他无论如何都要揭开大姐被害的谜底。

黄石特意去了鸿运公司总部，他以给牛红旗老总写报告文学查资料为名，仔细查看了公司所存的历史档案。可是他把所有资料都找遍了，就是不见当年父亲按过手印的那张字据。

档案管理员告诉黄石："别说那么早的资料，就是年代更近一些的资料都难找了。总部换了好几个地方，每换一次都丢了不少东西，加上档案管理也没有专人，好些重要的资料都找不到了。"

黄石很失望，没找到字据，似乎一切都无根无据，他怀疑殷实劲所说的是否属实。可转念一想，若大姐果真是汪柄男害死的，又没有留下父亲按过手印的字据，他就可以把汪柄男告上法庭，替大姐讨回公道。但是，事情过了那么多年，谁能证明大姐是被汪柄男害死的？证据不充分，法院会受理吗？

为此，黄石特意找到大哥黄欣，并向他透露了大姐的真正死因。

哥哥听了很意外，但他根本不相信这一事实，他说："要是父亲知道是汪柄男害死了大姐，一定会把他告到法庭，不会那么便宜他，而且父亲生前也从没有提过大姐是被人害死的。"

黄石问："大姐为什么要到水泥厂上班？"

大哥说："那时我们家里人口多，而且妈住院做了一次手术，借外面好几万块钱，要不然家里也不会让大姐到水泥厂去干那又脏又危险的活儿。"

既然连哥哥都不相信父亲会去包庇一个害死大姐的凶手，那殷实劲为什么会说那番话呢？他会撒谎吗？他何必撒这个谎？这中间又隐藏了什么秘密？

黄石感觉自己陷入了一个不可自拔的迷雾中，因为公司提供的采访名单中就有汪柄南，他决定还是要亲自去见一见这个可恶的魔鬼。

八

一天下午，黄石骑着摩托，冒着严寒前往西河镇的磨盘村。

路上行人非常稀少，黄石一边骑着车子，一边思虑着：今天该如何面对汪柄男？假若他真是害死姐姐的凶手怎么办？几十年过去了，他会承认吗？

磨盘村是因古时留传下来的一个巨大的石磨而得名的。如今这个磨盘仍然躺在村头的一片草地上，直径大约三米，上半扇不知流落何处，留下的下半扇经过风吹日晒，显得很破旧。县博物馆的人来考证，说这是宋代的器物，想运回去，怎奈磨盘太大、石质太重而未成行，因此这个磨盘仍然弃在路边的草丛中。

黄石以前见过这个磨盘，许多年过去了，磨盘还是老样子。立在磨盘前，黄石不禁感叹：石头还是比人的生命长久啊，人的一生也就是几十年功夫，哗一下就过去了，这还不包括那些夭折的，或者意外亡故的，像他的大姐，只活了二十一岁，多么短暂啊！立在磨盘前，黄石感到自己的心情异常沉重。

黄石走进村子，正好遇到一个下河洗菜的中年妇女，便问："大嫂，你知道不知道汪柄男家住哪里？"

那个妇女手往前指了指，说："你往西去，在村西头的一条沟里就是。"

黄石谢了这位妇女，一直往西走，走了大约二三里路，旁边有一条山沟沟，距沟口大约100多米远的地方就是一户人家。

望着这户离群索居的人家，黄石似乎已经认定汪柄男就是真正的凶手了。只有心理阴暗，或者做了伤天害理的人，才会远远避开众人，在一个小小的旮旯里苟延残喘，苟且偷生。黄石的心里不由得涌起一阵阵仇恨的波涛。穿过一条杂草丛生的小路，登上十几级歪歪扭扭的石阶，就走到汪柄男家的门口了。房子破旧不堪，墙面坑坑洼洼。一只黑猫正在门凳上打盹，见了他，尖叫了一声，倏一下钻进屋里去了。门前立着一只缸，破的；枯草长得很深，在寒风中瑟瑟发抖。

门是虚掩着的，黄石听到里面有人的咳嗽声，便上前敲了一下，门开了，出现了一个黑黄面皮的三十多岁的妇女，这人不悦地问："你找谁？"

"找汪柄男。"

这个妇女对黄石瞪了一眼，说："我父亲病了，你找他干啥？"

"你让我进去，我有话问他。"

这女人冷冷地闪过一边，让黄石进了屋。一进屋，黄石就闻到一股浓郁的中草药味。

汪柄男正躺在床上。见黄石来了，他想坐起身，谁知刚一动，便咳嗽起来。黄石听李栋梁介绍，汪柄男不过六十岁，怎么这么老了——满脸蛛网似的皱纹，稀疏杂乱的白发，一双干枯而混浊的眼睛，仿佛有八十岁。黄石心里不由一阵叹息。

见汪柄男不停地咳嗽，他的女儿马上走进来，给他披好袄子，在背上拍着，又倒了一杯开水。

汪柄男喝了几口开水，咳嗽好一些了，便对他女儿说："给客人倒杯茶。"

黄石对那个妇女说:“我不喝,你出去吧,我和你父亲有话要说。”

那女人愣了一下,感到很意外,但还是出去了。

汪柄男衰老的脸上挤出一点笑容,问:“你是来了解牛红旗的事吧,前几天鸿运公司让人给我捎话了。你问吧,只要我知道,统统给你说。”

黄石在一张椅子上坐下来,对汪柄男说;“我不是来了解牛红旗的。”

“不是!那你——?”

“黄英姑你认得吧?”

“哪个黄英姑?”

“还有几个黄英姑?”

“你是?”

“我是她小弟。”

“……难怪,很像。”汪柄男一双浑浊的眼睛紧紧地盯着黄石,头微微摇着,嘴里含混不清地说了一句只有他自己才能听懂的话。

“我到殷实劲那里去了,有些事情真相我是前不久才知道的。”

“——什么事实真相?”

“你比我明白。”

“听,听不懂你的意思。”

“听不懂?那你该知道,当年事故发生,水泥厂调查了,是你害死了我大姐。”

“……那是我无意的,当时,我都承认了,而且——后来,后来,我还赔偿了。”

“你,赔偿了?”

“你不知道?当时一共赔了2万,厂里赔一万,我赔一万,你父亲黄启志还写了字据,按了手印,保证以后不再追究厂里和我的责任。”

“你见那张字据了?”

“怎么没见,那字据一式三份,厂里一份,你父拿一份,我保存一份。”说着汪柄男就翻身起床。他一动,又咳嗽起来,在咳嗽声中,他慢慢走到一只大木箱子跟前,然后从怀里掏出钥匙打开箱子,他哆哆嗦嗦地拿出一本红塑料皮语录本,从封皮里抽出了那张字据。

汪柄男把那张字据摊开,交给黄石说:“你看吧,上面说得清清楚楚。”

黄石接过一看,只见上面写着:

字　据

黄英姑之死,属意外事故(汪柄男负有主要责任)。经双方协调后,厂里一次性赔偿黄英姑家属2万元安葬费及损失费。黄英姑之父黄启志愿和西河水泥厂留下字据为证,永不追究河西水泥厂及汪柄男的责任。立字为凭,永不反悔。

立据人　黄启志　汪柄南　西河水泥厂
一九七四年九月十二日

看到这张已经破损发黄的字据,黄石感觉脚下的土地似乎在塌陷。

汪柄男重新靠在床上,不停地咳嗽,脸上泛出死灰般的颜色。

“我就怕你们来找,所以这么多年,我一直把这张字据保存着。可是,那么长时间一直没人来,我以为这事就此了了,不想,不想你来了。”汪柄男吃力地说。

“你现在说清楚,你怎么会是无意中害死了我大姐?”黄石问。

“那天是阴天,一早上班,车间里很暗。要是我先把灯泡拉着,再开机械,也不会出事,结果我先开机械。机械一开,就发出了你姐的惨叫声,原来她在给机械上油。她的辫子长,被绞进皮带里了,就这样……”汪柄男抱住头痛哭起来:“我当时吓呆了,我知道我犯下了不可饶恕的罪恶。我后悔呀,你知道吗? 几十年来,我没有一天能忘记那个场面,那个悲惨的场面。我这一生也就从此完了,我没有过上一天舒心的日子,成天胆战心惊。现在的样子你也看到了,这都是报应啊!”

“你们的心也真够硬的,2万块钱就轻易地打发了一个生命,这公道吗?”

“2万块钱对于现在来说不算什么,在当时那可是怕人的数字呀,那时一毛钱就能买6只鸡蛋,二三百块钱就能盖起三间房子,二万块,你想想有多少?”

“听说我父亲当时准备找上面的人,为什么最后没去?”

“为了钱。”

“为了钱?”

“对,如果真找法院了,处理结果只能是把我关起来,至多给你家赔偿三四千元,甚至还没有,你父亲仔细掂量了之后,就没找了。因为当时你母亲住院,借了外面两万多块钱,你家里吃饭人又多。”

黄石的眼泪流了出来,他想不到事实会是这样。

还能说什么?说什么都没有用了,这个命案在三十多年前就已经通过私了的方式解决好了,而且双方都留下了字据。

黄石忍住愤怒说:“汪柄男你知道吗?你把一个多么可贵的生命给熄灭了,你真是一个刽子手,刽子手。我真想把你碎尸万段!”

汪柄男的女子一直在外面偷听着,听到黄石说了这样一番话,马上从外面闯进来,指着黄石说:

“你这人怎么这么说话?人死也死了,该赔的我父亲当时也赔了,你还想咋?”

“你们那也叫赔?一个生命,就值一两万块钱?”

“一两万块钱,你说得轻巧,我父亲为了这一万块钱,整整还了二十八年。我家就是让你姐那件事给拖垮了。我父亲没过上一天高兴的日子,我妈妈在我一岁的时候就和我父亲离婚了,你以为那件事光给你们家带来了灾难,我们家受的难更多。”汪柄男的女儿越说声越大。

汪柄男开始激烈地咳嗽起来,他一边咳嗽,一边挥手说:“你出去!这是我们之间的事情,你不要插嘴。”

汪柄男的女儿听到她父亲这样说,眼睛朝黄石狠狠地瞪了一下,生气地走出去了。

黄石想不到事情会这样。从这家的情形看,也真像汪柄男的女儿所说,大姐的死也给这家带来了巨大灾难,人家把钱都赔了,他还能让人家怎样?黄石觉得没必要再待下去了。

黄石默默地走出这间黑洞一样的房子。他一步一步走下台阶,踏过那段杂草丛生的小路,正要走出他们的视线时,背后突然传来汪柄男女儿的大声呼叫:“你回来,我父亲还有话对你说。”

黄石本不想停的,但想了想,他还是转回去了。

“你还有什么话要说?”黄石再次走到汪柄男跟前问。汪柄男让他女儿出去。房间里剩下他们两人,显得格外寂静。

“你大姐不是我无意害的,是有意的。”汪柄男吃力地睁着浑浊的眼睛,一字一句地说。

“你?”黄石惊讶地问道:“你说的可是真的?”

汪柄男咳嗽了一通,说:“罢了,我也是快进土的人了,还有什么可怕的。我索性说出来吧,我真的是有意的。”

黄石的心通通地跳起来,但他没有打搅他。

“那天早上上班,我先到。那天是阴天,车间里光线很暗,我一进去就把灯拉着了。刚开着,你大姐就兴冲冲地来了。她一来,就给我发了两颗喜糖,笑吟吟地说:‘柄男,我昨天领了结婚证,下个星期就要结婚,给你吃颗喜糖吧。’你不知道我当时听了这句话心里有多难受!从你大姐一到厂里,我就喜欢上她了,开始我是暗暗地喜欢,后来我就给她写信,对她挑明了。整整三年,我不知给她写了多少封信。那时我的心里只有你大姐,无论吃饭、睡觉、走路,眼前都是你大姐的影子。可是,她始终没有答应。我没有泄气,我相信只要锲而不舍,你姐总有一天会答应的,于是我就找机会接近她。晚上她回家,我送她回去;所有重活,我都替她干。你大姐对我渐渐有了好感,我心里暗自高兴,认为有希望了。刚好这年年初,我们两人又分到同一个车间,接触的机会更多了。可是有一天,我听人说你家里给你大姐找了个婆家,男的是个当兵的。我不大相信,想问,又不好意思,心里非常难受。谁料刚过了几天,你大姐竟然亲口告诉我她结婚证都领了。听了这消息,我感觉天地都在旋转,脑子里一片空白,我紧紧地扶在墙上才不至于倒下。你大姐跟我说了那句话之后,什么也没有解释,就转身开始给机械上油。我明明看见她蹲在那里,可我心里的兽性发作了,竟然鬼使神差地伸手按了电闸,开动了机械。只听‘轰’的一声巨响,机械开动了,我看到你姐的长辫子绞进了皮带,那巨大的力量把你姐拽起来然后摔出去……我顿时吓慌了。但一种作祟的心理帮了我,我赶忙拉灭了灯泡……所以后来调查时,我说,那天光线暗,我是无意的……牛红旗又替我说了不少好话,这事才通过私下协商的办法解决了。现在我已把实情对你说了,你去上告吧,无论怎样处理,我都没有怨言,我混蛋,我自私,是我害了你大姐,也害了自己。”说完汪柄男就失声痛哭了起来。

黄石眼睛冒着火，指着汪柄男说："这可是你说的，上面来调查的时候你可不要否认。"

汪柄男说："否认什么？不会的，这事已经在我心里憋了几十年了，我不想再憋下去，把它带进坟墓里……"

"好吧，你死去吧！"黄石擦干眼泪转身就走。

这时汪柄男的女儿疯一般地冲了进来，她一进来就扑腾一声跪在黄石面前，说："求求你放了我父亲！看在他一辈子受罪的份上，就饶了他吧。你看他病成这样了，不知能活到哪一天……"

黄石没有听这女人的话，他要为姐姐申冤，要为她报仇，这个刽子手！

汪柄男的女儿见黄石不听，急忙双手抱住了黄石的大腿，哀求说："求求你了，不要告我父亲！不要！——"

黄石用力掰开她的手，一步跨出了门槛。只听身后发出一串串凄惨的哭泣声。

九

黄石回到县上之后，立即向公安局报了案。

第二天，两名刑警就开着警车来到河西乡的磨盘村。可当他们来到汪柄男家时，汪柄男已经死了。

黄石听到这个消息非常震惊。

后来，黄石还是放弃了给牛红旗写报告文学，他太伤心了。

牛红旗知道内情后，代表公司专门来向他道歉，他说他确实不知道黄英姑是汪柄男有意害死的。但牛红旗还是建议黄石把他的文章写出来，公司愿意给他双倍的酬谢。

汪洋也让他把他大姐的事忘掉，专专心心把报告文学写出来。

黄石伤心地拒绝了，虽然他缺钱，但他不会再为了钱，干违心的事了。至于买房所差的两万块钱，他再想想办法吧，他想妻子会理解他的。

（发表于《陕西文学》杂志 2020 年 3 期）

黄昏语

一

老伴去世后,杨茂才感觉自己的世界彻底变了。

一天,一个叫朱文朝的同事来寻他。这个同事曾和他一起教了多年的书,俩人关系非常要好。老朋友来看望,令孤独的杨茂才感到非常高兴。他亲自动手,做了几样拿手菜,还取出了一瓶珍藏多年的好酒。

当端起酒杯开始碰杯时,朱文朝突然吃惊地看着他说:“茂才,你咋老成这样了?”

杨茂才听了一愣,问:“我老成啥样了?”

朱文朝说:“你比我还小两岁,以前见你总觉得你年轻,现在你看看,你咋比我还老气了。”

杨茂才听了心里一咯噔,他想,自己再老也不会比他朱文朝老吧。朱文朝年轻时就是个病秧子,后来家庭变故又多,不到五十岁就被人称作是小老头。就笑了一下说:“你别吹了,你会比我年轻。过去,谁不把你叫小老头小老头,你现在真正成了老头儿了,竟然还说比我年轻。”

“你不信是吧?”朱文朝说,“不信,咱俩到你家大衣柜上的镜子前照一照,看看到底谁老。”

朱文朝这样一说,杨茂才便把酒盅子往桌子上一板说:

“照就照,谁怕谁。”

俩人就一起走到大衣柜的玻璃镜跟前,肩并肩地往前一站。一比,杨茂才不禁吓了一跳，他简直都不敢相信自己的眼睛了，眼前这个人，头发稀稀疏疏，像深冬的荒草。脸像干裂的大地，到处沟壑纵横；尤其是那双眼睛，它还是自己的眼睛吗？浑浊涩巴，不仅没有水分，而且毫无一点神采。再看看旁边的朱文朝，他不仅头发厚密，而且没有多少白发；过去他那张脸，在他的印象中，一直是苦难的象征；加上人长得黑，看起来就像个瘟神。可现在你看看，他的脸上不仅看不出多少皱纹，而且脸蛋上竟然还透出了一丝红润。俩人一比，谁老谁年轻，泾渭分明。

"我比你年轻吧！"朱文朝比了之后得意地说。

杨茂才叹了口气说："你不知道我现在过的啥日子呀。"

俩人重新回到小桌前继续喝酒。

朱文朝大概是觉得刚才比他比杨茂才年轻，情绪十分高涨，反客为主地劝杨茂才吃菜、喝酒。杨茂才虽然心里不高兴，但几杯酒下肚，气竟然畅了，也随着朱文朝高涨的情绪兴奋起来。

俩人对饮了几杯，便开始伸手划拳。像年轻时一样，俩人的拳旗鼓相当，各有输赢。

大概喝到五、六成的时候，朱文朝笑嘻嘻地对杨茂才说："茂才，你知道你为什么老得那么快吗？"

"为什么？"

"没有女人呀。"

"你这老骚情，有了女人，你还干得动吗？"

朱文朝笑了一声说："虽然干不动了，每天睡在一起也是个安慰呀。有女人在身边，不仅有人疼你，而且不孤独。"

"这么说，你现在续弦了？"

"对呀，去年秋天找的，她比我小八岁。这女人真不赖，不仅茶饭好，而且人善良，我们在一起后，她把我照顾得服服帖帖，日子过得十分舒坦。"

"你真有福气。"杨茂才羡慕地说。

"我这次来，猜猜是为了啥？"

"为啥子？"

"为了你。"

"为我？"

“对，听说你女人去世后，你生活很孤独。作为老朋友，我不能不管呀，于是我就想让你学学我，再续上一个。”

“不行，不行，七十多岁了，我嫌丢人。”

“这有啥丢人的？少年夫妻老来伴儿，现在我们老了，儿女指望不上了，不自己想办法，找个老伴，还指望谁？就拿你来说，你看你老伴在世的时候是啥样，现在又是啥样？简直两重天。你比我还小两岁，两个儿子都有工作，你的退休工资花不完，找一个心肠好的女人，容易得很。”

朱文朝继续给他做工作：“有了女人，生活才有意思，吃饭香了，睡觉也踏实了。不然就是度日如年。你想我们现在这年龄，还能活多久？干嘛跟自己过不去？你缺女人，也有女人缺男人，两人一结合，不就相互有了依靠，双方都幸福了吗？”

朱文朝的一番话说得杨茂才心服口服。过了一会儿，他端起一杯酒，一口饮了，然后掷地有声地说：“谢谢你今天来对我说这掏心窝子的话，我心里拿定主意了，像你一样，再找个女人。”

“这就对了，这说明我今天没白来。”朱文朝端起酒杯和杨茂才碰了一下说：“茂才，要想把这事弄成，我送你八字箴言。”

“哪八字箴言？”

“脸厚胆大，排除万难。”

“好，我就依了你的八字箴言。”

俩人开怀大笑起来。

二

朱文朝走后，杨茂才斟酌再三，决定马上开始采取行动。他首先动身去了茶坊村。茶坊有个外号叫刘媒婆的人——其实他是个男的，真名叫刘光阳。这人一天到晚游手好闲，喜欢串门子，爱好赶场子，哪家有红白喜事，他都前去凑热闹，赠酒喝。他最擅长的一手就是给人做媒，东村的姑娘，西村的小伙，哪个年庚多少，哪个待嫁闺中，他心里都一清二楚。他要想促成那桩婚姻，会把凉水说得能点亮灯；他要想破坏那桩婚姻，会把那个小伙说得头上长疮，脚底流脓。他靠的是啥？靠的就是他那张利嘴。只要你舍得给他吃，给他喝，并且不忘给他小费，他就会把你吹成一朵花；要是啬皮，对不起，你就是条件再好，人长得再帅气，他也会把你贬低得臭名远扬、一无是处。

杨茂才对刘光阳很熟，他过去一直看不起他，认为这种人好吃懒做，不务正业，简直就是社会渣子。但现在他这种状况，不能自己堂堂正正去找女人，就只能靠刘媒婆这种社会渣子暗暗去为他张罗了。

为了能找到称心如意的女人，杨茂才出手非常阔绰。当他见到刘光阳，难为情地将内心的想法告诉给刘光阳之后，转身就从身上掏出五张一百元的票子，诚恳地说："不要嫌少哦，光阳老弟，你暂且把这点意思收下，算是见面礼。要是能把我这桩事情撮合成，我是不会亏待你的。"

刘媒婆见杨茂才一出手就是伍佰元，顿时心花怒放。但他并没有急于接受，而是退了两步说："杨老师，你看你在这一带影响这么好，何劳我去为你张罗婚事？你要是看上了哪个没了丈夫的女人，不就是一句话的事吗？"

杨茂才苦笑着说："好你个光阳老弟哩，你这是笑话俺哩，我影响好啥呢！黄土都埋到脖子的人了，有啥优势？我是张不开嘴呀。实话对你说吧，老伴去世后，我寂寞得很，我想找个称心如意的女人，好好过几年光景。"

"这是你的意思？"刘光阳问。

"对。"

"你的子女同意吗？"

"他们有啥不同意的？他们一个个忙自己的，我给他们找个后妈照顾我，他们不都省事了？"

"不见得，像你这种状况的，最怕双方子女的干涉，双方子女为了脸面和将来的财产继承问题，往往都不同意。所以，你的事最好先征求一下子女们的意见，他们要是同意，我再给你跑路；他们是不同意，我就省下这份心，避免不必要的麻烦。"

"光阳你放心，在家里一贯是我说了算，这事也一样，他们无权干涉。你先把钱接着，从今天起，你就开始给我物色，看看方圆几十里以内，有没有人长得齐整，心肠好，手脚麻利的女人。"

"年龄上你有啥要求？"

“最好小上几岁，身体比较健康的。”

刘媒婆坏笑了一下说：“到底是当老师的不一样，条件高，怕是难找呀。”

“你就为我多多费心，要是能给我说成一桩满意的婚姻，我是不会亏待你的。”说着，他硬是把钱塞进了刘光阳的口袋里。

刘光阳不再推辞，他郑重其事地说：“放心，你这事我会十分在意的，你就等我的好消息吧。”

三

当天，杨茂才在路边一家理发店里理了发，然后精神焕发地到大儿子杨晓斌那里去了。

大儿子夫妇俩都在县高中教书。晓斌性情比较温和，遇事也比较讲理，杨茂才想，自己续弦的事，得首先跟大儿子沟通好。尽管他在刘媒婆跟前夸了口，但他心里十分清楚，要是两个儿子联合起来反对，他也不敢冒天下之大不韪——他毕竟七十多岁人了，以后一切还得指望着他们呢，他要是与他们彻底闹僵，父子反目成仇，吃亏的仍然是他自己。

杨茂才走到大儿子家的住宅楼底下时，天色已经黑了。他先给儿子打了手机，儿子刚好在家里，他便上了楼。

他们正在吃饭，见他来了，儿子很吃惊，问道：“爸，你咋这时来了？”

杨茂才说：“我在家里闷得慌，想出来转转，透透气儿。”

杨晓斌说：“对对，你就应该出来转转，不然闷在家里，迟早会闷出病来的。”

杨茂才不客气地说：“我打算先在你这里住上几天，再到你弟晓敏那里住上几天。你们可别嫌弃我。”

“看爸说的，我们又不是你捡来的，妈不在了，我们有义务照看你。在老家就不说了，在县城，我们兄弟俩人的家就是你的家，你想住哪家就住哪家，想住多久就住多久。”

“那就好。”杨茂才用手摸了摸孙子的头，然后往沙发上一靠。

儿媳陈香妹这时马上把茶水端上前，并问他想吃什么饭，她开始做。

这次到大儿子家，杨茂才是动了心思的，他想，要是自己主动把续弦的事说出口，不仅脸上臊气；而且儿子、媳妇心里不一定能接受。他得让儿子和媳妇把那事提出来。怎样才能让他们提出来呢？想了想，只有让儿子、媳妇反感他了。

从来儿子家的那一刻起，杨茂才就告诫自己：不管儿子家里的啥子活儿，他决不能粘。饭不做，碗不洗，地不扫。一句话，他专门享受，吃现成的来了。

晓斌夫妻俩都是上班族，孙子正上高三，家里三个人，个个忙得像鬼推磨。但是他视而不见，听而不闻。中午十二点多，他们一个个回来了，以为他会把菜洗一洗，或者把饭做好了。谁知他却大腿跷到二腿上，正安闲自在地在电视机前看电视。

儿媳陈香妹明显不高兴了，晓斌也克制着自己，急忙动手洗菜、做饭。

看到他们在厨房里忙活，他纹丝不动。不仅如此，饭好后，他们还得亲自把饭端到餐桌上，叫他，他才去的。

吃饭的时候，尽管晓斌还动手给他夹菜，但儿媳陈香妹始终没说一句话。他心里暗喜，他就是要让他们反感他。

他不仅懒，而且一点也不讲卫生。儿子住的是单元房，去年才搬的，房子里一尘不染，非常干净。

杨茂才不管这些，他不仅乱扔东西，还故意把唾沫、鼻涕，还有烟头弄到地板上，并用脚在上面踏。儿媳妇最爱干净了，他这样做，仿佛要了她的命，他刚吐了一次，夫妻两个就在房间里吵开了。儿子只好来劝他注意卫生，把唾沫吐在痰盂里，但他口上答应，背着他们，他照样把唾沫吐在地板上。

最要命的是他午睡不睡，一直坐在客厅里看电视；夜里十一点多了，还把遥控器拿在手上不停地翻。单元房本来面积就不大，他把电视声音调得又比较高。午睡的时候吵得他们睡不成午觉，夜里更是干扰得孙子没法学习。

他发现，刚刚过了两天，大儿子夫妇已经气得嘴脸乌青，巴不得他早日回去。

但他还是忍着，他要厚一次脸皮。

终于，第三天下午，晓斌没有到学校去，故意留在家里。他想儿子肯定有话对他说。不出所料，儿媳妇走后，儿子先给他发了一根烟，然后在他对面的沙发上坐下来。

"你咋不去上课?"他问儿子。

儿子苦笑了一下说:"爸，你看我咋有心思上课?"

他一愣，不解地问道:"咋没心思？出了啥事?"

儿子皱着眉头说:"爸，你看，我和媳妇都忙，也照顾不到你，我们心里很过意不去。"

"好着哩，好着哩，在你这儿，比在家里强多了，在家里一天连个说话的人都没有。在你这儿，吃现成饭，啥也不消做，我心里满足着呢。"

"不是，爸，你看这样行不行，你大孙子正上高三，关键时期，你能不能先到晓敏家里去住几天?"

"你想赶我走?"

"爸咋说这话哩？我咋敢赶你走？都是你儿子，你在我这里住几天，再到弟弟那儿住几天。"

"那下来呢？我再到你这住几天，再到你弟那里住几天?"

这话一下子把大儿子问住了，他嗫嚅了半天才说:"爸，你能不能想个办法？其实我并没有啥，关键是我那媳妇，她一直跟我吵。"

"那你给我想个办法么，我把你们养大了，现在老子老了，你们总不能撒手不管了。"

"你看这样行不行，给你请个保姆，钱我们出。"

"我不要，现在保姆许多都是贼，家里东西让他们偷光了你都不知道。"

"那你说咋办?"

"我不知道。"

大儿子听了，一声不吭，转身就走了。

当晚，两个儿子一起来了，大概是俩人商量好了，他们一来，脸上表情都笑眯眯的，对他十分客气。他们一来就把话题明说了，劝他给他们找个后妈。

他心里乐意，但嘴上决不同意，他以年龄大为由，坚决反对。于是两个儿子加上大媳妇陈香妹一起，给他讲道理，分析形势，要他勇敢迈出那一步，为了自己的幸福晚年，同时为了减轻儿子们的负担，劝他找个奶奶结婚。

杨茂才脸上十分害羞难堪的样子，他说这是给他们丢人，同时对不起他们的妈。

两个儿子就又苦口婆心劝解他要思想解放，要抛弃旧的传统观念，说这是正常事，没啥丢人不丢人的。

“你们都同意让我找个奶奶？”

两个儿子，还有媳妇都说：“坚决同意。”

“哪有合适的？”他痛苦地摇摇头。

大儿子说：“爸，你如今退休了，有的是时间，你就用心找吧，有啥困难我们去帮你说。”

第二天一早，杨茂才喜滋滋地走了。

四

看看一个月时间过去了，刘光阳还未给杨茂才寻下一个合适的女人。别的没什么，关键是杨茂才七十多了，找一个岁数偏大的，杨茂才不满意；找个年纪小的，女方不答应。还有的各方面倒还合适，可女方思想保守，根本就没打算再嫁人。想到给杨茂才续弦这么艰难，刘光阳心里很泄气，打算把刘光阳给他的五百块钱退还给他，不挣这笔钱了。可是他心里又有些不甘，他号称“刘媒婆”，几十年来，他只要应承了的事，除非他不想把事弄成，除此之外他说一次成一次，从没失败过。钱已经到手了，而且他也跑了几次路，这样把钱退还给人家，这不是丢人现眼吗？他以后还怎样在这条道上混？想来想去他决定克服困难，多跑路，多打听，一定给杨茂才找个好奶奶来。他知道杨茂才工作了一辈子，教师工资又高，两个儿子也都有工作，他手上肯定攒了不少钱，只要他把这媒做成，到时好处费决不会少，这可比给那些穷光蛋做媒划算多了。

凑巧的是，这一天有个亲戚来告诉他，窑沟他一个表叔后天过七十大寿，问他去不去？刘光阳想到杨茂才的事情还没办好，何不利用给表叔祝寿的机会，到那里去打听打听，看有没有死了男人的女人想嫁人？

也该刘光阳有这个运气，入席才喝了几杯酒，当他刚把他的话题说出口时，一个坐在他对面的老汉说："窑沟真有这号女人，王春香就是，今年六十一岁，十年前死了丈夫，吃了不少苦，现在几个儿子都大了，全在外面打工，她正寻思找个好人家呢。可这人眼睛头（眼光）高着呢。"

刘光阳一听大喜，饭吃到中途，他连酒也顾不得喝了，哄着表叔的小儿子陈小牛给他领路，两人一块到王春香家里去一趟。

五

这天上午，王春香把凳子端出来，刚坐在门前的道场上开始做鞋垫，这时只见门口柿子树上飞来一只喜鹊，叽叽喳喳地叫个不停。心想：该不是什么喜事到了？一会儿，只见本村的陈小牛领着一个五十多岁头发梳得光光的男人来了。

陈小牛一见王春香就甜甜地叫了一声："王婶，忙着呢？听说你今年卖鞋都挣了好些钱，得是？"

春香说："卖鞋能挣多少钱，你可别笑话我了。"

陈小牛说："你可别这么说，这上下几十里的人谁不知道你王婶做的布鞋，不仅样式好，而且穿着又舒服，抢着买呢。"

王春香笑着说："这倒是的，现在我都不用上街卖了，多少人开着车上门定做呢。昨天一个有钱人开车一次订了五双鞋，给了我一千块。"

刘光阳看到王春香喜笑颜开的样子，便把针线篓子里一双成品鞋拿起来看了看，夸奖说："我看了那么多做鞋的，还真没见过有谁做得这么好。"

春香说："你们别夸我了，不就是一双鞋吗，有你们说的那么好！"

陈小牛说："王婶你也别谦虚了，赶明儿个我也来让你做双鞋，到时婶可别宰我呀，我可不是有钱人。"

春香说："你要真看得上我这手艺，到时送你一双，还向你要钱呀。"

春香这时起身从屋里取了两只凳子，又忙着要去沏茶。被小牛挡住了，小牛说："婶，这是我的一个老表，他有一件事想和你谈谈，我把他领来了，有啥，你们谈，我先走了。"

刘光阳说:“你赶紧走吧,家里人手缺。我有一点小事,说罢就过去了。”

春香心里有些嘀咕,这家伙有啥说呢?想到刚才喜鹊叫,便猜测:可能又是给我做媒的吧。春香起身从厨房里泡了一杯茶端出来,递给刘光阳说:“有啥事,你说吧。”

刘光阳已从陈小牛那里了解到,前面已经有人给王春香提过媒,但都没成。王春香也想嫁人,就是苦于没有合适的。知道了这个实际情况后,刘光阳心里就有谱了。

“王姐今年贵庚多少?”刘光阳问春香。

“六十一交六十二了。”

“王姐看起来一点也不显老。”

“笑话俺哩,老太婆了,能不老?”

“如今生活好了,你没听说吗?六十岁算中年,七十岁才说老哩。你以后的好光景还长着呢。”

“活那么长干啥?早死早脱生,省得活受罪。”

“看你像是个有福之人,受啥罪呀。”

“我还不受罪?窑沟人谁不知道,十几年前死了丈夫,现在儿子大了,一个个扒命样地四处打工,丢下我一个老奶奶在家。”

“你一个女人家,独自把几个儿子一手拉扯大,真不容易!现在他们都大了,他们活他们的,你也该有自己的想法了。”

“我有啥想法?等死呗。”

“话可不能这么说,你要活着,而且还要好好地活着。凭王姐这相貌,这为人的品性,还有各种手艺,再找个好人家还不简单得很。”

“简单啥呀,前面有人给我提过亲,但没一个合适的。我都一把年纪了,没有合适的,我就继续一个人过。”

“我今天给你介绍一个,保你满意。”

“你可别吹了,是哪一个,你说来听听。”

刘光阳一听王春香有这个心意,便充分发挥了他嘴巴上的功夫,把杨茂才好好地夸赞了一番。

春香要找的人其实有三个硬性标准:一,家里基础好,花钱不愁。二,身体健康,无病无灾。三,子女不干涉这场婚姻,男方能自己做主。而这几项指标杨茂才样样都具备。于是春香的心便动了，答应先和杨茂才见上一面再说。

六

在刘光阳的精心筹划下，杨茂才终于和春香有了第一次会面。会面的地点定在县城东街一家比较雅致的小酒店里。这里比较安静，适宜谈话，商量事。刘光阳也没找其他人，总共只有他们三个人。

三人一落座，刘光阳首先声明：今天这顿饭由他请，谁也不许和他争，谁争他和谁急。然后说："常言说得好，宁拆十座庙，不拆一桩婚，今天我是来积德的，把你们二位往一起撮合撮合，成就一桩婚姻。你们要是各自对对方有好感，就按我说的，好好处下去；要是没有意，今天吃了这顿饭，就各走各的路，井水不犯河水。"

杨茂才听了刘光阳的话，心里很感动，说："首先我谢谢光阳的这一番好意，我先把我的态度表明一下，我同意和春香处下去。"

刘光阳问王春香："春香，你呢？"

春香问杨茂才："杨大哥今年到底多大了？"

杨茂才说："实话告诉你，七十一岁。"

春香说："你都七十多了，要是你死在我前头，我咋办？你的儿子会不会把我再赶回去？"

"这你放心。"杨茂才说，"既然你和我结了婚，你就是我妻子，我死后，你愿意走，你走；愿意留，他们谁也无权干涉。家产也有你的份。"

王春香说："你能这么说，我就放心了，其实我也不图你什么家产，我只图名分，不要你一死，我就被赶走了，那我成了什么？现在必须把丑话说在前头，我只要去你家一天，我就成了你家的人。"

杨茂才说："我知道，我知道。两个儿子巴不得我再找个老伴，你只要嫁过去，他们肯定承认你的身份。我比你大，我要是死在前头，他们也会认你这个娘。"

刘光阳这时说："你俩个态度都表明了，很好！下来就不说其他话了，一心吃饭、喝酒，以后你们有啥事，事先给我说，咱保证把这桩婚姻促成。”

三人客客气气吃了一顿饭，一瓶酒让刘光阳喝了一大半。中途上卫生间的时候，杨茂才偷偷把 1000 元钱塞到刘光阳的口袋里，说：“让你费心了，不要嫌少哦。”

刘光阳只客气了一下，便高兴地说：“杨老师不愧是公家人，会来事。你放心，你这事包在我身上了。”

吃罢这顿饭后，杨茂才与王春香的婚事便正式进入日程。

杨茂才心里清楚，自己比王春香整整大出十多岁，已毫无优势可言；而人家王春香才刚过六十，会干不说，面相又不丑，找个好老汉嫁人，的确不是难事。因此，他就紧紧抓住媒人刘光阳这根稻草，不断加快进度。刘光阳当然清楚杨茂才的心理，只要他舍得花钱，他不就是动动嘴皮子跑跑腿吗？他乐意。于是他就不断地撮合俩人见面，先是王春香到杨茂才家来了一次，接着是杨茂才到王春香家去了一次。当然，每次都是刘光阳跟着一块儿去的，而且每次待的时间都是由刘光阳掌控着。在这一来一往中，杨茂才和王春香虽然交流不是很多，但他们大致相互了解了对方。杨茂才感到王春香这女人性情好，心地善良，手头麻利，爱干净，是他理想伴侣；春香也看出来了，杨茂才这人心肠好，为人实在，年龄虽然大了点，但保养的不错。

于是，在第三次见面的时候，春香趁刘光阳不在跟前的机会，悄悄地对杨茂才说：“以后咱们见面就不要把刘光阳拉扯上了。”杨茂才听了心里大喜，笑着点头说：“好！听你的。”因为此前每次见面，他多少都要给刘光阳一些小费。现在春香有了这话，说明她心里有他，不让他花冤枉钱，他心里对春香的好感又增加了几分。

不久，杨茂才就买了些水果，独自来到春香家里。

春香心里当然高兴。她已经六十多了，也不怕别人笑话了。反正杨茂才这人也不错，她再观察一段时间，要是杨茂才果真没有歪心眼，她就决定把自己嫁过去。

杨茂才干了一辈子教书育人的工作，平时为人诚实无欺，对王春香也是打心眼的满意。俩人私下见了几次面，交谈了很多次，便像年轻人一样感情越来越深了。

刘光阳当然看出了端倪，他想阻挠，但已是不可能了，况且他也花了人家杨茂才不少钱。于是,他便好事做到底,推波助澜,搓和俩人查了日子,定在这年腊月八把婚事办了。

七

无论怎么说,结婚是件大事,杨茂才和王春香都上了岁数,又都是爱面子人,他们不能像有些老人一样,只要觉得合适,就轻率地滚到一起,毫不在乎子女是什么态度。他们要首先征求子女的意见,取得他们的完全同意。于是俩人就私下商量好,各做各的子女工作,力争这年的腊月八顺顺利利把婚结了。

杨茂才先找到大儿子杨晓斌。他原以为话很难说,谁知,当他开口说自家已瞅准了一个奶奶,名叫王春香,窑沟人,人很能干,也很贤惠,他准备再过两个月就结婚时,大儿媳陈香妹拍手欢迎,晓斌听了也很高兴,对他说:"爸,我们都很忙,平时也照顾不上你,你能给我们找个后妈,让她帮我们照顾你,我们拍双手赞成。"

"你们没意见?"

"我们有啥意见,我们高兴还来不及呢。"儿子说。

"老二夫妻两个呢?他们有没有意见?"

"你放心,老二那里的工作我去做。"晓斌说。

杨茂才听了心里很高兴,饭都不吃了,立即就要走。儿子和媳妇便极力挽留,让老爸吃了饭再走。但杨茂才哪里有心思在这里吃饭,他要马上把这个好消息告诉给王春香。

儿子见老爸诚心要走,便把他送到楼下,说:"爸,你放心,你该怎么做就怎么做,我们全力支持你。需要帮忙的,你打电话,结婚那一天,我们都回去庆贺。"

"庆贺啥?上了岁数,只求找个伴儿。那一天,别的什么人也不请,咱们全家人一起吃顿团圆饭就是了。"

"我们一定回去,这是爸爸的喜事。"

杨茂才不好意思再说什么,他匆匆别了大儿子,赶快到车站去坐车。

车站的人很多，杨茂才随便抓住一辆车便上去了。当车摇摇晃晃走出县城时，他看到县城比任何时候都好看。他记得自己刚参加工作那阵儿，县城只有破破烂烂三条街，楼房只有老供销社那一幢，而如今，县城扩建了，到处都是楼房，别说是六七层的楼房，十几层、二十几层的高楼，竟有上百幢。在众多高楼的点缀下，县城显得尤其繁华，加上城市人口增多，车辆增多，杨茂才感到县城就像繁华的大都市一样。他都有些眼花缭乱了。他庆幸自己虽然岁数大了，但还是赶上了这个好时代，心想，自己身体无病无灾，和春香结婚后，他至少能过上十年的好光景。人是需要希望来鼓舞的，有了美好的希望，杨茂才感到自己仿佛年轻了许多，他仿佛听到了心脏铿锵有力的跳动声。

车行到窑沟口时，杨茂才喊了停车，车一停，他就快速下了车，马不停蹄地直奔春香家里。

春香正在擀面，见杨茂才兴冲冲地来了，便马上把锅里添的水舀起来，重新给杨茂才炒了一盘蒜薹炒腊肉和韭菜炒鸡蛋。

杨茂才也没客气，春香和他交往的这段时间他已经看到了，春香这女人很实在，只要你真心对她好，她巴不得把心扒出来让你吃。

春香炒菜，杨茂才便在灶台前烧火，他忍不住就把在大儿子家谈的结果告诉给了春香。春香想不到杨茂才把儿子们的工作做得这么顺利，为了奖赏他，便把刚炒好的腊肉，挑了一片瘦的，用筷子夹起来喂到杨茂才嘴里。

杨茂才嚼着春香喂的腊肉，吃得津津有味，口里连连赞叹说："春香，你这茶饭手艺真是好，以后我再也不用担心吃不好了。"

王春香高兴地说："你只要一心对我好，我天天给你做好吃的。"

这话说得杨茂才心里暖暖的，他又往灶洞里加了几根柴棍，看到春香正在一起一伏地擀着面，心里竟像年轻人一样产生了冲动。他走过去，从后面抱住了春香。

春香想不到茂才会这么做，当下把手停住了。杨茂才把脸靠在春香柔柔的背上，说："春香，你真好？"

春香说："好在哪里？你说。"

杨茂才说："长得好，心肠好，还能干。"

春香低声说："你尽哄人，说不定在一起了，你又嫌我。"

“你说什么呢，我哪敢嫌你，拿你当宝贝敬都来不及哩。”

“这可是你说的噢，到时可别不承认。”

“放心，我这人向来说话算数。”

杨茂才在春香这里一直待到天快黑的时候才走。临走时，春香告诉杨茂才，让他只管做好准备，她这里好说，几个儿子都在外面打工，她只要给他们挂个电话说清就行了，结婚的日子一到，她把门一锁，过去就是他杨茂才的人了。

杨茂才听了忍不住把王春香搂到怀里。俩人都很兴奋，他们仿佛都能听到彼此心跳的声音。他们现在已经深深喜欢上了对方，他们感觉他们重新组成的家庭近在眼前，一种新的希望和幸福已开始频频向他们招手了。

八

就在杨茂才满怀信心想与王春香喜结良缘的时候，一件意外事件发生了。

这天午饭后，杨茂才睡了一个好觉，当他从床上爬起来时，正是下午三点半光景。透过玻璃窗，他看到外面一排杨树叶已开始变黄，有的已开始飘落，几只知了正在树上此起彼伏地高声鸣叫。

杨茂才想到大喜的日子已经不远，想到春香将与他共度幸福的晚年，想到此后的人生不再寂寞，心情无比舒畅通泰。家里有现成的开水，他把紫砂壶里加上铁观音，将开水添上，然后把堂屋门打开，准备坐到院子里的桂树下，一边品茶，一边消磨午后这安静的时光。

茶还没喝几口，外面突然传来嘈杂的人语声。开始他并不在意，以为是过路行人说话。可是，那声音却停滞不前，只在房屋附近一声接一声的鼓噪着——有时是一个人说，一会儿又是几个人对说，不时还夹杂着一群人的嬉笑声。杨茂才感到奇怪了，外面那些人在做啥？便放下杯子，将院子的大门打开。

门一开，他便看到在他家房子附近的一块空地上，站了大约十几个人。这些人，有的衣冠楚楚，有的穿着工作服。其中一个头发稀少领导模样的人，前后围了一圈人，这人讲着话，指指点点，周围人顺着他指引的方位看着，发出不同的迎合声。杨茂才不知道这些人要干什么，他对他们一个人也不认识，也不好上前去搭腔，他只观望了一会儿功夫，便回到自家院子里，把门关上了。

杨茂才猜想这些人可能要在杨树沟有什么动作，至于具体干什么，他也不清楚，他一个退了休的教师，现在基本上是社会闲人，啥子大事，都几乎和他无关。因此，这件事并没有对杨茂才产生什么影响，他一如既往地吃饭、睡觉、看电视，烦闷的时候则锁上门，到外面去溜达。

大概过了半月之久，一天中午，杨茂才刚准备做午饭时，村主任黄家声领着一个人来了。黄家声和杨茂才是拉扯子亲戚，他一来，就大声对杨茂才说："表叔，想不到吧，你立马就要成为大款了。"跟他一块儿来的是村文书，也附和说："是呀，杨老师，看你这房子面积，至少要给你补助二百多万呢。"

杨茂才被这两人说得丈二和尚——摸不着头脑，他疑惑地问黄家声："表侄你们说啥呢，我怎么听不懂？"

"这事你还不知道？"黄家声问。

"啥事？"

"县上将要在杨树沟建一个高级疗养院。"

"建疗养院与我有啥关系？"

"太有关系了。整个这条沟都将成为疗养区，因此，这里面的住户将全部搬迁出去。投资方将按每户房产面积大小，给予搬迁补助。这次投资方是北京一个大老板，为了施工顺利，拆迁补助费非常可观，你这房子面积大概有二百多平方米吧，按照标准计算至少要给你补二百多万呀。"

"此话可当真？"杨茂才惊愕地问。

"板上钉钉的事。这几天你都没发现？各级领导都来杨树沟好几回了，施工单位马上就要来了，这沟里所有房子将全部铲平，然后开始规划建设。对这一项目建设，县上相当重视，要求镇村全力以赴给予配合，力争两年后全部竣工。这是千载难逢的大好事，补了那么多钱，别说买一套房子了，买几套房子的钱都绰绰有余。表叔呀，你可要做好思想准备，提前把房子瞄准，钱一领马上搬走。"

杨茂才想到一下子补偿这么多钱，心跳徒然加快了，高兴地说："你放心，只要钱一领，我立马就搬。现在县城空房子那么多，只要有钱，肯定能买到好房子。”

黄家声坐了一会儿就走了,这沟里还有其他搬迁户,他先要把动员工作做好。

两天后,关于杨树沟搬迁政策的通告便张贴在一户人家的山墙上,上面把拆迁补助标准说得清清楚楚。

这无疑像是投放了一枚炸弹,沉寂的杨树沟一下子被这特大喜讯炸得热火朝天起来。

九

杨树沟是十里铺镇的一个村民小组,20 世纪 80 年代时,杨树沟有二百多人口,六十多户人家。那时土地刚刚承包到户,家家户户干劲冲天,杨树沟的沟沟垴垴上,全种上了庄稼。可是过了几年后,人们渐渐发现种粮食根本不划算,辛辛苦苦一年干到头,只能混个肚不饿。家里子女上学,儿子结婚,盖房子等都要花钱。老老实实种庄稼,根本挣不来钱。不久,人们就得知,在外面打工划算,只要肯出力气,一年能挣四五万呢。于是杨树沟的男人纷纷到外面打工去了,只留下女人和老人照看孩子,种庄稼。近年来,城镇化建设速度加快,不仅县城附近盖起了大量的廉租房、经济适用房;就连乡镇也盖起了一幢接一幢的经济适用房和移民搬迁安置房。杨树沟离县城本不远,大约就是十来里路,出沟口到国道要过一条河。杨树沟的人曾多次请求镇政府在河上架起一座桥,修一条大路直通杨树沟。只因这条河道太宽,架桥耗资太大,关键是杨树沟内住户不多,因此,杨树沟的交通一直没有改善。杨树沟人进出,就靠河边的一条小土路。这条路,天晴灰尘弥漫,阴雨天泥泞不堪,不仅车子难行,徒步行走都很困难。鉴于杨树沟未来发展空间不大,杨树沟不少有能耐的人,要么搬到国道边去了,要么在县城里买下了房子。因此杨树沟里的固定住户,日趋减少。一大部分在外地打工的人家,就直接把门一锁,二三年,甚至多年不回家。

如今,杨树沟要建高级疗养院了,而且拆迁补助那么高,杨树沟的人不管现在住哪儿,只要自己祖上留下的老房基还在,都三三两两地往回跑。于是，沉寂多年的杨树沟又变得人声嚷嚷，炊烟袅袅了。

杨茂才仍然沉浸在幸福的遐想中，掐指头算一算，他和王春香的婚期已不到三个月了。这几天，他把该办的事提前都想好了，至于房子的事他也不必担心，这次拆迁补助，他能领那么多钱，想买什么样房子没有呀？他计划就在十里铺镇移民安置点买一套房子，房价他都问了，好楼层才 1100 元一个平方，买一套房子十多万就够了，剩余的钱他存到银行里，急需时再取。想到将来的日子那么好过，杨茂才按捺不住自己，先把这天大的好消息告诉给了春香，目的是想让春香分享一下他的喜悦，也好让她安安心心与他过好日子。

当春香得知杨茂才这次拆迁补助一次能补那么多钱时，心里也非常高兴，她为钱的事愁了一辈子，想不到老了老了却要嫁给一个有钱人，吃穿不愁，多美呀。于是她又忍不住把这一好消息告诉给了他的三个儿子，好让几个儿子同意她顺顺利利嫁给杨茂才。

王春香的几个儿子也曾因他们的老妈改嫁一个七十多岁的老头而心存芥蒂，可当听说他们未来的继父是一个拥有几百万的大富翁时，一个个兴高采烈，便鼓励她别放过了这个百分富翁，过了这个村可就没这个店了。

当春香把几个儿子的话告诉给杨茂才时，杨茂才像是喝了蜂蜜似的，巴不得春香早一天和他成婚。

杨茂才成天乐哈哈的，他希望早一天把那二百多万补助金领到手，然后动手买房子、结婚，开始一种全新的幸福生活。

十

春香没有想到，她给几个儿子打了电话才几天，二儿子李南，小儿子李北竟风风火火先后赶回来了。

做娘的当然喜欢儿子回到身边，况且她要改嫁，永远离开这个家了，她感到心里对他们很亏欠。因此，她便极力地讨好他们，扒心扒肺地给他们做好吃的，只希望儿子们能理解她，不要在心里责怪她。

二儿子李南已经结婚了，媳妇是河南一个乡下女子。李南告诉春香，他现在在广州一家玩具公司打工，一天干十个小时，每天累得吐血；可工资却很低，每个月把吃喝、房租一跑，几乎就不剩什么钱了。他妻子眼看就要生了，他现在不想在那个公司干了，他想投资开一个手机店，自己当老板。

小儿子李北的景况还不如李南，他说自从去年冬天他从一家企业离开之后，根本找不下一个稳定工作，这长时间他和几个同学今天在这个工地干几天，明天在那个酒吧里混几天。有时几天时间吃不上一顿饱饭。他说他想回老家做生意，找个理想姑娘成家。

听到两个儿子在面前诉苦，春香心里如针扎一般难受。儿子这种状况，她有什么办法！况且，她就要成为人妻离开这个家了。

“儿呀，你们日子艰难，当娘的知道，可当娘的老了，也无能为力了，你们就咬牙挺下去吧，相信老天有眼，过几年情况会有所好转的。”

“妈，你离开我们，我们没啥意见，可你得救救我们呀。”二儿子李南说。

小儿子李北也说：“妈，你给我筹一笔钱，我就在老家做生意，以后再也不在外面到处漂泊了。”

春香叹了口气说：“我怎样救你们？我现在可怜得身无分文。”

李南说：“妈，你不是要嫁那个退休教师杨老师吗？他这次拆迁补偿，一次能补那么多钱。你既然成了他的老婆，他理应给你一笔钱呀。”

李北说：“是呀，他难道白白把你娶进屋不成？你现在就可以给他讲，你的几个儿子都很可怜，没有工作，没有收入，让他给你一笔钱，把我们安置好了，你好安心嫁过去，与他和和美美地过日子。”

“那怎么行，那是人家的钱，我咋好意思开口！”春香说。

“咋不好意思？你难道忍心抛下我们，眼睁睁地看到我们穷死、饿死？”李北说。

春香听了李北这句话，心仿佛被锥子扎了一下，她一下子想到了死去的丈夫，她这一走，可以过一种无忧无虑的生活了，可几个儿子呢？他们现在还困难成这样，他们要真是穷死、饿死了，她如何对得起死去的丈夫？于是便开口问：“你们让我开口向杨老师要多少钱？”

李南说：“至少也得30万元。”

李北说：“他那么多钱，你就要上60万吧。”

“能行吗？”春香怀疑地说。

“咋不行,他一次补偿200多万,他要那么多钱干吗?”

春香想了想说:“那我就试试看吧,你们也不要抱多大希望,我老了指望你们不上,你们也不要把我弄得左右不是人。”

第二天,春香买了些营养品,把自己打扮了一下,然后到杨树沟去。她先乘公交车到县城,接着又坐公交到十里铺镇,从镇政府下车后,又沿国道向东行三里多,从那里一下国道,对面沟里就是杨树沟。春香刚从一道斜坡上下来,便看到几台挖掘机在杨树沟口的河道里紧张施工。听杨老师说,原先他们村一直想在这里修一座大桥,可一直没修成,现在终于愿望成真了。可见杨树沟修疗养院不会是假的了。

春香心里一直惴惴不安。昨晚她一宿没睡踏实,她是真不好开这个口呀,自己一个老太婆了,能嫁上一个拿工资的老汉都已经是上高香了,她咋好意思向人家提出要那么多钱?不说吧,几个儿子的难处她心里清楚,他们都缺钱,缺得要命。她不能抛下他们不管。就在这种左右为难中,春香一步一步走进了杨树沟。

通过打听,她来到了杨茂才家门口。

茂才家的门虚掩着,春香敲了几下,门开了。茂才一见是她来了,顿时喜笑颜开,紧紧拉着她的手问:“今天什么风把你吹来了?”

春香抿嘴一笑说:“想你呗,想你就来了。”

杨茂才说:“来了好,今天来了就不走了。”便从春香手上接过礼品,埋怨道:“看你这人,来就是了,你买啥东西?平时紧张个啥样的,还让你花钱。”

春香说:“你快别说了,说得让人害臊,你在我身上花了那么多钱,我对你才花了几个钱?”

“我给你花钱应该,你给我花钱不应该。”

“为啥?”

“因为是我要你,不是你娶我。”

“啥子娶呀嫁呀的,咱们都老了,不就是找个伴儿吗?你给我买东西,我给你买东西,都应该。只是我这个穷老婆子,手头紧,拿不出钱。”

“以后就好了,咱俩结婚以后,你想花钱就花,我的钱就是你的钱。”

这话说得春香心里暖暖的,她心里不禁感叹,找杨茂才真是找对了。人和人不一样，有些人钱再多，早晚像命根子一样攥在手心上，生怕别人花一分。而杨茂才真是大方，自俩人见了第一面后，他已在她身上花了不下三千元。而且他还答应俩人结婚后，他的钱随便她花。其实她是个节俭人，俩人走到一起后，她会好好照顾他，好好过日子，让他们的晚年过得幸福美满。春香已从杨茂才的话语中感觉到了，杨茂才是真心对她好，是完完全全把她当自己人看待。越是这样，她心里越矛盾，为儿子要钱的话她咋好意思开口？

春香来了，杨茂才心里非常高兴，又是端茶，又是递水，又要洗水果，忙得不亦乐乎。

春香说："茂才，你别忙活了，坐下说说话，你这样，让我心里过意不去。"

杨茂才说："我高兴！"

中午饭是俩人一起做的。春香炒菜，杨茂才烧火，边做边聊，其乐融融。

春香看到茂才情绪好，几次都想把那话说出来，可话到嘴边了，又咽了回去。她怕茂才心里对她有看法。她现在已深深感觉到杨茂才是真心喜爱她，是想和她在一起过日子，她担心万一把那话说出口，引起茂才对她不满，从而放弃这桩婚姻，那对她将是多大的损失！她现在真的很在乎茂才，也非常担心失去茂才。可是话不说出口，却又觉得如鲠在喉，对不起她那几个儿子，她能眼睁睁地看到他们受穷受困吗？

吃罢饭，俩人坐在沙发上看电视。一边看电视，春香心里一边琢磨着，她还是要把那话对茂才说出口，至于茂才同意不同意，她也不在乎了。她正要开口时，茂才突然挨着她坐起来，并把她的一只手拉过去，揉搓着。

春香说："老了，手像鸡爪子一样，难看吧？"

杨茂才说："你哪老呀，看起来像四五十岁的人，你这手多肉乎。"

春香说："你净说胡话哄人。"

"谁哄你，你真的年轻。"杨茂才一边说一边把春香搂到怀里，在她耳边说："咱们上床去，行不？"

春香听了一惊，看看杨茂才，脸都已经红了。她不禁大笑起来。

杨茂才显得更不好意思了，问："你笑什么？"

春香问："你还能行？"

杨茂才一听犟着脸说："你不信，不信咱们试试，看我行不行？"

春香想到自己早晚要与杨茂才结婚，就半推半就地同意了。

为了防止有人进来，春香让杨茂才把外面两道大门都拴上了，又把窗帘拉上，然后开始脱自己。

春香已经十多年没有让男人沾自己了。虽然自己身上早已干了，但她心里还是想的。当杨茂才把自己脱光，俩人赤身搂在一起时，她心里竟潮起了从未有过的激情。但杨茂才毕竟年龄大了，这件事情做得很不成功，春香一再温存地鼓励他，但杨茂才仍是力不从心。前后还不到三分钟，杨茂才就草草收兵了。

杨茂才感到很沮丧，叹息着对春香说："唉，不服老不行呀，连这点能耐都不中了，让你笑话了。"

春香搂着杨茂才说："没啥，咱们都老了，常言说少年夫妻老来伴，咱们在一起不就是图个相互做伴吗？哪还有精力做那事！"

杨茂才感到很愧疚，对春香说："让你受委屈了，我发誓，除此之外只要我力所能及的，我一定不会让你失望。"

春香说："我知道你是好人。这次来我是有话对你说的。"

"什么话？"杨茂才问。

春香叹了一口气说："这话我本是张不开口的，我今天一上路就犯难，要不要对你说，我担心说出来你会看不起我，可我要不说，心里又不安，感到对不起我那几个儿子和死去的丈夫。"

"什么话叫你这么为难？你说出来吧，不管什么话，我都不会怪你，更不会看不起你。春香，我知道你这人心眼好，心里从来不会算计别人。"

"我说出来你真不会怪我？"

"真不会。"

"那我就说了。"春香拉住杨茂才的手说，"你知道吧，我有三个儿子，大儿子李东，二儿子李南，三儿子李北，他们现在都在外面打工，大儿子情况稍好些，二儿子、小儿子穷得要命，特别是小儿子连个正式工作都找不到，经常在外面饿肚子。前几天他们两个从外面回来了，让我帮他们弄点钱，二儿子想开个手机店，小儿子想弄点本钱在老家做生意。可是我哪有钱？寻思着，我马上要离开他们，我一走，跟上你有好光景过，可他们几个呢？越想越难过，就只好寻你了，你不是拆迁要补助一大笔钱嘛，能不能——给我一些，我帮几个儿子一把，这样我也好安安心心踏踏实实过来与你过日子。”

春香把话说完，便侧身瞅着杨茂才。杨茂才沉思了一下问：“你看得多少？”

“你，能不能给我三十万？要是能行的话，给个40万。”春香吞吞吐吐地说。

杨茂才说：“我以为几万呢，三、四十万不是个小数目，这事我得给我儿子说一声。我想他们是不会阻挠的。现在距领款日期还得一段时间，你放心，我一定把他们的思想做通。钱一下来我就把钱给你送去。”

听了这话，春香顿时感激得哭了起来，她想控制自己不哭出声，可心中感动的热泪像洪水一样决堤而出，十多年的艰辛劳累、受穷，没有一个男人帮她；而今，她尊敬的杨茂才老师竟然慷慨地答应她，给她弄三、四十万块钱，她该用什么报答他呀。

春香浑身颤动地哭着，眼泪哗哗地流着。杨茂才看着心里也酸酸的，他说了几句安慰体贴的话，春香越发哭得厉害了，他所性把她搂在怀里，让她好好哭一场。

当晚，春香也没回去，就留宿在杨茂才这里。

十一

第二天一回家，春香便激动地把杨茂才答应给40万块钱的事对两个儿子说了一遍，两个儿子顿时高兴得手舞足蹈。李南说：“妈，听我们的没错吧，杨茂才一次补几百万，他哪花得完，你不张口，他会给你吗？这下好了，只要我有了钱，把手机店一开，以后就不愁没钱花了。”

李北说：“妈，你还是张口要的太少了，那老东西一次补那么多钱，你好歹也要上个八、九十万，你才要三、四十万，小菜一碟，根本不值一提。你过去后，可不要抛下我们不管了，我们毕竟是你亲生的，那边花不完的钱，悄悄多攒些，拿给我们花。”

春香一听生气地说：“你们张嘴闭嘴都是钱，好像这钱是大水打来的。钱再多是人家的，你们凭什么要人家的？你们知不知道我开口要钱时心里有多难受？比杀了我还难受，你们这会儿还嫌钱少，嫌少你们就不要要了。”

李南见妈妈生气了，马上安慰道：“妈，不是这个意思，你误会我们了，我们也是为你考虑，你想，你要给自己留一条后路。杨茂才比你大十多岁，肯定要死在你前头，老头一死，万一他那两个儿子把你赶走了咋办？所以，你要趁老头活在的时候多要些钱，帮我们共同富起来，将来万一被他们赶回来了，我们还能养活你；你要是现在不趁机要些钱，光人赶回来了，丢人不说，啥也没捞到，值得吗？”

李北火上加油：“妈，二哥说得对，你要长个心眼，多要钱是正事；最好利用杨茂才喜欢你的机会，提前把遗嘱写上，他的家产也有你的一半，万一他两个儿子不认你了，我们认你。”

李南说：“对对，你嫁过去后，家产也有你的份，《婚姻法》上有这么条规定。咱可不能干吃亏的事。”

春香听得头都大了，她何曾想过那么多呀，她只想找个老伴过日子，她图什么钱财、家产呀。她要是这么想，对得起茂才对她的一片真心吗？她也懒得辩解了，随那兄弟俩细心算计着他们将来到底能从茂才那里得到多少好处。

十二

几天后，春香终于等来了杨茂才。这天下着小雨，整个窑沟被雨雾迷蒙着，看不分明了。春香正在为杨茂才赶做一双过冬的棉鞋。这时只见杨茂才打着伞佝偻着身子从门前那条小路走了过来。

一见杨茂才来了，春香马上丢下手中的活计，招呼杨茂才进屋。见茂才身上被雨淋湿了，关切地问：“你打着伞，咋还让雨淋湿了，要不要我给你找一件衣服换上？”

杨茂才说：“不用，不用，一会就干了。”

春香马上去给杨茂才倒了杯热茶水，问他早晨饭吃没有。

杨茂才喝了几口茶水，心里暖和起来，便告诉春香他是一大早出的门，在县城吃的早餐。

李南、李北还在房间里睡懒觉，闻听杨茂才来了，都马上从被窝里爬起来与杨茂才套近乎。

春香对李南说："南南，你杨伯伯来了，你赶快挡车到县城里买些菜。"

杨茂才马上起身制止说："春香，我来说几句话，说罢就走。"

李北马上上前把杨茂才往凳子上按，热情地说："杨伯伯，你走啥！来了就在这里吃中午饭，你坐你坐。"

春香一边催李南赶快动身，一面对杨茂才说："你好不容易来了，走啥？别走，中午我给你包肉饺子吃，你不是夸我做的饭香嘛，中午就好好尝尝我的手艺。"

李北说："杨伯伯，我妈包的饺子可好吃了，你不走，我们也跟着你沾沾光。"

杨茂才见这一家人这么盛情，只好坐下，不再说要走的话了。

李南打着伞已出了门。李北这会儿又是为杨茂才端茶，又是递烟，态度极为恭敬。

春香对李北说："北北，你到菜园里拔几根萝卜洗洗，一会儿肉买回来了，我做饺子馅。"

李北平时非常懒，但这会儿却相当听话，他"哦"一声就赶紧出去了。

见春香的两个儿子都走了，杨茂才把凳子往春香眼前挪了挪，难为情地说："春香，对不住你，让你失望了。"

春香听了一愣，说道："你是说钱的事吧，咋回事？"

杨茂才说："昨天我大儿子夫妻俩回去了，我就把你家的情况细细给他们讲了，希望他们能看在我的面子上，从拆迁补偿中给你拿出40万。不想他夫妻俩坚决不同意，说那钱我没有权利给别人，那是他们的家产。我说我是他们的老子，房子是我盖的，拆迁费我想给谁花，就给谁花，他们无权干涉。我那儿子顶不是东西，他问我是要家儿子还是要野儿子，说我要是敢把钱给了你那几个儿子，他们就从此与我断绝父子关系，以后我的生老病死他们一概不管了。我听了生气不过，就好言劝他们要有同情心，拿出一点钱资助一下你的几个儿子。可那夫妻俩无论如何不同意，说他们也可怜，如今县城里的人都时兴买高层、买小车，他们一样都没有，问我为什么不关心关心他们，他们难道不是我的亲儿子？大儿子夫妻两个还没有说通，小儿子夫妻俩个也回来了，当他们听说我要把钱给你，竟然骂我是老糊涂、老混蛋，并威胁我，我若敢给你一万块钱，他们就……就打官司。唉！这些东西，把我气坏了。”

春香原抱很大希望的，听了杨茂才的话，浑身顿时冰凉。半天，她才说：“茂才，都是我不好，给你找为难了，我不该开口向你要钱。”

杨茂才继续说：“他们四个昨天下午像开批斗会一样轮番教训我，他们不仅不同意我给你们钱，还不同意你到我家里来，说是怕你以后要继承我的家产。”

听了这话，春香把手中的针线活一下子丢在地上，生气地问：“你那两个儿子咋是这种人，我什么时候想继承你的家产了？他们都是有身份的人，咋能这样瞧不起人？”

“我昨天晚上难过得一宿没合眼，钱这事我怕是帮不了你了。不过，你放心，咱俩的婚姻他们是干涉不了的，咱们要按前面定的日子，到时就结婚。”

不想杨茂才与春香说的话让门外的李北听得一清二楚，李北把装萝卜的篮子摔到地上，大声说：“你还结什么婚呀？你瞅瞅你那俩个儿子混蛋成啥了，他们那样儿，我妈敢过去跟你过日子吗？还不让他们吃了呀。”

春香阻止道：“李北，你出去，这里没你插话的份儿。”

李北犟着脖子道：“咋没有我插话的份儿，我不是你儿子吗？妈，我对你说，他们不给你钱，你就不要到他们家去。”

杨茂才说：“春香，你们母子俩消消气，你放心，他们不让我给，我暗地里给，以后你们有啥困难，我保证不会袖手旁观。别因钱的事把我们俩人的婚姻搅黄了。”

李北说：“你少糊弄我们，你别想把我妈骗到你家里，告诉你，40万，一分都不能少，少了这个数，你到别处找奶奶去。”说罢，便扬长而去。

杨茂才见话说到这个份上，双方均十分尴尬，便立起身，拿起旁边靠的伞说：“春香，真对不起，我走了。”

春香也无言语，眼泪哗一下出来了，在泪眼中，她看到杨茂才撑起伞，佝偻着身子，一步步走进雨地里。外面的雨下得更大了。

十三

杨茂才踏着泥泞的小路来到国道边。秋天到了,国道两边的杨树落下厚厚一层树叶,雨水中,落叶被过往的车轮碾压着,成了稀泥一样。杨茂才打着伞,木然地站在路边。他现在的心情就像这雨天一样:阴沉沉,泪涟涟。他真想不到,好端端的事情怎么会变成这样,怪他没把事情办好吗?可他尽了力呀。

这时一辆红色公交车从西边过来了,他伸出手招了一下,公交车带着浑身雨水,缓缓地在他身边停下了。

杨茂才走上车,把两元纸币投进掷币箱,然后寻了一个座位坐下。车子沙沙地起动了。杨茂才心中仍然挥之不去对春香的亏欠之情,他怪自己不该把实情对儿子说,钱一领,他悄悄把40万扣下来,就说自己用,然后暗暗送给春香,这不就把问题解决了?他怎么那么实心眼呢?这下可好了,儿子不仅不让给钱,还不让他与春香结合了。春香是他见到的少有的好女人,人家可是一心想跟自己过日子,要是这次错过了机会,他到哪里去找这么好的女人?不行,他无论如何也要把春香娶过来,可怎样娶?显然现在这件事已经很麻烦了,不仅春香对他有看法,他的两个儿子,春香的儿子都不同意他与春香结合,他的两个儿子坚决不同意他给春香钱,而春香的儿子竟以那40万块钱为交换条件,他拿不出40万,就不让娶他们的妈。

杨茂才活了七十多岁,还从来没有遇到过这么大的麻烦事,他觉得无论怎样处理,都无法解决这个矛盾。

公交车很快就走到县城了,按说他该下车,改乘另外一趟车回杨树沟的,可他心里太烦了,回家去他会度日如年的,不如到哪里去散散心吧。到哪儿去呢?他茫然地想,想了半天,脑子里突然蹦出同事朱文朝的影子。心眼顿时一亮,便马上在一家超市买了点东西,然后就在车站里寻了一辆去朱家屋场的班车,去了。

下雨天,朱文朝正和女人一边喝茶一边看电视。见杨茂才来了,朱文朝很高兴,他指着身边的女人介绍说:“茂才,她就是我现在的老婆杨秀云。”又对杨秀云说:“秀云,这就是我常对你提起的好朋友杨茂才老师。”

杨秀云大大方方地说:“杨老师稀客。”马上去给杨茂才倒茶。

朱文朝见时间不早了,对老婆说:“秀云,你马上去厨房拾掇几个菜,我中午和杨老师抿几盅。”

那女人便给杨茂才的杯子里加了些水,马上到厨房去了。

看到朱文朝与现在的妻子其乐融融的样子,杨茂才心里有说不出的悲伤,他怎么就没有朱文朝这么好的运气呢?

朱文朝给杨茂才发了一根烟,问道:“茂才,我听说你已经瞅下一个女人,马上就要结婚了,对不对?”

杨茂才把烟点着,长长吸了一口,然后徐徐把烟吐出来,叹了一口气说:“唉,别提了,这件事现在把我弄得老鼠钻风箱——里外不是人。”

“咋回事?”

“本来我瞅上了一个女人,叫王春香,城关镇窑沟村的,模样好,心肠也不错,比我小十多岁。十年前丈夫意外伤亡之后,她一直没有找人。经人介绍我们认识后,非常投缘,我喜欢她,她也不嫌弃我,我们本来已商定今年腊月八结婚的。可我们那里突然要建一个高级疗养院,说是做一个离了休的老干部疗养地,我们那一条沟的人就得搬迁,一个平方米补好几千,按面积我一次能补偿二百多万。”

朱文朝一听,马上惊叹道:“你说多少?二百多万,我的妈呀,这下你可发大财了,你咋这好运气!”

杨茂才说:“哎呀,你不知道,就是这钱引起了麻烦。王春香不是有几个儿子嘛,都在外面打工,日子过得很紧张。王春香想到我一次补这么多钱,就对我说,要我给她40万,她给几个儿子帮一把,她好安安心心过来与我过日子。可不想,当我把这事对我那两个儿子说了之后,他们坚决反对,不仅不让我给春香钱,还反对我与春香结合了。这事把我愁得呀,我实在想不出该咋办。”

朱文朝听了,摇摇头说:“唉,钱是好东西,也是个坏东西,她能让朋友反目,让亲人结怨,你要是没有这意外之财,不是好好的吗?有了这笔钱,双方都争起来了。”

“可不是嘛,为这笔钱我既得罪了春香,也得罪了我那两个儿子。春香的小儿子李北对我说，我要是不把40万拿出手，就不让他妈嫁过来。”

“那你有啥打算？”

“我一心想把春香娶过来，这女人真不错。”

“那你就必须拿出40万块钱了。”

“我儿子不同意往出拿呀。”

“你的钱，你想给谁就给谁，他们能管得着吗？”

“他们对我说，我要是敢把钱给春香，他们就与我断绝父子关系，我今后的生老病死他们决不管了。”

“他们怎么这么绝情？”

“是呀，想不到他们会说这话。我年龄大了，以后还得指望着他们，要是因为那钱闹得父子反目成仇，他们撇下我不管不顾了，我怎么办？别人不把我笑死！”

“你说的确实是个事，你不如再与两个儿子商量商量，多少拿出一点钱，一次补几百万呢，拿出几十万是个啥？现在问题关键在你那两儿子身上，只要他们同意给了，问题不就解决了？”

“我就是担心他们不同意。我那大儿子还好说话一点，小儿子夫妻两个，个个刁钻无比，爱钱如命。他们口气都很硬，决不让我给春香一分钱。”

“都是自己的亲生儿子，你还是回去给他们做做工作，为这事跟自己儿子结仇划不来。”

杨茂才说：“也只好如此了。”

这时厨房里喊朱文朝过去端菜，朱文朝说：“菜拾掇好了，你就尝尝弟妹的手艺。今天啥也不想了，好好喝一场，然后回去给儿子做思想工作。”

杨茂才心里似是轻快了一些，马上站起身，随朱文朝一块儿到厨房里端菜。杨茂才想不到，一会儿工夫，杨秀云就做了七、八盘菜，凉的、热的、素的、荤的摆了一桌子，看起来就很诱人。

朱文朝把酒添上，然后端起酒盅，对杨茂才说：“茂才，今天咱啥也不想，一门心思喝酒，怎么样？”

杨茂才说：“好，听你的，啥也不想，一心喝酒。”

俩人酒盅碰了一下，然后一饮而尽。

虽然朱文朝开始定了调子，只喝酒不谈其他事儿。可是酒喝到四、五成的时候，杨茂才想到自己的难肠处，还是忍不住把自己与王春香的事说了出来。这时朱文朝也早已忘记自己的话了，他不仅不消火，反而顺着杨茂才的思路，指责他的两个儿子不是东西，又埋怨王春香的儿子蛮不讲理。结果酒喝得越多，杨茂才心里的怨气越大，想到百事挠心，无法排解时，杨茂才竟然放声大哭起来。

杨茂才一哭，朱文朝夫妇便慌了，便百般安慰。谁知杨茂才见这对半路夫妻这般恩爱幸福，而自己老身凄凉，孤苦一人时，内心的伤感便如滔滔洪水，决堤而出。

男儿有泪不轻弹。在杨茂才的记忆中，除了小时候因委屈哭过几次，后来就从未流过泪，即便他的父母去世，他也未流一滴泪，他以为自己的泪泉早干了，想不到这次竟然在朋友面前大哭了一场。他感到很丢人，哭罢之后，他只稍坐了一会儿，便起身要走。朱文朝不放心，死活想挽留他住一晚上，明天再走。但杨茂才态度异常坚决，硬是挥挥手，迈着沉重的脚步，走了。

十四

杨茂才回去之后，左思右想，决定还是得采纳朱文朝的建议，到县城去做两个儿子的工作。为此，他特意在县城一家酒店里订了一个包间，让两个儿子把家人全都带上。

两个儿子都没客气，老爸请客，干嘛不去？妻子、孩子全带上了。

见两家人一个不少的都来了，杨茂才心里稍感欣慰，以为两个儿子还是听话的。为了能够说服两个儿子，杨茂才煞费了苦心，他买了好酒、好烟，菜也点得极为丰盛。他一心想让儿子、儿媳、孙子、孙女们看到他对他们的一片爱心。

这顿饭开局的时候气氛很融洽，大儿子杨晓斌带头先向他敬酒，大儿子敬了，大儿媳妇敬，大儿媳妇敬了，小儿子敬，小儿子敬了，小儿媳妇敬。随着，孙子又向他敬酒，孙女在她爸的鼓励下，也向他敬了酒。

杨茂才不顾年高，儿子、儿媳、孙子、孙女敬的酒他都一一接纳，杯杯喝起了，并把杯子底朝上让他们看看。

看到他这么能喝，两个儿子都大声称赞，夸他身体硬朗，活八、九十岁不在话下。

人谁不想活八、九十岁？况且他现在儿孙满堂，钱又不缺，能够活得高寿，不是福分吗？喝了些酒，杨茂才内心开始激动起来，对儿子们说："我活得越长，对你们越有利。我现在工资又不低，多活一年，多领一年工资。我又花不了多少，其余的还不都是你们的。"

小儿子杨晓敏说："是呀，是呀，你活得年龄越大我们越高兴，我们别的也不图啥，只要老爸健康就好。"

见话说到这个份上，杨茂才端起盅子，满满喝了一大杯，然后坐下，笑眯眯地对在座的家人说："今天把你们叫来，我有两层意思：一层意思是把大家拢在一起聚聚，热闹热闹。自你们母亲去世后，全家人还没这么齐的坐在一起过。我在乡下，你们在城里，时常想念你们，有时夜里想得整晚睡不着。"说到这里，杨茂才不禁鼻子发酸，喉咙发硬。听到他这种声腔，儿子、孙子也都很感动，低下了头。

杨茂才喝了一口茶，接着说："第二层意思，我是想求你们答应我一件事。"两个儿子听说还有另外一层意思，都把头抬了起来，紧张地望着他。

见儿子专注地望着他，杨茂才说："我求你们同意我把王春香娶过来。我年岁大了，你们一个个都很忙，没时间照顾我，我想让她来照顾我。"

这话说完之后，杨茂才环视了一下在座的家人，问道："你们看行不行？原先你们也曾说过，同意我找个奶奶。"

所有人都停止了吃菜，一个个木偶似的坐着。

半晌，大儿媳妇陈香妹说："爸，不是我说你，你都七十多了，还找啥奶奶？我们都是有工作有身份的人，这事传出去，让我们颜面往哪儿搁？"

大儿媳妇话音一落，小儿媳妇汪霞接着说："爸，你是长辈，我们按理不能说这话，你好歹也是个国家干部，你找也要找个有身份的，你说你找个农村的老寡妇，那种人你能随便要吗？这不，还没结婚呢，人家就提出要40万块钱了，要是她真过来了，还不把你挖空掏尽呀。你百年之后，家里一切还不都成他们的了！这事让谁想想谁不生气？我口直，也不绕圈子了，我不同意。"

杨茂才听了，仍没生气，他耐着性子解释说："我和王春香认识已经几个月了，她并不是你们想象的那种人。她丈夫死得早，一个人拉扯几个儿子不容易，她只想从我这里要点钱，安顿好几个儿子，她好安安心心与我过日子，其实她并没有什么想法。”

小儿子杨晓敏一听，立即反问：“爸，你咋知道那女人是不是那种人？那女人可真够狠的，一开口就是40万，她咋不把你所有的钱全要去呢？你还在替她说话，我看她简直是狼心狗肺，厚颜无耻。下次让我碰见决不饶恕她，她有什么资格做我们的后妈？”

杨茂才想不到小儿子会说这种话，顿时气得双手发颤，他忍不住把桌子拍了一下说：“你不能这么说人家，告诉你们，我现在就豁出去了，你们同意我娶王春香，我娶；不同意我娶王春香，我也要娶，你们想咋就咋。”

大儿子杨晓斌这时说话了，他说：“爸，今天是你叫大家来议事的，你不能随着自己的性子胡来，现在情况明摆着，那个叫王春香的女人嫁你是别有所图的，她到了我们家，你绝没有好果子吃，不信你到时看。你一个人在家孤单，我们心里清楚，以后你可以和我们兄弟俩住在一起呀，不行给你请个保姆也中呀，你何必非要给我们找个后妈呢？你现在多大岁数了？妈对我们恩重如山，我们心里是接受不了其他女人的，除非你不把我们当作自己的亲生儿子看待。”

大儿子的一番话说得杨茂才无言以对，儿子的话有理有据，他反驳不了。但是他心里非常清楚，他们并不是念他们母亲的恩情才不让他再娶的，他们是念及着那一大笔钱，他们担心春香分了他们的财产，这才合起伙来反对他娶春香。

杨茂才知道这顿饭已无法再吃下去了，他一言不发地从椅子上站起身，走出包间，在前台付了饭钱，然后走向人来车往的大街。大儿子在后面叫他，他连头也没回。他内心充满了悲伤，眼泪忍不住哗哗流了出来。

十五

杨茂才冒雨走了之后，春香心里就开始难受起来，她害怕事情弄成这样，可结果真成这样了。她真后悔张口向茂才要钱，钱要不到不说，还把俩人的关系弄崩了。茂才是被李北的一番话呛走的，话那么重，搁谁也受不了。而她当时心情也不好，茂才走的时候，她连一句话宽慰话都没有。

春香的心里非常复杂，真像打翻了五味瓶——伤心、后悔、难过、羞耻，各种滋味都有。她该怎么办？她与茂才难道就此分道扬镳了？想到一桩好端端的婚姻竟被意外一件事败坏掉，春香真是伤心欲绝。

正发呆的时候，二儿子李南打着伞，拎着从县城买的肉回来了。还未进门李南就大声报喜似的说："妈，我把肉割回来了，新鲜鲜的瘦肉，你上午可要好好包一顿饺子，让杨伯伯尝尝。"一边说一边走上台阶，踏进了门槛。

春香还未开口，李北从他的房子里走了出来，冷笑着说："那老家伙已经走了，他吃啥吃？"

"走了！他为啥走了？"李南吃惊地问，"他走了，饺子还包不包？"

李北说："他没脸在我们家吃饭，当然得滚走了。"

"妈，到底是咋回事？你们咋把杨伯伯气走了？"李南疑惑地问。

春香痛苦地叹口气，眼望着外面，一句话也不说。

李北说："二哥，你脑子咋不会转弯呢？那老东西说，他儿子不同意给咱妈 40 万，所以他不好意思留下来吃妈包的饺子了。就这简单，你难道想不明白？"

"他不给 40 万了？为什么？他前面不是答应妈了吗？妈，到底怎么回事呀？"

春香生气地说："就怪你们，硬要叫我向人家要 40 万，这下好了，人家不同意给不说，还把我这脸给臊了。"

李北说："没啥，妈，我看得出来，那老东西喜欢着你呢，你现在一口咬定，非要那 40 万，他不给 40 万，你就不到他那里去，他为了娶你，必定给他两个儿子施压，逼迫他那俩儿子同意。我就奇了怪了，杨茂才那两个儿子咋这不是东西，拆迁补偿是他们老子的钱，老子愿意给谁就给谁，儿子有啥理由反对？"

李南生气地将买回来的肉扔到堂屋的大桌子上，说："让我淋雨跑路不说，还让我空欢喜了一场。"

李北笑着安慰道："二哥，现在还不能说这丧气话，一切还都是未知数。这样吧，妈，姓杨的走了，我们兄弟俩还在家，你就给我们包一顿饺子吃吃吧,我们已经很长时间没吃你包的包子了。”

春香本来没心情包饺子的,想到俩个儿子常年在外面奔波,没享到一点福,就说:“好吧,妈给你们包饺子。”

十六

和杨茂才关系弄僵之后,春香心里一直感到不畅快,她想,既然他们两人在一起很合适,就不该因外界的干扰而分手,况且他们都已上了岁数,还有几年光景可活?为啥不把其他干扰统统抛到脑后,俩人走在一起?春香心里清楚,茂才是打心眼喜欢她,一心一意想与她在一起过日子,自己不能辜负了人家的一番情意。想到这里,春香就因那天对茂才的态度感到十分愧疚——那么大的雨,让人家饿着肚子走了,这像人吗?说是给人家包饺子吃,人家儿子不同意给钱,她的态度就立即变了,给人的印象难道不是她与他结合就是为了钱吗?她真是太蠢了,太薄情寡义了。这下可好,俩人关系走到了这一步,该如何收场?他们是就此分手,还是冲破阻力,走在一起?春香苦苦地想着,她知道,现在俩人的关系她起着至关重要的作用,她想断,关系就断了;她想维持,关系就能维持,并且还能发展下去。但问题明摆着,她想把关系维持并发展下去,一个关卡必须得过——就是得做通两个儿子的工作,得让他们放弃要那40万块钱。只要两个儿子同意,态度一明了,他就能去找茂才把问题解释清楚。这样,茂才的两个儿子想必也不会再阻挠他们的婚事。

想来想去,她只有这条路可走了。她心里真的很在乎杨茂才,为了几十万块钱失去一桩让她安度晚年的婚姻,实在是划不来,她不想错过好心肠的茂才,她想和他走到一起。

那只好去做俩儿子的工作了。

接连几天都是阴雨天,天地一片昏暗,加上到了农闲季节,也没啥可做,两个儿子成天泡在家里,不是抱头睡大觉,就是和附近几个狐朋狗友在一起吸烟,喝酒,吹大话。春香对这俩个儿子很烦,她巴不得他们赶快走,他们走了,她也清静了。可是,不知为什么,他们就是不走。不走,在家里能帮她做些家务活儿也好，可是他们大小事横竖不沾，每天饭好了叫几遍才起来，而且总是嫌饭不好吃。

春香忍气吞声，一点也不敢发作，她知道，都怪自己没用，没把几个儿子培养出来上大学，找到好工作。因此儿子再浑，她也只好忍受着；况且，她还有事有求于他们呢。

这天早饭后，春香把猪喂了，见李北李南坐在一起，一边吸烟，一边看电视，便在他们对面的沙发上坐下来。

李南、李北一心一意地看着电视，他们只是偶尔对她瞅一眼，半天也没说一句话。

春香跟着看了一会儿电视，里面打打杀杀的，看得她头涨多大。她便把遥控器拿来，把声音调到最低，然后说："刚好你们两个都在一起，我有件事要跟你们商量商量。"

李南、李北听了她这句话都感到很意外似的，他们相互交换了一下眼色，几乎是同时问道："啥子事？"

春香不好意思地笑了一下，然后壮起胆子说："南南、北北，是妈对不起你们，没让你们考上大学，找到好工作。想到你们现在仍过不上好光景，我心里就难过得像针扎一样。"

李南说："妈，你现在还说这有啥用，谁让我们爸死得早呢？我们生就这种苦命，哪能全怪你？"

李北说："妈，我知道，你为我们哥们几个心都操碎了，你只有那么大能耐，我们不怪你。"

儿子越是这样说，春香越不好意思张口，她又坐了一会儿，然后又笑了一下说："前几天北北的几句话，把人家杨伯伯气走了，这几天，娘心里一直很难受，感到很对不起人家。"

"那有啥对不起的！他那吝啬鬼，手头一下子有了几百万，40 万他都不想出，这种人，我说的话还算轻的。"李北气愤地说。

李南也跟着帮腔："妈，真的，那人也忒小气了，根本靠不住，你还念及他做啥？"

春香耐心解释说："杨茂才这人真不像你们说的那样，他根本不小气，对我也是真心的，是他那两个儿子不同意。现在我都六十多了，你们也都大了，又长年在外面打工，我三病两灾、头痛脑热的，无人疼，也没人管，哪天死了，说不定都没人知道。所以，所以嘛，我就想和杨茂才在一起过日子，也算是相互照应，也算是给你们减轻了负担。至于那 40 万元钱，我看就算了，原先没那钱，你们还不照样活得好好的，那是人家的钱，咱不要它，理直气壮地活着。儿呀，你们看咋个样？这事就算妈求你们了。”

李北将手上的烟头一下子扔多远，板着脸说：“妈，这事还真不行。你好歹是一个大活人，你这样一无所获的嫁过去，伺候一个老棺材瓢子，人家不笑话？我们脸往哪搁？咱到底图个啥？”

李南说：“弟弟说得对，那姓杨的要娶你总要出礼金钱吧，怎能空着手把你接去？你就这么不值钱？我们并不是图他这点钱，而是争个脸面。妈，你千万不敢糊涂，40 万，一分也不能少。什么是人家的钱不能要，他要娶我们的妈，我们要得心安理得，理直气壮。要不打个调儿，假如我们爸还活着，要娶他们的妈，他们向爸要钱，我们能不同意吗？他们考虑没考虑我们兄弟俩的心理感受？”

李南的话让春香无地自容，她说不过这俩儿子。

李北最后再次强调：“妈，你就安心地在家待着，甭理那姓杨的，他要是真心对你好，就会揣着 40 万前来求我们；不给 40 万，一切免谈，我们有的是耐心。”

十七

杨树沟口大桥正在争分夺秒地紧张施工。挖掘机、铲土机的轰鸣声整天响个不停；与此同时，承包商与村镇联手，开始对杨树沟各家各户的房基进行丈量，最后确定补偿数额。因为关系到钱的问题，测量人员十分认真，他们把卷尺拉紧，不让多出一厘一毫的数字；而被丈量的人家则生怕把自家的房基面积量少了，一双双眼睛盯得生紧。有的则是好烟好茶地供着，让人家给照顾点儿。丈量宅基地其实很复杂，家家户户的情形各不相同，有的是平房，有的是楼房，楼房要算出总体面积；还有的人家，宅基地边边拐拐也得仔细测量清楚。

杨茂才祖上留下来的房子面积大，住宅，包括庭院，总共有二百多平方米，加上还有一亩多平地，这些地统统都要占用，因此将来他家的补偿金可能是比较高的，村里人见了他，都羡慕他可要发大财，成为富翁了。

可是，杨茂才心里高兴不起来。丈量他家房基那天，他的两个儿子不知咋都知道了消息，带上媳妇都赶回来了，测量人员在他们锐利的眼光底下，把土地数目一一测量出来。

丈量结束后，这亲兄弟俩便按补偿标准在屋子里用笔仔细算着，当算出最后的补偿数字时，这兄弟俩，还有他们的妻子，一个个脸上流光溢彩，眉飞色舞。

杨晓斌最后还把算出来的结果报告给杨茂才，兴奋地说："爸，知道这次他们要给我们补偿多少吗？二百七十多万。这下，我们可有钱了。"

二儿子杨晓敏掩饰不住内心的喜悦，高兴地说："钱一领到手，先把爸安置好，其余的钱我们兄弟俩二一添作五，平分，少说我们每人都能得一百万。到那时，我要在县城买一套高层，再买一辆小车，过上富人生活。"

看到两个儿子满怀喜悦的样子，杨茂才内心越来越悲凉。他心里很清楚，上面补偿的钱越多，他与春香的婚姻便越渺茫。不知为什么，他现在非常痛恨那个出点子要在杨树沟修建高级疗养院的人，如果没有这档子事，不拆迁，不补偿大量的钱，他与春香的事会遇到麻烦吗？钱呀，她总是让人变得面目全非、贪得无厌。自从上次与两个儿子谈崩之后，杨茂才已基本上缄口不言了，他知道说啥也没用，两个儿子从此会像苍蝇叮着血一样紧紧盯住这宗巨额的补偿金，大概他们夜里做梦都不会忘记这笔钱吧。为了这笔钱，他们一定会联起手来织成一道密不透风的网，他的任何举动，都会被他们监视、跟踪。他有任何想法，也是白想。这让他感到了从未有过的痛心和绝望，他感到自己太可怜、太孤单了。他甚至狠毒地想，要是没有这笔钱该多好，没钱了，两个儿子也不会惦记了，也不会阻挠他了，他就可以顺顺利利把春香娶到家。

那天从春香家里走了之后，杨茂才的心里就像是压了一块大石头，沉甸甸的，他太让春香失望了，春香现在一定恨死他了，俩人关系弄成这样了，他还有什么希望和她走在一起？而且她那个儿子还对他说了：不拿出 40 万，就不让他妈嫁给他。这不，为了钱，两边的儿子不是把他们的婚姻之路封死了吗？

他该怎么办？

十八

这天早上，杨茂才拎着篮子到菜园去弄菜，沿着田塍往回走的时候，他突然看见刘光阳在旁边的道上倾着头赶路。杨茂才想，光阳明明发现他了，为啥不和他搭腔，反而装作没看见？他是在怨他撇下他，独自和王春香交往吗？也顾不上想那么多了，他现在与春香产生了矛盾，别人也指靠不上，唯一能指望的就是媒人了。于是他便紧走几步，一边大声喊："前面不是光阳老弟吗？光阳——上家里来坐坐。"

杨茂才一喊叫，刘光阳也不好再装着没看见了，便停住步子，扭转身，惊讶地说："哦，杨老师，你干啥去了？我只顾闷头走路，竟没看到你。"

杨茂才走到刘光阳跟前，热情地说："我刚到菜园里弄了点菜。走，到家里去坐坐，好久没见你了。"

"不了，我昨天到梁子那边的一家亲戚送礼，晚上喝多了，没回去。现在正急着要赶回去呢。"

"到家里稍坐一会儿，喝口水再走，再忙，也不在乎那一会儿。走吧。"杨茂才盛情邀请。

见杨茂才态度这样诚恳，刘光阳说："好吧，那就到你家去坐一会儿。"

一到家里，杨茂才便殷勤地给刘光阳沏茶递烟，并把两个儿子前几天给他买的水果洗了一大盘子端上来。

见杨茂才对自己这么殷切，刘光阳心里很受活，他抽着烟，品着茶，显得心安理得的样子。一根烟抽完，他又接过杨茂才递上来的又大又红的红富士苹果，大口大口地吃着。

杨茂才说："光阳，今儿上午就不走了，我去拾掇几个菜，抿几盅，咱们好久没在一起了。"

刘光阳只是客气了一下，就同意了。

刘光阳在堂屋抽烟、喝茶、吃水果，杨茂才便开始在厨房里忙活，他家里啥也不缺，很快，几盘菜就端上来了。

刘光阳一辈子靠嘴吃饭，平时尤爱喝酒、吃肉，见杨茂才这么快就把酒肉弄好了，心里对杨茂才产生的一丝不满也立刻烟消云散了。

杨茂才先给刘光阳敬了几杯酒，说了很多感激的话。

刘光阳对杨茂才端给他的酒，毫不推辞，一盅盅全喝起了。

杨茂才又把一大块瘦腊肉夹到刘光阳跟前，说："吃菜吧，准备仓促，你包涵点儿。"

刘光阳把杨茂才夹给的瘦肉丢进口里，大嚼着，连夸好香好香。

杨茂才说："这是我自家喂的猪，没加饲料，所以肉吃起来香。"

刘光阳说："本地猪肉就是好，不像外面买的饲料猪，肉吃起来像树沫子，一点香味都没有。"

"我家里还有几块腊肉，你一会儿走时带上。"

"不带不带，我在你这里吃了，还带啥？太不像话了。"

"我一个人在家，吃不了多少，牙口又不好，瘦肉咬不动，你算是给我帮忙吃了，不客气，走时带一块儿。"

"那，那好吧，杨老师为人实在，我就喜欢与你这样的人打交道。"刘光阳又夹了几块肉吃了，然后用手抹了抹嘴上溢出来的油汁说："茂才，你和王春香的事如今进行得咋样了？我这段时间忙，对你们的事我又没怎么过问，原先确定的日子，该不会有啥变更吧？"

杨茂才和刘光阳碰了一杯酒，然后长叹一口气说："别提了，我怕这件事情要黄掉。"

刘光阳一听，大吃一惊，他猛地把筷子往小桌上一掼，生气地说："要黄？该不是你不想要人家了？我听说你们这里搞拆迁，一家补偿很多钱，你怕是有了钱就看不上人家了吧？如果这样你可对不起人。我可告诉你，对拆迁补偿别抱多大希望，许多外地承包商都是空手套白狼，开始承诺得好，兑现的时候可蛋屁。"

杨茂才又叹了口气说："光阳呀，我咋会看不上人家，我巴不得早一天把春香娶回家，可现在弄不成了。"

"咋弄不成了？"

"我的两个儿子不同意，春香的两个儿子也不同意。"

“原先他们不是很赞同吗？到底为了啥？”

“为了啥？就是为了钱。”接着杨茂才就把拆迁补偿的事前前后后对刘光阳细细讲了一遍。

刘光阳听了，感叹地说：“想不到哇，为了钱，亲生儿子啥都不顾了，钱这东西，真是个龟孙子呀。”

“我现在也没招了，光阳老弟，你是媒人，我现在只好求助你了，求你为我周旋周旋，把所有矛盾都化解了，争取把我和春香的事弄成。你要是把事情办好了，我是决不会亏待你的。”

刘光阳想了想说：“现在确实很麻烦了，没钱还好说，有了一大笔钱，我怕他们都不会让步。不过，我既然是媒人，你们双方出现了问题，我理应出面协调解决，至于解决得好不好，我也不好说了。”

杨茂才一听刘光阳肯出面帮他解决问题，十分感激，又把刘光阳面前的杯子酒加满，俩人碰了一下，一饮而尽。

吃罢饭，刘光阳又坐了一会儿。临走时，杨茂才不忘前言，将屋梁上挂的一大块腊肉取下来，用一只袋子装着，让刘光阳带走。

刘光阳心安理得地接受了杨茂才送给他的腊肉，抹抹嘴，就告辞了。杨茂才一直送到村头，看到刘光阳的身影消失在村头的树丛中，杨茂才心里暗暗祈祷：但愿刘光阳这次能够说服得了他和春香的儿子们，让他和春香最终能走在一起。

可他哪里知道，刘光阳狡猾无比，他知道自己前去做工作，肯定吃力不讨好，所以他根本就没动。他想，反正这桩事情上他也得了不少好处，现在这事成与不成，对他都无关要紧了。

十九

李南、李北俩兄弟这次打老远从外地赶回家，完全是奔着杨茂才这个暴发户来的，他们目的就是想趁他们的妈妈未嫁出去之前，每人要它个 10 万、20 万块钱。谁曾料想，杨茂才的两个龟儿子从中阻挠，坚决不让他们的老爸给钱。李南兄弟俩气坏了，决心抱成团、结成生死同盟，咬死一条：杨茂才儿时不给40万块钱,他们就几时不让他们的妈嫁过去。他们相信,杨茂才定是扛不过的,必定揣着40万块钱来向他们求情。

兄弟俩耐心等待着,他们天天什么活也不干,一心等着那40万块钱落入掌中。他们很快在附近结交了几个狐朋狗友,天天聚在一起,不是打牌来赌,就是喝酒泡妞。李南、李北从外面带回来的钱本就不多,经几次花?不长时间,他们就身无分文了。因此,几个朋友在一起玩儿的时候,他们尽占别人的便宜,打牌光赖账。弄得别人对他们意见老大,话语中流露出对他们的极度蔑视。

一次,他们在县城附近的一个农家乐喝酒时,李北与一个名叫胡三儿的为一杯酒翻脸了。明明是李北输了拳,李北却不认账,说是胡三儿出拳慢了三秒,那一拳不算。胡三儿是个认死理的,况且他根本就没有慢三秒,于是他就讽刺道:“亏你还是在外面闯荡的爷们儿,打牌掏不起钱,赖账;喝酒输不起,赖酒。我还从没有见过这种癞皮狗。”

“你骂谁癞皮狗?”李北忽地站起身,手指着胡三儿问道。

胡三儿也不示弱,站起身,也用手指着李北,蔑视地说:“就骂你,怎么了?难道你不是癞皮狗?”

李北十分生气,端起酒盅子,迎面一泼,将酒盅里的酒一下子泼到了胡三儿的脸上,骂道:“你他妈的才是癞皮狗。”

胡三儿的脸被泼了酒,怒不可遏,便抓起一盘菜扔到了李北身上。李北的衣服上顿时惨不忍睹。李北何曾受过这种欺负,嘴里大骂着,跳起来往胡三儿跟前扑。胡三儿也不示弱,一面还着口,一面捋袖要与李北好好打一架。

众人见俩人闹开了,纷纷上前阻挠,把俩人控制住,不让他们近身。

李北受了吃亏,破口大骂,将什么脏话都骂出了口。胡三儿不仅言语更加恶毒,而且句句点中要害,骂李北兄弟俩不要脸,顿顿吃别人的,打牌厚颜无耻,今天挂这个一百,明天挂那个二百。胡三儿警告大家,不要认李南、李北这两个东西,他们根本就不配在这个朋友圈里混。

李南这天也在场,刚才胡三儿骂李北娘老子的时候,他硬是忍住气没有还口,这会儿见胡三儿直截了当地把他和李北扯在一起讽刺挖苦,便站出来骂道:“胡三儿,你他妈有几个臭钱?你别以为你光彩,你身上的钱哪一分是你自己挣的，还不都是你妹那小婊子跟人家老总睡觉挣的钱，这种钱，白给我，我都不要，我嫌丢人。”

胡三儿被李南揭了短，气急败坏地还口道：“你他妈别血口喷人，我妹一身清白，她的钱一分一厘都是靠她勤劳工作挣来的；不像有的人，娘都成老太婆了，还不知羞耻，硬要跟一个七十多岁的老头睡觉，两个儿子还妄想从人家那里弄些钱回来。可哪里知道，人家老头不稀罕，你说丢人不丢人？做儿子的不一头撞死，竟还有脸活在世上！”

这话太恶毒了，骂得李南、李北兄弟二人满脸通红，无地自容。

李北挣脱两边拉他的人，抓起一只凳子准备向胡三儿砸去。这时，他们当中的头儿——王疤子——“嗵”地捶了一下桌子，站起身吼道：“你们都给我住手，嘴也给我闭上。谁他妈的敢再骂一句，动一下手，老子今天就杀了他。”

王疤子曾因杀人坐过监狱，为人极为凶狠。他一发怒，胡三儿、李南马上噤了口，李北也乖乖地把凳子放到地上。

众人只好不欢而散。

二十

从酒场上灰溜溜地回到家里，李南、李北垂头丧气极了，今天他们算是把人丢大了，兄弟二人在一起，打架没占上便宜，骂人更没占上便宜，还让人家把他们的老娘扯出来，骂了个狗血喷头。这事越想越生气，越想越丢人，他们恨不得立刻拿上刀，去把胡三儿这狗日的给杀了。

可是，他们知道自己不敢，他们没有这个胆儿。他们只能在自己家里用最恶毒的话把胡三儿的祖宗八代骂了个遍。接着兄弟俩开始相互埋怨，李北指责李南出手太迟，李南怪李北出手不狠，俩人都不服，指责来指责去，最终也没个啥结果。后来还是李南发了话：“咱们也别说这些无用的话了，想想看，咱们回窑沟都一个多月了，至今还是两手空空，你不是满怀信心，预计杨茂才这老东西会给我们拿来40万块钱吗？可到今天连个人影都没有，你说这事该咋办？”

李南的话顿时把李北从酒场上所遭受的屈辱中解脱了出来,这个时候,李北突然从胡三儿骂他的恶毒话语中获得了灵感。只见他冷笑了一声,诡秘地对李南说:“二哥,我有个办法让杨茂才把钱拿出来,但不知道妥当不妥当?”

“什么办法?”李南急切地问。

“你记不记得,为要那 40 万块钱,妈妈曾经到杨茂才家里住过一个晚上?”

“这事我记得,咋了?”

“妈妈是不是头天去的,第二天才回来?”

“对呀,那有啥?”

“有啥?妈妈是不是跟那杨茂才睡到一块儿了?”

李南一听,脸立即羞红了,头也羞得几乎要钻到裤裆里了,半天才说:“你这东西,胡三儿骂妈也罢了,你咋还好意思说这话,丢人不丢人?”

李北又冷笑了一声说:“丢人不丢人,反正事情已经发生了,外面很多人也都知道了,我们不如拿这件事做文章,让杨茂才乖乖地把钱给我们拿来。”

“怎样做文章?”

“妈妈能白白让杨茂才睡了吗?他睡了我们的妈,就得娶我们的妈,就得给钱。现在他们不管不问,就此算了,我们能同意吗?”

李南这时已经完全领会李北的意思了,他把头从裤裆里抬起来说:“办法倒是不错,只是有些张不开口,担心别人笑话我们。”

“怕啥!只要把钱要到手,管他别人笑话不笑话,钱一到手,咱们俩就拍屁股走人,别人说啥我们也听不见。”

李北的话使李南豁然开朗,他捶了一下大腿说:“行,就按你说的去干,坚决把那 40 万块钱要到手。”

接着,兄弟二人便头抵头,把具体的办法和细节反复商量了好久。

二十一

计划周全之后,李南、李北兄弟俩人一起来到杨树沟。

这个时候，各个拆迁户的房基面积都已经丈量好，补偿金也已经算好，抄写在一大张红纸上，张贴在村头一家商店旁边的墙上，上面公示着每户的房子面积和补偿金额。由于各家各户补偿的数目都比较可观，杨树沟到处喜气洋洋。

李南、李北站在那张公示布告前，把写有杨茂才的名字反复看了又看，并且在心中牢记了那笔巨大的数额。兄弟二人感叹今天来得真是时候，数字一公示，要不了几天，就能领钱，他们此时不去向杨茂才要钱，更待何时？过几天再要就要不到手了。

他们还不知道杨茂才家住哪里，问了半天才问到。

这天杨茂才正在家里无聊地看着电视，随着房屋拆迁补助金到手日期的一天天临近，他心中涌起的不是喜悦，而是无边的悲哀，无论村子里人们朝火得再热闹，他一概漠不关心，他觉得，这钱多钱少，都与他无关系了。他天天把院子的大门拴着，一个人待在家里哪也不去。听到外面的敲门声，他以为是成天念及着补偿金的儿子回来了，谁知却是王春香的两个儿子。他们怎么来了？杨茂才犯着嘀咕想。因为心里感到亏欠着春香，杨茂才对春香的两个儿子显得十分殷勤，他热情地把这兄弟二人请进屋里，然后又是倒茶递烟，又是洗水果让他们吃。

李南、李北兄弟二人已经商量好了，今天对杨茂才绝不客气，杨茂才端的茶，他们理直气壮地喝着；递的烟，优哉游哉地抽着，还一人拿起一个大红苹果，咯吧咯吧，大口大口地吃着。

杨茂才也不知道这兄弟二人来的用意，但他还是陪着小心，坐了一会儿，便站起身客气地说："你二人先坐，我去做饭，中午就在这里吃饭。"

李北已经把苹果吃完了，他说："杨老师，我们来你这不是吃饭的，有个重要事情想和你商量商量。你先坐下。"

李北这样一说，杨茂才只好悻悻地坐下来，然后问道："啥子事？"

李北把烟狠狠抽了一口，然后把烟圈徐徐吐出口，几个烟圈像几个圈套一样，一一放射出去。

这时李北才慢慢地说："我们今天是来拿那 40 万块钱的。"

杨茂才听了一愣，呆了半晌才说："我把那事给我那两个儿子说了，他们都不同意。"

李南这时说:“他们同不同意,那是他们的事,我们不管,我们今天来,就是为了拿那40万,几时拿不到手,我们几时不走。”

杨茂才听了,心里突然生起气来,你向别人要钱,别人给不给,那是别人的事,哪有这种蛮不讲理非把钱要到手的道理。于是他便说:“听你们这样说,我还非得把那40万块钱掏出来。”

李北说:“那你才算说对了,你今天非得把40万块钱掏给我们。”

“为啥? 我也不欠你们的,为啥非要40万。”

“你就欠我们的了。非得让我把事情说明白吗?”李北问。

“什么事情? 你说清楚。”

“我妈到你家来了吧,你是不是和我妈睡觉了? 我都问我妈了,她说是你主动把她拉上床的。你都把我妈睡了,还不想给钱,我们能同意吗? 现在给你指两条路,一条路,主动掏40万,把我妈娶进屋,这样对双方都好。还有一条道,你就赖着不给,那样我们就法庭上见,我们告你诱奸罪,并提出高于40万的精神损失费。”

听了李北的一番话,杨茂才不亚于听到了一声电闪雷鸣,他想不到李北会说出这样的话来;但更让他震惊的是,春香怎么会把这种事告诉她的两个儿子,并以此作为要挟他的证据。杨茂才感到眼前一阵阵发黑,他几乎坐不稳了。

“你说,你到底选哪一条道? 是主动掏钱,还是让我们打官司?”李南催逼着。

杨茂才稳了稳情绪,正要开口,这时他的小儿子杨晓敏一家人欢欢喜喜地从外面走了进来。

二十二

这天杨晓敏刚好没事,便领着妻子汪霞和女儿杨美玉从县城回到杨树沟。

女儿杨美玉走在前头,杨晓敏和妻子走在后面,手上拎着从县城买的新鲜蔬菜和给老爸买的营养品及几样水果。

刚走进院子，杨晓敏便听到家里有人在与爸爸争论，而且言辞比较激烈。当踏进堂屋的时候，他一眼便看到两个衣着随便，面相黑瘦的农村青年。他们跷着腿，吸着烟，神态傲慢地坐在沙发上；而父亲则显得一脸的沮丧无奈，像是做错了什么事似的。

杨晓敏一进屋，先把手上的东西放好，然后走近父亲，问道："爸，他们是谁？你和他们争什么？"

杨茂才勉强地笑了一下说："没争什么！我们说说闲话，你领媳妇孩子先到你屋子去。"

杨晓敏瞅瞅父亲对面坐的两个人，感觉这两个人不像是善茬，又问父亲："他们到底是谁？"

杨茂才脸红了，他想说，又不好意思说。

这时李北说："我们是窑沟的，我妈叫王春香，这是我二哥，李南。"

李北这样一介绍，杨晓敏立即警觉了，他本来要与妻子回到他们平时回老家住的小房间里的，这时他改了主意，对妻子汪霞说："你和杨美玉先回房间去，我陪爸爸坐坐说几句话。"

汪霞心领神会地领着女儿进了他们的小房间。

李南、李北想不到杨茂才的儿子杨晓敏这个时候回到老家，俩人都有点慌乱，不知道是把刚才的话题继续下去好，还是就此告辞才妥当。

杨晓敏在父亲旁边坐下，先给父亲发了一支烟，自己拿了一支，并把火打着，先给父亲点着烟，然后把自己的烟点着，悠哉悠哉地吸着，故意连对面的李南、李北瞅也不瞅一眼。杨晓敏一面吸着烟，一面用眼睛的余光打量着对面那两个可恶的人，他猜想，这俩小子来，八成是来向父亲要钱的，如果这样的话，他会让他们无地自容，赶快滚蛋。

李南、李北此时很不情愿杨晓敏在场。

今天这事，他们本来已经谋划好了，他们先把杨茂才要挟住，逼杨茂才同意拿出那40万，这是最好的办法；实在不行，才和他们打官司。因此，李北和李南暂时都不开口，只顾仰着脸吸烟。他们要等到杨晓敏走后，杨茂才表了态之后他们才肯离开。谁料想，杨晓敏坐下之后根本没有要走的意思，还有一句没一句地和杨茂才说着闲话。

杨茂才此时处境十分尴尬，一方面他无法面对春香的两个儿子，另一方面，他更无法面对自己的儿子。他感到自己真是无地自容，他真希望地上裂一条缝，他一头钻进去才好。他非常担心今天两家闹起来，如果那样的话，他的老脸往哪儿搁？

杨茂才看看李南、李北，他们根本没有要走的意思，又看看身边的晓敏，晓敏更没有一点要离开的意思，于是他站起身，掏出烟，先给李南、李北一人散了一支，又给儿子杨晓敏散了支。然后满脸露出笑，对李北、李南兄弟俩说："很抱歉，我儿子一家人回来了，今天就不留你们了，以后有时间——我们再说，你二位，不知意下如何？"

李南听了这话，本来起身要走的，这时杨晓敏说："爸，你和他们有啥可说的？让他们离你远点儿，别让他们随便往咱家里来，你和他们有什么关系？"

听了这话，李北一下子恼了，他把手上的烟往地上一扔，然后往沙发上一坐，恶狠狠地说："你越是这样说，老子今天反而不走了，问题不解决，我兄弟二人就死在这里。"

为了配合李北，李南也对杨茂才发了狠话："对，我们只要你给个准话，刚才给你提的两条道，你到底选哪个？"

杨茂才这时想挡已经挡不住了。只见杨晓敏大声吼道："你们两个到底算是什么东西？你们为什么平白无故的来要挟我爸？是不是想钱想疯了？告诉你们，门都没有。"

李北拍了一下面前的茶几，对杨晓敏说："你小子既然把话说到这个份上，我也就不顾什么脸面了，告诉你吧，我们要那 40 万，你们给也得给，不给，也得给。"

"你凭什么说这话？小样儿，我告诉你们，别说 40 万，就算是 4 元，4 毛，你们也别想从我爸这里拿走。我爸就不打算要你妈，你们还厚颜无耻地坐在这里干什么？到别处去找吧，哪个人看上你妈了，就让他给你们拿出 40 万。"

说了这话，杨晓敏以为李北兄弟二人会恼，会无地自容地离去，但李北却毫不在乎，冷笑着说："你既然说那话，那我也就坦白地告诉你，我们非要那 40 万，少一分一厘我们都不答应。至于你说你爸要不要我妈，现在你说了不算，你爸说了也不算，他现在要也得要，不要也得要；否则，咱们就打官司，告你爸强奸罪。”

听了这话，杨茂才面红耳赤地站起身说：“求你们别说了行不行？你们还争个啥？难道你们就为了那点钱，非要把我往死路上逼吗？”

杨晓敏说：“爸，看你还找不找二奶？现在事情八字还没一撇，人家就上门讹上了；要果真娶进门，还不把咱家给掏空了？我刚才听得有些糊涂，他们凭什么给你妄加罪名，对这两个无赖，你今天不把事情说清楚，他们就会天天上门敲诈勒索。”

“你骂谁无赖？”李南生气地指着杨晓敏问。

“就骂你俩，难道你们不是吗？不仅是无赖，还是流氓。”

“到底谁流氓？”

“你们两个。”

“我们流氓，我们流氓谁了？你爸才是流氓，他在我们的妈跟前耍流氓了，还敢狡辩。”李南理直气壮地说。

杨晓敏一听这话，当下愣在了那里，看看父亲，父亲倾着头，一言不发。

李北见哥哥把杨晓敏说得无言以对，心里暗自得意，他接着说：“告诉你吧，我妈已经对我们说了，说你父亲甜言蜜语，把她诱骗到了床上，和她发生了关系。这事你若不相信，你可以现在当场问问你父亲。当然了，这事发生了也发生了，我们没有故意来兴师问罪，我们来只是要提醒他，既然已经和我妈发生了关系，就得负责任，把她娶了，再顺便给我们兄弟俩照顾一下。你们房屋拆迁，一次补偿那么多钱，掏出40万，那还不是小菜一碟。可你父亲倒好，事情做了之后，一拖几个月，什么话也没有，想要赖。想来想去，为了给我们的妈讨个公道，今天我们兄弟俩一起来了。我们来的目的就一个，要么你父亲痛痛快快地拿出40万，把我妈娶了，那以后我们还是亲戚；要么你们不给那40万，要懒，那么我们就对簿公堂，让法院来处理。事情我已说明了，你们父子两个好好估量估量，到底该咋办。”话说完，李北大腿跷到二腿上，仰靠在沙发上，继续悠哉悠哉地吸着烟。

二十三

看到李北神气十足的样子，再瞅瞅父亲勾着头，沮丧着脸，一副做错了事见不得人的表情，杨晓敏心里似乎什么都明白了。眼前这俩小子，之所以敢在这里大放厥词，理直气壮地来要钱，原因就是父亲的短让人家捉住了。杨晓敏此时的脸由白变红，又由红变得惨白，他心里很清楚，若是这俩狗东西咬住那一点不放，他们还真的要给人家掏40万。40万那可不是一个小数目，能买一套房子，能买一辆高级小轿车，若是把这钱给了他们，那多冤呀，多可惜呀；可若是不同意人家，人家母子一起上告法庭，那才羞呢，到时他们的脸往哪里搁？这事越想越可气，越想越闹心，他真想好好地把父亲说几句，那么大岁数了，还骚情个啥？王春香一个六十多岁的老太太，又丑又老，有啥意思！

杨晓敏有个习惯，每当遇到麻烦事，便要小便，他感到尿涨得厉害，便起身上厕所去了。

小解之后，他便钻进了他平时回家住的小屋子。妻子汪霞正在看一本时尚杂志，女儿杨美玉在做作业。杨晓敏气不打一处来，走进屋子的时候，使劲儿踢了一下墙，并骂了一句："真他妈的不要脸。"

汪霞抬起头，不解地问："咋了？"

"那两个小子来要挟爸了，想要40万块钱。"

"真可笑，他们凭什么要要那么多钱？"

"唉，现在事情麻烦了，看样子不给钱还不中了。"

"不给不中了？咋了？"汪霞问。

"都怪爸。"

"爸咋了？"

杨晓敏正要开口说话，见女儿也直愣愣地瞅着他，便说："美玉，出去玩一会儿，我要和你妈说一会儿话。"

杨美玉一听说让她出去玩，马上合上作业本蹦蹦跳跳地出去了。

女儿一出去，杨晓敏就对妻子说："王春香那两个狗儿子要胁我们，说爸诱奸了他们的妈，要爸非得娶了他们的妈，并给他们40万块钱；否则，他们就上法庭告我们。"

汪霞听了大吃一惊，问："你爸真做了那丑事？"

"谁晓得，爸一句话都不敢说，好像是真做了一样。"

"要真有那事，那可糟了，不给40万，看他们能依？"

“不行，绝对不行，决不能给40万，得想个办法把这两小子制服住。”

“能有什么办法？除非你爸啥事也没做，你爸也真是，都那么大岁数了，还这么老骚情，我看了，你们杨家父子，没一个正经东西。”

“都什么时候了，你少来挖苦我们，我们咋不正经了。”

“这还要我说吗？老的老了，晚节不保，在一个农村老太婆跟前胡骚情；少的吃了碗的扒到锅里，成天在外拈花惹草。我说的是不是？”

“你别胡说了，再说我揍你。现在咱们可得同仇敌忾，共同对付外面那两小子，关系着40万块钱呢。”

“你不如把你哥嫂叫来吧，那俩个点子比你多，况且这也关系着他们的利益，出了这种事，他们不来解决谁来解决？”

妻子一说，杨晓敏马上拨通哥哥杨晓斌的手机，然后简明扼要地把事情真相说了一遍，并请他夫妻俩赶快回老家，共同对付王春香那两个不要脸的儿子。

二十四

杨茂才感到自己像是被人剥光了衣服，一丝不挂地站在大庭广众面前。作为一个毕生从事教书育人且为人正派的教师，往往把个人的名誉看得高于一切，把人格自尊看得高于生命，可此时此刻，他的声誉和人格自尊，全让王春香的两个儿子践踏在地，溅满了污泥。罪恶感和羞耻感仿佛泰山压顶一般沉重地压在他头上，让他痛不欲生，生不如死。他想不到事情会走到这一步，尤其想不到王春香的两个儿子会这么厚颜无耻，竟拿他与他们妈妈床上那点事要挟要钱。他们还是人吗？他还想不通的是，他与王春香那点事，他们怎会知道，难道真是王春香亲口对她那两个儿子说的？果真如此，王春香这女人卑鄙到什么程度？她和他一样，都是上了岁数的人，难道连那张老脸都不要了？为了那40万块钱，连那种事情都敢往出说？看样子，他以前是让她的假像给骗了，竟认为她是一个善良本分的女人，而实际上是个不知廉耻、不择手段的狠毒女人。他怪自己当时心血来潮，七十多岁了还找什么女人，要是没那个念头，就不会去找刘光阳给他当媒人，也就不会认识这个蛇蝎心肠的女人了。眼下咋办？王春香这两个儿子理直气壮，非要让他娶了他们的妈，并拿出40万块钱。他若不照这样子做，他们就要与他打官司。想到自己七十多岁了，竟因床上那点事跟人对簿公堂，杨茂才浑身不禁打战，这种事让人当笑资说两句，都会把他羞死，要真上了法庭，那他还有脸活在人世吗？不行，无论如何不能上法庭，人要脸，树要皮，他一生从来没有因为不正常的男女私情成为别人的笑柄，现在老了老了，却出这么大丑。要是真上了法庭，方圆几十里的人，笑都把他笑死了。

他抬头看了看王春香的两个儿子，一个比一个神气十足，一个大腿跷到二腿上，不停地拿调几上的东西吃；一个喝着茶，一边悠然自得地吸着烟。

看看墙上的挂钟，已经中午十二点多了，他便站起身说：

“对不起，我去做饭，双方都压压火，不要把事情闹僵。”说完他便去了厨房。

二十五

杨晓斌接到弟弟的告急电话之后，马上给妻子陈香妹联系，要她赶快和他一起回杨树沟，家里有紧急事。陈香妹带高三英语，礼拜六下午还要补课，要想回去，还得给教导处请假，还要与人换课，她嫌麻烦，便推辞不去了，让杨晓斌一个人先回去，她下午课上完之后，便打出租回去。

事不宜迟，杨晓斌赶快骑上摩托，风驰电掣般赶回杨树沟。

回到老屋门口，刚把摩托停下，弟弟杨晓敏和弟媳汪霞就闻讯出来了。

杨晓斌问：“那两个家伙呢？”

杨晓敏说：“还在堂屋坐着。”

“爸呢？”

“在厨房里做饭。”

杨晓斌便向厨房走去。杨晓敏和妻子汪霞一声不吭地在后面跟着。

杨晓斌拧着眉头走进厨房，见父亲正一声不吭地用水瓢往锅里添水做饭，他板着脸站立了一会儿，然后对汪霞说：

“你去做饭，我们和爸说几句话。”

汪霞洗了手，对杨茂才说：“爸，我来做饭，哥要与你说事。”

杨茂才便丢下手，满脸羞愧地看了两个儿子一眼。

杨晓斌、杨晓敏各抽出一张凳子坐下，杨晓斌指着灶膛前的凳子说：“爸，你坐那儿。”

杨茂才很听话地坐在灶膛前，他先向灶洞里加了几根柴，然后便准备接受两个儿子对他的严厉审查。

杨晓斌先说：“爸，事情我都知道了，很明显，王春香那两个儿子在要挟我们，要我们拿出40万块钱，并将王春香娶过来。我们要是不同意，他们将与我们打官司。这事，你是什么意见？”

杨茂才想了半天，然后说：“都怪我糊涂，找什么奶奶，这下惹麻烦了。我发誓，从今往后，我再不说找奶奶的话了。”

“现在不是你找不找奶奶的问题，而是怎样对付王春香那两个小子，跟他们打官司。”杨晓敏说。

“要是打官司，我立即就死”。杨茂才说。

这话说得杨敏斌兄弟俩一愣。汪霞也停止做饭，惊愕地看着灶膛前的老公公。

“你不要人家，又不想跟人家打官司，那咋中？”杨敏斌问。

“我的意思是给他们赔40万，息事宁人，让他们走算了。”杨茂才说。

“给40万，不行，不行，我不同意。”杨晓敏说。

杨晓斌也说：“如果因为那点小事，就给人家赔40万，那不成了天大的笑话？话传出去，我们还想活人不？”

杨晓敏脸气得乌青，他把烟屁股狠狠地丢在地上，拿鞋踩碎，然后责问父亲：“爸，现在也没旁人，你给我们把话说清楚，王春香那奶奶到我们家，是你叫她来的，还是她主动来的？”

杨茂才想了想说：“她主动来的。但我以前卖过口。”

这话说得模棱两可，让杨晓敏哭笑不得，他又问：“那你们床上那点事，是你先提出来的，还是那奶奶先勾引你的？”

杨茂才听了这话，心里怦怦直跳，耳根都红了。但是，他知道，儿子问得是正经话，关系着如何处理这件棘手的事，他不得不回答。他想了想，然后说：“那次王春香到家里来，对我分外好，她主动给我做饭，给我捶背，还给我挠了痒。我想到马上就要与她结婚了,她又这样体贴我,我,我们就在一起了……”

“那分明是王春香勾引你嘛,现在咋成了你诱奸王春香?”杨晓斌说。

“对,是那个女人先勾引你的,一会儿在我们当面,你就咬死这样说。”杨晓敏说。

但杨茂才却说:“可做那件事,是我先提出来的。”

“那也不至于说是强奸呀。”杨晓斌说。

“是呀,这应该算是两相情愿,至多是通奸吧。”

杨茂才听了,羞愧无比。

这时杨晓敏的妻子汪霞说:“还犯贱不?这叫活该!告诉你们,这件事,人家不告,你没事;人家若是咬死了说是你强迫的,结果还真不好说。”

汪霞这么一说,杨晓斌兄弟二人还真不知道下一步该如何做了。

汪霞一边往锅里下面,一面说:“我看,现在唯一的办法是王春香的口实,只要她不承认是强迫,就好办。那种事,谁先说后说,哪说得清?”

“就害怕那奶奶和她那两个儿子串通一气,硬说爸是强迫的。”杨晓斌说。

杨茂才听了更加羞愧。当时的情景他也记不清楚了。

二十六

饭做好了,汪霞盛了四碗,大声喊叫女儿杨美玉过来吃饭。

杨茂才说:“再盛两碗吧,让他们两个过来一起吃。”

杨晓敏瞪着眼说:“凭什么让他们来吃?不管他。那两个东西那样说你,你还给他们管饭,不管。”经自端上碗,大口吃起来。

杨茂才见儿媳妇没给李南李北盛饭,自己就去厨柜取了两只碗,然后满满盛了两大碗捞面,夹上菜,端到堂屋。

李北、李南想不到杨茂才会亲自给他们端饭,有些诚惶诚恐,他们二话不说,接过碗就狼吞虎咽起来,一碗吃罢,又毫不客气地盛了第二碗。

饭吃罢,双方开始正式谈判。一方是李南、李北兄弟,另一方是杨茂才和他的两个儿子杨晓斌、杨晓敏。杨晓敏的妻子汪霞嫌他们的话难听，就带上女儿杨美玉，到村子里转悠去了。

开始，杨茂才怀着息事宁人的态度，先做了自我检讨，他说："我先向你们认个错，这事怨我，我给你们添麻烦了。我现在也想通了，我今年都七十二了，黄土都埋到脖子上了，我还找啥奶奶呀，以后坚决不找了。前面这事，出也出了，要说责任，也不能全怪我一个人，双方都有责任。所以，我的意见是，我出上两千块钱，算是我对你们的歉意，以后嘛，虽然没成亲，但情意在，希望我们不要相互记怨，二位，你们以为如何？"

话音刚落，李北马上说："你说得轻巧，你掏个两千块就把我们打发了，事情就那么简单？你把我妈那样了，一点点钱就把事情摆平了，我妈就那么不值钱？"

杨晓敏听了立即反驳："两千块都高了，要我说，二十元就行了，你以为你妈还是黄花大闺女呀。"

杨晓敏这句话太恶毒，说得李南、李北义愤填膺。

李南说："我妈是不是黄花闺女，临不到你说，关键是有人连畜生都不如。我妈人格受了污辱，我们理应讨回赔偿。"

杨晓斌忍不住问："你骂谁畜生？我看你妈才像，你妈和我爸那点破事听着都羞人，你们还有脸拿出来说，你们知道不知道什么叫廉耻？识相的话，你们赶快走人，这件事就此罢了；你们要是硬来，到时丢人的只能是你们。"

李南说："告诉你们，我们现在一无所有，我们怕什么？我们活都活不下去了，还在乎什么廉耻？我们兄弟俩今天来的目的就是来要钱的，那40万你们给也得给，不想给也得给。我们说到做到，拿不到钱，誓不为人。你们无论怎么来，我们都接招，不信试试看。"

杨茂才见双方剑拔弩张，越争越激烈，话越说越难听，丝毫没有和解的意思，便起身走了。

外面天已变阴了，风一阵又一阵地刮着。望着灰蒙蒙的天空，杨茂才心如死灰，他这时真想一头撞死在石头上。可就在这时，他头脑中突然冒出他和春香在一起的一幅幅温馨画面。他一下灵醒了，凭阅历他猜测：大概是李北、李南这两小子背着他们的妈，编话来要挟人，春香咋可能把他们之间的那种事说出口？她不会是那种人。他现在应该去问问春香，要果真那话是春香说的，他就认栽了；要不是春香说的，那就让她来把她那两个儿子叫回去。免得外人知道了，笑话。

想到这里，他便没有回屋里，而是折向门前的一条小路，走捷径，出了杨树沟，然后坐车向窑沟方向去了。

二十七

从窑沟口下车的时候，天上已经开始落起了雨点，冷风嗖嗖地吹着，雨点掉在脸上，冰凉冰凉的。杨茂才沮丧之极，对人生更有了一种切肤的认识，人生是什么？其实是一堆狗屎，什么亲情呀，爱情呀，人情呀，很多东西只是人们聊以自慰的借口而已，到头来什么是真的？以前再苦再累，可内心深处那根弦从来没有松懈过，只要是为了某个目标，他马上就能把那支理想之箭射出去。而现在这根弦，变得松松垮垮，没一点弹性了，这样的弓弦，还能射出什么有力的箭来？尽管如此，他的自尊还在，他要在生命结束之前，把眼下这件棘手的事处理好，也好安安心心地到另一个世界去。

杨茂才冒着雨，再次来到春香家里。

春香正坐在堂屋的门口纳鞋，听到门口的走路声，一抬头，竟是杨茂才来了。她大喜过望，连忙放下手中活计，走到阶沿上喊了一声："茂才，你出门咋也不打把伞？快进屋，冷雨淋了会生病的。"

杨茂才一张脸仍然沮丧着，一步步走上了阶沿，站在门前说："我现在对一切都无所谓了，病了就病了，死了才好哩。"

春香听了一愣，不解地问："你咋了？谁又惹你了？"

"你不知道？"

"知道啥子？"

"那好吧，咱回屋里说。"

杨茂才走进堂屋，站定，看了春香一眼说："你那两个宝贝儿子今天到哪儿去了，你不知道？"

春香摇摇头说："我哪里知道！儿大不由娘，他们现在做啥，根本不让我知道，我想管也管不了。”

“他们俩个上我家去了！”

“啊！上你家去了！啥时候去的？”

“今天半晌午。”

“他们去做啥？”

“你真不知道？”

“看你老杨说的，咱俩认识也半年多了，我王春香是个啥样子人，你又不是不知道，我是那种藏着掖着的人吗？你说，那兄弟俩个到底上你们家做啥去了？”

杨茂才听春香这么一说，又仔细看了春香一眼。春香那半白的头发，还有那张慈祥亲切的面孔一下子击中了他，他感到鼻子发酸，喉咙发硬，眼泪不禁哗的一下流了出来。

见杨茂才这样，春香心里更急了，她走近杨茂才，用手轻轻擦去他眼眶上的泪水，安慰他说：“老杨，你说吧，有我在，他们不敢对你咋的，到底是啥子事？”

春香这么一说，杨茂才才放心了，便把那难以启齿的话原原本本说了一遍。

杨茂才还没把话说完，春香已气得浑身打战，骂道：“造孽呀，我怎么养了这号儿子，他们是人吗？简直连畜生都不如。茂才，对不起，是我害了你，不过你放心，只要我还活着，他们就别想胡作非为。走，咱们一块儿到你家去，我去把那俩个畜生叫回来。”

春香连忙去找伞，外面的雨声更大了。

春香把雨伞找好了，却见杨茂才仍然木木地站着，就催促说：“快走呀老杨，那两个孽障还在你家闹事呢了，去晚了，他们恐怕要打起来。”

杨茂才叹息了一声说：“春香，咱们不管他们了行不行？”

“不管了，为啥子？”

“你以为我那俩个儿子是省油的灯呀，你把你那俩儿子叫回来，我那两儿子还不照样让我烦心，让我什么也做不成，在他们眼里，只有钱，其它还有什么？他们比你那两个儿子强不了多少。我今天来主要是为了澄清是非的。是我冤枉了你。现在问题弄清白了，其它什么我都懒得在乎了。”

春香鼻子酸酸的，直想哭。她走近杨茂才，钻到他怀里说：“你把我当成什么人了，我对你是真心的，从来没动过歪心眼，我多想和你在一起呀。”

杨茂才的泪水再次流了出来，他紧紧抱住春香说：“这辈子怕是难了，就看下辈子了。可恶的拆迁，可恶的钱呀，是这些东西把我们拆散了，我仇恨它们。”

春香先把头从茂才怀里抬起来，柔声说：“茂才，不管怎样，咱们还得赶快上你家去，我要为你，为我们洗清罪名。”

“那好吧，我听你的。”杨茂才轻轻地拍了一下春香的肩膀。

春香拿了两把伞，一把自己用，还有一把给杨茂才。谁知杨茂才说：“你把一把伞收起来吧，咱们合打一把伞。”

春香很听话地把一把伞丢下，撑起一张大伞。

黄昏时分，这场雨下得淅淅沥沥，密不透风。

春香把门锁好，把伞递给杨茂才，俩人紧紧相依着，走进了黄昏那暗灰色的雨中。

冬日暖阳

一

杜仲把高中生领进石门敬老院时，炳子、三姐、聋子和哑巴正一字排开老老实实地坐在院子里晒太阳。青凌凌的天空中，刮着刺骨的寒风，冬日的太阳如一枚刚从冷水中打捞上来的镍币，散发着凛凛的寒气，晒到身上几乎感觉不到一丝温暖。炳子一伙老人缩头佝腰，愁眉苦脸，像长了水痘的鸡娃儿。杜仲推门进来时，炳子只是微微动了动身子，其余几个仍像木偶一般，纹丝不动。

石门敬老院是由石门镇一所老粮站改造而成的，外面是一圈红砖院墙，大门前临着街面，不远处就是镇初级中学。从油漆斑驳的大铁门进去，中间是一片菜地，对面是一排七间土瓦房，住着敬老院里的五个鳏寡老人；大门左侧是厨房，右侧是去年才盖的两间砖房，其中一间是院长杜仲的办公室。

杜仲径直把高中生领进他办公室旁边的砖房里，这里面提前已经让人收拾好了。床头是新做的，棉被、床单、枕巾也是不久前才从县民政局领回来的。

高中生隐约记得很久很久以前上学时，学校老师才能住这么好的房子。

杜仲领着高中生看过房子之后，温和地对他说："你也拿条凳子出去晒晒太阳吧，屋里冷。"说完就去拐子房间，拐子行动不便，他要把拐子扶到太阳地里晒太阳。

高中生知恩必报鸡啄米似的连点了两下头，马上就去拿床头跟前的一张椅子。在拿椅子的时候，他顺便摸了一下床单，床单是崭新的，摸起来有些擦手，摁一摁，下面绵乎乎的，他心里高兴死了。

高中生端着一把没有油漆的白茬新椅子出了门。

炳子几个人这时已经串通好了，在高中生从他们面前经过时，给他使绊子，摔他个狗吃屎。他们几个心里都很窝火，原来杜仲这老小子这几天请人收拾房子，买床、领被褥，竟是让这小子住的。他们想不通，敬老院是养活孤寡老人的，怎么让这个腿脚灵便的年轻人也住在这里面。他们不敢对杜院长怎么样，只好报复这个抢了他们好事的人。

高中生丝毫不知炳子几个人的心思和阴谋，自顾洋洋自得地端着椅子大踏步地从他们面前经过。炳子瞅准时机，腿一伸，一个绊子，高中生重重摔倒在地。他的嘴巴一下磕到了椅子档上，一颗门牙当下就碰掉了。炳子早收了腿，若无其事地仍然晒太阳。三姐已笑得前仰后合，流出了眼泪；哑巴像傻子一样哇哇大笑不止。高中生满嘴是血，痛得半天爬不起来。他知道是这群人害了他，爬起来拿起椅子正准备向炳子头上抡去时，杜仲正好扶着拐子从屋里走出来，见此大吼一声：

"把椅子放下，你二球个啥？"

听到院长的呵斥声，高中生才慢慢放下椅子，他把一颗沾满了血沫的牙齿，"叭"地一声吐到了掌上，伸出来让杜仲看，说："他们绊的。"一面又"呸"的一声在杜仲面前吐了一口血痰。

杜仲生气地正要追查时，炳子指指高出地面二厘米的一块石头说："石头绊的。"哑巴心领神会地点头，三姐也说她看见是石头绊的。

杜仲便责怪高中生："你自个儿不小心，怎能诬赖别人？"

高中生憋青了脸说："不是石头绊的，是他们绊的。"

杜仲不耐烦地说："算了算了，你去晒太阳，以后走路小心点儿。"

高中生只好气愤地找了个位置坐下。

扶拐子坐好后，杜仲从身上掏出一盒香烟，给炳子等人一人散了一支，说："你们安心晒太阳，不要到处走动，不要惹事生非。谁要是不遵守纪律，我不让他吃饭。"说完就走了。杜仲走出敬老院时，顺便把铁门用力一关，门"哐"的一声，很响亮。

二

杜仲走后，高中生又在地上连吐了几口血痰，他一边“呸呸”地吐着，一边恶狠狠地观察院子里这几个人。哑巴和聋子一副幸灾乐祸的样子，不时对他瞄一眼；三姐一会儿看看他，一会儿看看炳子，脸上显得有些紧张；炳子则闭着眼，若无其事地抽着烟。拐子刚出来，只顾拄着拐棍聚精会神地晒太阳。

高中生看了半天，又傻想了好一会儿，终于肯定刚才是炳子使绊的，心里不禁骂道：“老不死的，老子哪天害死你。”

炳子悠闲地抽着烟，让烟雾从鼻孔里徐徐飘出，一面从眼缝里偷偷观察高中生的表情，他知道高中生已发现是他使绊的，但他不怕，敬老院这几个人谁不听他的？他要通过这一跤子，让高中生领教领教他的厉害，以后敬他、服他。

高中生嘴里的血渍源源不断，他把口都吐干了，但唾沫还是血红的。便立起身，走进厨房。他想用水漱漱口，把血漱尽。厨房的案板上放了五个洋瓷碗，高中生拿起最上面一个，正准备到水缸里舀水，这时炳子冲了进来，一把夺过碗说：“我的碗。”高中生看看炳子没办法，又去拿第二只碗。可哑巴闯了进来，一把从他手上把碗夺下来，嘴里哇哇地叫唤着，用手指着自己鼻子，意思说是他的碗。三姐、聋子也进了厨房，都把自己的碗揣进怀里双手紧紧抱住。高中生只好用最下面一个碗，最下面一个是拐子的。拐子行动不便，此时还没有进来，他便用那只碗舀了点凉水，又倒了些开水，走出去蹲在房阶上，从容地一下又一下地漱口。由于嘴里流的血多，碗沿上沾满了血沫。拐子很生气，便一瘸一拐地走过去要碗。高中生等到拐子快到跟前时，两三步跨到另一个地方蹲下，又从从容容地漱口。拐子再往过撵，看看快赶到跟前时，高中生又换了个地方。拐子没有办法，只好嘴里骂着脏话，要高中生把他的碗放下。高中生却故意逗拐子。炳子一伙都笑了，高中生也自豪地笑了。直到最后拐子泄气不追了，高中生才把沾满血沫的碗一下子扔到案板上，那只碗在案板上转了几圈，才“咣当”一声扣了下来。

三

由于捉弄了拐子，高中生的精神一下子好多了，他似乎忘记磕掉门牙一事了，安安心心地晒了一会儿太阳。看看太阳已经西斜，虽然还明晃晃地挂在天上，却像是从树梢上吹着冷气，坐在外面一点儿也感觉不到暖和了，高中生便起身提起椅子就走。刚走几步，他马上警觉了，这样走过去，刚好从炳子一伙面前经过，难保他们不会再使绊子，于是就从他们身后的菜地边上走回自己屋里。

高中生把凳子放进屋里，伸头往外看了一眼，见炳子一伙仍然端坐着晒太阳，便鄙夷地想："真是一伙笨猪，太阳都晒不暖和了，还坐在那里干啥！"高中生对自己能极早发现太阳不暖和了而感到无比自豪，他觉得自己不愧是上过高中的，和这群老朽无能就是不一样。为了显示不屑与他们为伍，高中生立即走过去将房门"砰"的一声关上了。

高中生关门的巨大声响把炳子、三姐和拐子惊得一愣，透过玻璃窗，高中生看到炳子一伙都扭着脖子，像鹅一样的直朝他这儿瞅着。高中生暗自得意，他不想再看他们一眼，他开始欣赏自己房间里的一切。瞅了半天，他发现这间房子果真不错，墙是新刷的，地板是才铺的，床上的一切用品都是新的，就像是有钱人和教师住的房子。刚好他有些困，便往床上一躺，睡着了。

四

炳子还在一门心思地在外面晒太阳，晒着晒着，他感到太阳越晒越凉球了。抬头一看，原来太阳早已经过趟了。而聋子、哑巴、拐子、三姐他们却浑然不知，炳子真想骂他们笨猪，但他还是没有骂他们，他要骂的是才来的这个高中生。高中生一来就住上了和院长办公室一样的好屋子，这里面他是老大，那漂亮屋子本该归他享受的，却让这小子占有了。刚才那一绊，虽然磕掉了那家伙的一颗门牙，但仍不解恨，只有那家伙主动把那间房子让给他才合理。炳子看到高中生一进屋就没了动静，心想这小子该不是死在里面了吧。便蹑手蹑脚地走过去，趴在窗子上往里瞅，一瞅，原来这狗东西正四仰八叉地躺在崭新的床单上呼呼睡大觉。

就在炳子趴在窗子上往高中生房间里瞅的时候，三姐、哑巴和聋子也都新奇地一个一个溜过来，趴到窗台上看热闹，于是他们都看到了高中生正舒舒服服地躺在崭新的床上睡大觉呢。

拐子腿脚不便，而且他正为刚才这小子用了他的碗，把他的碗弄脏了而生闷气，他才懒得看这臭小子呢。

炳子见拐子没过来，就冲他招了招手，但拐子还是头扭到一边不理睬。炳子就走过去，对着拐子耳朵咕哝了几句，拐子一听高兴得像鸭子一样嘎嘎地笑开了，马上把放在地上的拐杖拿起来，双手一撑，身子就起来了。然后一瘸一拐地回到他屋里。出门时，拐子拄着单拐，一手拎着尿罐，走到炳子跟前。炳子从拐子手上接过尿罐走到高中生门前，轻轻地推开门。高中生这时伸了个懒腰，又面朝里睡着了。炳子轻手轻脚地走到床边。高中生睡得很死，一点儿也没有要醒的样子，炳子便把那一泡黄拉拉的屎尿一下倒在高中生的屁股后面，然后蹑手蹑脚地退了出来，随手把门轻轻掩上了。

外面，哑巴、拐子、聋子和三姐已经笑得合不拢嘴了。

炳子很得意他这一举动，连忙使眼色，让他们回到各自屋里。这时天色已晚，给石门敬老院做饭的刘嫂推开铁门走了进来。

五

刘嫂把敬老院的饭做好了。

按照惯例，她要把这群老实人一个一个叫到厨房里吃饭。但她刚出厨房门，以炳子为头，几个人都积极地从自个房间里钻出来了，就连拐子，行动也比平时快了许多。刘嫂听杜仲说，从今天晚上起，要多做一个人的饭，敬老院新增了一个二十岁的高中生。刘嫂见炳子一伙都来了，不见那个高中生，就问炳子新增的那个高中生在哪里？

炳子指了指东头的砖房说："在屋里睡觉呢。"

刘嫂就把先到的人饭盛好，然后去叫高中生。刘嫂刚把门推开，就嗅到屋内臊臭无比，拉开灯一看，见高中生的床单上半边都湿了，上面屙了一泡屎。刘嫂已听人说，这个高中生考大学一连几年未考上，精神有些失常，死懒，没想到他这么老实，连大小便都不知道上厕所，就生气地大喊了一声。

高中生被刘嫂叫醒了，身子一动，又糊到了脏物上，惨不忍睹。刘嫂嘴里骂着，捂着鼻子走开了。

当高中生清醒过来，发现这么新的床单上竟沾满了屎尿，十分心痛，他不知道这是怎么搞的，连忙下地把床单扯了下来。他极力回忆了好一阵子，觉得好像不是自己干的，他怎么会将屎尿屙在床上！而且他的裤子系得好好的，又一想，他恍然大悟，对，一定是拐子干的，他下午用了拐子的碗，拐子撵不上，肯定拐子趁他在睡梦中，这么缺德地害了他。高中生猜到事情真相，肺都气炸了，要是别人他还有些怯，可是拐子，这样一个残废，竟敢害他，他一定要找拐子算账。

高中生一出门就看到炳子一伙正蹲在厨房门前的灯光下吃饭。他肚子也饥了，但他认为还不是吃饭的时候，他要报仇，报仇！怎么没见拐子呢？他四处看了看，拐子的屋里漆黑一团。他想拐子肯定躲在厨房里。

高中生大步跨进厨房里。不出所料，拐子果真坐在灶洞前的凳子上吃饭。晚饭是面条，拐子正用筷子抄起一筷子面，准备往嘴里送。他一进门，拐子显得十分紧张，就把那一筷子面又放回碗里，双眼惊愕地看着他。高中生这下更相信是拐子把屎尿倒在他的床上了，便扑上去，二话不就，一拳头打在拐子嘴上。拐子的碗被打掉，嘴也被打出了血。拐子咧开嘴放声大哭起来，立即抄起脚边的木拐，向高中生抡去。高中生身子一闪，拐子的拐杖打空了，高中生抓住木拐就势一拖，拐子就像一截朽木桩一般被拖倒在地。

拐子倒在地上号哭不止。炳子一伙都在旁边看着笑。

刘嫂上罢厕所回来，听到厨房里闹成一团，进去一看，拐子正趴在地上痛哭，一碗面泼得地上到处都是。见刘嫂来了，拐子艰难地撑起身子，手指着高中生说："他打人。"

刘嫂刚才就对高中生厌恶透了，这会儿见他把拐子打成这样，十分生气，质问道："你咋一来就打人？"

高中生说："他把屎尿倒在我床上。"

刘嫂一想，才知道刚才有人害高中生，就问拐子："刚才是不是你把脏东西倒在了他床上？"拐子停了半天才说："不是我干的。"刘嫂又问炳子："刚才是谁干的坏事？"炳子摇摇头，说不知道。三姐、哑巴、聋子也都否认是他们干的。

刘嫂问不出来就懒得管了，反正这不是她管的事。锅里还剩下一些饭，她便给拐子盛了半碗，又从柜里取出一个碗，给高中生盛满。

六

翌日上午，杜仲一到敬老院，炳子就上前告状：高中生把屎尿屙床上了。杜仲还不相信。当他走到高中生的房间里去一看，那崭新的床单上糊得黄蜡蜡的不成样子，且散发着臭烘烘的气味，便把高中生叫到跟前，美美地收拾了一顿。高中生想辩解，可杜仲根本不听他的，他只好乖乖地受了。训罢高中生之后，杜仲拿了一包洗衣粉，让刘嫂烧些温水，叫高中生把那脏被单拎出来亲自洗，一定得洗干净。吩咐完毕，杜仲就走了。

高中生拎着臭气熏天的床单，心里老大不情愿，在他的记忆中，他从未洗过衣服。现在，这个可恶的杜院长竟让他洗床单，他咋会洗？可是他又不敢不洗。

刘嫂把水烧好，舀到一个大塑料盆里，把洗衣粉放好，然后指导高中生如何把床单先放在盆里泡一段时间再搓。刘嫂的丈夫李根生是镇初级中学初三毕业班老师，平时忙，很少回家，家里大小事全靠她一个人。今天她家里有人干活，看到高中生把床单放进盆里之后就急匆匆地走了。

高中生整整一个上午都在搓那床单，他搓得很用力，一点一点，一遍又一遍地狠劲搓。刘嫂中午一点多来敬老院做午饭时，看到高中生还在搓床单，大吃一惊，责怪他说："一个床单咋这么难洗，洗了你一个上午？"

高中生这才站起身不搓了，把盆里的脏水倒了。刘嫂从井里拉了两桶清水倒进盆里，让高中生把单子清洗干净。清好之后，高中生便把床单晾在院子里的一根铁丝上。谁知床单一展开，上面竟出现了一个大窟隆！刘嫂知道床单本身质量不太好，高中生又整整搓了一上午，床单不破才怪！刘嫂指着窟窿生气地对高中生说:“让我咋说你才好?床单让你搓破了!”

高中生十分害怕,床单让他弄破了,杜院长不收拾他才怪哩。炳子一伙却高兴得手舞足蹈,他们一伙像是看猴戏似的,转着圈子看那被单上的大窟窿,指指点点,比比画画。炳子最后说了一句狠话:“要是让这小子肚子上出现这么大一个窟窿才好哩。”其他几个人听了,都哈哈大笑起来。

七

这天下午一到敬老院,杜仲就看到了床单上的大窟窿,便生气地找到高中生质问:“这新新的床单咋让你给弄破了?”高中生做错了事,头也不敢抬。炳子一伙这时全围上来了,炳子抢先告状说:“是他洗破的!”

杜仲忍无可忍,抬起脚,照准高中生的腿,狠狠地踢了一下,骂道:“你真比猪还笨,连床单都不会洗,你看咋办?”上个月,民政局办公室说要给石门敬老院增加一个高中生时,他心里老大不愿意,一是违反制度规定。敬老院是养活六十岁以上鳏寡五保老人的,一个高中生住进来,怎么说得过去?二是他在县城里见过这个高中生几次,神经兮兮的,在大庭广众面前光身子走路。他担心来了会出事。可民政局领导说这是政治任务,不接受也得接受。领导发话了,他就不敢讲原则了。这不,一来就给他找事。

高中生被踢得腿上火辣辣地痛,他对院长一点感恩的心情都没有了,他心里一连骂了杜仲三四遍娘,然后说:“破了关系不大,我就破着用。”

“你说得怪轻松,破着用,你当然不在乎,可民政局会怪罪我,床单才领几天就破了。”

刘嫂这时进来了,说:“杜院长,我把床单拿回去缝缝。”

杜仲说:“缝补的一看就看出来了。”

“那咋办?”刘嫂问。

“我只好把我家里的一床新被单拿来。”

刘嫂说:“院长真是舍得!”

“不舍得行吗?”杜仲说,“敬老院全靠民政局支持,下个周民政局赵局长要陪市上领导来这里视察,要是他们不满意,我以后咋管理这敬老院?”

杜仲便骑上摩托车把他家新床单拿来了，原来的破床单被揉成疙瘩带走了。

炳子心里十分生气，原想好好地坑害一下高中生，不料这家伙因祸得福，脏床单破了，又得到了一床新的。而他的那床被单已经用了三年了，也不见院长给他换床新的。炳子对自己受到的冷遇颇感不平，他不明白为什么高中生年纪轻轻的，不自食其力，却跑到这敬老院分吃他们的饼子。他娘的实在太气人！他想，杜仲这老小子，还有上面那些人，难道眼睛都瞎了吗？白养这号人，处处对他优先，这能让人心理平衡吗？不行，他还得想办法捉弄捉弄这个高中生，前两次他的所作所为不仅没有受到院长指责，还得到了三姐、哑巴和拐子的称赞，他要想出更巧更毒的办法，好好地害一害这小子。

八

冬日天短，不到六点，天就像黑狗屎一样黑下来了。天寒地冻，石门敬老院几个老人吃过晚饭后就早早地钻进被窝里。约莫睡到半夜，炳子翻来覆去睡不着，便从床上爬起来，耳朵贴紧窗户听了听——外面除了呼啸的风声，其余什么声音也没有。炳子轻轻开了门。外面风大，冻得他浑身直打颤。炳子轻轻悄悄地走到三姐门前，用熟悉的暗号敲了几下。里面没反应，他又敲了几下，门这才开了。炳子摸进三姐房里，一骨碌钻进被窝，嘴里直喊冷。三姐把门关死，马上偎进被窝和炳子睡在一起。

三姐和炳子已经相好三年了。这事敬老院里可能谁也不知道。三姐是没有结过婚的六十多岁的老丑女人，原不知道男欢女爱之事，刚开始无论炳子怎么纠缠，三姐也不答应，可有了一两次肌肤之亲之后，三姐就乐意了。在敬老院里，俩人暗中一联手，就没有人敢对他们怎样了。哑巴、聋子、拐子就是他们相互联手一个个给制服的。今天遇到了高中生，炳子用了两招，都未见奏效，就只好来找三姐帮忙。

炳子和三姐都上了岁数，身子已老抽得像条干鱼，他们在一起，已经丝毫没有男欢女爱的乐趣了。但是出于情意，炳子还是对三姐温存了好一阵，然后才言明了他今晚上来的意图——如何收拾那个高中生。

三姐说："咱们合起来也打不过他，不然找个机会好好捶他一顿。"

炳子也叹息："这小子全身都好好的，不像聋子、哑巴和拐子，身上有毛病，好制服。"

三姐想了想说："不如让哑巴打他，哑巴有力气。"

三姐的话一下子点醒了炳子，上次高中生捉弄拐子，可惜拐子打不过。要是让哑巴和高中生打起来，高中生肯定会吃亏。哑巴人老实，可是有一身牛力气，他能一巴掌把高中生打翻在地。

怎样才能让哑巴与高中生打起来呢？炳子就和三姐在被窝里谋划起来，谁知谋划了大半夜，也没谋出个什么好招。天要亮的时候，炳子才从三姐房里溜出来，这时石门敬老院里仍然漆黑一团，一股股寒风呼呼地吹着，发出鬼一样的叫声。

哑巴是石门镇后湾村人，父母都已亡故，弟弟一家人长年在外地打工。四年前哑巴就已进敬老院了，哑巴饭量大，每次饭吃不饱。监护人——他的亲弟弟在外面知道后，怜悯哑巴哥，就零星给他寄一点钱回来，让他饿了就从商店里买一些吃的。这钱每次都是先寄给杜仲，杜仲再如数交给哑巴。几天前，哑巴就收到了弟弟寄给他的八百元钱，他把五百元钱交给了杜仲，花了十元钱买了一包饼干，其余二百九十块钱他揣进了内衣口袋里。

九

一日上午，杜仲生了一炉炭火，让老伴拾掇了几个好菜，他把村主任王一民叫到家里来喝酒。杜仲曾当过两届石门村的村支书，王一民是他一手提拔起来的。虽然如今杜仲已经从村干部位置退下来了，王一民为报答杜仲的大恩，村上有工程了，或其他好事，都没有忘记杜仲这个老上级。俩人关系深厚，经常隔三岔五地约在一起喝酒。

这天俩人正喝得高兴，突然手机响了。杜仲掏出手机一接，只听里面问道："你是石门敬老院的杜院长吗？"

杜仲说："我就是。"

"我是民政局办公室的小王，赵局长要我通知你，下个星期一吕副市长要到敬老院检查工作，这两天你要负责把敬老院环境整治好，那些老人的床被、房间，都要收拾得整整洁洁；另外，他们的衣着，也要尽量穿得体面些。要体现党对弱势群体和孤寡老人的关爱。这件事情很重要，你一定要重视。”

杜仲说：“中，中，没问题。我一定高度重视，请领导放心。”但放下电话后，杜仲仍然与王一民喝酒，他们从中午一直喝到半下午，杜仲大概喝得九成醉了，感到天昏地暗，头重脚轻。他靠在门前的枣树上勉强地送走了王一民，然后趺趺撞撞地回家就睡。

第二天起来，日头已升到半空了，杜仲仍然觉得头重脚轻，胃里很不舒服。他让老婆下了两碗酸菜面，吃完之后，就去找到刘嫂，俩人一块来到敬老院。

炳子一伙人正老老实实地端坐在院子里晒太阳，只有高中生不合群地坐在自己门前，头像鸡啄米似的点一下，又点一下，再点一下，偶尔还用普通话背几句唐诗。杜仲看了一会儿，感到很奇怪，他那头一直点球个啥？真是个神经病。杜仲让刘嫂烧了一大锅温水，他在院子当中架起一堆干柴烧了起来，然后把炳子一伙集中起来训话：“最近市上的领导要下来视察敬老院，你们每个人必须给我穿得好看些。快回去把内衣、外衣换下来洗，小心别感冒了，换好了后出来烤火。”这些人一听，都高兴得像小孩子似的手舞足蹈，赶忙跑回去换衣服。

刘嫂把温水烧好后，把两只大木盆放在井边，让三姐帮她把这些脱下来的脏衣服分成两盆泡好。杜仲答应给她们俩每人补助五十块钱。

三姐很高兴接受了这个美差，她把衣服一件件地按在水里。就在拎起哑巴的内衣时，她竟然发现一卷钱还在口袋里。这时刘嫂已到厨房里拎开水去了，杜仲和炳子一伙正围着火堆烤火，三姐就迅速把那卷钱取出来揣进了自己裤子袋里。

刘嫂和三姐忙着搓衣服，杜仲组织炳子一伙人开始打扫院子里的卫生。寒冬季节，院子里落满了枯枝败叶，杜仲让他们把杂草、树枝、树叶统统拢在一起点火烧掉。霎时浓烟滚滚，满院子飘散着烧树叶子的气味儿。待刘嫂和三姐把两盆衣服洗好清好时，杜仲已经领着这群人把院子打扫得干干净净的了。

杜仲又请了附近一个木匠，把损坏的门窗全部收拾了一遍，敬老院顿时焕然一新。敬老院里的几个老人知道最近有市上的大领导要来看他们，一个个都喜气洋洋，像是有天大的好事要降临似的。

上面领导来检查的日子到了。这天天刚亮，杜仲早早地就来到敬老院，一到敬老院，他就催促这群老实人把他们最新最体面的衣服、鞋袜全都穿上，打扮一新，迎接吕市长一行的检查。

杜仲看看几个人的衣着打扮还可以，正转身要走时，哑巴忽然张开嘴巴哇哇地对他比画起来。哑巴满脸的痛苦，他先指指远方，然后画一个圈指向自己胸口，两个指头捻了捻，最后两只手一摊，嘴一扁，显得十分悲伤的样子。随之不停地哇哇叫着。杜仲一看就知道哑巴把钱丢了，问他丢了多少，哑巴比画着说全丢了。

杜仲非常生气，如果一会儿吕副市长来的时候，哑巴还这么哇哇地乱叫唤，他肯定要挨批评，就安慰哑巴不要叫唤了，他去给他问问。

杜仲就从刘嫂起，把敬老院里所有人一个个都问遍了，他们都说没有看见哑巴的钱。杜仲问哑巴什么时候发现钱丢的？哑巴比画着说是刚才。杜仲问他是不是到外面商店买东西钱让人骗了？哑巴愣怔着也说不清楚。杜仲就领着哑巴来到敬老院大门旁边的王才开的商店。杜仲问王才，哑巴这两天买东西是不是把钱丢在柜台上了？王才说这两天哑巴根本没来买什么吃的，六七天前哑巴只买了一包饼干，他把钱找好给了哑巴，他看到哑巴把钱揣进内衣口袋里了。

杜仲这会儿也没办法，他心里十分恼火，要知道这样，他当时该替哑巴把钱保存上，省得上面要来检查了，哑巴却在这里瞎咋呼。杜仲只好又领着哑巴回去在他房子里到处寻找。正急得团团转，镇上一班领导来了，问明情况后，镇党委书记把哑巴斥责了一顿，不准他再为那点钱恼火了。哑巴看看书记很凶，就低了眉眼，不敢再向杜仲咋呼了。为了稳住哑巴，杜仲把哑巴叫回屋里，给他比画说：等今天上面的人走后，他一定帮他把钱找到。哑巴哭丧着脸答应了。

十

上午十点整，吕副市长一行人分乘四辆小车，徐徐来到石门敬老院。同来的还有县上一名主管副县长、县上相关部门领导、市县电视台记者一干人。石门镇党委书记一班人从早晨八点开始就已早早地在敬老院大门外候着。吕副市长一下车，县民政局赵局长便指着杜仲恭敬地向吕副市长介绍："这是石门敬老院院长杜仲同志。"吕副市长伸出四个手指头，轻轻地握了一下杜仲的手说："你辛苦了。"杜仲受宠若惊，一连哈腰道："领导辛苦了！领导辛苦了！这大冷天来看望我们敬老院的老人。"吕副市长未等杜仲把话说完，抬脚就向院子里走去，县上一干人，还有电视台记者，便前呼后拥，一块儿走进了敬老院。

敬老院几个老人都遵照杜仲提前吩咐好的，各自老老实实地坐在自己屋里。吕副市长每到一个房间，他们都要微笑着站起来，回答市长的问话。杜仲昨天已经给他们教了半下午，当问到身体及生活一些状况时，都要回答："好，很好！"最后还要礼貌地对吕副市长说一声："谢谢市长的关心。"

当吕副市长问到炳子在这里生活得习惯不习惯时，炳子就说："好！好！很习惯。"最后还礼貌地说了一句："谢谢市长关心！"问到哑巴时，杜仲便先介绍说："他是哑巴。"杜仲生怕哑巴这会儿向吕副市长比画他丢钱的事，但哑巴表现得还好，只是面无表情地点了两下头，没有打手势比画。走到高中生屋里时，吕副市长看到一个学生模样的人竟然安安分分地坐在这里，感到十分奇怪。这时县民政局赵局长马上把吕副市长叫到一边，小声解释说：这个高中生是个神经病，过去一直让县上感到头痛，每次省市领导来县上检查时，高中生都疯子一样地到处乱窜，胡说，胡乱涂写；有时还光着身子在街道上背唐诗。去年县上搞省级文明县城创建，样样工作都达标了，就是这个高中生，穿着一身脏兮兮的衣服，拿着毛笔在县城一条街的墙上乱写乱画。因这一件小事，县上省级文明县城创建验收没过关。于是在总结会上，县长很恼火地要求民政部门务必把这个高中生妥当安置好，不要影响大局。民政局后来就把这个高中生拉到一所精神病院治疗了半年，然后就放进了石门敬老院。

吕副市长听了汇报后很满意，见高中生穿得单薄，当下就把自己身上披的一件短大衣脱下来给高中生穿上。高中生感动得往地上一跪，一连给吕副市长磕了几个头。吕副市长微笑着把他从地上拉起来，拍拍他的肩说："安心在这儿生活，政府会照顾好你吃喝，以后不要出去乱跑了。"高中生双眼噙着泪连连点头，几个记者纷纷按下快门，摄下了这动人的一幕。

走到聋子房间时，市长看到聋子穿得很整洁，须发都白了，就问："你今年多大年纪了？"聋子笑着说："好，很好。"市长一愣，又问："你老家在什么地方？"聋子笑着回答："好，很好。谢谢市长的关心。"杜仲害怕这样一直问下去丢丑，忙上前对市长说："他是聋子。"市长听说是聋子就马上走了。

最后吕副市长走进杜仲的办公室，办公室的墙上张贴着《农村敬老院管理暂行办法》和《关于敬老院若干政策规定》。在杜仲的办公桌前，还贴有敬老院每周的食谱，一张打印的表格上注有石门敬老院每个人的籍贯和年龄。

吕副市长检查完石门敬老院后，感到十分满意，这里不仅有美观整洁的院容院貌，而且管理规范，几个鳏寡孤独、无依无靠的老人生活得都很安逸。他把杜仲和敬老院的几个人拉到院子里集体合了影，还特意叮嘱电台记者和宣传干部要对今天的检查情况大力宣传。

第二天晚上，县电视台就播放了吕副市长参观石门敬老院的新闻；三天后，市党报便以《冬日的温暖》为标题，详细报道了吕副市长重视慈善事业、关心石门敬老院的动人事迹，文章旁边配有吕副市长与高中生的那幅合影照，照片上的高中生泪眼婆娑，吕副市长的一只温暖的大手搭在高中生的肩上。

县民政局为鼓励杜仲在这次检查中的突出表现，给石门敬老院奖励了2000元钱。

十一

哑巴的心情坏透了。

上面检查已经过去几天了，杜院长还没有帮他把钱找着，这两百多块钱他几乎能花一年呢，现在丢了，他饿了用啥买东西吃？这几天每天早上吃的都是稀糊汤，放下碗不长时间，他肚子就开始咕咕叫了。要是有钱，他自己就能到王才的商店里买饼干、面包和苹果什么的填饱肚子。要是有钱，他想买啥就买啥。现在身上钱没了，怎么办？饥饿把哑巴整得团团转。哑巴看看天，太阳离头顶还有好远一段距离呢；摸摸肚子，里面空空的，像是一只一无所有的空袋子。这可咋办？杜院长这会儿不在，他得找炳子想想办法。

炳子其实一直暗中注意着哑巴。他知道哑巴非常关心他丢失的那两百多块钱,那两百多块钱已经攥在他手上了。他虽然也很喜欢钱,他完全可以和三姐分了那两百多块钱。但眼下他不想这样做,钱和高中生比较起来,他宁愿不要钱,而让哑巴将高中生捶成肉饼,撵出敬老院。钱是啥?钱是流水,花一点少一点,几天之后,这两百多块钱花光了,什么也没有了,他还是那个枯瘦如柴的孤老头子,高中生仍然会继续住敬老院那最好的房子。更可气的是,那小子还上了报纸,这世道太不公平了,怎么好处全落到了他一人头上?他在敬老院呆了这么长时间,何曾受到过上天这么好的优待?不行,他不甘心让高中生一直这么逍遥自在下去,反正在敬老院有人养活着,每日吃了玩,玩了吃,闲着无聊,他权当闹着玩的,他要利用那二百多块钱,好好地收拾高中生这小子一次。所以当哑巴来找炳子时,炳子心里暗自高兴,他知道他谋划的事已经成功一半了,下来只需烧几把火就行了。炳子自信自己很聪明,在老家的时候,他就是个死不吃亏的人,要不是老婆不生孩子,自己又长得丑,离了婚后生活无保障,他才懒得跑到这丢人现眼的地方来呢。

哑巴一来,就哭丧着脸向炳子比画,为什么到现在院长还没有把他的钱找着。

炳子向哑巴比画:杜院长是骗他的,院长根本不会去为他找钱。炳子和哑巴相处几年了,任何一个表情和动作代表什么,他知道得一清二楚。炳子用手指着张开的嘴巴,然后一连摆手,再指指杜仲的办公室,哑巴就明白炳子说杜院长在骗他了。炳子又指指杜仲的办公室,再指指自己的腿,再飞快踏几步,哑巴立刻知道了,炳子意思是说杜仲很忙,是不会帮他找到那两百多块钱了,当初只是骗他。一旦知道了实情,哑巴立即像死了亲娘似的往地上一蹲,咧开大嘴巴哭了起来。炳子这时拍拍哑巴的肩膀,告诉他,他能帮他把钱找着,但条件是:找到钱后一定得把钱分给他一些。哑巴高兴得一下子站起来,连连点头,嘴里哇哇了好长一串子。炳子听懂哑巴说的是什么意思,哑巴说:他比杜仲好,钱找到了,他一定分给他一些。

一天下午,炳子悄悄地来三姐房里。俩人先把那九十元钱平分了,其余那两百块钱,他准备抛给高中生。既白白得到了钱,同时又能整趴高中生,炳子和三姐都很兴奋。临走时,炳子抱住三姐,在三姐的老脸上亲了一下。三姐幸福地笑了。

十二

高中生一连几天心情好得没法说——他想不到吕副市长会亲自把他那件崭新的棉大衣送给他穿;而且他还和副市长一块儿上了报纸。当杜院长把报纸拿到敬老院里,指着一个裹着大衣、一脸呆相的人说是他时,他高兴得手舞足蹈。真是皇天有眼啊,敬老院这么多人,别人都没福分得到市长的大衣,他得到了;别人没有上报纸,他上报了。他不愧是个高中生啊!

可是还有更令高中生高兴的事呢,这天早晨起来一开门,他竟然发现自己门口的地上放了两百块钱。当时敬老院里其他人都未起床,四下静悄悄的,团团雾气正在院子里弥漫。他环视了一遍院子里的每一个角落,当确信没有一个人看见时,便飞快地把那两百元钞票一把抓起来,攥进手心里,然后迅速钻进了自己屋里。高中生高兴得大笑了几声,他将那两百元钱反复把玩了好几遍。两百元是个不小的数额,他能买很多很多东西,他想不到自己这么走运,别人没有得到的好处全让他得到了,哑巴丢钱,他却拾钱。想到前几天哑巴丢钱时的可怜相,高中生心里十分得意,哑巴为了那两百多元钱,成天哭丧着脸,像死了亲爹娘似的,他才不会关心哑巴丢钱的事呢,哑巴和炳子一伙都不是好东西。高中生把钱举着,像举着一面得胜的旗帜,他得意地在自己屋里转了好几个圈儿,末了,他指着哑巴的房门,嘴里骂道:“气死你哑巴,气死你哑巴!”

吃过早饭后,高中生躺在床上,又把那两百元红红的钞票反复欣赏了好一阵子,欣赏够了,他想,今天该用这两百元钱买个什么东西庆祝庆祝呢?想了半天,哦,对了,他这房子里需要一张画。快过年了,王才的商店里新进了一批年画,画上的女人真好看,大眼睛,柳叶眉,瓜子脸,他想买一张回来贴墙上,气死炳子、哑巴一伙人。

这样想好之后,高中生就从床上一跃而起,拉开门就往出走。炳子一伙仍然端坐在院子里晒太阳,院长今天没到,院子里静得像死了人一样。高中生鄙夷地看了炳子一伙一眼,然后迈着大步去王才商店买年画。

高中生刚一出门,炳子就拽上哑巴紧紧跟了上去。早上天没亮他把钱放到高中生的门口之后,他就一直在自己的窗户背后观察着,直看到高中生拾到那钱回屋子时他才放心。刚才他坐着晒太阳,眼睛却一直偷偷地瞄着高中生屋里,见高中生神气十足地直奔门外,他猜想这小子肯定要花那两百块钱,便马上叫上哑巴一块儿跟上去了。哑巴不知道炳子拉他出去干啥,炳子伸出两个手指在一起捻了捻,指指哑巴胸口,又指指门外。哑巴立刻明白了,炳子意思是说高中生偷了他的钱,就撇下炳子,飞快地追了上去。

哑巴跑到王才的商店门口时,高中生正把一百块钱从身上掏出来递给王才的媳妇,说是要一张穿红裙子长得很好看的女明星画。王才的媳妇刚刚伸手去接钱时,突然面前出现了一只黑手,那只黑手一把将那钱抓了过去。王才媳妇吓得惊叫了一声,一看竟是哑巴!

高中生见哑巴抢走了他的钱,十分生气,就扑过来夺。哑巴力大,一掌子将高中生搡倒在地上,又在他身上到处搜,结果又搜到了一百元钱。因为他的钱不止这么多,他一面哇哇地叫着,一面不停地在高中生身上搜着,而且还用力地捶打着。当最后实在再找不出一点钱时,他又狠狠给了高中生几脚,才算了事。

周围已经围了一圈人,他们都不明白哑巴为什么夺了高中生的钱,还那么狠劲地打高中生。

炳子这时在一旁解释说:“那不是高中生的钱,高中生哪有钱,是哑巴的钱。高中生是个贼,他偷了哑巴的钱想买东西。”说完拉上哑巴就走了。

高中生的嘴已经被哑巴打出血了,他一边擦着血一边哭:“日你妈哑巴,这是我的钱,我今天早上拾到的钱,咋会是你的钱……”哭了半天,想到亏大了,便吼一声,猛然从地上爬起来,冲进敬老院。他要夺回那两百块钱。

高中生冲进院子,到处寻找哑巴。他忽然发现哑巴正在他屋里揭开被子搜寻着,顿时怒火冲天,便马上跑到厨房边的柴堆上抽出一根棍子,气势汹汹地冲了过去。哑巴这会儿正在高中生的床铺上仔细搜寻着,他以为高中生肯定把剩余的钱藏在被子底下了,结果搜了半天,什么也没寻到。他又准备爬到床底下再找找。刚弯腰,背上突然挨了重重一棍子,这一棍子一下子把他打趴在地上,哑巴感到背上像是谁砍了一刀似的疼痛,接着他的屁股上又挨了重重两下。

哑巴牛似的哞叫了一声,忍住痛从地上爬起来。这时高中生又把棍子高高举起来，狠狠地打了下来。哑巴伸开手，一下子接住了落下来的棍子，用力往前一拽，便把棍子夺了过来。高中生正准备逃走，哑巴一棍子将他打倒在地，然后照着他的头上，身上，一连打了十几棍子。高中生开始还能大声喊救命，后来声音越来越小，最后连一点声音都没有了。

炳子、三姐、拐子都站在外面看热闹，没有一个人上前阻止哑巴；他们一个个还咧开嘴直笑，直夸哑巴："打得好！使劲打。"

杜仲当天下午才知道敬老院打架的事。他来一看，高中生仍昏倒在地上，身上到处都是血，一只腿肿多高。

杜仲气坏了，找到哑巴狠狠地抽了几耳光。哑巴不服气，一边哇哇地叫着，一边用手比画着，说高中生偷了他的钱。杜仲没时间跟哑巴计较，马上找人把高中生送进了镇卫生院。

十三

按照政策规定，凡进敬老院的鳏寡老人，年龄必须是60岁以上，无依无靠的五保户。每年县民政局按名单给他们每人发1500块钱，他们再如数交给敬老院，以此作为他们的生活费用。由于高中生属于特殊照顾人员，所以他进敬老院的生活费就成了问题。看看年关到了，杜仲抓紧时间跑手续，力争将高中生弄成低保对象。因为领导有指示，把高中生照顾成低保不成问题，可是审批低保和进敬老院的手续非常烦琐，不仅要去民政局领表格，还要到镇上填意见，到民政局审批。这些本来是由担保人或监护人干的，可是高中生是没人管也没人要的人，这一切手续都得他亲自去跑，遇到麻烦了，他还得去找主管县长特批。因为太忙，对哑巴与高中生打架之事，他只是简单地做了处理：把哑巴抽了几耳光，把高中生拉进镇卫生院医治了事，其他诸多问题，他并没做深度调查。

这样处理，哑巴心里非常不服，他认定了是高中生偷了他的钱，他夺回了二百元，还有不少呢！他得向高中生要回来，那些钱他能买好多好多吃的东西。尽管高中生让他打得不轻，那是活该，谁让他当小偷呢。看样子杜院长对这事不会再管了，一天到晚不到敬老院里来一次。这事只得靠他自己来解决了,他要瞅到那可恶的高中生伤好回到敬老院之后,再想办法夺回来。

到镇卫生院头两天,高中生一直昏迷不醒,到了第三天下午,他才苏醒过来。当发现自己躺在病床上时,高中生感到十分意外,他懵懵懂懂的,一时竟想不起自己为什么躺在这个陌生的地方。但是浑身的疼痛却是那么真切,不仅一只腿伸不过弯儿,头也晕痛得厉害。这是为何?他用力地想着,似乎什么也记不起来了。但他确实感到自己心里明白了一些什么,像是有一盏灯在他幽黑的心灵隧道里亮了一下,又亮了一下。

又躺了几天,在医生的精心治疗下,高中生的伤势渐渐痊愈,但他心里仍然有些糊涂。后来通过询问打针的护士,高中生从而明白了,他之所以躺在病床上,就是因为敬老院的一个哑巴毒打的。护士一点拨,他顿时回想起来了,那天他在一个商店门口正准备买年画的时候,狗日的哑巴扑上来,不仅夺走了他的钱,而且还把他压在地上,狠狠地毒打了一顿。

真是奇耻大辱呀。一旦明白自己走到了这一步,高中生的双眼里滚出了豆大的泪珠。刚好护士小姐要来给他打针,他害怕护士看见,连忙用被角把眼泪擦掉了。

杜仲发现,这个高中生挨了一次打,住了一次医院,竟然和过去判若两人了,不仅他的行动举止和以往完全不同,尤其他看人的眼神也不对劲了,以前他的眼神是空的,是散的,是乱的,而现在却充满了忧伤。杜仲心里一惊,他担心哑巴把高中生打成傻子了,可哪有傻子会是这样?他不傻为啥成这样了呢?杜仲终究闹不明白,只好摇摇头,叹息了一番。

高中生是在一个天色阴暗的黄昏,被院长杜仲接送到石门敬老院的。这天晚上高中生胡平几乎彻夜未眠。他那混沌的脑子渐渐明朗,于是那些久远的伤心往事,依稀又回到记忆之中。

一天早上吃过早饭后,胡平悄悄地离开了敬老院,去了县城。

在经过县城的老街时,刚好有一个摆地摊卖老鼠药的,他便把几天前杜院长给他的十块零花钱全买了药。

天刹黑时高中生才回到敬老院——这个时候,炳子一伙已经吃过晚饭,他们抹着嘴唇上残留的饭渣,打着饱嗝往自己屋里走去。刘嫂在洗锅,见高中生这么晚了才回来,问他今儿一天到哪去了?高中生支支吾吾了一阵儿才说:“我回了一趟老家,我想家了。”

刘嫂一听，扑哧一笑，说："听说你家里人都不要你了，有啥想的？"停了一下又问，"你晚饭吃没有？"

高中生说："没吃。"

刘嫂说："那怎么办？你要是早一会儿回来就好了，剩余的饭让我倒进泔水桶里了。"

高中生本想让刘嫂重新给他做一碗饭。又担心刘嫂会问起他今天的事，就说："我不饿，晚饭就算了。"

刘嫂安慰高中生："我今天在镇上割了几斤羊肉，明天早上吃羊肉泡馍，我给你多盛些。"

高中生并没有显出高兴的样子，他低着头，蔫蔫地从厨房里出来了。

炳子一伙正站在对面的阶沿上，见高中生没吃上饭，他们都很开心，一个个都阴阳怪气地议论着。不知炳子说了一句什么骂人的话，其他几个人都前俯后仰地哈哈大笑起来。哑巴还向他扔了一块石头，那石头差点儿打着了他的头。

高中生感到心中的怒气从头顶直往上冒，他恶狠狠地瞄了炳子一伙一眼，他的主意突然变了。他更坚定了他的敌人不止哑巴一个，还有炳子、拐子、三姐三个老杂毛。

这天晚上，高中生饿得实在睡不着，为了美美收拾哑巴一伙，他把自己的主意来回想了不下二十遍，直到半夜的时候，他才迷迷糊糊地要睡，这时却要撒尿，便披了衣服，出门就撒。一开门，一股风雪迎面扑来，抬头一看.整个院子里白茫茫一片，鹅毛大雪正纷纷扬扬地落着。

十四

第二天是礼拜天。

石门中学放假两天，让初三学生回去放松放松，接着开始年前的补课，这个礼拜天就不上课了。初三教师李根生难得遇到这样的机会，放心大胆地睡个懒觉。老婆早上起得早，一起来就告诉他外面下大雪了。老婆把猪喂好后，到床边嘱咐他安心睡觉，她到敬老院做早饭，一会儿端一碗羊肉泡馍回来给他当早饭。李根生就听从了老婆的话，昏昏大睡起来。他带毕业班，常年起早贪黑，难得睡上个囫囵觉，就一气睡了几个钟头，直到肚子饿得咕噜咕噜开始叫唤了，他才睁开眼，穿衣起床。

打开门往外一看，白雪晃得他的眼睛都睁不开了，只见远山近岭，银装素裹，整整一个雪的世界；地面上积了起码一尺多深的雪。雪还在不停地落着，门前柿树上的枯枝不负重压，不时发出咯吱一声，树枝随雪片纷纷落下。

李根生看看手表，已经快十一点多了，怎么老婆还不见回来？老婆早上走的时候还告诉他，要给他端一碗羊肉泡馍回来当早饭吃，怎么这长时间饭还没有做好？李根生洗罢脸，又耐心等了一会儿，看看已经十二点过了老婆还没有回来，心里便有些恼火，他平时从不下厨做饭，这会儿肚子实在饿得不行了。他不想再等了，反正敬老院离他家不远，他现在就亲自去看看，到底怎么回事。

李根生扣好衣扣，袖着手走进雪地里。地面积雪很深，雪上了冻，脚踩在上面，发出咯吱咯吱的声响。李根生冒着飞舞的雪花，艰难地来到敬老院门口。大门口不见一个人影，铁门半掩着，四下一片静寂。李根生推开铁门走了进去，院子里也静悄悄的无一丝声音，只有雪簌簌地落着。

李根生好生奇怪。敬老院的人都到哪儿去了？怎么连一个人毛也没有？他径直向厨房走去，谁知刚走几步，他吓得大吃一惊，只见厨房门槛上倒卧着一个人，身上已经落了不少雪。李根生心里扑通扑通跳起来，两步跨到厨房门口一看，敬老院里的几个老人，全都横七竖八地躺在厨房里。有的还在抽动，有的一动也不动了。他的女人刘嫂也仰倒在锅台边。地上泼的到处都是羊肉泡馍。

李根生顿时吓蒙了，他把媳妇的头扶起来，只见媳妇的嘴角流出一串白沫。他使劲喊了两声，也没叫醒。李根生马上丢下媳妇，疯也似的往外跑。由于雪大路滑，他跑几步便会摔一跤，鼻血都摔出来了，手也摔麻木了。他几乎是连滚带爬地跑回到自己屋里，拿起手机，拨通了杜仲的电话。

此时杜仲正在家里吃饭，听到手机响，一接听，竟是刘嫂的丈夫李根生打来的。

“你是杜院长吗？”李根生急切地问。

“我就是。李老师，有啥事吗？”

"敬老院出大事了，谁把敬老院几个人全放倒了，我老婆，也……也倒了……好像是谁投了毒。"李根生说完，就在手机另一头哭了起来。

杜仲听到这个消息，好比晴天一声霹雳，顿时呆了。老伴急忙问他咋回事？杜仲有气无力地说："敬老院让人投了毒！"家人听了，都慌作一团，怎么快过年了竟出这天大的事！老伴脑子还算清醒，催他赶快将这事汇报给县上。

杜仲便立即向县急救中心、镇卫生院拨了急救电话，并向政府办和110报告了这一特大恶性事件。

杜仲是在他的小儿子和老伴的搀扶下走进敬老院的，一进院子，他就听到了李根生粗重而伤心的痛哭声。踉踉跄跄地走到厨房门口，只见几个老人横七竖八地倒在地上，高中生一个人倒在门槛上。李根生还抱着他的女人大声呼救着。

看到眼前这一惨景，杜仲顿时吓傻了，怎么会这样？怎么会出这种事？周围群众闻讯纷纷赶来了，七嘴八舌，一片惊叹。杜仲感到天塌地陷，身子软得一直往下出溜，儿子和老伴使劲拉住才勉强将他身子撑住。杜仲这时盼望县上急救人员快来救命，可一等再等就是不见动静。有人便说："再等下去，一个也活不成了，不如先找辆车，把人往县上送。"杜仲一听有理，急忙去镇上找车子，可是问了几个人，听说是拉死人，便不去了。最后好不容易花大价钱请动了一辆车，几个人帮忙刚把中毒患者抬到车上时，县医院的急救车却来了。车一停，几个医生便迅速从车上跳下来，把七个中毒者倒换到他们车上，然后警报呼叫着向县城方向奔去。

十五

县医院准备工作一切就绪，救护车一到，医护人员立即把病人安置好进行抢救。炳子因年岁大，抵抗力差，躺到病床上不到十分钟就已停止了呼吸。其余几人经过洗胃和打解毒针，暂时控制了病情的恶化。

院长已接到了县上主要领导的电话，要他不惜一切代价，一定要把敬老院几名中毒患者的性命挽留下来。院长就来亲自坐镇指挥，调用医院最好的医生，腾出专房，安排医护人员三班倒，二十四小时特别护理，日夜监护着几名中毒患者。

石门敬老院的集体中毒事件不到一天时间,传遍了丰县的各个角落,大街小巷,到处都在谈论着这件骇人听闻的恶性事件。市委接到汇报后,即派政法委书记亲自带人下来处理这件大事;同时市委严禁各种新闻媒体对石门敬老院的中毒事件做任何形式的报道,造成影响者要严厉追究。

市委一班人到达丰县后,丰县公安局立即召开紧急会议,针对石门敬老院集体中毒事件成立了专案组。当天下午,专案组就赶赴中毒现场。法医通过对锅内剩留的羊肉泡馍和地上泼洒的羊肉泡进行化验,鉴别为食物当中投放了大量的有机磷鼠药。从现象上分析,根本不可能是敬老院内部人所为,因为敬老院里的六个人,包括做饭的刘嫂都全部中毒了。

专案组首先找到石门敬老院院长杜仲,向他详细了解案发当天,敬老院有无可疑人员出入情况。杜仲虽然在事发前一天根本没有到敬老院来,但他为了推卸责任,竟对专案组提供信息说:"肯定是哪个对敬老院有仇恨的人瞅空向饭食里下的毒。"。

"哪些人对敬老院有仇?你把名单提供给我们。"专案人员说。

杜仲想了半天,便说出了两个可疑人员,这两个人都在附近村子住,因为前几年修敬老院占了他们的田地,所以一直对敬老院不满。可当专案人员前去调查时,一户人家已经在一月前搬到县城里去住了,还有一户夫妇二人半年前已经出门打工去了。

作为敬老院的负责人,杜仲不管是否有问题,他对投毒事件负有相当大的责任;尤其是他一连多日不到敬老院来,负有严重的渎职责任。专案人员严厉地指责了杜仲之后,又向他详细了解案发后的情况。

杜仲说:"李根生是做饭的刘嫂的丈夫,他是事件的最早目击者。"专案组便来到李根生家里。李根生家离敬老院很近,有投毒之嫌疑。可经过逐一审查了解,专案人员一一排除了李根生作案的可能性。李根生是石门镇中学教师,一向为人忠厚,在校影响好,夫妻关系和睦,他不会干这种事情。

这时杜仲又给专案组提供了一个重要信息:半月前,敬老院里的高中生到门口的王才商店里买东西,结果东西没买成,钱让哑巴从王才媳妇的手里夺走了,王才夫妇是否有图财害命之嫌?

专案人员一听,又立刻将王才夫妇传来询问。可是王才夫妇在出事前一天和当天都出门走亲戚去了,人证俱在。办案人员分析,他们夫妇有生意做,有可靠收入,没必要为那一点钱谋财害命;而且哑巴身上的两百元钱仍在,王才夫妇作案的可能性也基本被排除了。

石门敬老院附近有十几户农家,这些人家里的青壮劳力大多出门打工挣钱去了,留在家里的,大多是妇女、老人和儿童,他们都很遵纪守法。谁会无缘无故地到敬老院投毒呢?敬老院与他们无冤无仇,他们绝对没有毒死这些老实人的必要。侦破工作进行了多日毫无进展,只好暂时搁浅。

十六

高中生躺在病床上打着急救针,恍惚中一个个身穿白大褂的医生、护士不断在身边走来走去。昨天洗胃,他难受得要死,他后悔自己不该明知羊肉泡馍里面有毒,却故意吃了几口,这几口饭竟把他毒成这样子了。高中生感到呼吸越来越艰难,浑身软软地似乎要飘飘而去,他想自己马上也会死了。昨天晚上他已经隐隐约约地知道了,炳子到医院不到十分钟就死了。炳子一伙吃的多,肯定会被毒死,他怎么也会这么严重?高中生清楚记得煮羊肉的时候,他趁刘嫂中间上厕所的空隙,溜进去把三大包老鼠药放进了锅里。刘嫂回来时,他装作往灶洞里塞柴火,表现出十分想吃羊肉的样子。刘嫂笑着对他说:“要不了一会儿就好了,你回屋里等着吧。”他又在厨房里停留了一会儿,因怕露了馅而悄悄走了。

从厨房里出来时,他心里非常害怕。这种事他从未干过,想到带来的种种后果,他浑身开始激烈地颤抖起来。他有些后悔。可是想到自己可悲的身世,想到哑巴、炳子对自己的欺辱,心中的怒火便熊熊燃烧起来。无论如何,他得亲眼看到哑巴、炳子被他毒得使劲叫唤,倒地身亡才解恨。

在自己屋里等了好漫长的一段时间,他忽然听到刘嫂尖亮的声音:“饭好了,来吃饭哟——”这声音使他心里像打鼓一样跳起来,透过玻璃窗,他看到炳子带着头,像头饿狼一样,从房子里冲出来,踩着厚厚的积雪,兴奋地向厨房跑去。拐子也不甘落后,两支木拐飞快地向前移动,把他的身子弹向厨房。这个时候,敬老院里到处弥漫着羊肉浓浓的膻香味。

“一群该死的东西。”看到他们都跑进了厨房之后,他冷冷地笑了一声,出声地骂了一句。他本想就站在窗子里头,亲眼看到他们一个个倒在雪地上的可怜样子。

谁知这个时候刘嫂竟站在厨房门口对着他喊叫:“呃,饭好了,你咋还不来?你昨晚不是没吃饭吗?来晚了可就没有肉了。”他迟疑了一下,还是去了。一进厨房,炳子、哑巴一伙连头也没抬一下,都端着一大碗羊肉泡馍,像馋猪一样大口大口、津津有味地吃着。他心里一阵高兴,心里说:“好好吃吧,使劲吃吧,吃得越多越好,阎王爷在向你们招手呢。”

刘嫂把一碗羊肉泡递到他手上,他吓了一跳,连忙推辞道:“我不吃,我不饿。”刘嫂一听这话一下愣在了那里,炳子、哑巴也把饭含在口里,吃惊地看着他。他这时又害怕起来,为了不至于引起哑巴等人的怀疑,便接过碗。他这时又开始犹豫起来,不吃吧,这伙人肯定怀疑他有问题;吃吧,他肯定活不了了。怎么办?就在这时,他头脑中又出现了父母对他的决绝面容,还有面前哑巴、炳子那两张可憎的面孔,怀着满腔仇恨,他便操起筷子,夹了几块羊肉塞进了口里,炳子见他开始大口吃肉,也倾着头开始大口大口吃起来。

刘嫂给他盛了一碗之后,又给自己盛了一碗,然后就站在锅台后面吃起来。他当时吃得很慢,他每吃一块肉都要偷偷观察一下炳子、哑巴的反应,奇怪的是,炳子的一碗饭都快吃光了,也没见他们有任何异样反应,他怀疑自己昨天在城里买的是不是假药?怎么这么长时间过去了,药性还未见起效。正在他怀疑不定的时候,炳子的碗砰的一声掉在地上,饭泼了一地,身子也像中了弹似的往地上一倒,开始激烈地扭动起来。接着其他人像得了传染病似的,一个个都扔下碗,倒在地上嗷嗷地叫起来。

看着哑巴、炳子、三姐一伙极度难受的样子,他心里十分开心,他正想站起来往外走,这时心里传来咯噔一声响,像是什么在肚子里爆破了一样,他眼前一黑,手中的碗不觉也飞了,身子一下倒在门槛上……

他想他不会死,因为他吃得不多。哪里想到头天晚上他没吃饭,空腹,药物吸收快,因而中毒就厉害。昨天抢救了大半天,到了夜里他似乎觉得清醒了,可今天早上又加重了,脑子越来越昏,他感到血管里像钻了一条毒蛇,毒蛇正在他的血管里上下窜动,不时张开嘴巴咬他一口。他想,过不了多久,他就会被这条毒蛇咬死的。

天放晴了，太阳升起来，把病房的玻璃窗照得遍体通亮。高中生睁开眼，他看见同病房的刘嫂、三姐、聋子和他一样都静静地躺着，鼻孔里插着输氧管。

高中生的呼吸越来越艰难，他感到自己马上就要死了，就在这个时候，他突然开始难过起来——让哑巴、炳子死掉是件好事，刘嫂不能也这么死了，刘嫂这人还是挺不错的，平时对他很关心，听说人家两个儿子正在上高中，他这一毒，不就把这家人给害苦了吗？还有聋子，一天到晚老老实实的，并没有招惹他，他不该也把他毒死。想到这里，高中生就异常难受起来。

就在此时，一位年轻护士要来给他输液，他便鼓足了勇气，说："快，去叫人来，这毒，是我放的……"

护士听了这话大惊失色，便放下注射器，找到了医院院长。院长又迅速把这一情况告诉给了县专案组。

不到二十分钟，三名专案人员就来到了高中生的病房里。当专案人员向高中生讯问这毒是谁放的时，高中生很干脆地说："是我放的。"

"你为什么要投毒?"专案人员严厉地问。

高中生看了看几个专案人员的脸，一字一句地说道：

"我在为民除害呢。炳子，拐子，这几个人太坏了，太可恨，他们结成伙欺负我，害我，给我使圈套，我不给他们点厉害不行了。所以，我那天故意到县城买了些老鼠药，在我临死前毒死他们，也算是我出了口气。现在我心里谁都不恨了，只恨我父母，我的一切都是他们造成的。你们别——怨——我——"

说到这里，高中生头一歪，空洞的双眼失神地望着窗外那枚散发着冷气的冬日的太阳。

（发表于《陕西文学》杂志 2015 年 4 期）

曲终人不见

一

沈静是在妈妈的多次敦促下才答应去与李规见面的。

那天是礼拜五,中午饭吃毕,沈静正要收拾餐桌上的残羹剩汁时,妈妈急忙挡住了她,满脸喜悦地说:“静,你歇着吧,妈来收拾。”沈静看了一眼爸爸,爸爸正美滋滋地享受着饭后一根烟的飘飘欲仙的时光。此时,爸爸也稍稍分了点神,说:“你坐下吧,让你妈收拾。”

沈静向来是个听话的乖孩子,便听了父母的话,安静地坐下了。

妈妈做事向来干净利落,她很快就将餐桌收拾得一尘不染。待一切收拾停当之后,她便取下围裙,在餐桌边上坐了下来。

沈静估计妈妈今天会有什么重要指示,便抬头看了一眼妈妈。妈妈是个美人胚子,尽管她已经快50岁的人了,却一点也不显老,除了眼角处有一两个细小的皱纹,显得有一点沧桑外,整个人看起来仍是端庄典雅,貌美如花。沈静时常暗自赞叹:妈妈真是了不起,什么法子使得她总不见老,魅力不减呢?真把她羡慕死了。

就在沈静沉思的时候,妈妈开口了,她定定地看着沈静说:“静,你今晚上去与李局长的公子见个面,吃顿饭吧。我把他的手机号码给你。”

沈静看了一眼爸爸,爸爸也满脸含笑地迎合道:“李规这孩子不错,你们是同龄人,见见面,吃吃饭,相互加深一下印象和了解,很好么,不要成天待在家里。”

爸妈已经是第三次这样着急上火地撮合她与李规见面了。沈静心里很清楚，她要是再不听话，估计他们都会不高兴的。于是她便表态说：“好吧，我去。”

二

沈静是个乖巧的女孩。从小她就很听父母的话，上学后，更是个遵守纪律的好学生，但她一直对学习不是很上心，因而每次考试成绩总是中不溜——好也好不到哪里，差也差不到哪里。不过高考时她却发挥得不错，总算顺利地考上了一本。父母都很高兴，风风光光地把她送到了省城上大学。大学四年是她最舒心的日子，生活无忧无虑，学习上也没有多大的负担，在美丽的省城西安，她结交了好几个知心朋友，看了好些她喜欢看的书，度过了无数个放飞心灵的周末聚会。但是四年，毕竟太短暂了，她还没有疯够，就大学毕业了，大学一毕业，各种现实的问题纷至沓来，工作问题，婚姻问题……这些问题哪一样都不是轻而易举地能解决的。高考难吧，找工作比高考还难，没有经历过大学毕业找工作这一关，是真不知道他们这一代的大学生有多可怜。除非你不想成为一个旱涝保丰收的国家正式职员，除非你父母是手拿实权的高官，除非你上的是国家重点大学985和211，除此之外，你若想顺顺利利地考上公务员或者事业单位，你不废寝忘食地复习，脱几层皮，门儿都没有。

沈静知道，一个女孩子，如果没有一份正当职业，一个比较像样的身份，要想嫁一个好人家，几乎等于零。尽管他的家境也不错，父母同在一个比较有实力的政府部门工作，而且父亲还是他们单位一个颇具实力的大股室负责人。然而，县上情况特殊，很多大学考得不错的男孩子，差不多都没有回本地参加考试，而是到外面更广阔的天地闯荡去了，导致男女比例严重失衡。回家参加考试的有限几个男生，像是珍宝一样稀少，找对象的时候，他们神奇得像王子，想找谁就找谁。

哪个女孩心中没有甜蜜的梦想？为了找到心中的爱情，为了以后能有一个幸福的家庭，沈静全身心地投入到复习考试当中，毕业头一年，她先后参加了三次考试，结果屡战屡败。这让她十分心慌。

在她的信心开始摇摆的时候，爸爸妈妈则不断地给她加油鼓励，并以反面的典型案例对她进行教育提醒——谁家的女子出门打工，怎样了，又怎么样了。那例子无疑是很悲惨的；还有谁的女子，因为不好好考试，结果三十多岁了，至今还是独身……

在爸爸妈妈的劝说鼓励下，沈静只得咬牙再战。结果第二年的接连两次考试都只在录取分数线后面徘徊。沈静几乎要崩溃了，所幸接下来的一次考试，她终于将笔试成绩考到了分数线之上，虽然名次不太理想，录取两名，她的笔试成绩是第四名。但接下来，由于她超常发挥，面试成绩考了第一。最后两样成绩一拉通，她的总成绩排到了第2名，终于被正式录取了。

她的乖巧和懂事让父母倍觉荣耀，见到亲戚朋友，父母都会把她当成骄傲的资本，可劲儿地夸奖。在她美滋滋地享受着这令人振奋的夸奖的同时，心里十分清楚，要不是父母对她的严格监督和关心支持，她要想被录取，简直是白日做梦。因此，她更应该感谢生她养她的父母了。

三

这天下午上班的时候，沈静心里像是揣着一只活蹦乱跳的小兔子，心思一直不太集中。

五点半一到，沈静便借口家里有事，向同事小王打了声招呼，就提前匆匆地走了。

为了今晚能给李规留下一个比较好的印象，她得回去把今晚的装束收拾好。而这，她得赶在父母下班回来之前彻底完成——尽管她心里重视，但在父母面前，她一定得显示出对这件事的漫不经心来，女孩子在这方面可得放矜持点。

她很快回到家里，然后直奔她的卧室。她的卧室里有一个大衣柜，里面挂的全是她一年四季的各种时尚衣服。

经过精挑细选，她最终选中了那件驼色的派克服貂子毛领保暖皮草外套，下身穿的是上个月买的那件黑色的紧身裤，再配上一双红色的高跟鞋。

她从穿衣镜中仔细端详了一下自己，她稍稍有点惊讶，她想不到，这随意一装扮，就装扮出了一个靓丽的时尚女孩。因为父母的基础摆在那儿，她虽然达不到妈妈那般惊鸿之美，但她也是一个标准的美女呢。

临走之前，她化了个淡妆，并往身上扑了点古龙香水。

刚装扮完毕，李规的手机信息就来了：“我在桂香苑门口等你，不见不散！李规。”

沈静迅速回了个信息：“好，我即刻就来。”

这是她第一次跟李规交流，她的手机号肯定是她的爸妈转给李规的爸妈，然后又传给他手上的。这个陌生的手机号因这个意义非常的信息而一下子变得熟悉起来。

沈静最后再一次在镜中认真地打量了一遍自己，她认为自己既矜持又大方得体，便朝自己满意地微笑了一下，然后挎上小包出门赴约去了。

直到她离开他们居住的这个小区，都一直没碰见父母回来。很显然，父母是故意留给她时间空档，让她好好打扮自己的。她是一个怕羞的女孩子，又很要面子。他们一定是担心在他们面前，她会不好意思精心打扮，这样无疑会影响到今晚他们第一次见面的效果。

体会到父母的良苦用心后，沈静心里涌出阵阵暖流，矫健的步子踩在马路上，留下一串串铿锵有力的青春足音。

沈静一边走，脑子里一边搜寻着有关李规的记忆。因为李规的父亲是她父母单位的头儿，她除了知道两家父母不仅经常利用周末休息的时候在一起打麻将外，他们两家人还时不时地一起出去郊游，或者聚餐。她比李规小几岁，每次两家人在一起，他们几乎都不大说话。她记得有一次郊游中，不知李规说了句什么话，惹得他爸爸大怒，他爸把他用腿夹住，使劲揍了一顿。结果李规不要命似的大声嚎叫起来，怎么也劝不住，弄得大家只好不欢而散。后来他们见面的机会就渐渐地少了。大学毕业那一年，一次她和爸爸一起上街的时候，刚好碰到李规和他妈妈一起上街买东西，那个时候李规已经参加了工作，除了个头长高了一些，脸上还是那么苍白，见了她和爸爸，竟连一句话都不说。

又是几年过去了，她不知道李规发生变化没有。

目的地并不远，十几分钟后，沈静便走到桂香苑门口了。饭店门口是一个小型停车场,临街的地方栽了一排风景树。沈静四面环视了一遍,却不见李规的影子,便想到:"李规还没有到,我怎么收到信息就往这儿跑,这么不知矜持?"沈静像做了错事似的,马上扭头就走。男女约会,男方应该先到的,她怎么先跑来了?这让人看见了是多么难为情呀!

沈静一口气走到县城的滨河公园。天还没有黑,这里已经来了很多锻炼的中老年人了;音乐声中,一群妇女已经开始跳广场舞了。沈静找到一处比较僻静的地方,在一张靠背椅子上坐了下来。

天色渐渐暗了下来,公园的路灯,还有河对岸高楼上的彩灯次第亮了。沈静把手机从小包里掏了出来,看了朋友圈的几个微信,正看得有味的时候,一条信息蹦了出来:我已经到好久了,你走到哪儿了?

沈静想了想,便回了一个信息:我正在路上,马上到。

那边又回了一个信息:好!

沈静赶快把手机装起来,起身就走。

沈静很快又走到桂香苑门口。可奇怪的是,门口还是不见李规。

沈静只好把手机掏出来发了一个信息:我已经到门口了,怎么不见你?

那边很快回了个信息:你快进来吧,我在二楼一帆风顺小包间。

沈静略停了一下,便回了一个字:好!

沈静上到二楼,那里面的光线比较暗,一个服务员站在门口,热情地问她到哪个包间。沈静说了包间名字,那个服务员便径直把她领了过去。门一开,只见李规正专心地看着手机。李规一见她,马上把头从手机屏上抬起来,用手指指对面的位置说:"请坐吧,我都等你快一个小时了。"

沈静心里有些不解地问:"你一来就进包间了?"

李规那疲倦而略带惊讶的眼神从镜片中透露出来,说:"对呀,给你发信息时,我都已经到了,你怎么半天才来?"

沈静只好说:"单位事多,走得迟,很抱歉,让你久等了。"

李规说:"不用客气!"然后站起身喊叫服务员上菜。

服务员上菜的时候,李规又开始玩手机了。沈静仔细打量了一下灯光下的李规,他发现李规竟然和三年前见到的那个苍白的男孩毫无二致。她都26岁了,估计李规起码已经30了。可是,他却一脸稚气,人世间的沧桑在他的脸上,几乎没有留下任何印记。她感到真是奇了怪了,按说他们今天第一次约会，李规应该热情大方，可他倒好，她往这一坐，他竟不管不顾地玩起了手机，又想到她来的时候，他竟然连起身迎接这一简单的礼节都没有做到，他是故意的，还是根本就不懂？想一想，还是他这一脸的稚气，让沈静心头的不满一扫而光——他还是个孩子呀，怎能和他一般见识呢？可是她又不能这么娇纵他。于是，沈静故意把脸板起来，用手指敲敲桌沿说："唉，我说李规，你今天约我来，就是为了让我看你玩手机吗？你再这样，我走了哦！"

听到沈静这么一说，李规似乎才一下子清醒了过来似的，他马上把手机放下，站起身向她鞠了一个躬，满脸歉意地说："对不起！对不起！是我错了。"

见李规这么真诚地向她道歉谢罪，沈静又觉得一切释然了。

李规马上让服务员开始上菜。

沈静想不到李规点了那么多的菜，桌子上快摆满了，服务员还在上。于是她便对李规说："我们两个能吃多少？没上的就不要了吧？"

李规说："我点的都是你喜欢吃的菜，没关系，多吃点，咱们边吃边聊。"

李规这样一说，沈静才注意到，李规点的果真都是她喜欢吃的菜，什么西芹泡椒、干炸带鱼、卤肉拼盘、西红柿炖牛腩、鲈鱼、苦菊、清汤白菜……她先是感动了，但她马上警觉了，李规为什么对她这么熟悉？在这些她喜欢吃的菜背后，她隐约地看到了父母的影子。

菜上齐后，李规让服务员把红酒打开，把两个高脚杯填满，然后他端起酒杯对沈静说："为了今天晚上的见面，咱们干一杯！"

沈静便端起了酒杯，和李规碰了一下说："谢谢！"

然而，就在沈静和李规碰了之后正要喝酒的时候，李规竟然嘭的一下，把酒杯摔到了地上，并对服务员大声大吼道："我们在这说话。你在这儿干啥？出去！"

酒杯子摔在地上，摔得粉碎，一杯红酒也泼了一地。

这个服务员大概是乡下来的姑娘，李规的举动顿时把她吓得瑟瑟发抖。这时大堂经理来了，她问那个小服务员："你怎么惹客人生气了？"

女服务员怯怯地说："我没有惹客人生气。"

李规见服务员犟嘴，站起身指着服务员说："你还犟嘴，我们在这说悄悄话，谁让你站在旁边偷听了。"

女服务员说："我没有偷听。"

李规听服务员这么说更生气了。沈静还未来得及阻挡，他竟然拿起桌子上的一盘菜，啪的一下扔到了地上，盘子被摔得粉碎，菜泼了一地。

那个大堂经理惊讶万分，指责李规说："你有什么好好说，你摔什么东西？你咋这样没修养？"

李规一听竟然有人骂他没有修养，便要往上扑，他指着那个大堂经理道："你说谁没有修养？你信不信，你要是不说清楚？我今天晚上就把你这个饭店给砸了。"

大堂经理也不是省油的灯，便手指着李规说："你就是没修养，有修养的人不是这样的。有本事你就把这酒店给砸了！"

李规又准备摔盘子，沈静见此，马上过去，紧紧地拉住了他说："一点小事，忍忍就过去了，你不要闹了。"

这个时候，几个身材魁梧的保安来了，其中一个满脸胡须的保安，扑上来，直接就卡住了李规的脖子，狠狠地说："小子，你闹什么闹？信不信？你要再敢闹一下，老子就把你的脖子给拧断了。"

李规一见这几个大汉，顿时老实了，马上对沈静说："走，咱不在这家吃了，咱换一家去。"

可是，这个保安仍没放手，他说："你得把账结了，摔坏的盘子加倍赔偿。"

李规还准备辩解，沈静横了他一眼说："你别丢人了好不好？"沈静马上跑到吧台把账和赔偿金全给结了。

俩人灰溜溜地走出桂香苑饭店。李规打算叫沈静再换一个地方吃饭，沈静生气地说："要去你自己去吃吧，我不去了。"说完扭身就走了。

沈静沿着一条街道走了几步之后，又折向另一条僻静的小巷子走了进去，她生怕这个时候李规从后面撵过来了，便悄悄扭头看了看，还好他没有跟来。沈静心里一阵轻松，之后接着便是一阵巨大的失落。她感到鼻子里酸酸的，眼泪就止不住地流了出来。这条巷子几乎没有什么行人，路灯也比较昏暗，她的脚步声在这幽暗的街道引起了阵阵回音。此时，她满脑子里装的还是刚才在桂香苑包间里发生的那一幕——李规对服务员的谩骂声，李规将盘子扔到地上的破碎声，还有那个凶恶的保安，瞪着眼睛，卡住李规的脖子的情景。这一幕幕情景不断地在沈静眼前闪现。她真想不到李规是这种人，一个30多岁的男人了，怎能这么没有修养？人家服务员站在旁边，咋了？即使人家做的不对，你善意地提醒一下，有何不可？至于把菜盘子摔到地上？

沈静到现在还没有弄明白，这究竟是李规故意的，还是他没有控制住自己。就算是服务员惹他生气，他也应该想一想这次约会的重大意义。他要是心中真正有她，他就会尽量创造好他们约会的气氛。可他倒好，开始说得好好的，在饭店门口见面，他却一来就钻到包间里玩手机，害得她多跑一趟路。这都不说，他们都开始碰酒了，他却为了一点芝麻大的小事，冲天一怒。他心中有她吗？根本没有。想到这里，沈静特别后悔，她后悔今天晚上来赴约，不仅饭没有吃成，还在饭店里丢人现眼。

沈静怕这个时候回去情绪太低落，会给父母带来不快，出了这条小街之后，她又到滨河公园坐了好长时间，约莫十点过了，她才开始往回走。这个时候街道上的行人和车辆渐渐稀少了，晚风刮了起来，带来阵阵凉意。沈静安慰自己，不要把这事放在心上，大不了今天晚上就是一段小插曲吧，自己根本看不上这号人，至于他脾气好与坏，和她又有什么关系呢？她相信自己一定会找到称心如意的爱情和婚姻。

四

沈静希望回到家的时候，爸爸妈妈都已经睡了，这样她便可以悄无声息地回到自己的房间，洗漱完就睡觉。这样，经过一晚上的过滤，饭店里发生的所有不愉快，都会被淡化掉。第二天，当父母问及她和李规见面的经过时，她便会轻松自如地调侃给他们听。可她万万没有想到，当她小声地把门打开时，一眼便看到客厅里明亮的灯光，电视屏上人影闪动的清晰画面，还有父母那惊喜和期待已久的目光。

沈静心里直叫苦，他们怎么还不睡呢？一边换鞋，她一边想着一会儿该如何应对爸妈的问话，照实说？还是编个谎，让他们高兴高兴？

就在她踌躇不定的时候，妈妈已经从沙发上站了起来，喜盈盈地向她走来。妈妈走到她跟前，关切地问："才十点多一点，你就回家了，你们俩咋不多在一起说说话？"

沈静把鞋换好，没好气地说："有啥好说的！"她径直走到沙发跟前，把小包往茶几上一扔，自己就像一堆软泥一样瘫倒在沙发上。

她的言语和举动，顿时像一颗炸弹一样，一下子把爸妈给炸晕了。妈妈立即指责她说："你看你这女子，俩人既然见面了，就应该好好谈一谈，相互加深了解，哪能吃个饭就各自回家了？"

而爸爸则单刀直入、双目炯炯地问她："你们晚上谈得怎么样？"

沈静的心情本来都已经快平静下来了，经爸妈这样咄咄逼人地一追问，心里那团快要熄灭的火，又轰的一下熊熊燃烧了起来，便脱口而出："谈得不怎么样！"接着又补充了一句，"真后悔去见李规那个孙子！"

"啊！"爸妈一听她这句骂人的话，不约而同地发出了一声惊叹。接着，爸爸也不管她做得对不对，首先就责怪她："沈静，你咋这么不懂事？李规他爸是我和你妈的领导，人家那家世，我们能结识都已经是攀高枝了，可你却是那样地瞧不起人家。告诉我，你今天晚上是不是说了什么对不起李规的话，做了对不起李规的事了？"

而妈妈则生气地问道："沈静，你是不是又犯你的倔脾气了？老老实实告诉我们，你们今天晚上到底谈得怎么样？"

沈静望着妈妈，慢慢说了三个字："谈吹了。"

爸爸一听这三个字，脸色立即变得煞白，气急败坏地责问她："好好的事情，你咋能给谈吹了呢？"

沈静感到头痛欲裂，便捂住双耳大声说："你们别问了好不好？我还饿着，我要吃饭！"沈静这个要求无疑又让父母更加地惊讶，他们的神态像是漏了气的皮球一样，完全瘪塌下去了。妈妈暗自神伤，摇摇头长长地叹了一口气，然后起身到厨房里给沈静做饭去了；爸爸则成了木偶一样，呆呆地坐在那里，不停地抽烟。

沈静懒得管他们，兀自拿起遥控器在电视上搜节目，搜了半天，搜到了快乐大本营，便专心地看了起来。尽管里面很热闹，几个节目主持说呀，唱呀，跳呀。可是她似乎什么也没看到，什么也没听到。但她还是霸着眼睛瞅着电视屏。一会儿,妈妈便端来了一大碗菠菜龙须面,上面还卧了一个鸡蛋饼。

沈静坐到餐桌边,低着头把一大碗面一口不剩地全消灭了,她痛快地打了一个饱嗝,感到心里舒服多了。

爸爸妈妈这个时候很像一对沉默的泥菩萨,哭丧着脸,端坐在那里。沈静知道,她如果不把今天晚上发生的事情告诉给他们,他们肯定煎熬得一个晚上睡不着。于是,放下碗之后,她便把今天晚上她和李规约会的前前后后齐齐地讲了一遍。

爸妈都想不到李规会这样,他们立即开始埋怨起李规的不是了,一个说李规不懂事,一个怨李规性子太粗暴。但埋怨了一会儿之后,两人的语气又变得出奇的一致,爸爸恳切地说:"女子,李规这次做的是有些欠妥,但人家的爸爸毕竟是我和你妈的领导,你能不能原谅他一次?"

妈妈说:"静,你放心,我和你爸一定亲自去见一下李局长,让他好好开导开导李规,以后遇事一定要冷静,不要动不动就冲动。听妈的话,继续和李规交往下去,好不好?"

沈静想不到爸爸妈妈会这样,看看时间已经很晚了,便站起身说:"都快12点了,明天单位事情多,我得先休息了。"

五

上大学的时候,沈静曾结识了两个男孩,他们都对她很好。一个是西安人,两人同在一班;还有一个是长春人,比她高一级。直到现在,他们仍和她保持着联系,而且他们都还没有结婚。但她从没有把他们往她婚姻这个秤盘上放,有时想想也真是奇了怪了,那两个男孩儿都不错,西安的那个聪明睿智,在他眼里,似乎世上就没有难倒他的事;长春的那个英俊潇洒,有一副挺拔的身材和深邃有神的眼睛,他们一直都对她有那方面的意思。可她一直都和他们保持着一种纯粹的朋友关系。是不是她对父母的过分孝顺制约了她在爱情婚姻方面的选择?父母就她一个宝贝女儿,她如果嫁到了外地,父母怎么办?她有时也替自己开脱,父母退休以后就让他们跟她一块生活吧。可是父母能做到吗？他们在这个叫作鹿城的小县城里生活了几十年，老了的时候却让他们背井离乡，他们肯定做不到。也许就是这方面的考虑，当妈妈让她去见一见那个其貌不扬、一点感情基础都没有的李规时，她便郑重其事地前去赴约了，结果却发生了那件让人啼笑皆非的尴尬事。但沈静也是个想得开的人，李规有啥了不起，除了家世比她好之外，别的还有啥？他不珍惜他们的见面机会，连起码的修养都没有，这种人趁早还是不交往的好。她现在要工作有工作，要相貌有相貌，而且父母都是国家正式职工。她这条件，难道还找不到如意郎君？她才不信这个邪呢。

沈静决定：从此以后，坚决斩断和李规的任何瓜葛和联系，认认真真地工作，快快乐乐地生活，不要让李规这小子影响到她的情绪。

可实际要真正做到这一点却很难。第二天早上刚起床，她就收到了李规给他发来的一则信息：“沈静，实在对不起，昨天晚上是我的不对，我没有克制住自己的情绪，和饭店的服务员发生了争执，你今天有空吗？我们找个地方坐一坐，我当面向你认错赔不是，好吗？”

沈静把信息反复地看了两遍，然后回了一个信息：“不必了，我今天有事。”

当天下午，沈静正和朋友刘小娜一起逛超市，李规又发来信息：“沈静，我知道你还不肯原谅我，但我是不会放弃的，我会继续努力，直到你接受我为止。”

沈静看到这个信息很生气，当下把他删了，她对李规，除了厌恶之外，没有任何好感，她和他还有什么好说的？沈静想，只要多拒绝他几次，李规和她的关系就会渐行渐远，直到相互忘记，这样多好。

可是，她对李规的那种态度，爸妈竟然一五一十地全知道了。一天晚上，她从外面回来，正要回自己的房间休息时，妈妈把她叫住了。她问：“妈，有啥事儿吗？”

妈妈问她：“沈静，你怎么能那样对待李规？”

沈静听了一愣，反问妈妈：“我怎样对待李规了？”

妈妈说：“人家给你发信息你不回，打电话你不接，你咋能这样？”

她正要反驳妈妈，爸爸一下子从沙发上站了起来，满脸怒气地说：“你太任性了，人家李规不就是犯了一个小小的过错嘛，你就对人家不依不饶，一棍子打死。你仔细想一想，当时能发生那样的事，你就没有责任吗？你要是把李规保护好，他不是不会那样做吗？”

听了爸爸的这句话，沈静十分惊诧，她想不到他竟然又把那本旧账翻了出来，而且把事件的责任怪到她头上了，她不明白，她到底是不是他们的孩子？李规做错事了是明摆着的，爸爸怎能一味地袒护他呢？李规是他们的儿子吗？

于是她就回了父亲一句话：“爸，你说得对，那天晚上责任全在我，是我无理骂人家服务员，是我无理地把盘子摔在地上。李规全都好，哪儿都好，你们就让他做儿子好了。”说完，她气冲冲地回到自己房间，把门咚的一声关上了。

六

一连几天，沈静都闷闷不乐。在单位，她只顾闷着头工作，谁跟她说话，她都不理不睬的。同事都感觉她怪怪的，认为她变了，变得高傲了，见了她都绕着走。

回到家里，沈静更是感到压抑。饭好了，她端起碗就吃，饭吃罢，她主动去洗碗，碗一洗，她就回到自己房间里待着，家里空气早晚都是凝固的。

这样勉勉强强过了几天，沈静真正感到全身每一个关节都不舒服。但她还是强撑着，她能怎么办？就在她慢慢快适应了这种环境，一天晚上，她正要脱衣休息时，妈妈推门进来了。

由于好几天不和妈妈说话了，这会儿妈妈突然进来时，她感到有些拘束和紧张，一时不知该如何和妈妈说话了。

妈妈见了她，勉强脸上挂着笑，走到她跟前，伸手在她头上轻轻抚摸了一下，轻声说：“你爸那天晚上说的话不对，我下来责骂了他好几次。但他毕竟是你爸，你爸说错了一句话，你都不肯原谅，一直较劲呀？”

沈静看了一眼妈妈，低下头说：“我就是觉得委屈，明明错在李规，爸为什么把责任怪在我头上？”

妈妈这时叹了一口气，挪过凳子，在她对面坐下，然后开导她说：“天下没有哪一个做父母的不爱自己的孩子，去爱人家的孩子。静，你是一个懂事的孩子，我们就你一个女儿，我和你爸所做的一切，将来还不都是为了你？你看现在，我和你爸，都在李规他爸手下工作，如果你和李规的婚事成了，以后对你各方面的发展，不是更有利吗？”

沈静看了一眼妈妈，说：“你和爸爸都是国家正式干部，每个月上你们的班，拿共产党的工资，谁当局长也不会少了你们一分钱，何必要将就李规他爸？实话说了吧，我根本就不喜欢李规，而你们非要做这拉郎配的事情，这都什么年代了？”

妈妈正言道：“孩子，你年幼，有些事还不懂。虽然谁当领导都不会影响我们的工资，但是其他方面的照顾，有关系和没关系，关系深和关系浅，就完全不一样。李规他爸和我们认识时间长，交情深，这几年没少照顾我们，不说别的，单说你面试这件事，要不是人家暗中帮忙，单靠我和你爸的关系，根本不行，我说这话你该懂了吧？”

“你说我面试的事，是李规他爸暗中帮忙的结果？”

“那还能是谁？别说市上的人事关系，光县上的关系，我们都走不通。”

沈静听了感到脊梁骨阵阵发冷。

妈妈继续开导，“孩子，我们之所以要尽力撮合你和李规的婚事，还不全都是为了你。你想，如果两家这门亲事成了，你爸和我，接下来会得到多少好处？我们单位上的实情你不知道，单说你爸这几年手上管的事，局长紧一个尺码和松一个尺码，那可不是简单的一个数字。你爸的职位要是再提一提，权再大一些，管的事情再多一些，那就更不一样了。孩子，这些话你千万不要对别人说，我们只想你好好考虑一下，肚量尽量放大一点。李规这孩子，我们是看着他长大的，除了脾气差一点，其他方面都不错。而且我们以后也会帮助他改正缺点。你们要是成了夫妻，我敢保证，一定是对幸福的婚姻。”

听了妈妈这段话，认真体会其中的每一个字，沈静不禁浑身发凉，原来，爸妈这样做，竟然有他们的利益考虑；而且，他们之所以这样，还美其名曰全都是为了她。

见她不吭声，妈妈恳切地说：“静，算妈求你了，你就委屈自己一下，原谅李规一次，和他再谈谈，要是实在瞧不上他，那就算了，你看这样行不行？”

沈静听到妈妈今晚发自肺腑的话语，又看着妈妈那殷殷切切的目光，知道要是再彻底拒绝的话，会伤透她的心的，便强忍着泪水，点了点头。妈妈一见她点头了，便再次抚摸了一下她的头说：“女儿真乖，时间不早了，早点休息吧。”然后满意地起身走了。

沈静想到自己这么迁就妈妈，心里无比沉重起来。

七

大概是妈妈向那边传递了信息，第二天下午刚上班的时候，李规便向她发来了微信信息：

沈静你好，下班后我在万达广场等你。附近有家才开的美食城，饭菜味道不错，咱们一起去品尝品尝，恳请赏光！

沈静一看到这个信息，便立即想到了那天晚上发生的扔盘子事件，心里便产生了一种强烈的反感情绪，便没有回答他。过了一会儿，想到这样不好，便回了一条信息：

咱们见面，不一定非得吃饭才行吧？能不能到哪个音乐厅喝喝咖啡，听听音乐？

那边停了一下，然后回复道：

饭总是要吃的，咱们不如先吃饭，吃罢饭后再去欣赏音乐，那个美食城对面就有家歌舞厅。你看这样行不行？

沈静没想到他这么固执，便回道：好吧。

一见他答应了，那边立即回了一个微笑表情，紧接着又发来了一大束鲜红的玫瑰。

吸取上次的经验教训，这次沈静没有积极前去赴约，而是一直等到六点钟下班了，她才最后一个关门离开单位。

秋天到了，白昼在一天天缩短，下午六点一过天色就渐渐暗了下来。沈静挎着小包，无精打采地走在去万达广场的路上。秋风阵阵，裹来阵阵凉意。这天上午还是晴天，气温20多度，她下午只穿了一件长裙，这会儿气温一下子降得这么低，她迟疑了一下，拿不准去，还是不去赴约？想了想，还是去了。人得守信用,既然答应了人家,就得去,她不能让李规小看了她。

沈静走得很快,穿过南大街,然后沿着灵光路往东去,500米就到了。万达广场是该县为了提升城市品位而新建的一个大型广场,广场上除了有一个供节庆期间搞大型活动的多功能舞台外,在广场的中心位置还伫立了一个二十多米高的城市雕塑——一只扬蹄飞奔的白鹿。万达美食城位于广场的东北角。这里人流量比较大。

这次李规比较守约,他一直在美食城门口等着。李规今天穿了一件红色的羽绒服,头发修得很长,面孔苍白而消瘦,一眼望去像个得了贫血症的女人。沈静的心里陡然产生了一种极度的厌恶之情。

李规这时已经看到她了,马上热情地走过来,指指对面的一幢大楼说:"万达美食城最近很火爆,尤其是火锅做得好,咱们吃罢后再去听听音乐。对面就有一家歌舞厅。"

沈静平静地说:"既然来了,就听从你的安排。"心里却说,但愿今天晚上不会发生什么不愉快的事情。

李规在前面带路,他们乘电梯往上去。在上电梯的过程中,李规向沈静介绍说,万达美食城汇集了中国南北六大菜系美食之精华,不同的顾客来到这里,都可以根据自己的胃口,选择自己喜欢的饭菜类型,好好享受口食之福。

听了李规的介绍,沈静淡淡一笑,说:"看样子,你是常客了。"李规客气地说:"哪里,我也是仅仅来了两三次,都是朋友请的。"

上到三楼,他们下了电梯。李规继续在前面领路。这个美食城是环形结构,顶上有天窗。他们沿着一条不甚宽畅的走廊往前走,两边的房间内尽是一家家火锅店、烧烤店。这里生意确实好,每个店里都灯火通明,顾客爆满。烧烤炉子上的火苗呼呼地响着,伸着长长的火舌。烤焦的牛羊肉味四处弥漫。

李规精心地挑选着,看了一家又一家,不是嫌人家做的味道不好,就是嫌那里人多嘈杂,整个三层的店子都快看完了,仍然没有选中理想的店子。沈静说:"随便选一家吧,吃个饭,用得着那么费劲吗?"李规也实在找不到理想的地点了,看到拐角头处的一家火锅店里的人相对要少一些,就走了进去。里面还有两个空桌。李规指着那张靠墙的桌子对沈静说:"咱们坐那儿好不好?”沈静说:“好吧。”李规往那儿一坐就开始点菜,先点了四五份牛羊肉,接着又点了好几份素菜,最后要了双份辣子碗和饮料。点罢之后,李规又把菜单递给沈静说:“你看还有什么喜欢吃的,你再点一些。”沈静说:“你都点那么多了,再点,还吃得下去吗?算了,不点了。”李规也没有强求,见沈静不点了,他就把菜单递给服务员准备去了。

沈静透过玻璃窗看了看外面,这时夜色已经彻底降临了。外面走廊上人来人往,每个房间都很热闹。在等菜的过程中,李规忍不住把手机又掏了出来,可刚看了一眼,他马上又收了起来,起身给沈静面前的杯子里添了些茶水,问道:“你经常和朋友在外面吃饭吗?”沈静说“也不经常,朋友约了,偶尔出去。父母管得紧。”李规笑了笑说:“以后朋友再叫,你父母要是不准,你给我说。”沈静听了一愣,看着李规说:“你就那么厉害,他们都听你的?”

李规尴尬地笑了一下说:“阿姨和叔叔咋会听我的?不过我可以说服他们,让他们同意你和朋友出去吃饭。吃饭也是社交嘛。”

一会儿汤锅就端上来了,点的菜也装在送菜车上推到了他们的桌子旁边。

服务员端了几盘菜放在汤锅边上,把火打着,告诉他们如何调温,然后就走了。

汤锅开始煮得泛泡的时候,李规就开始把肉往里夹。

煮了一会,李规拿起饮料对沈静说:“咱们碰一下就开始吃吧?”沈静就拿起饮料和李规轻轻碰了一下。

可以这么说,这天晚上,李规开始的表现还算差强人意,他们两个人边吃边聊,李规还不时用那双公筷夹菜往沈静碗里放。两人的谈话越来越投机,气氛也越来越融洽。大概吃到一个多小时,菜都要吃光了的时候,突然外面发出咔嚓一声巨响,接着电就灭了。沈静起初还没有太在意,她以为停电了,一会电就来了,没什么大不了的。可谁知,外面全乱了,到处都是大呼小叫的。过了不到三分钟,他们来的这家店子里,有人大喊了一声:“电着火了,快跑呀!”这句话无疑就是催命的信号,店子的所有人,无论是店员还是顾客,都摸着黑,惊叫着争先恐后地往外涌——谁都知道电走火的危害性有多严重。沈静急忙催促李规赶快逃离,结果她声音发出去之后,对面竟没人应答,她急忙把手机电筒打开,光一照,对面的凳子上早空了。

沈静不敢迟疑,赶快往出走。可是外面根本走不过去了,一边是楼房的拐角头处,没有出口;一边的走廊上被惊慌失措的人群严重堵塞住了。整幢楼一片漆黑,那间着火的店子里有一圈火苗在到处蔓延,火光中,一股股滚滚的浓烟,像妖魔鬼怪似的顺着洞开的门窗往外钻。走廊本来就窄,除了火情刚开始爆发时一些人先行撤离了之外,十几家店子的大部分顾客都被浓烟和巨大的险情堵在走廊上,大呼小叫,景象十分恐怖。

沈静开始也很害怕,但随即就平静下来了,她感到特别滑稽可笑,她和李规的两次约会吃饭,竟都毫无前兆地发生意外,而且一次比一次事态严重,这不是预示着他们两人的姻缘没有一点希望吗?索性这次把她烧死算了,省得父母强迫她和这个男人成亲。事情看开了,她便淡然地欣赏着那滚滚的浓烟,以及那些在死亡线上无望挣扎的慌乱的人群。

可是她没有想到,就在这危急时刻,一家火锅店的店主站了出来,他先安排一个店员迅速打开走廊上的消防栓,用灭火器对着那着火的房间灭火,当火情稍稍得到控制的时候,他又马上安排两名身强力壮的男人在这层楼的出口处疏导大家撤离这个危险区。在那个店主的冷静指挥下,堵塞在走廊上的所有顾客才有序地撤离到安全地带。

沈静几乎是最后一个撤离的,她后面是他们吃饭的那家火锅店的胖子店主。当她撤离到楼下时,消防车也呼啸着赶来了。一会儿火就被彻底扑灭了。

楼下来了很多围观的市民,一个个指指点点的,批评这幢楼房盖的是豆腐渣工程,才使用多长时间就发生了火灾,某某领导肯定又从中贪了多少钱。一个个义愤填膺的样子。刚从三楼撤离下来的那些来消费的顾客,一个个惊魂未定的样子,在亲朋好友的搀扶下,他们匆匆地离开了这个几乎让他们丧生的地方。几家火锅店的店主,有痛惜今晚上餐费打了水漂的,有庆幸大难不死的。一对年轻的情侣引起了不少人的关注,那个刚刚逃生的女孩竟然委屈得泣不成声,男朋友便抱着她不断地安慰:宝贝儿,别怕,我们安全了!可那女孩仍然在不停地哭泣着。

不知道为什么,看到这一情景,沈静陡然鼻子发酸,眼泪哗一下就涌了出来。她怕让人看见,马上把眼泪擦了,想赶快逃离这个地方。就在这时,她看到李规像阴魂一样走到了她身边。李规正要对她说什么话,她马上大步走开了。

李规在后面叫:“沈静,你听我解释,当时黑——”沈静没有理他,继续大步往前走。李规不依不挠地在后面紧紧跟着,非要把问题解释清楚的样子。沈静便停了下来,回身对他说:“你别跟了,我想一个人走走。放心,这事我不会对别人说的。”说完扭身抹着泪走了。

八

这天晚上,沈静一直翻来覆去睡不着。她是一个心智比较单纯的女孩儿,平时不大爱装什么心思,因而她一贯是上床就睡,一觉就睡到大天亮。可今天晚上遇到的事儿,使她不由得不认真审视她和李规之间的交往了。从道理上讲,今晚上李规应该好好表现,以弥补上次他的过错。可是,他今天晚上好好表现了吗?危险来临之时,他竟然撇下她,独自跑走了。今天侥幸大火没有蔓延开来,假如大火一直烧过去,她还能生还吗?李规之所以会这么做,要么他心中根本没有她,根本不在乎她的生死;要么他就是一个相当自私的人,大难来临,他先考虑自己逃命要紧。沈静感到特别寒心,和这种人交往下去,有什么劲头?还谈婚论嫁呢,可能吗?沈静再次在心中告诫自己:这人根本不靠谱,和他交往简直是浪费青春。可是,爸妈会答应吗?想到妈妈和爸爸极力想撮合她与李规的婚事,她心里就直发毛,她真得抽时间好好与他们谈谈了。他们就她这一个宝贝女儿,他们再有利益方面的考虑,也不至于把她往火坑里推吧!李规这个暴戾而极端自私的家伙,若是与他组成家庭,还不知道会演绎出多大的悲剧!

沈静越想心里越烦,越想脊梁骨越发冷。加上晚上受惊受凉了,头痛欲裂,又开始咳嗽了,她感到浑身上下没一处是好受的。绝望中,她恐怖地想,活着太没有意思了,真想拿把刀子,割颈而亡。一想到殷红的鲜血往外冒的惨景,她立刻告诫自己不要胡思乱想了,爸妈就她一个孩子,她怎能这么自私,置他们于不顾,想出那么不靠谱儿的举动来?

沈静只好起身找了几颗感冒药喝了下去,又靠在床头看了一会儿时尚杂志,一直折腾到十二点多,感觉眼睛开始打架时,这才丢下杂志倒头睡了。

一天晚上，爸爸被单位里一个同事请去喝酒去了。沈静想到这是一个好机会，便推掉了一个好朋友约的饭局，在家里陪妈妈。

妈妈自然高兴坏了。妈妈是一个害怕孤独的人。

母女俩高高兴兴地把饭做好，又舒舒服服地吃了可口的饭菜。碗一丢下，沈静主动把锅碗洗了，然后就陪妈妈一块儿看电视。

妈妈喜欢看家庭剧，凡是热播的家庭剧，她几乎都一剧不落地全看了。这几天中央台正在播一部姚晨等名角主演的电视剧《都挺好》，每晚时间一到，手头再重要的事她都不管不顾，而专专心心地看这部电视剧了。

现在正好时间到了，妈妈一刻钟也不耽误地把电视打开了。

沈静就乖乖地靠在妈妈身上，妈妈幸福地搂住她。

妈妈一边看电视一边说："女儿要是天天都能这样在家陪妈妈看电视该多好！总是不爱在家待，别人一叫就跑了。"

沈静嗲着腔说："那我以后就天天在家陪妈妈看电视，哪儿也不去了。"

妈妈听了，把她的鼻子刮了一下，说："你别哄妈妈了。"

沈静说："真的妈妈，我一辈子不嫁人，每天晚上只在家陪爸妈。"

妈妈一听这话，立即严肃起来，她直起身，郑重其事地说："你别胡说，哪个女孩子不嫁人？不嫁人一辈子就不完整。"停了一会儿，妈妈又问："你和李规谈得咋样了？"

沈静深深叹了一口气，说："唉，这事不提说还罢了，一提就让人心寒。"

妈妈一听，便关切地问道："到底是咋回事，你是嫌李规长得难看，还是嫌他性子不好？"

沈静看着妈妈，认认真真地说："都不是，这样对你说吧，我感觉我与李规根本就不是一路人。不说是水火不容，起码也是格格不入。他眼里根本就没有我，我心里一点儿也没有他。妈，你们以后就不要为这件事儿难为我了，我和他根本绑不到一块儿。"

妈妈听了这话有点儿生气，她说："沈静，我感到你对人家李规有偏见。这个小伙儿我们又不是不认识，文文静静的一个人，对人也很有礼貌，我不明白你为啥看人家哪儿都不顺眼。他不就是摔了人家一次盘子吗？那有啥？你就为一点儿小事耿耿于怀。"

见妈妈这样说，沈静只好把那天晚上她和李规一起吃火锅的事儿，从头到尾叙述了一遍,然后反问妈妈:“妈,你看李规心中有我吗?危险来临之时,他竟然抛下我独自跑走了,你说这样的人将来能在一起共患难过日子吗?”

妈妈说:“李规还年轻,在家里又是宝贝蛋儿,关照他人这方面的确有所欠缺,但这都是能改的嘛。而且这些都是小事儿,只要大体上过得去就行。人家家世那么好,你知道吗?他家不仅在县上有好几处房产,六七处门面房,在省城还有好大一幢房子。那么好的家世,你嫁过去,还不是掉进了福窝里,要啥没有?平时李规身上的小缺点,你就帮他慢慢改,这都是可以忽略不计的。你要能分辨出哪头轻,哪头重,不要揪住人家的一个小辫子不放。”

见妈妈又提到李规的家世,沈静便忍不住地反驳说:“妈,我们家家境比上不足,比下还有余呢,咋非得要和他们家攀在一起才能过上好日子?你看我们家,房子也有两处,有车有存款,我们三个人都是拿高工资的,咱们缺什么?”

妈妈一听,立即不屑地说:“女儿呀,你还年幼,不知深浅,咱们家能和李规家比吗?这样说吧,人家是个大象,我们家充其量算是只小老鼠。我们还什么都不缺,我们哪一样不缺?要权没权,要资源没资源,我们家那车叫车吗?七八万块钱的车都开六七年了,现在开出去都没脸见人。存款几十万,几十万那叫有钱吗?孩子呀,眼下是个机会,不知多少人家的姑娘,都瞅着李规这个潜力股呢。我们只要和他家成了亲,就马上不一样了,不信你看。”

沈静原以为能说服妈妈,不料妈妈态度却是那么坚决,她根本说服不了。沈静真不明白妈妈为什么那么看重家世,难道家世好,人的品行一切都不管不顾了?有钱有势就能过得幸福吗?她有种预感:她要真是和李规成亲了,一定过得惨不忍睹,生不如死。想到这里,她心情愈加沉重。

这时电视剧里一个母亲的台词引起了沈静的注意,母亲说:“女儿,只养到 18 岁,之后的事情就不管了,反正以后还是得嫁人的。”

她多么希望妈妈不再干涉她的爱情婚姻,让她独立自主,她都 26 岁了,已经不是小孩子了。

九

沈静说服不了妈妈，只好在爸爸身上打主意。从小到大，爸爸一直都很溺爱她，她有什么过分的要求，妈妈那里通不过，她在爸爸那里多说几句好听的话，多嗲几句，爸爸肯定就会同意了。她是爸爸的小棉袄嘛。眼下，她遇到了人生最关键的大事儿了，她非常清楚，这件事处理得妥当与否，直接影响到她以后的生活。因此，她丝毫来不得半点含糊，不说是解决得十全十美，起码也要过得去吧？

爸爸妈妈在一起，她不好跟爸爸做工作，妈妈会干预，她只好等，等了几天，终于等到了。周六的下午，妈妈的一个好朋友约她一起去美容院做护理，留下她和爸爸两个人在家里。

她两点多午睡就睡醒了。眼睛一睁开，她就开始思索一会儿该如何给爸爸做工作，她想，只要理由充分，爸爸是个通情达理的人，平时又很疼爱她，一定会同意她的观点。这个理由是什么呢？想了半天，理由终于找到了——就是她以后的幸福。哪个当爸爸的不希望自己的儿女幸福？她想，为了她以后的幸福考虑，爸爸总不会强行让她嫁给李规吧？对，就从这个角度上去说服爸爸。

沈静踮着脚走到爸妈的卧室门口，听听，里面爸爸还在打呼噜呢。看到爸爸还在熟睡，她又轻轻回到自己卧室看书。她知道爸爸平时很辛苦，午睡最怕人打搅了，她要等到爸爸自然醒了，她再去找他谈。

沈静足足看了大约半个小时的书，眼睛都看得有些困了，听听，那边房间里还没有动静。沈静心里有些急了，她怕妈妈一会儿做罢护理回来了，妈妈一回来，她又如何能给爸爸做工作？她马上丢下书，先到厨房给自己倒了一杯水，然后走到阳台上，一边慢慢地喝着水，一边看一看四周的风景。他们家住的是爸妈他们单位集资开发建成的一幢住宅楼，刚好就在单位后面，这里不仅地理位置好（上学、看病都方便），而且采光也很好。站在阳台上，附近的城市风光和房屋建筑尽收眼底。近年来，县上不断加大城镇建设步伐，城市面积不断扩大，城市框架不断向东南西北四方延伸。沈静记得清清楚楚，七八年前，县城面积还非常狭小，一条河和东西两边的山脉，基本上限制了县城的发展。而今，城市框架早已摆脱东西两边的山脉和一条河的限制，遇河架桥，逢山开路，几年时间，一个崭新、气派而美丽的现代城市应运而生。沈静为自己生活的这个时代而骄傲，也为自己所生活的这个山城而欢喜，她想，她一定有能力解决好自己的终身大事，她也有能力把自己的生活安排得幸福而美满。

就在沈静端着水杯沉思的时候，她突然听到客厅里爸爸喊她的名字，心里一喜，她知道爸爸午睡醒了。

沈静捧着水杯走到客厅时，爸爸已从卧室里出来了，由于睡得时间充足，爸爸显得神采奕奕。

沈静马上去沏了一杯茶，双手递给爸爸。

爸爸坐在沙发上问："我睡了多久？"

沈静说："足有两个小时。"

爸爸喝了一口茶说："今天真是睡得美，睡得香。"

见爸爸高兴，沈静又为他削了一个苹果。爸爸接过苹果，一边吃，一边问道："你妈还没回来吗？这么长时间了。"

沈静说："做面部护理很麻烦，估计得一下午时间。"

"女人都这样，早晚把一张脸看得跟命一样金贵。吃，舍不得；穿，舍不得。就是洗脸舍得，一给就是几千上万的，眼睛眨都不眨。"

"爸，你说我妈保养得那么好，是为了谁？"

"为了谁？为她自己，这你还不知道？她一辈子都是个爱臭美的人。"

"女为悦己者容。妈妈保养得那么好，还不都是为了你？"

"为了我？咋说是为了我？"

"我妈年轻漂亮了，你是不是感到特别有面子？我妈年轻漂亮了，是不是大家都夸你平时懂得疼媳妇，懂得生活，懂得浪漫？"

沈静这样一说，爸爸马上得意地笑了，说："你还别说，还真有这么回事，别人都这么夸我呢。"

沈静感叹地说："爸爸娶了妈妈，一辈子真幸福，真让人羡慕。"

爸爸一听她这么说，便道："我们还不是一步一步奋斗出来的。刚参加工作那阵儿，我们也是一无所有，而且都在乡下工作。是我和你妈共同奋斗,才使我们这个家逐步改善。”

爸爸把沈静拍了一下说:“有这个好基础,相信女儿以后的生活一定比我们幸福。”

沈静见时机已到,便说:“爸,我以后生活幸福不幸福,全指望您了。”

“咋这么说?”

“有件事儿我得请你支持。”

“什么事?你放心,我一定全力支持你。”

“我的婚事。”

“婚事咋了?我们给你找的李规,你不满意吗?”

“我岂止是不满意?我感觉我们根本就不是一路人。假如和他在一起,我肯定暗无天日,一点儿活路都没有。所以我今天郑重恳求爸爸,为了你宝贝女儿一辈子的幸福,请你无论如何要说服妈妈,不要硬把李规强加于我,我们根本不适合;如果非让我们结合在一起,肯定不会有好下场。”

沈静以为她把后果说得这么清楚这么悲惨,爸爸一定会站在她这一边,同意她的请求,不再撮合她与李规的婚事了。

谁知爸爸听了她的话,脸色刷一下变了,他把茶杯重重地放下,正言厉色地说:“沈静,我真不知道你脑子是咋想的,你为啥就看不上人家李规?你知不知道,有多少人家的女子都在想方设法去贴近他。你可倒好,今儿嫌弃人家这,明儿嫌弃人家那,到时候惹人家烦了,答应别人了,你可别后悔。”

沈静说:“我巴不得呢,我后悔什么?我看不出他有什么好。”

“幼稚!你看不出那是你年轻,不懂得轻重。听我一句劝吧,不要再折腾了,你们尽快增进了解,加深感情,找个合适机会把亲定了,争取年内就把婚结了。”

沈静以为能够得到爸爸的理解同意,想不到爸爸比妈妈态度还坚定,她的眼泪顿时夺眶而出。

爸爸这个时候也没有来安慰她,而是继续给她讲大道理。她听得头都要炸了,便负气地回自己房间去了。

十

接连两次碰壁，让沈静感到十分恐慌。她心里非常清楚，爸妈一定不会善罢甘休的，他们会继续采取各种办法，让她接受李规，并最终嫁给李规。一想到这个结局，她真是五内俱焚。对李规这个人，她不是一般的厌烦，而是彻彻底底发自内心的厌烦，他那瘦削苍白的面容是令人厌烦的，他那麻杆一样的身材是令人厌烦的，他那胆怯而自私的样子是厌烦的。你说像这样一个人，她怎么会嫁给他？可是，不嫁给他能行吗？通过与爸妈的谈判而得知，他们两人竟然出奇的态度一致，在他们眼中，李规身上的一切都是好的，即使有缺点，也是小事一桩，可以忽略不计的。沈静真不明白，爸妈为什么会这样，论长相论品性，李规哪一点配得上她？爸妈要是真正为她以后的幸福考虑，他们绝不至于让她嫁给李规的。可他们偏偏这样做了，这是为什么？难道仅仅是眼羡李规他们家的家世？也不可能呀，人家家世再好，那是人家的。那是为了面子？也不是，爸妈不会为了一时的面子，而葬送他们女儿一生的幸福。或者是他们屈服于李规他爸的局长身份？那也不会，他们是正式干部职工，对单位的领导有什么可怕的？他们又没有什么短处和把柄让他给捏住。那到底是什么原因呢？沈静百思不得其解。

也许是李规得到了她爸爸和妈妈的暗中支持，他每天都要给沈静发来几十条信息，有些信息是向她道歉认错的，有些信息是与她谈情说爱的，还有些信息是让她开心的。对待这些信息，沈静一律视而不见，见一个删一个。可是李规却表现得十分顽强，仍然一条接一条地发，而且还发了一些十分暧昧的信息。这让她心里更看不起他了，她回了一句话：请放自重些！否则拉黑你。

一天晚上，沈静和好朋友刘小娜在外面吃夜宵，吃罢夜宵，她们又一起到一家健身房里面做了一个多小时的健身，回到家已经十点多了。当她用钥匙把门打开，正要换鞋的时候，发现家里来了一男一女两个陌生的客人。

沈静把鞋换好，往里走的时候，那两个人都把目光一齐对准她，笑容可掬。那女的对她父母夸赞说："看你们养了一个多么乖巧的闺女！长得排场不说，还那么温柔懂事。”

那男的问道：“沈静是今年考上公务员的吧？”

沈静的爸爸说：“去年五月份考上的。”

那男的说：“如今公务员很稀缺，只要好好干，以后前途无量呀！”

沈静便微笑地对那男的和女的打了个招呼：“叔叔阿姨好！”

妈妈这时赶忙向她介绍说：“这是李县长和太太，你不认识？李县长经常在主席台上讲话呢。”

沈静仔细一想，才感到这人似曾见过。原来是听他在主席台上讲过话。但她实在想不通这个李县长为什么夜里到他们家来做客，以前她从没听说过李县长和父母认识，他们来家里干什么？

李县长和太太又坐了一会儿，看看时间快到11点了，他们才起身告辞，父母一直把他们送到楼底下。沈静发现，妈妈一直喜笑颜开，她不停地和李县长的太太低头嘀咕着，像是一对关系极好的亲姐妹。

第二天，沈静才知道，李县长和太太是受李规的爸爸李敏智之托来做媒的，妈妈已经很明显地表明了态度：她很同意这门亲事。

得知妈妈的这种态度，沈静心里很生气。她毫不客气地回应妈妈说：“妈，你咋能这样？你说的不算，这门亲事我不同意。”

妈妈似笑非笑地说：“这事你同意也得同意，不同意也得同意！”

十一

沈静实在想不通，现在都什么年代了，父母竟然还这样蛮不讲理地搞包办婚姻。这事，若是换了别的姑娘，也许早就和父母针锋相对，最终让父母举械投降。但是，沈静做不到，长这么大，父母一直视她为心肝宝贝，时时处处对她关爱有加，平时舍不得让她吃一点苦，受一点罪。父母对她那么好，要让她与他们撕破脸皮，她确实做不到。在她心目中，父母就像头顶上的天，她怎能把这罩着她、给她阳光和雨露的天给捅破呢？可是，父母也不应该这样一厢情愿地包办她的婚姻，葬送她的未来呀。现在怎么办？她难道就这样任其发展下去？不，她不能拿自己的婚姻当儿戏。一个女人，一辈子最重要的大事就是婚姻问题。古话说得好:男怕选错行,女怕嫁错郎。对象选错了,将会后患无穷。沈静身边不乏这样的例子,她一个高中女同学,品貌俱佳,为人处事十分得体,结果找了一个企业老总的儿子,这个老总的儿子平时品行极差,五毒俱全。两人结婚后,那个女同学本希望把日子过得幸福美满,结果她那个丈夫成天不务正业,不是酗酒,就是和一群不正经的女人在一起厮混。女同学阻止了几次,她丈夫不仅不听,而且还把一个女人领到家里来,让她碰见了。这个女同学感到生活实在没有希望了,竟然把门窗关死,拔了煤气罐的管子,自杀身亡了。

她还有一个同学的姐姐,通过顽强自学考上了事业单位,本来她谈了一个外地对象,可家里死活不同意,硬让她嫁给了本县一个亲戚的儿子。那男的脾气十分暴躁,动不动就对她动粗,把她打得鼻青脸肿。同学的姐姐爱面子,家里吃了亏,还不敢对任何人说,一直对那男的忍气吞声。那个男人以为自己有本事,妻子怕他,在家里更加飞扬跋扈。结果两人结婚才两年,同学的姐姐就生病住院了,一查得了肝癌。临终前她的父母去看她,她把身上的衣服解开让父母看,只见她身上有大大小小十几个疤子,那都是她那个畜生丈夫打的。由于丈夫经常使暴,她心情抑郁,才得了肝癌。她的父母得知实情后,当下哭得昏死过去了。

这些血淋淋的实事让沈静感伤不已,她想,命运要掌握在自己手里,千万不要在婚姻问题上出现差错。因为这不是小事,是关乎一生幸福与否的大事,她万万不能犯了糊涂,胡乱地答应父母的要求。她宁可这个人长得差一点儿,家里穷一点,只要心地善良,懂得疼人,爱护这个家,她就心满意足了。她不希望找一个有钱有势人家的纨绔子弟,这些人虽然不缺钱,但他们的灵魂早已变黑变臭,和这些人成立了家庭,无异于把脚伸向了坟墓。

沈静计划什么时候再找爸爸妈妈,就她的婚姻问题好好深谈一次。

可是,在沈静还未来得及找爸妈深谈的时候,又有人来说媒了。

一个周末的早晨,他们刚吃罢早饭放下碗的时候,爸爸接到了一个神秘的电话。为了不受杂音干扰,爸爸一边通话,一面走进了卧室里。通话结束后,爸爸回到客厅,特意看了沈静一眼,然后兴奋地对妈妈说:“楚良夫妇昨天下午从市上回来了,一会儿要到我们家来做客。”

妈妈一听,脸色稍稍红了一下,她不解地问道:“他夫妻俩咋突然要到我们家?”

爸爸笑了一下说:“你和他是同学,同学之间相互走访,不也很正常吗?人家楚良现在已是市委副秘书长了,成天跟着市委领导跑,将来前途远大着呢,咱可不能慢待了人家。”

听爸爸这么一说,沈静马上想起来了,楚良矮矮的个子,修着一头油光可鉴的黑发,小小的眼睛,能言善辩,非常机灵。这人早年在乡镇工作,后来停薪留职,下海经商。挣到钱后,他又杀回政界,先是在县商业局当局长,几年后又调到市政府去了。楚良和妈妈是高中同学,沈静曾听说,楚良高中时就暗恋妈妈,参加工作后,就一直追求妈妈,两人曾经有一段时间相处得非常好,几乎到了谈婚论嫁的地步,可不知为什么最后妈妈和他断绝了关系,嫁给了爸爸。他们两家平时几乎不太来往,楚良这个时候咋突然间要上门呢?沈静当时感到很疑惑,但也没放在心上。

沈静坐在沙发上看电视,爸爸妈妈坐在餐桌旁开始商量中午该如何应承楚良夫妇。

爸爸说:“人家是稀客,上午到我们这儿来了,你看是在家里做着吃,还是在外面找个饭菜做得好的饭店?要是在家做,我马上就去超市买菜;要是到饭店吃,我得提前预订房间,免得订迟了,没房间了。”

妈妈说:“买菜自己做怕是来不及了,估计一会儿他们就来了。不如在外面订一桌子菜,顺便把李局长一家人叫到一块儿,咱们三家人一起吃个饭。”

爸爸又问:“那你看哪家饭店的饭菜可口一些?”

妈妈说:“你老在外面应酬,哪家饭店的饭菜好不好,你心里还不清楚?”

父亲想了想说:“那就乡土人家吧,那里的饭菜既家常,又有特色,我陪上面的人在那里吃了两次,印象特别好。”

妈妈说:“那你就订乡土人家吧。”

爸爸赶紧在手机上翻出这家饭店的订餐电话,迅速把房间和标准都订了。

爸爸刚把手机放下,外面便传来了敲门声,爸爸赶快去开门迎接。

十二

让沈静感到惊讶的是，楚良和他太太进门的时候，手里都拿着东西——楚良拎着一竹篮土鸡蛋，他太太拎了一袋时令水果。楚良穿着黑色呢子大衣，修着背头，头发黑而茂盛。他太太个高而瘦削，烫着发，穿着一件花花绿绿的连衣裙，脸上抹着很厚的粉，看起来比她丈夫要老得多。

爸爸一边从楚良夫妇手上接过东西，一边埋怨他们："拿什么东西？太见外了。"

楚良说："这也叫东西吗？我们今天可是来蹭饭吃的，打空手来好意思吗？"

爸爸说："你们能来坐坐，就是高看我们了，拿什么东西呀？"

沈静这时也礼貌地站起身，向楚良和他太太问好。

楚良仔细看了看沈静，说："几年不见，小丫头一下子长成大姑娘了。真是遗传基因好，你妈是个大美女，你比你妈还漂亮。"

楚良这么一说，沈静的脸立即红了，客气地说："我哪能比得过我妈呀。"说得大家都笑了。

楚良和太太落座后，沈静马上去给他们沏茶，妈妈也洗了几个苹果和小西红柿，用盘子装好端了上来。

沈静听说，爸爸曾因楚良和妈妈有过一段很深的交往，而对楚良耿耿于怀，有段时间两人发展到路上见面，几乎到连话都不说的地步。但今天从他们的相见中，竟然一点也看不出他们之间曾经有过过节的样子。落座后，楚良一点拘束感也没有，他大大方方地拿起茶几上的水果就吃，然后便开始高谈阔论他近几年的仕途之路，从他那半是诉苦，半是埋怨的话语中，沈静听到的都是楚良在巧妙地炫耀他的聪明才智和把玩官场的超强能力。从他的话外音中，沈静还听到了他即将在下一步换届当中，要到基层某个县当县委书记的意思。

当爸爸和妈妈听到这个消息之后，都流露出极度羡慕的神色。

妈妈立即说："老同学，你要是下一步当了书记，可别忘了把我们这班子老百姓照顾照顾，你看我家功成，老老实实干了20多年，现在还是个小股长，你也帮他弄个副局长干干。我们将感激不尽！”

楚良一听，笑着说：“老同学今天提这个话题了，不是我吹，即使我没有当县委书记，我也敢表态，今年年底以前，就把沈功成副局长的身份给解决了。李敏智是我亲表弟，这项任务我直接让他落实，落实不了，他那局长的位置也别干了。”

爸爸和妈妈听了，都高兴得合不拢嘴。

楚良的太太对丈夫说：“今天你既然把话都放出去了，下来可要当回事，千万不要放了空炮，让你同学小看你！”

楚良喝了一口茶，拍拍胸脯说：“放心，小事一桩！我要是这点儿小事都办不好，下来我就不在官场混了，回家种地去。”

楚良这么一说，爸妈像是吃了定心丸一样，脸上立即流光溢彩起来。

爸爸这时抓住机会对楚良说：“我刚才听说你们要来，就马上给饭店打电话订了桌子，在乡土人家，你看要不要把李局长叫来一起坐坐？”

楚良一听，立即连连摆手说：“跟前有现成的大厨，还到外面餐馆做什么？就在你家里，让淑玉随便做几个菜就行了。”

爸爸说：“不好不好，这像什么？”

楚良说：“在家好！在家好！成天在外面吃，都吃腻了，不如在家做几样家常菜，吃得舒服。”

楚良的太太也说：“不出去了，就让淑玉随便做几个菜，我们拉拉家常。”

楚良夫妇坚持要在家里吃饭，爸妈也不好反对了。时间尚早，爸爸马上给饭店打了退餐电话。妈妈在厨房里检查了一下，然后把沈静叫到跟前来，仔细吩咐她到超市去买哪几样菜。沈静领了任务，马上换鞋出去了。

妈妈吩咐要买的几样菜，很快就能买好拿回去，但是，沈静隐隐约约地感觉到，楚良夫妇今天来者不善，极有可能是来做说客，撮合她与李规的婚事的，因此，她内心就很抵触、很厌恶这两个人，本来十几分钟就能办好的事情，她故意拖拖拉拉，在超市里滞留了半个多小时才回去。不出所料，她回去的时候，四个人正说得热火，大概是他们的意见已达成了高度的一致，四张脸都喜气洋洋的样子。一见她回来了，他们马上正襟危坐起来。楚良咳嗽了一声，做了最后总结：“在社会上混，没有势力不行，你们这事儿弄好了，这不就是强强联手吗？以后的日子，怕是有享不尽的荣华富贵呀。”

爸爸妈妈连连称是，脸上更是乐开了花。

妈妈随后马上站起身，抱歉地对楚良夫妇说：“那你们看看电视，我开始做饭。”

楚良太太站起身要帮忙，被妈妈挡住了，妈妈一面说：“我随便做几个菜，让沈静帮忙就可以了。你们稍等片刻，马上就好”：一面让爸爸把楚良夫妇的茶水换了。

爸爸赶紧过去换了茶水，对楚良说：“我给李局长打电话，让他过来陪你喝酒吧？”

楚良说：“我刚才来你这儿之前，跟他联系了，他说上面来人了，走不开。”

由于有沈静当下手帮忙，冰箱里又有几样成品菜，加上妈妈是个烹调好手，要不了多久，一桌子菜就拾掇出来了。看到色香味儿俱佳、荤素搭配得那么恰如其分的十几道菜，沈静不得不由衷地敬佩妈妈。妈妈平时有三大爱好：爱打扮、爱美食、爱交际，因此她的生活丰富多彩，干什么都让人刮目相看。

沈静和爸爸一起，把十几个菜一一摆放到餐桌上，然后喊楚良和他的太太入座。

看到眨眼之间一桌子丰盛的菜肴就摆出来了，楚良顿时赞叹不绝，便对太太说：“看来你要拜淑玉为师了，你看人家这手艺，怕是整个鹿城也找不出第二个。”

楚良太太神情有点儿不自然，但立即笑了一下说：“不行，我这人脑子笨，手更笨，哪像淑玉姐，不仅人长得美，而且心灵手巧，我想拜人家为师，怕是淑玉姐也看不上我呀。”

妈妈听了这话立即回应道：“你们快别夸我了，不嫌弃就算不错了。时间仓促，菜做得不好，也请你们见谅。”

楚良说：“淑玉，你也别谦虚了，再谦虚我们都不好意思吃了。”

爸爸这时把家里一瓶搁了十几年的茅台拿了出来，对楚良说：“晌午咱哥俩把这一瓶干完，几时不干完，几时不罢休，你看怎么样？”

楚良说：“好呀，咱们说到做到，几时不把这瓶子酒消灭光，几时不罢休。”

爸爸把酒倒好,也让妈妈赶快入座。当大家都坐好后,爸爸端起一杯酒和楚良碰了一下,说:“你们夫妇登临寒舍,顿时蓬荜生辉,希望我们两家以后常来常往。为了我们美好的明天,干杯!”

杯子一放下,妈妈催大家赶快动筷子吃菜。吃了两口菜,楚良又端起一杯酒和爸爸碰了一下说:“感谢你们今天的盛情款待,感谢淑玉这么好的手艺,咱们要珍惜这个好时代,珍惜当下,珍惜我们自己,真心希望以后,我们这几家人常来常往,亲如一家人,把我们想办的事儿办好。我提议,为了我们共同的美好明天,咱们干杯!”他说完一仰脖子,把一杯酒吱溜一声喝得精光。

沈静听到爸爸那带有咏叹调似的祝酒词,感觉有点儿怪怪的。又听了楚良那更有煽情意味的一段话,更是觉得有点儿好笑,她不知这两个人今天咋了,这么高兴!这么激动!为什么呢?对了,大概是因为楚良刚才向爸爸许诺了,他要帮爸爸提拔副局长,所以爸爸高兴。那楚良高兴什么呢?她刚才出去买菜去了,大概就是这一段空当时间,楚良已经和爸妈达成了共识,这件事大概商量得很好,所以楚良才有一种不辱使命之感。沈静想,这件事八九不离十和自己有关,但他们没有明说,她也不管,装糊涂算了。

今天这顿饭吃的时间很长,爸爸和楚良慢慢吃,慢慢喝,慢慢聊,直到把一瓶茅台喝得一干二净了才罢休。大概是因为两人都上了年纪,两人喝得都有些高了,但又都装得跟没事儿一样,话越说越多,有时一句话重复了一遍又一遍。

楚良的太太早都已经不耐烦了,见时间不早了,便委婉地对楚良说:“周末人家本来要好好在家休息的,你看我们一来,搅和得人家忙了一上午,咱们也回吧,让沈股长一家人好好休息休息。”

听太太这样一说,楚良便说:“好好好,咱们走。”

爸爸妈妈便强行挽留,让他们再坐坐聊一聊,晚上就在这儿吃饭。可楚良太太说什么也要走。

楚良临走前对沈静说:“沈静,你是个好女子,好好干,将来你提干的事,包在叔叔身上了。”

爸爸一听,喜笑颜开,马上对沈静说:“你楚叔叔金口一开,没有办不成的事,还不感谢你楚叔叔。"

沈静还没说话,楚良便说:"感谢啥！应该的,咱们都是亲戚了,还客气什么?"

爸爸一听,高兴不迭地说:"对对对！亲戚之间不用客气。"

沈静疑惑不解:楚良和他们什么时候成亲戚了?

十三

形势逼人,沈静不得不认真思考眼下她所面临的窘境,很显然,不仅爸妈一心想促成她与李规的婚事,李规的父母也极力想促成这门婚事,不然他们不会动那么大的干戈,先是请副县长李登峰夫妇来他们家当说客,接着又让市委副秘书长楚良夫妇亲自上门充当媒人。沈静后来还暗中打听了,这个李登峰副县长和李规的爸爸李敏智是非同一般的好朋友,他们平时在官场上相互关照相互策应,有利益共同分享,有困难相互帮助。李登峰既是县上领导,又和爸爸是高中同学。李登峰十之八九是受李敏智之托上门提亲的,这无疑说明了李规的父母很重视这件事。楚良更不用说了,他的地位更显赫,而且楚良既是李敏智的表兄又和妈妈是非同一般的同学,楚良出面,她的父母怎好意思不买账?而且楚良还开了那么大的价:保证让父亲年底以前提拔成副局长。有这种种的原因,沈静心里非常清楚,父亲肯定一百个赞成把她嫁给李规,而且巴不得早一天让她变成李敏智的儿媳妇。因为这样,他不仅和县上的显赫人物李敏智局长攀上了亲戚,而且他也得到了很大的实惠,何乐而不为?

可是,爸爸想过她的感受没有?女人一生最重要的是婚姻,如果她的婚姻问题解决不好,其他的解决得再好又有什么用?什么显赫的家世,什么金山银山,还不统统是臭狗屎?沈静感到委屈,愤怒,她心里非常清楚,她也一再警告自己:要冷静！要坚强！一定要把握好,不能嫁给李规,千万不能嫁给李规,她不能拿自己一生的幸福开玩笑,更不能跳进火坑里把自己烧死。

这几天她还侧面了解到,李规在县城里影响很不好,在跟她提亲之前,和好几个女孩子交往甚密,其中和两个都已经到了谈婚论嫁的地步了,甚至一个女子都已经和他订婚了,为什么最后婚事却吹了呢?知道这一秘密后,沈静感到非常惊讶,李规的家世那么好,为什么至今未婚?是他嫌弃那些女孩,不想结婚?还是那些女孩子嫌弃他一身臭毛病,打死也不想嫁给他?这些问题越想越害怕。既然县城里那些女孩都不愿嫁给李规,她凭什么嫁给李规?无论怎么说,李规,或者他的家庭,肯定有什么见不得人的缺陷。就凭这一点,她就决不能嫁给他。

沈静心里明白,因李登峰和楚良这两个身份特殊而显赫的人亲自出马,加上爸爸将会得到实实在在的好处,爸妈迟早会向她下最后的通牒,强行要求她嫁给李规的。如果她不同意,他们一定会采取什么极端措施,让她就范。如果真到了那一步,事情就可糟了,她是个孝顺的女孩,她尊敬他们,爱他们,她不想和他们走到撕破脸皮成仇人的地步。那该怎么办?对了,不是有个女孩与李规已经到了谈婚论嫁的地步了吗?他们后来怎么会分手?她如果了解到了真实情况,李规身上确实有不可原谅的缺陷,证据在手,爸妈还会强迫她嫁给李规吗?她是他们唯一的宝贝女儿,他们一定不会把她往火坑里推。

一天下午,天上落着愁人的秋雨。四点多的时候,沈静给好朋友刘小娜打电话,约她下班后去聚贤街吃麻辣烫,吃串串香,她请客。刘小娜是个吃货,一听沈静请她吃好吃的,说话都不利索了。她一连应了几个好,唯恐沈静没听清。但沈静又说了:“你得把你的好朋友杨洁叫上,咱们三个人一起吃,人多热闹些,好不好?”

刘小娜一听更高兴了,表态说:“好,我一定把杨洁叫到一起,一下班咱就去吃串串香嘞!”

刘小娜是沈静在市上参加的一次为期三天的培训班当中认识的。刘小娜刚开始给她的印象是能吃、能说、能玩,跟她在一起你永远都不会寂寞。那次在市上参加培训,她们两个住一个房间。每天晚上都有市上的同学和朋友请刘小娜吃饭,每次七八上十人,三天晚上没有一次是重复的。沈静想不通刘小娜身上哪来的那么大魅力,她那些朋友来了,个个都像众星捧月一样捧着她,她说什么大家都乐意听,她的每一句话、每一个故事、每一个笑话都会调动起她那些同学和朋友的极度欢乐。无论是在酒店里面的包间里,还是地摊上的简陋桌子上,他们都像一团燃烧的火球一样,他们痛快地说笑着，大口地吃喝着，甚至是抱头痛哭着，都是那么率真和可爱。开始沈静还不太习惯和刘小娜在一起，但三天后，她已经彻底被刘小娜所感染，她们成了无话不说的好朋友了。

沈静遇到了不痛快的事，自然要向知心朋友倒一倒苦水。

几天前的一个下午，刘小娜约她一起出去散步，她们先在广场上转了几圈，然后又上了塔坡，一直走到塔坡顶上，在这里可以一览县城的全貌。当时刘小娜便情不自禁地手舞足蹈起来，沈静想到自己的婚事，无奈地叹了一口气。

没有想到她这一声叹气一下子引起了刘小娜的注意，刘小娜马上上前握住她的手问："静，你有什么烦心事？说出来吧，别闷在心里。"

也许是伤感，也许是恐惧，抑或是无计可施，沈静竟然扑在刘小娜怀里放声痛哭起来。

哭罢，沈静就坐在那水泥台阶上，一五一十地向刘小娜倾诉了她不赞成，可家里却偏偏要强加给她的一桩婚事。

"什么！你爸妈要把你嫁给李规？不是吧？"刘小娜惊讶地说。

"是真的。我爸妈像是吃了迷魂药一样，非要我嫁给那样一个'好'人家。"

"好什么好！告诉你吧，我的一个朋友杨洁曾经告诉过我，李规前面谈了好多女朋友，大多是昙花一现，但也有一次，两人都订了婚，眼看要结婚了，结果又散伙了。"停了一会儿，刘小娜又说，"我看李规这小子一定不咋样，你要有主见，看不上的坚决不答应。"

刘小娜说的这些话，沈静印象很深，所以今晚她务必要让刘小娜把杨洁约出来，再从杨洁的口中侧面了解到她那个朋友为什么没有嫁给李规，是李规抛弃了她，还是她主动离开了李规。

沈静一下班就早早来到聚贤街一家名叫旺旺的麻辣烫店里。她先占了个靠窗子的桌子，然后把汤锅点好，又要了不少串串，荤的素的都有，她知道刘小娜能吃，如果点少了，刘小娜会嫌她小气；况且今晚她还要从刘小娜朋友杨洁的口中打听出李规的相关情况呢，如果连菜都舍不得点，刘小娜的朋友一定会认为她小气，她知道的实情就不会倾囊相告。她和杨洁不熟，连面都没见过，她只听刘小娜说过，杨洁是个作家，对写作特别痴迷，她看了好多书,也发表了不少小说,年纪不大,却已经出了三四本书了。

想到杨洁作家的身份,加上她发表了那么多小说,出版了那么多书,沈静不由得从内心深处对杨洁产生了一种极为仰慕的心理,同时她心里有一种胆怯,她怕杨洁这么年纪轻轻,又那么有成绩,像她这样一个凡夫俗子,她问的话,杨洁会告诉她吗?

沈静点完菜之后,就一边喝茶一边等着,以刘小娜热情似火的性格,她想要不了多久,刘小娜和杨洁很快就会过来了,谁知足足等了半个小时也不见人影。

这家麻辣烫生意很红火,天还没彻底黑下来,几张桌子就已经坐满了,而且源源不断的顾客还在排队等候。见沈静一直一个人坐在那里不上菜,店主急了,就来问她:“你等的客人还来不来?要是不来,我把你叫的锅转给别人好不好?”

沈静说:“马上就来,稍等一会儿。”沈静只好又给刘小娜打电话,问她们什么时候到,再不来,占的位子会让别人抢了去。

“好的,我们知道了,再有五分钟我们就到了。”刘小娜说。

沈静便让服务员把锅端上,要的串串和配菜也全端上来。刚上罢菜,刘小娜和她的朋友杨洁就到了。

这样说吧,第一眼见到杨洁时,沈静心里咯噔响了一声——她是自己非常欣赏的一类人。杨洁足有一米七的个头,穿着一身牛仔服,身材高挑,皮肤洁白,透过眼镜,可以看到她那双忧郁而美丽的眼睛。当刘小娜开始夸张地向沈静介绍杨洁的什么什么家时,杨洁眼皮一耷,不耐烦地对刘小娜说:“得了吧小娜,咱们出来吃个饭的,也不是参加什么盛典,你干嘛这样寒碜我?”

杨洁这么一说,刘小娜嘿嘿一笑说:“我怎么是寒碜你?你得宣传呀,你是我们朋友圈中的骄傲呀,所以逢场合我就得大力宣传你、推广你,提高你的知名度和影响力,你名气越大,书卖得越好,本姑娘也兔子跟着月亮沾光,天天吃好的,穿好的,享不尽的快乐,享不尽的荣华……”

刘小娜说得沈静和杨洁都笑了,旁边的食客也都睁大眼睛看着她们。杨洁急忙挡住刘小娜说:“好了,好了!我求你了姑奶奶,你还让人吃串串了不?闭嘴吧。”

刘小娜这才抱抱拳说:“好吧,那就言归正传,我们三个女侠就正式就座,好好享受沈静女士给我们提供的又辣又香的超级麻辣烫!”

三个人便动手把自己喜欢吃的串串往锅里放。汤汁早已沸腾,串串放进去,煮上三两分钟便可以入口了。三个人一边津津有味地吃着,一边交流着。因为沈静和杨洁以前不熟,所以刘小娜就起着搭桥穿线的作用。好在沈静与杨洁相互欣赏,又都年轻,几句知心话一说,她们便成好朋友了。

看到沈静和杨洁很快成为好朋友了,刘小娜感到特别得意,像是干了一件惊天动地的伟业一样,见桌子上没有摆酒,便对沈静说:“今天这么好的日子,咱们三个义结金兰,怎能没有酒呢?叫一打啤酒吧,咱们尽情吃喝,好好乐一乐。”

沈静心里烦闷,也想借酒浇愁,便让服务员上酒。服务员高兴不已,马上搬来了一打九度。

吃着又辣又香的串串,喝着啤酒,三个姑娘的兴致越来越高涨了,一会儿你碰我,一会儿我碰你,不知不觉,四五瓶啤酒都喝光了。沈静感到头开始晕了,杨洁也显得喝高了,可刘小娜仍然很疯狂地要和她们碰杯。沈静和杨洁都不好意思拒绝刘小娜,只好一杯又一杯地喝,直到把一打啤酒全给喝光了。

把点的所有菜全部消灭光,几瓶酒也喝得一滴不剩之后,三个人都已经口齿不清了。沈静趁脑子还清醒,马上去买了单,然后三个人相扶着东倒西歪地走出店子。

夜已经深了。整个小吃街依然灯火辉煌,人声喧哗。她们又一起走了一段路,要分手的时候,沈静突然想到了今晚的要紧事,便嘴里打着绊问杨洁:“听说你一个朋友准备嫁给李规,为什么他们最终又散了呢?”

杨洁听了,轻轻笑了一下说:“你咋对这事感兴趣?你也想写小说呀?”

沈静摇摇头说:“我哪有你那本事?我可写不了。”

刘小娜这时马上帮腔说:“杨洁,沈静的父母宁要让她嫁给李规,沈静心里不愿意,可又没有理由反对。你那个朋友叫什么来着?宋晓云,她不是都准备嫁给李规了吗?最后咋反悔了,宋晓云为什么不愿嫁给李规?如果这原因弄清楚了,沈静不是可以回去说服她父母,不嫁给李规了吗?这事,你可得好好帮帮沈静。”

杨洁一听，拍拍胸脯，带着醉意说："既然这样，我一定……一定想办法找到原因。沈静，你放心，这事儿包……包在我身上了。"

沈静一听，马上握住杨洁的手说："谢谢你，杨洁。"

杨洁说："谢什么！咱们是好朋友，你的事，就是我的事——"

十四

沈静明显地感觉到，最近爸爸妈妈对她越来越好了，时时处处把她当成一个公主对待，她每次一回家，他们都会双双站立起来迎接她；她上班走的时候，他们千叮咛万嘱咐，唯恐她在路上出了什么闪失；就连每顿吃什么饭，他们也要征求她的意见，经过她首肯才行。就这父母觉得还不够，他们总是在询问她，看上什么好衣服了，他们去给买；或者让她把脚上的皮鞋扔了，他们给买双新的。

沈静知道，爸妈对她那么客气，他们的皮袍下面，一定藏着什么目的。她如果不同意嫁给李规，他们会对她那么好吗？是雷霆大怒，还是赶她出门？她真是不敢想了。她很焦急，她越来越真实地感觉到，爸妈很快就要和她摊牌了。她如果还找不到拒绝嫁给李规的能说服人的证据，结果只有两个，要么她乖乖地嫁给李规，要么她就和父母反目成仇。

杨洁那天晚上已经明确表态要帮她这个忙，可都两天了，还什么消息也没有，她只好向刘小娜打电话询问："你这几天见到杨洁没有？"

小娜说："见到了呀，昨天下午我们还在一起呢。"

"她答应我的事儿不知道有眉目了没有？"

"是不是家里又催了？"

"可不是嘛，把人急坏了。"

"那我就给问问，好不好？"

"那太感谢你了！"

"嘿！我们两个还客气什么？"

过了大约十分钟刘小娜就把电话打了过来："明天周末，我们一块儿到乡下去。"

“干什么？”

“找你想找的那个人呀。”

“为什么要到乡下去？”

“杨洁告诉我，宋晓云不在单位，她回老家休年假去了。”

“她打电话问一下不行吗？”

“不行，一者，那种事情，随便在电话里问人家，人家会说吗？二者，宋晓云的老家没有信号，电话打不通。所以，我们还必须得跑这趟路。”

“我们三个人一起去吗？”

“是的，我们权当是一次乡村游。我开车，你们两个明天早晨七点半准时下楼，到门口等我，我去接你们。人到齐了，咱们一起去吃早餐，吃罢早餐，咱们就出发。”

沈静想不到两个朋友为了她的事情那么尽心，鼻子里顿时酸酸的，她声音颤抖地回答了三个字：“知道了！”

十五

第二天早上六点刚过，沈静就醒了。以往沈静总是爱睡懒觉，每次吃早餐，都是妈妈催了好几遍她才起床的。最近，她发现自己瞌睡越来越少了，晚上十二点过了，还睡不着，早晨四五点就早早醒了。她知道这都是自己对这场婚姻的忧虑所导致的。所以说，人没事就是福，能吃能睡，无忧无虑；一旦有了闹心的事，就会饭吃不香，觉睡不着，愁肠百结，忧心忡忡。

由于天冷，沈静又赖了一会儿床，七点一到，她就赶快起床。这个时候，爸爸已经起床了，正在厨房里收拾东西，准备做早餐。沈静起来之后，洗漱完毕，挎了小包，就准备出门。爸爸围着围裙出来了，问她一大早要上哪儿？早饭马上就好了。

沈静说：“早饭就不在家吃了，和朋友约好了，要到一个村上办点事。”说完，也不管爸爸同意不同意，穿上运动鞋，拉开门就走了。

沈静来到小区门口的时候，刚好 7 点 20 分。因为是周末，街上行人非常稀少，秋风一阵阵地吹着，感觉有些冷。沈静抬头看了看天，天上碧空万里，一丝云彩也没有。沈静心里暗自高兴,过一会儿太阳出来了,就不冷了。

沈静估计刘小娜不会那么准时,与其站在路边吹冷风,还不如躲在旁边一幢楼房的墙角背后。谁知她刚朝前走了几步,后面便传来了刹车声,扭头一看,那辆她十分熟悉的红色北京现代稳稳地停在他们小区的路口上。刘小娜摇下了车窗,招手向她喊道:“沈静,上车!”沈静赶紧转身上了车,坐在副驾驶的位置,说:“我还以为你得一会儿才能来,谁知你这么准时!”

刘小娜一边把车子往前开,一边说:“咱老刘为朋友办事,什么时候迟到一分一秒了?”

沈静笑着说:“别老刘老刘的了,你比本姑娘只大了一岁,充什么老呀?”

说笑中,刘小娜把车开到了杨洁他们家住的楼下。沈静以为杨洁早就在那里候着了,谁知一联系,杨洁还在家里没动身。小娜只好把车停在门口,等了十来分钟,才见杨洁戴着一顶黑色的贝雷帽,身穿黄色大衣,脚上穿着黑色皮靴,不慌不忙地从小区里面款款走了出来。

杨洁一坐上车,就抱歉地对小娜说:“我还以为你们得一会儿才过来呢,想不到你说七点半到,真的七点半就到了。对不起,对不起,让你们久等了!”

刘小娜装作生气的样子,撇撇嘴说:“对你这号人,我早都习以为常了,每次约你哪去玩,你有一次准时的吗?次次都让人等,就像是我们这些凡人的时间就不值钱,就你杨大作家的时间值钱是吗?老实交代,昨晚干什么去了?是不是和哪位白马王子约会寻找感觉去了?不然为何我们都能守时,就你迟到?”

杨洁扬起拳头捶了刘小娜肩膀一下,教训道:“你再胡说我可不依你,哪像你一样,心里老惦记着白马王子,我昨晚看刘恒的小说看忘了,一口气看到了凌晨两点。幸亏早上七点我妈把我叫醒了,要不然会一口气睡到今天中午十二点。”

刘小娜说:“既然你是因为看书熬了夜才迟到的,老刘暂且饶了你。”

沈静见这对朋友一来一去地对嘴,便抱歉地对杨洁说:“对不起杨洁,都是因为我害得你一大早出门,要不然就能在家好好睡懒觉了。”

杨洁说:“没什么,我也想到乡下去转一转,久在县城里待着,把人的感觉全都给待没了。”

刘小娜把车开到杨桥东侧的早餐店门口。三人进去，一人要了一碗小米稀饭，一个包子，一个茶鸡蛋，吃完之后，她们便驱车向杨洁的好朋友宋晓云家的方向驶去。

十六

沈静虽然在鹿城这所小县城里生活二十多年了，但大部分时间都是在学校和家里度过的，参加工作半年多来，除了县城附近的乡镇她脑子里比较清楚外，稍远一点的，她便搞不清了。在这方面，刘小娜比她强多了，不知道她通过了什么办法，全县的大镇小村，你随便说一个地方，她都基本上知道位于县城的什么方位。她听说，在这方面，杨洁知道的比刘小娜还多。

今天要去的地方只有杨洁知道，一上车，杨洁就指导刘小娜沿着一条县道一直往南开，一口气开到枫香树镇。

“哇——枫香树镇，那么远呀！”刘小娜惊叹道。

“你别叫唤，到了枫香树镇后，还不是目的地，还得再走 70 多公里通村水泥路，到达鸡冠岭村。就这还没有到终点，得再步行十几里山路，才到达宋晓云的老家宋家沟。”

杨洁这么一说，刘小娜顿时傻眼了，她把车停在了路边，嚷嚷道：“这么远！还不把我开晕乎了？”

沈静听了心里也着实有些担心，这么远的路程，对于一个司机来说，无疑是耐力和体力上的巨大挑战。想到要让朋友吃这么大的苦头，她便先打了退堂鼓，于是对杨洁说：“这么远的路，天黑前怕是都赶不到，要不我们就别去了？”

此话一说，刘小娜立即恼了，她瞪着沈静说：“你说什么？今天不去了？你咋这么没出息？就这么不明不白地嫁给李规，你愿意？我算是看错你了。”

“不是，我是怕你吃不消……”沈静解释说。

“谁说我吃不消了？你也太小看我刘小娜了吧。”说着刘小娜便踩动了油门，车子飞也似的向南跑去。

杨洁捂着嘴笑了起来。

刘小娜扭身向后面看了一眼，问："你笑什么？我有那么可笑吗？"

杨洁还在笑着。

刘小娜不高兴了，哀求道："杨洁，我求你别笑了行不行？"

"那你得好好开车，不得叫苦叫累，保证安全地把我和沈静拉到目的地。"

"没问题，我老刘为朋友一向是两肋插刀，我什么时候打过退堂鼓？今天为了沈静的终身大事，再苦再累我也心甘情愿。刚才我是开玩笑的，你们以为这点路我都坚持不下去？笑话，我老刘这体质，跑再远的路都能吃得消。"

沈静和杨洁听了，都开心地笑了。

从鹿城至枫香树镇大约二百多公里，途中要经过三个乡镇。路全在崇山峻岭间通过，有时路比较平坦，大多数路段都曲曲弯弯。

刘小娜熟练地开着车子。沈静一边和小娜和杨洁说着话，一边观赏着窗外秋天的景色。平时一直在县城里窝着，现在出了城，按说心情应该轻松快活才是。可是，今天是为了解决她自己的终身大事，所以，沈静越是想把心情放轻松点，越是轻松不下来。那个宋晓云她从未谋过面，见了面之后，人家会说出她不嫁给李规的理由吗？假如人家说了，却是个无关要紧的理由，她该怎么办？或者人家始终缄口不言，什么都不说怎么办？沈静心里实在是一点把握都没有。通过上次他们的两次很不愉快的见面，她是那么发自内心地讨厌李规，她真想从宋晓云口里得到一个确凿的不嫁给他的理由，这次她能达到目的吗？

车子沿着弯弯曲曲的山路，翻越了一道道坡梁，走过了一个个山谷。开累了，刘小娜就把车停下，歇一会儿，接着继续开。上午十二点多的时候，车子来到了枫香树镇政府附近。这里位于鄂、豫、陕三省交界处，是个边贸镇。镇上四条大街，街上店铺林立，有开饭店的，有卖服装的，有卖日用杂货的。人来人往，显得很繁荣。

刘小娜把车直接开到一家饭店门口，停了下来。三个人从车里出来，一个个叫苦连天的，有喊背痛的，有喊腰酸的，相互嬉笑打闹了一会儿，感觉一切都好了。然后她们进去叫了饭菜，痛痛快快地吃了。为了稳妥其间，饭后杨洁又详细地向饭店的店主询问了去鸡冠岭村和宋家沟的具体路线,店主的一个亲戚恰好就在鸡冠岭,路很熟,就详细地给她介绍该如何才能到达那里。沈静一听,才得知目的地还远着呢,开车还得一个多小时,然后还得步行大半天。

想到还有这么远的路,沈静不禁心里发愁,她怀疑自己能不能坚持到底。又想到为了自己的事情,两个朋友都不嫌苦不怕累,她还好意思打退堂鼓?于是歇了一阵子之后,沈静便起身催促刘小娜:“咱们动身吧,不然天黑前赶不到。”

刘小娜站起来伸伸懒腰说:“这个宋晓云,怎么住这么远的地方?今天可把老刘给累惨了。”

十七

几个人上了车,车子绕过镇政府,然后沿着一条向南去的通村水泥路飞奔而去。枫香树镇是鹿县最南端的一个乡镇了,属于新开岭腹地。比起县城附近的地形,这里更显得山大沟深。极目望去,满山遍野全是茂密而高大的森林,在路边和浅坡地带尤以枫香树居多。秋天到了,枫叶红艳艳一片,给这寂寥的山川增添了不少色彩。

为了消除旅途的寂寞,杨洁便讲起了枫香树镇的一些风土人情:“枫香树镇位于鄂、豫、陕三省交界的大山区,自古民风彪悍,中华人民共和国成立前,这里出过不少大土匪,专干打家劫舍的勾当。现在附近的山上,还有不少当年土匪建的寨子,钻的洞子。”

“这里的村民,百分之八十以上人家都会自己酿苞谷酒,做酒的作坊比比皆是,这里的人,无论男女老幼都善喝度数高的苞谷酒,而且酒量大得怕人……”

一路听着杨洁对枫香树镇历史人文的介绍,不知不觉这条通村水泥路就到头了。迎面出现了一个小村庄,大概住了七八户人家。一问,这里便是鸡冠岭村。刘小娜先把车子停在路边,然后让沈静和杨洁下车,她们一起去找个停车的地方。

这时已是下午四点多了。村子里几间土房都收拾得漂漂亮亮。可是，大多都关门闭户。找了半天，才在一个山根处找到了一户有人烟的人家。

她们沿着一片竹林来到这家门口。刚准备上阶沿，一只凶恶的大黄狗突然跳了出来，张开大嘴便对她们狂吠起来。沈静和杨洁吓坏了，正扭头准备跑，被刘小娜一把拉住了，说："别怕，见了狗，你越跑它越追着咬你。停住不动，看我的。"

沈静和杨洁便停住不动了。

只见刘小娜弯腰拾起了一块石头，高高扬起，要向狗砸去。那条狗见刘小娜要用石头砸它，马上扭头就跑，跑到七八米远的地方，又回头对她们狂吠起来。

这时屋子里走出来一个白发苍苍的老汉，这个老汉对着那条狗狠狠地骂了几句，那只狗马上低下头不叫唤了。

刘小娜一见这位老汉，马上热情而有礼貌地上前和他寒暄起来，随后她提出了她的请求——想把小车在他家门口停一晚上，她要到宋家沟去一趟。

老汉开始不同意，他说车停在这里不安全，万一损坏了，他可赔不起。经好说歹说，他才答应。

车子问题说好之后，她们三人在老汉家喝了几杯水，然后便沿着这个老汉指点的一条小路向宋家沟方向走去。

黄昏时分，三个姑娘精疲力竭地走到一个山沟口，沟口边上长了一棵非常古老的大古树。一打听，这里面正是宋家沟。往里走了十几步，便看到山沟里零零散散住了十几户人家。这时一个头发花白的老奶奶正在河里洗菜。杨洁便向这个奶奶打听宋晓云家的住处。这个奶奶竟不知道宋晓云是谁。杨洁解释说，她有30岁左右，人长得很漂亮，修着长头发，右嘴角上有颗痣。

那奶奶一听笑着说："你说的是老云娃吧。"她指着山沟右侧坡跟处的那几间瓦房说："她家就住在那儿，在家呢，我刚刚还碰见她了。"

杨洁谢了这位奶奶，然后领着沈静和刘小娜向宋晓云家走去。

十八

暮色悄然降临。山沟里显得异常寂静，走在这陌生的山村里，沈静心里不禁有一种莫名的失落，她们辛辛苦苦跋涉了几百里山路所寻找的地方，竟然是这样一个偏僻的小村落！这十几户人家，大多都关门闭户，许多人家的房屋都破烂不堪，门前长满了一人多高的野草，草已干枯，风一吹，发出呜呜的声响。只有一两户人家的房顶上冒着一缕淡淡的炊烟。

她们来到了宋晓云家门口——三间陈旧的土瓦房，边上一间矮矮的厢房。因为里面住了人，门口显得有点生机，几只鸡还在相互追逐着不肯回笼。

杨洁想给宋晓云一个惊喜，她让沈静和刘小娜先躲在墙角背后，她蹑手蹑脚地走了过去。

杨洁走到堂屋门口，把身子贴在门框边上。一会儿，只见一个披着长发的女子走了出来，脚刚一迈出门，杨洁突然现身，大喊一声："晓云！"

宋晓云顿时被吓了一大跳。然后惊喜地握住杨洁的手："天呀！不是做梦吧，你怎么跑到这儿来了？"

杨洁神秘地说："想不到吧？我是腾云驾雾来的，信不信？"

"这么远的路，你是咋来的？和谁一道来的？"宋晓云问。

"你猜。"

"别卖关子了，让她们也来吧，晚上就住我家。"

"我还以为你不欢迎呢，既然这样说，我就放心了。"说完杨洁就向沈静和刘小娜她们那儿喊了一声："两位美女可以现身了，我朋友愿意接纳你们。"

沈静一听，便和小娜高高兴兴地走了出来。刘小娜是个见面熟的人，一见宋晓云，便惊呼道："晓云，以前总听杨洁夸你，还不相信，一见果真如此，真是大美女呀！"

杨洁趁机向宋晓云介绍了她们："她叫刘小娜，这是沈静。她们都是我的好朋友。"

宋晓云分别和她们握了手。沈静感到宋晓云是个很朴实的农村女孩，这才稍稍放下心。

沈静、杨洁、刘小娜三个人一来，宋晓云马上把她们引见给她的父母。她母亲正在厨房里忙着准备做晚饭，这个时候见女儿的三个好朋友来了，显得非常惊喜，马上从梁上取下一块腊肉，洗干净，生火在锅里煮上。接着宋晓云领她们去看她父亲。那间屋子黑洞洞的，宋晓云进去的时候，先把灯拉亮，然后喊了一声："大，我的几个朋友来看你了。"宋晓云的父亲睁开眼，要穿衣服坐起来，被宋晓云按住了。宋晓云就告诉她们说，她父亲是十年前上山挖药材时，不小心从山崖上摔下来，摔坏了腰，至今仍卧床不起。她有一个姐姐，嫁到了外地；一个妹妹还在上大学，现在家里一切，全靠她母亲一人操持，她每月挣的钱，除了生活费和必要的开支，其余的都用于家里和支持妹妹上学。听到晓云说到这些话，她父亲便难过地把头捂在被子里失声呜咽起来，说他成了全家的拖累了，他还不如死了好。沈静她们三个见此，马上你一言我一语地安慰他，最后她们悄悄一合计，一人拿出二百块钱合在一起，由杨洁送给晓云的父亲。晓云一再拒绝，见她们三个态度很诚恳，便代她父亲把礼收下了。

她们来了，宋晓云显得很高兴，听她妈妈说厨房里菜不够，她马上带着她们一起到地里去摘菜，一会儿她们就弄了一大篮子菜，有白菜、萝卜、韭菜和蒜苗。她们把这些菜在小河里洗好，然后有说有笑地一起走回来。这时夜幕已经沉沉地落下来了。

夜色刚刚降临，整个宋家沟仿佛一下子就掉进了井里。

难得有这么一个安静的夜晚，几个未成家的姑娘开心地聚在一起，有说有笑，形影不离。

女儿的好朋友来了，晓云的妈妈便拿出了她的绝活，给她们烙了油馅饼，并做了半锅粉条韭菜肉丝汤。几个姑娘一个个吃成了油嘴子猫。

吃了晚饭之后，四个姑娘又在一起说笑了好久，一直到十一点多时，她们才意犹未尽地准备睡觉。宋晓云做了安排，她和杨洁睡一间屋，让沈静和刘小娜睡另一间屋子。

沈静临睡前出去上了一趟厕所，回来的时候，她看到宋晓云和杨洁站在外面的阶沿上小声嘀咕着，只听晓云问杨洁："你们今天来我家，是不是有什么事?”

杨洁看见沈静来了,马上说:“也没啥事,只是想向你打听一个人,一会儿咱们屋里说吧。”

宋晓云想了想说:“好。”

十九

大概是路上走乏了,沈静一下睡到第二天天亮了才醒来。睁开眼的时候,她看到刘小娜仍在酣睡。沈静心里一直很仰慕刘小娜那种粗心大意和率性而为的性情,在她身上似乎永远看不到一丝忧愁,什么不快活的事,在她身上都是一闪而过,不留下一点痕迹。

“我为什么做不到她那样呢?”沈静由刘小娜想到了自己。她发现她最近几个月来,心思特别多;尤其是她当前的婚事,对她可以说是如影随形了,她脑子只要一有空闲,那团影子似的东西就十分狰狞地出现了,压在她头上,让她烦躁不安,甚至连呼吸都很困难。这次她不顾长途跋涉的艰难,拐那么大的弯来了解李规的隐私,也不知道效果如何。昨天晚上杨洁和宋晓云睡在一起的时候,杨洁到底问没问?从昨晚短时间的接触来看,宋晓云这女子人不错,待人很诚恳很热情。但她很成熟,很有主见。也许是年龄比她们三个人都大,也许是她经历的事要多一些的缘故。宋晓云在她们三个面前,显得那么从容老练。这样的女子,她们来做什么,也许她早都猜出几分了。心地单纯的杨洁,要从她嘴里套什么话,能套得出来吗?事前就因为这,刘小娜给杨洁做了半天的工作,硬是死磨硬缠杨洁才答应的。可当时杨洁只说了一句:“我可以问,人家回答不回答我可不敢保证。”沈静担心杨洁问不出个结果来,也许人家宋晓云一句话就把她顶回去了,也许人家压根儿就懒得回答——因为这毕竟不是光彩的事儿,谁那么老实,要把它搁到桌面上?

沈静正躺在床上想心思的时候,外面传来了两下轻轻的敲门声,接着房门就被推开,只见杨洁穿戴整齐地走了进来。杨洁看到沈静已经醒了,而刘小娜仍然在酣睡,便轻轻把门关好,然后蹑手蹑脚走到沈静跟前。

见杨洁来了，沈静便从床上坐起来，把衣服穿上，一看杨洁脸上的表情，沈静就感到情况不太妙。但她还是装作坦然的样子，用手拍拍床沿说："你起那么早，坐会儿吧，我刚刚醒的。"又用鼻子挑了挑那头的刘小娜说："你看这家伙，昨晚头一挨枕头就呼呼大睡，到现在还没醒。"

杨洁叹口气说："我就不行，瞌睡少得可怜，昨晚睡得更少。"

沈静关切地问："怎么回事？昨天不是走乏了吗？咋还睡不好？"杨洁摇摇头说，我睡觉择床，一换床就睡不好；再者，和宋晓云睡在一起，她一直翻身，让我睡不着。半夜的时候她还磨牙，说梦话，你不知道半夜里听人说梦话有多怕，阴森森的，让人头发直竖。所以一晚上都没睡好。"

"那事你问她没有？"

"问了。"

"她咋说？"

杨洁正要开口讲，刘小娜醒了，她一醒便"咚"一下坐了起来，指着沈静和杨洁大声说："大清早的你们不好好睡觉，在一起叽叽咕咕密谋什么？是不是想谋财害命？"

杨洁过去在她那滚圆的胳膊上狠狠地掐了一把，批评她说："你咋呼什么？我在和沈静说正经事。"

刘小娜一听才笑着说："既然如此，那我冤枉你们了，你们继续吧！"

杨洁正要说话，外面传来了轻轻的走路声，于是杨洁便大声对刘小娜说："你们快起来吧，外面大亮了，我们出去到附近转一转，看一看这里的风景。"

刘小娜说："好吧，稍等片刻，老刘现在就起床。"

这时门被推开了，宋晓云穿着一件灰色的夹克衫站在门口，关切地问道："沈静、小娜，昨晚睡得怎么样？"

杨洁说："我来的时候，她们俩都还在熟睡呢，是我把她们两个给叫醒的。"

宋晓云笑着说："饭还得一会儿好，你该让她们再睡一会儿。"

刘小娜忙附和说："就是的，当作家的人一贯没长好心眼，她醒了，也让你睡不成。"

沈静说："你得了吧，你还没睡好？昨晚一挨枕头就呼呼大睡，一直睡到现在，七八个小时，足够了。”

刘小娜说：“好了就好了，那我现在就起床，我们出去转转。”

宋晓云说：“我们这儿很美，出去看看，一定不会让你们失望的。杨洁，你是作家，可得给我的家乡写一篇优美的散文。”

杨洁说：“没问题，这事包在我身上了。”

二十

沈静和刘小娜快速地把衣服穿好，溜下床，脸也不顾得洗，三个人就叽叽喳喳地出了门。宋晓云从厨房里赶出来，指着门口东边的一条小路说：“你们顺着这条路往上走，沿途什么景色都有。但是可别玩过头了，看一会儿就回来吃饭。”

三个姑娘口里应着，一窝蜂似的跑走了。

清晨，空气非常清新。几只欢快的小鸟刚刚离巢，在附近的枝头上不停地鸣叫；放眼望去，满山遍野的树叶都变红了，在碧蓝的天空映衬下，更加醒目，就像是印象派大师的油画一样，这一团金黄，那一块墨绿，那一片橘红。风儿一吹，几片叶子像彩蝶一样，从树上飘飘飞落。

外面景色实在太美了，三个姑娘高兴得手舞足蹈，大呼大叫。

她们顺着那条小路往上走，走十几米，拐一个弯儿就看不见宋晓云家的房子了。这里异常安静，一只红嘴长尾巴的鸟正在一棵落了叶的核桃树上东张西望，一见她们三个来了，马上“哇”的尖叫一声，张开翅膀飞走了。

杨洁看着四周没有人，便停下步子，对沈静说：“我昨天晚上问宋晓云了，人家啥也不说。”

沈静听了心里一沉，她就担心会出现这样的情况，果不出所料，看来这次是白跑了一趟。

刘小娜问：“你是不是话没说好？”

杨洁说：“咋没说好？我还担心开门见山地问她，她接受不了，还绕了一个大圈，然后才把沈静遇到的实际情况，告诉给了她。我说出于对朋友的关心才问的，希望她能坦诚相告，她为什么最终没有嫁给李规，和李规分手了。

你们知道她是咋回答的？”

“咋回答的？”刘小娜反问道。

“她说李规家里嫌她是农村的，出身贫寒，所以李规先提出和她分手的。”

“是这样的吗？”沈静问。

“不可能。”杨洁说，“你们知道宋晓云的工作是谁帮忙给找的吗？”

刘小娜和沈静摇了摇头。

杨洁说：“宋晓云大学毕业后也参加了几次公务员和事业单位招聘考试，可都没考上。宋晓云这人性格倔强，她没有气馁，还在继续考，可是考试分数却越来越低。就在她几乎要绝望的时候，她认识了李规，李规很喜欢她，拼命地追她。她当时还不想在工作没有着落的时候确定终身大事，就一再拒绝了李规。李规知道实情之后就向宋晓云保证，只要她肯嫁给他，保证让她有一份正式工作。宋晓云这才答应了。后来不到半年时间，李规的爸爸就通过关系让宋晓云象征地参加了一次事业单位招聘考试，然后名正言顺地把她分到了县文化馆。”

“既然这样，那她为什么最终没有嫁给李规呢？不应该呀。”沈静问。

刘小娜也说：“是呀，她既然都答应人家了，为什么最后没有嫁给李规呢？她说李规家嫌她出身贫寒，明显是说谎，人家出大力气把她的工作身份问题都解决了，还在乎她的出身吗？”

杨洁说：“现在情况就是这，我实打实地告诉给你们了。她不说，谁也没办法。”见沈静一脸困惑的样子，杨洁拍了拍她的肩膀说：“看来，那个谜团还得你费费心思才能解开呀。”

三个人在原地站得太久了，感到身上发冷，刘小娜提议继续往前走，避免一会儿让宋晓云听见了。于是三个人就继续朝山顶方向走去。

杨洁这时提出了她的看法：“我认为李规和宋晓云的婚事告吹，先提出来的，一定是宋晓云，而不是李规。否则李规不会让他爸花那么大代价解决宋晓云的工作和身份问题。”

刘小娜说：“我也同意杨洁的观点。因为是李规先追的宋晓云，而且李规追宋晓云的时候，宋晓云还没有工作，那个时候李规既然都很喜欢宋晓云，宋晓云工作身份问题解决了，李规反而嫌弃宋晓云出身贫寒，这显然是不成立的。是宋晓云在说谎。”

沈静说：“我认为宋晓云没有说谎，是李规先提出他们分手的。你们也看见了，宋晓云家确实是很贫寒，而且她父亲还卧病在床。李规家的家世显然比宋晓云家强几十倍。宋晓云遇到李规家这样的人家，她没有理由拒婚，这是其一。其二，李规他爸又帮她解决了工作和身份问题，这可以说是解决了一个女孩最大的问题，出于报恩，她也不会拒婚呀。”

沈静这一分析，杨洁和刘小娜不禁面面相觑，目瞪口呆。

刘小娜蹲下了身子，用拳头捶捶头说：“妈呀，这事越分析越复杂了，到底是怎么回事？让老刘好好想想。”可是她想了半天，仍然想不出所以然来。

最后还是杨洁建议道：“这个问题，既然大家都想不通，那咱们就不想了。刚才出门的时候，我还答应为宋晓云写一篇赞美她家乡的散文呢。大清早的，空气清新，景色优美，咱们就不想那恼人的事了，好好散散心，赏赏景吧。”

她们沿着那条小路继续往前走着，走到半山腰以上，前面就是森林了。森林很茂密，走在里面，阴森森的，有些怕人。

沈静想，一直这样走下去，越走越远。而她们今天无论如何是要返回的，既然从宋晓云口里打听不出什么来，她们还一直待在这里做什么？如果不早点动身，怕是今天赶不回家的。于是，沈静停下了脚步，对杨洁和刘小娜说：“咱们返回吧，吃罢早饭就回城，那么远的路。”

刘小娜意犹未尽的样子。杨洁体弱，一上山就累得气喘吁吁。沈静一提议，她马上转了身，说：“赶快回去吧，早饭肯定好了。”

她们三个便沿着刚才的路向山下走去。

走到半道的时候，刘小娜看到旁边有一条沿着山脊下去的路，也能绕回宋晓云他们家的房子。为了图新鲜，她便建议这次下山走这条路。沈静和杨洁也没有反对，反正都是往回走。

于是她们便沿着这条路往山下走去，一直走到山根处，再沿着一条路绕过一片竹林，前面就是宋晓云她家了。

宋晓云正在门前等她们回来，见她们从另一条道返回了，便笑着问：“你们可真行，一大早还转了那么大一个圈，都看到了什么好景致？”

刘小娜说：“我本来还想往远处走走的，这两个家伙急着要回来，什么好景也没看着。”

沈静说：“怎么没看到好景？那是你不善于发现美景，清晨，那满山遍野的枫叶，各种颜色的山花，还有茂密的森林，欢快的小鸟呀。哪一样不是好景？你说是不是杨洁？”

杨洁这会儿已经缓过气了，笑着说：“人常说对牛弹琴，你说这些对有些人来说没用，没有一双发现美的眼睛，即使再好的美景，对她来说也是视而不见、听而不闻。”

刘小娜听到沈静和杨洁都在讽刺她，气不过，马上一把揪住杨洁，要把她扳倒在地，好好收拾一顿。杨洁不甘屈服，使劲反抗着，头上的帽子都弄掉到了地上。

宋晓云笑着拉住了小娜，说：“你们别闹了，饭好了，赶快回去吃饭吧。”

二十一

沈静她们三人一回来，晓云的妈妈就让她们洗脸，准备吃饭。晓云把堂屋里的小方桌用抹布擦干净，就开始端菜。尽管是早饭，晓云的妈妈仍然炒了好几个菜，有荤有素，香味扑鼻，摆满了一方桌。昨晚烙的油馅饼没吃完，早晨，晓云的妈妈又用微火在锅灶上热了一下，焦黄焦黄的，看着就让人口馋。晓云的妈妈还熬了一锅香香的红薯糊汤，让她们吃了饼子之后再喝些稀饭。

几个人往桌子上一坐，就开始大口大口地吃起来。

吃罢饭，看看时间已经九点过了，沈静便向杨洁和刘小娜暗示得走了。杨洁就对宋晓云说：“晓云，我们得走了，再不走，天黑赶不到县城。”

晓云挽留道：“总是周末，既然大老远地来了，就陪我在这里玩一天吧，明天咱们一块返城。”

沈静说：“我们得赶快回去，走的时候，父母都不知道呢。”

宋晓云说：“既然留不住你们，那你们就走吧。路上要小心点。”

杨洁说：“我们去给伯父伯母打声招呼吧。”

沈静正准备和刘小娜、杨洁一块儿去向晓云的父母辞行时，晓云叫住了她，说："你让她俩去吧，我有话对你说。"

沈静便留了下来。

宋晓云指指附近那片竹林说："咱们到那里面去说。"

沈静说："好。"

宋晓云领着沈静来到那片茂盛的竹园里。里面很干爽，连杂草都没有。晓云说她心情不好时，喜欢在这里静坐，听风吹竹叶的声音，听一听，心情就好了。她指指竹林深处，只见一根拳头粗的竹子下面放了几块光滑的石头。

"咱们就坐那儿说。"宋晓云说。

沈静就跟着晓云一起来到那棵竹子下面，然后挨着身子并排坐下来。

宋晓云说的不假，一坐到这儿，便立刻感觉到神清气爽起来。微风吹拂，竹叶轻轻摇动，闭上眼睛细听，似乎是有高人在弹奏古曲一样。

宋晓云开门见山地问道："我昨天晚上对杨洁说的话，她都告诉你了吧？"

沈静听她这样一说，突然愣住了，她想不到宋晓云会以这样的方式开始两人的谈话。心里一阵紧张，她一时拿不准宋晓云要她来的目的，她是来责问她的，还是向她吐露真言？如果实话实说，是不是有出卖朋友之嫌？但要一口否认，是不是显得虚伪？两难之间，沈静只好装傻地问："昨晚你对杨洁说了什么话？"

"就是我为什么要和李规分手的事。"

"她说了，说是李规嫌你家穷才提出和你分手的。"沈静红着脸说。

"你相信吗？"宋晓云问她。

沈静心里再次一惊，她此时已经明显感到宋晓云是一个心高气傲之人，她要想从她口里得到她和李规分手的真正原因，若不狠狠刺激她一下，她是不会说出实情的，于是她装作很诚恳地说："我相信。"

"为什么？"宋晓云追问道。

"像李规这样的纨绔子弟，他们找对象的标准还不是老三样，一看相貌漂亮不漂亮，二看家境富有不富有，三看对他温柔不温柔。尽管你既漂亮又温柔，可毕竟是从农村来的，一点背景也没有。就这一点点不如意，那个没有眼光的李规，竟提出和你分手了。这是他的损失，他错失了你这样一个要才有才、要貌有貌，又很善良的女子。他会后悔一辈子的。"

沈静暗中观察,当她在由衷地称赞她的时候,宋晓云的脸色渐渐像花朵一样绽放出来,显出一副志得意满的样子。沈静一说完,宋晓云先是冷笑了两声,然后低声对沈静说:“沈静,告诉你吧,昨天晚上我对杨洁说的是假话。”

“假话?”沈静惊愕地看着宋晓云。

宋晓云说:“我实话告诉你吧,是我先提出和李规分手的。我爹妈生了三个女子,我姐出嫁了,我妹考上名牌大学了,不可能回来。所以我找对象必须是倒插门,让他上我们家。李规家就他一个儿子,他父母能让他上我家的门吗?他满足不了我家的要求,我自然要提出和他分手了。”

“可我听说你的工作是李规他爸帮忙给找的,你这样做,他们能答应你?”

“他不答应能咋的?还能强取豪夺不成?是他满足不了我家的条件在先,李规要是同意上我家的门,我也不会提出和他分手了。”

沈静听了点点头说:“那倒也是,你现在的状况确实招婿上门比较好。”

宋晓云叹了一口气说:“其实开始我心里也挺痛苦的,李规的家境非常不错,可以说是有权有势,谁不羡慕呀?可我放不下我爹我妈,尤其是我妈太辛苦了,她既要照顾我爹,又要做家务,还要做庄稼活。为了报答我妈,我说什么也得丢弃荣华富贵,好好帮助她。”

“你真是个大孝子。”沈静夸赞说。

“谢谢!”宋晓云用手拍了一下沈静肩膀,两人的身子挨得更近了。

“听杨洁说你父母非要让你嫁给李规,是不是?”宋晓云突然换了话题,问起沈静来。

沈静说:“是的,而且他们态度很坚决,非要让我嫁给他。我为此见了李规两次面,可心里对他一丁点好印象都没有,于是就不想跟他成亲。但我爸妈却不同意,李规家也为此事找了几个领导来帮忙做工作。我感到实在没招了,我要是不答应这门亲事,就会和父母彻底决裂。我是个孝子,我做不到那一点,所以我只好委屈自己,只要李规身上没有要命的缺陷,就准备答应他算了。我听说你和李规谈过一阵子,最终分手了,就跑这么远的路,来听你说出实情,要是李规身上真的没有什么大毛病,我就嫁给他算了。这样也算是对父母有所交代。”停了一下,沈静诚恳地说,“晓云,虽然我们认识得晚,交往时间也很短暂,但凭我的观察,你是一个非常善良正直的人,我很欣赏你的为人,我愿意跟你交一辈子朋友,请你以朋友的身份实话告诉我,李规是不是有不可饶恕的毛病?要是有什么毛病,你给我说清楚,我好回去说服父母;要是没有,我就打算嫁给他了。"

听了沈静这样一段发自肺腑的话语,宋晓云顿时沉默了,她倾着头思索着,脸上一阵红一阵白的,不断变换着表情。过了大约三分钟时间,她突然紧紧握住沈静的手说:"沈静,你听我的,别嫁给李规。"

"你能说出是为什么吗?"

"别问了,听我的,你不能嫁给他。"说完,宋晓云又补充一句,"你嫁给她就彻底完蛋了,死定了!"说完宋晓云站了起来。这个时候沈静听到刘小娜在宋晓云家门口喊她的声音。

宋晓云在前面走了。在走出这片竹林时,她又扭转身对沈静说:"听姐的话,无论如何,不能嫁给李规,嫁一个正常人,哪怕他一穷二白,甚至是个农民!"

宋晓云说这句的表情和语调,让沈静浑身产生了一阵痉挛,从这句话中,她已明显感到李规身上问题的严重性,那是什么问题呀?会让晓云说出这样的话来。沈静仔细一想,心里彻底明白了,晓云看似没有说出谜底,其实她已经什么都对她说了。于是她用力握紧了拳头,她发誓一定要回去好好给父母做工作,她不能拿自己的一生幸福当玩笑,去嫁一个千万不能嫁的男人。

二十二

沈静她们三人回到县上的时候,已经是晚上八点多了。大街上华灯闪烁,如同白昼。广场上更是热闹非凡,跳广场舞的,打太极拳的,领着孩子闲逛的,还有敲着锣鼓唱着花灯小调的。

刘小娜问沈静和杨洁:"咱们现在是各自分手,还是一起吃罢饭再回去?"

沈静说:"一起吃个饭吧,我请你们。"

刘小娜说："好嘞，到哪吃？"

杨洁说："你见多识广，哪儿有好吃的，你比我和沈静都清楚，你开到哪儿是哪儿。"

刘小娜说："那咱们就去宝塔公园门口吃火锅吧，那里的羊肉火锅货真价实，味道很不错。"

沈静说："那你就带我们去那里。"

刘小娜就开着车子，七拐八弯，一会儿工夫就把车开到了宝塔公园门口。附近就有一家火锅店，门口的路边停了好些车。

刘小娜把车子停好，三人下了车。

这家火锅店人气很旺，一、二、三楼包间全占满了，就连一楼大厅里也坐满了人。最后她们好不容易在大厅里面发现了一张空桌。

三个人唯恐别人占了去，也不管位置好坏，环境嘈杂与否，赶快走过去先把桌子占了。

刚坐好，服务员就拿着菜单来了。刘小娜也不客气，三两下就把锅选好，然后点了三斤多的带皮羊肉，四个配菜，另外还要了一份炸馍干。

在等火锅的空当，刘小娜问沈静："早上临走之前，宋晓云把你叫到竹林里说了些什么话，那么神秘兮兮的？"

沈静说："她告诉我，不要嫁给李规。"因为大厅里人多声杂，沈静的声音又低，刘小娜没听清，问道："她咋说的？大声点。"

沈静就放大声音说："她告诉我，不要嫁给李规。"

"她没有说具体原因吗？为什么不让你嫁给李规？"杨洁问。

"没有。"停了一下，沈静说，"她还对我说了这样一句话：如果嫁给李规，那就彻底完蛋了，死定了。"

刘小娜听了，嘴里啧啧了两声，然后瞪大眼睛对沈静说："看来你现在确实陷入了危机，你听听，宋晓云用了'死定了'三个字，这说明情况非常严重，而且远非我们的想象。"

杨洁说："看来，宋晓云对我说了假话，根本不是李规先提出分手，是她先提出的。"

沈静说："是的，晓云早上给我说了，她对你说的是假话。真实情况是她先提出和李规分手的。她还不让我告诉你。"

杨洁一听，冷笑了一声说：“看看这个宋晓云，她竟然对我不放心。”

刘小娜笑着说：“她是怕你知道实情后把这故事写进你的小说里，这对她很不利，所以就没敢把实情告诉你。”

这时，杨洁突然身子一激灵，然后伸出右手的食指说：“我发现了一个秘密。”

“什么秘密？”刘小娜把身子靠近杨洁问。

“李规身上肯定有个要命的缺陷，也许这个缺陷就是宋晓云不肯嫁给他的理由。”

“什么缺陷？”沈静浑身哆嗦着问。

杨洁便半闭着眼睛猜测说：“也许他是个变态狂，也许是个吝啬鬼，或者是个梦游者，或者——”

“或者是个性无能者。”刘小娜笑嘻嘻地说。

“对，也许是个性无能者。”杨洁肯定了刘小娜的猜测。

听了两个朋友的猜测和分析，沈静心里越发沉重。她脑子里不禁想起了早上临走前宋晓云对她说话时的语调和表情，她估计两个朋友的猜测大不差一，李规身上肯定有个要命的缺陷，要么是个变态狂，要么是吝啬鬼，要么是梦游者……要么是个性无能。不然，宋晓云也不会劝她宁可嫁一个普通的正常人，甚至是农民，也不要嫁给李规，说嫁给他就是死路一条了。

刘小娜这时郑重地对沈静说：“静，放坚强些，坚决不要嫁给李规，你回去先给你父母做工作；万一不行，我和杨洁也上。你父母就你一个千金宝贝，我不相信他们会眼睁睁地把你往火坑里推。”

沈静正要说什么，火锅端上来了。刘小娜便说：“肚子饿了，咱们先吃吧，吃饱了再说。”

二十三

沈静从宋晓云老家回来之后，心里便打定了主意：务必说服爸爸妈妈，决不能嫁给李规。沈静仔细分析，爸妈之所以强行让她嫁给李规，就是因为李规他爸李敏智是他们的领导，李敏智有权有势，攀上这样的亲戚，他们觉得脸上荣耀，这是其一。其次是爸爸想通过和李敏智结为亲家，解决他的提干问题。这是两个最关键的因素，除此之外，爸妈没有任何理由非让她嫁给李规。因此，她要想说服爸妈，就得先要破解这两个问题，这两个问题破解不开，她是如何也说服不了爸妈的；反之，她要是很好地破解了这两个难题，一向很疼爱她的爸爸和妈妈，则没有任何理由非要让她嫁给李规不可了。

就说第一个问题吧，这个问题的核心就是李规家的家世好，不仅在县上有三四处房产，还有好几处门面房；存款多，估计至少在八位数之上；人脉广，李规的父亲李敏智，为官多年，不仅和县上主要领导关系处得好，而且和省市一些领导关系处得也好。常人办不成的事，不敢办的事，李敏智都能通过关系，迎刃而解。针对这些问题她如何说服爸妈呢？她首先得向爸妈说清楚，无论李规家的家世再好，房产再多，存款再多，那终究是人家的，即使两家结亲了，那些东西终究还是人家的，和他们有多大关系？况且，他们家虽然不及李规家，但他们三个，个个都算是高工资了，房产、存款、车，样样都有。既然生活都很不错了，何必要攀附权势呢？况且，他们三个人的钱都是靠工作、靠节俭积攒下来的，钱来得干净；不像李敏智，那么多的房产，那么多的存款，他能保证这些都是靠合法收入得来的吗？说不定有许多都是违法违纪和靠不正当手段得来的。如今全国上下，反腐败的声势一阵高过一阵，那些靠不正当手段得来的钱财，说不定哪天就会真相大白，就得全部充公。既然如此，何必要攀附这门亲事呢？沈静想，她就从这些道理入手，她不相信她爸妈分辨不出其中隐含的道理。

再说第二个问题，爸爸是想通过她和李规成婚，借李敏智的权势解决他的提干。

这个问题也好解决。爸爸已经五十岁的人了，股室负责人干了十多年，再有几年就要退休了，何必要靠牺牲女儿的幸福来换取他的官位？值得吗？她就向爸爸妈妈解释清楚，她一点也不喜欢李规，若是让她嫁给李规，她就生不如死。如果这样，他们于心何忍？对了，她还有一个说服他们的理由，就是她已得到确凿的消息——李规身上有一个要命的缺陷，哪个女子嫁给了他，等于死定了。

沈静此时头脑变得格外清醒和冷静，她把这些说服爸妈的理由在脑里心里过了一遍又一遍，她决定，就靠这些理由，一一去说服爸妈。她保证将来一定找一个让他们称心如意的男朋友,她保证今后一定要好好孝顺他们,让他们过一个幸福的晚年。

二十四

这次是否能说服得了爸爸妈妈,关系着她此后一生的幸福。因此沈静格外重视,在家里她思考着这件事,在单位上班时也总想着这件事;晚上睡在床上,她也是反反复复地思索着这件事。说服爸妈的几个理由她已经想好了,接下来关键是她得选择在什么时间、什么地点说服他们。时间、地点选择不好,时机掌握不成熟,就可能适得其反,前面就是先例。

经过几天的深思熟虑,沈静决定利用本周周末时间,领爸妈到著名的5A级景区金丝大峡谷旅游,趁游兴正浓,爸妈心情非常好的时机,她来说服他们。为了稳妥起见,沈静又把整个行程在头脑里仔细过了一遍,觉得这事十之八九不会出差错,这才稍稍放了心。想到自己的婚姻大事这么艰难,沈静心里十分懊悔沮丧。她很生自己的气,作为一个二十多岁的姑娘,她怎么不能像其他90后的姑娘一样,在父母面前骄纵、任性、唯我独尊,说一不二呢?据她所知,和她大小差不多的孩子,大多是独生子女,他们在家里的独尊地位是不可撼动的,他们在对人生的选择上,也是非常任性的,更别说在婚姻问题上了。要搁有的姑娘,还管父母的态度呢,喜欢谁就嫁,管他对方是富翁还是乞丐。她为什么就做不到这一点呢?沈静想来想去,一是她性格温和,她从没有做过违逆父母的事情,父母要她怎么做,她就怎么做,她多听话!这就是长期养成的习惯,导致了她今天的这种结果;二是父母对她无微不至的关爱。从记事起到现在,父母从没有打骂过她,他们一直视她为掌上明珠,百般呵护,百般喜爱,只要是别人孩子有的,父母都会让她有,不管花多大代价,他们都毫不在乎。

有人说的好,亲情就是一杯茶,亲情关系越深,茶越浓。她和父母之间的关系,就是一杯浓浓的茶,而且已经年深日久,她要想打破原来的格局,做出出乎父母意料的事情,该有多难!但现在已经顾不了这么多了,为了保证自己一生的幸福,和父母处好关系是前提,她一定坚定不移,尽最大努力去说服父母,让他们改变主意。宋晓云说的那句话仿佛一根绳索一样紧紧缠在她心头——“你决不能嫁给他,嫁给他就死定了”。

二十五

周末这天早晨,沈静早早就醒了。眼睛一睁开,她首先想到了今天要干的一项重要的事情。于是她又静静地躺在床上,把那些说服爸妈的理由,一一地在脑子里过了一遍。这些理由都很有说服力,于情于理都说得通,她想,作为有涵养、有知识,又很疼她爱她的爸爸妈妈,他们没有理由不接受她的观点,从而不去高攀那门亲事了。好,就这样决定了!沈静捏紧了拳头,给自己下达了终极命令,然后迅速动身起床。这是关键的一天,她要好好表现,力争掌控好每一个关键的环节。

昨天晚上,沈静已经向爸妈提说了今天他们全家到金丝大峡谷旅游的设想,她以为爸妈会提出异议,想不到爸妈都很赞同。那么今天这趟旅游就意义非常了。沈静穿鞋的时候听到厨房里有动静,走过去一看,妈妈已经快把早餐做好了。

见了她,妈妈便说:“你去把你爸喊醒,洗脸吃饭,早点出发。”

沈静痛快地应了一声,马上去叫醒爸爸。

沈静洗罢脸之后,就到厨房里去给妈妈帮忙。当爸爸起来的时候,饭菜都已经端到餐桌上了。爸爸见她早上主动到厨房帮忙,便夸奖她说:“沈静真是长大了,懂事了,今天表现好,值得表扬!”

沈静说:“谢谢爸爸夸奖,我以后一定做得更好,让你们更省心。”

妈妈听了这句话非常高兴,便说:“好了,你们也别只顾得耍贫嘴了,赶快吃饭,吃了饭我们就去金丝大峡谷。”

妈妈熬的是小米稀饭,里面放了红枣和花生米,另外还馏了几个馍,炒了两个菜。

吃罢早饭之后,沈静先去超市买今天在景区吃喝的东西,她让爸爸半个小时后把车开到超市门口等她。

爸爸妈妈对沈静今天积极主动的做派很是欣赏,他们交换了一下眼色,会心地笑了。爸爸说:“好吧,东西也别买太多了,够吃就行,买多了浪费。”

沈静痛快地答应道:“好嘞,谨听父亲大人的教导。”说罢风风火火就出门了。

尽管爸爸有嘱咐,少买一点吃喝的东西,但沈静还是买了两大包。买每一样东西,她不仅要考虑到她的口味和爱好,更重要的要考虑到爸爸的,还有妈妈的口味和爱好,因为他们一家三口每个人的口味和爱好都不尽相同。所以买的东西就应该有差别。她要力争让爸妈今天玩得高兴,吃得高兴,在恰当的时机,她再顺理成章地说服他们。

东西买好开始准备往出走的时候,好朋友刘小娜打来了电话,问她今天有什么安排,能不能陪她上街买衣服。

因为时间紧迫,她只对刘小娜说了一句:“对不起,今天我没空。”说完就挂了,她得赶快去排队交款。

沈静交了款,拎着东西刚走出超市,一眼看到爸爸把车停在超市门口。便赶快走过去,把后备箱打开,把买的东西往里一放,就上车了。

他们一家集体出行,每次都是爸爸开车,沈静坐副驾驶位置,妈妈坐后座。爸爸已经有十几年的驾龄了,车技特别好。

到金丝大峡谷景区,得先走一段国道,然后上高速,最后再下高速,行 30 里山路,便可直达金丝大峡谷景区的门口。这天天气格外好,在碧蓝的天空映衬下,沿途的红叶,显得更加鲜艳。

爸爸今天的兴致特别高,他一边轻松而快速地开着车,一边高兴地和沈静和妈妈说着有趣的话题。

车子下了高速,又走了半个多小时的山区公路,很快就来到景区门口了。

金丝大峡谷是由鹿城县委政府近年来主导开发的一个自然风景区,所有权归政府所有。平时,由景区管委会专门管理景区,门票收入上交县财政。景区管委会已由开发初期的临时建制,发展成一个副处级单位了。

沈静听说最近刘小娜正和景区管委会的一个股长谈得火热,车一停下,她就给刘小娜打了电话,告诉她,她和她爸妈今天要到金丝大峡谷游玩。她问她:“你能不能动用一下你男朋友的关系,免了我们一家三人的门票?我今天可是有重要任务的,希望你能给我这个面子,让父母觉得我这人在社会上混得还行。"

刘小娜一听,马上干脆地说:"没关系,小菜一碟!你等着吧,他今天刚好在景区,我让他亲自送你们一家人顺利进景区。"

车子在停车场的车位上停好之后,他们一家三人依次下了车。爸爸平时爱好摄影,一下车,他就忙着把装相机的包包打开,把相机的镜头装好,然后神气地把相机挂在脖子上。沈静和妈妈一人拎了一包吃的东西。

他们一家人好久没有到景区来玩了,这里变化很大。过去停车场四周只有几家简易的饭店,现在整个停车场周围建满了各种各样的商店和农家乐,彩旗飘飘,人来人往。爸爸东张西望,想尽快找到票务处,购了门票就进景区。可是他望了半天也没找到。

沈静对爸爸说:"爸,别找了,一会儿刘小娜的男朋友会送我们进景区。"

爸爸一听,有些惊讶地问:"刘小娜的男朋友送我们进去?能行吗?"

沈静说:"她男朋友在景区管委会工作,这点人情他还做不了?"

正说着,不远处走来一个修着寸发,身着蓝西服、白衬衫,打着红领带的年轻小伙子。那人走到沈静跟前,礼貌地问道:"请问你是沈静吗?"

沈静点点头说:"是的。"

那人自我介绍说:"我叫叶挺,刘小娜的朋友。"

沈静一听就捂着嘴笑了,说:"你可真行,叫这么响亮的名字,人家叶挺是北伐名将,堂堂新四军军长,这名字你也敢叫!"

小伙一听,灿烂地笑了,说:"有啥不敢叫的?名字不过是一个符号而已,没有那么多讲究;再说了,也说不定我将来比那个叶挺还厉害,那个叶挺还得沾我这个叶挺的光呢。"

沈静顿时笑得直不起腰来,她指着那小伙子说:"你就使劲吹吧,也许你就是靠吹的功夫把我们的小娜挂上的吧?你们两个可真是天生的一对,都能吹。"

见沈静的爸妈都站在旁边等着,叶挺不再说笑了,他先去向沈静的父母问了好,然后对沈静说:"现在我就领你们进景区。"

景区门口站立了两个检票员,叶挺先去给他们打了声招呼,两个检票员马上就放行了。沈静正准备进检票口,叶挺说:"把手机号留下吧,有什么事联系我。"沈静就把手机号报给了叶挺,叶挺存了号,又直接打过来,让沈静把他的号也存上。然后沈静向叶挺挥挥手,走了进去。

二十六

一走进景区,仿佛进入了一个崭新的天地。

沈静的爸爸端着相机,有些目不暇接的样子,遇到好景致,便忙不迭地选好角度,调准焦距,按下快门,并让沈静和妈妈站在一起,给她们拍母女照。沈静非常高兴,便和妈妈摆出不同姿势,露出不同表情,让爸爸拍下来。

每当爸爸拍出一张让她和妈妈都非常满意的照片时,沈静便禁不住夸起了爸爸:“爸爸,我发现你真了不起,干啥爱啥,爱啥精啥。比如摄影,你既不是专业学校毕业的,也没有参加任何摄影培训,完全是靠你自己摸索出来的,竟然比某些专业摄影师都照得好。还比如开车,据我所知,有些人为了考驾照,花了不少钱,费了九牛二虎之力,驾照却急忙拿不到手。可你只学了几天,就参加考试,一考就顺利把驾照拿到手了。”

听到女儿这么夸他,爸爸自豪而略带谦虚地说:“其实我们家最聪明的是你妈,你妈那才真是爱什么精什么,钻什么成什么,在她面前,我自愧不如。不过通过今天免门票这件事,我对我们家的公主也另眼相看了。小公主终于长大了,善于利用社会资源给家人方便,给自己方便了。”

沈静没有想到,她仅仅只是给刘小娜打了个招呼,让她男朋友给他们一家人行了个方便,小事而已。可爸爸却把它上升到什么社会学范畴。于是她便解释说:“爸爸,这只是一件小事,不足挂齿。我们几个好朋友平时交往就这样,谁能帮就帮一点,哪有那么深奥!”

爸爸一听,便认真地帮她分析说:“事情虽小,但它却能揭示一个深刻道理。为什么社会上有的人,干什么成什么,呼风唤雨,八面来风,风风光光,荣华富贵;而有的人,为人做事唯唯诺诺,困难重重,前怕狼后怕虎,干这不成,干那不成,虽然出大力,流大汗,却一穷二白,自己受累家人受苦不说,就连亲戚朋友都看不起。为什么会出现这么大的反差?为人处世的方法而已。聪明的人,善于结交那些能给自己带来好处和利益的人;而愚笨的人,不仅眼瞎,而且耳聋,与人交往什么也不讲,什么也不顾,这样下去,不受困才怪呢。”爸爸一口气说了那么多话，口渴了，便取出水杯，猛喝了几口，然后还准备滔滔不绝地向沈静灌输更多更深的大道理。沈静猜得出他要说什么，便急忙打断他的话锋说：“爸，今天我们是来赏景的，你那些深奥的道理，回去以后再慢慢给我传授吧。”

爸爸一听，才悻然地说：“好吧。”

金丝大峡谷景区最美的地方是黑龙峡。沈静想，在尽情地游览黑龙峡奇特的峡谷地貌和壮观的瀑布群之后，在爸妈心情都特别好，而身体又有些累，对她有所依赖的时候，她再把她的想法和盘托出。人体力消耗比较大的时候，情感上往往都比较柔软，在她的真情打动下，爸妈一定会看重亲情，心疼女儿，从而接受她的观点。

沈静被自己周密的计划和如意算盘感动了，她心里说了三个好字，然后捏紧了拳头，再一次给自己鼓了劲儿。

一家三口沿着溪流边的一条游步道进入了金丝峡的第一个景区——白龙峡。一进入白龙峡，身心立即一爽，路边尽是些四季常青树，兰草遍地都是，散发出迷人的幽香。爸爸忙得不亦乐乎，刚照罢一棵苍翠的楠木，又立即去照那岩畔上的一棵青青的兰草。并不时让妈妈和她站在溪流边，扮出最好的姿态，给她们留影纪念。

为了让妈妈高兴，沈静把妈妈手上拿的东西接过来，让爸爸尽可能多给她照些照片。妈妈长得漂亮，在优美的风景衬托下，会更加漂亮。果不出所然，每当爸爸把相机上照的照片翻出来让妈妈看，夸妈妈如何美，如何迷人时，沈静发现妈妈既得意又害羞的样子，仿佛是个十八九岁情窦初开的少女。而爸爸则更像是一个春风得意的白马王子。

只要爸妈高兴就好，沈静幸福地看着爸爸和妈妈。

接下来景点就更多，马刨泉、石生树、翰墨崖、白龙门、白龙湖、灵官殿……虽然爸妈都不是第一次来了，然而每当走到一处景点跟前，他们都会激动地驻足观赏，留影纪念。这天景区的游客不很多，不受干扰，他们就尽情地观赏，尽情地拍照，一家三口，真是其乐融融呀。

中午十二点，他们走近景区的枢纽部位——灵官殿。

要到灵官殿，有两条路可走，一条是水路，乘游艇从白龙湖水面直接到灵官殿；还有一条是陆路，登上白龙湖大坝之后，从左侧山根处的一条游步道绕湖而行,来到灵官殿。

沈静本打算领着爸妈走陆路的,既方便又省钱。可是,当她刚踏上白龙湖大坝时,手机就响了,一看是刘小娜的男朋友叶挺打来的,便按了接听键。手机里传来叶挺的声音:“美女,你们走到哪儿了?”

沈静说:“刚到白龙湖大坝,怎么了,想追要门票吗?”

叶挺笑着说:“我哪敢呀!还想活命不?我估计你们大概快到白龙湖了,果不出所料。叔叔和阿姨平时工作忙,也难得到金丝大峡谷来一趟,来了就好好耍一耍,我已给白龙湖的承包人打过招呼了,你去报你的名字即可,让叔叔阿姨乘游艇到灵官殿,这样既享受了水上游的乐趣,又省了力气。”

沈静说:“不好意思,这样做不又让你破费了?”

叶挺说:“我好歹也是景区的一个小小的官儿,连这点人情都行不通,那不让人笑话吗?只要你平时多在刘小娜面前美言几句,我就不胜感激了。”

“你那么帅,又那么会来事,还用得着我在小娜面前美言你吗?别损我了。”

“真的,人家一直瞅不上我,我们认识大半年了,还一直没有明确关系。”

沈静笑着说:“那你就好好追吧,我相信你一定会追到手的,追女朋友得有真心和耐心呀。”

“谢谢你给支招,话不多说了,你赶快带叔叔和阿姨上游艇吧。”

沈静刚放下手机,从大坝上就走来一个矮矮胖胖的小伙,那小伙问沈静:“你是沈静小姐吗?”

沈静说:“是的。”

那人说:“游艇已经准备好了,你们赶快上去吧。”

沈静心里甚是感激,马上过去把意思对爸爸妈妈说了。爸爸妈妈听说又能免费乘坐游艇,非常高兴。在工作人员的指点下,他们一家三口依次登上游艇,穿上工作人员递来的救生衣。发动机一响,游艇就劈开浪花,快速地向灵官殿方向奔去。

坐游艇既省时间又很刺激,用了十多分钟,他们就到了灵官殿。

待工作人员把游艇固定好,沈静便搀扶着爸爸妈妈下了游艇。一下游艇沈静便看到湖边一个凉亭,亭子下面摆了几个圆桌和几个藤椅。沈静便带爸爸妈妈去了那个凉亭，准备吃点东西，休息休息，等体力恢复了再往里逛。

爸爸妈妈今天玩得特别高兴，但他们毕竟上了岁数，一到凉亭，就都直喊累，往藤椅上一坐，动都不想动了。沈静把带来的饮料打开，放到他们面前，又殷勤地把早上买的吃的东西一一从袋子里取了出来，放在圆桌上。爸爸妈妈确实饿了，见她把吃的喝的都摆到面前，也不客气，就大口大口地吃喝起来。见爸妈吃得那么香，沈静也挑自己喜欢吃的食品，津津有味地吃起来。

吃罢东西，喝了饮料之后，他们一家三口就在湖边休息。太阳暖暖地照着，湖面风平如镜，两边奇峻的山峰倒映在湖里，感觉像是一幅山水画。偶尔小鸟鸣叫一声从湖面掠过，泛起了一道道涟漪。

爸爸这时兴致又来了，他把相机拿起来，照了几张湖面的照片。然后对沈静说："沈静，今天我和你妈都沾了你的光，玩得很开心。"

沈静说："只要爸妈高兴，我以后就经常带你们出来玩儿。你们把我养这么大，吃了不少苦，现在也该轮到我尽孝道的时候了。"

妈妈一听，感动地说："你能这么想，我们很高兴。我们一天天老了，以后我们的幸福都指望你了，你可别嫌累赘。"

沈静说："咋会呢？我是那样的人吗？我以后保证能让你们过上幸福美满的生活。"

爸爸一听，便夸赞说："这话我相信，从今天你的表现看，女儿确实长大了，说话得体，处事灵活。而且善于结交有实力的朋友。这说明我们的女儿已经融入社会，成熟了，长大了。"

沈静知道，如果爸爸顺着这个话题延伸下去，一定会说到她和李规的婚事，所以她就赶快打断了爸爸的话题，说："爸爸，时间已经不早了，咱们歇好了赶快走吧，好看的风景还在里面呢，不然晚上赶不回家。"

沈静一提醒，爸爸马上刹住了他的话题，挎起相机说："好吧，咱们不耽误时间了，即刻出发。"

二十七

灵官殿是金丝大峡谷景区的枢纽部位，往南是白龙峡景区，往东是青龙峡景区，往北是黑龙峡景区，青龙峡与黑龙峡之间是石燕寨景区。由于青龙峡地势险要，至今尚未开发，上石燕寨得走索道，往返至少得一天时间。沈静已经计划好了，她今天重点领爸妈到黑龙峡一游，这个景区不仅峡谷地貌好，而且还拥有大大小小近百个形状各异的深水碧潭和十五级美轮美奂的瀑布群。她想，作为知识分子和有较高修养的爸爸和妈妈，在饱览了祖国的大好河山之后，心胸一定会更加开阔，爱女之心会更为殷切，从而会看淡名利，毅然同意宝贝女儿取消那个根本不乐意的婚事。这该多好呀！

当沈静带着爸妈刚走到黑龙峡口的时候，她的手机响了。一接是刘小娜打来的，小娜大声问："沈静，给你爸妈的工作做得怎么样了？"沈静害怕爸妈听到了，马上把音量调小，把手机贴在耳根上。

沈静让爸妈先上前走，然后对着手机说："我们到了白龙峡，坐游艇游了白龙湖，现在马上要进黑龙峡了。感谢你小娜，你家叶挺表现不错，不仅把我们一家三口送进景区，而且还免费让我们坐了一趟游艇。你的眼光不赖，叶挺这小子不仅长得帅气，而且脑瓜灵活。过了这个村就没了这个店，你可千万别错过了机会，考验得差不多就得了，别让人家失去了耐心。"

"叶挺这小子给了你多少好处，你就这么替他说话？不行，我还得考验，不能便宜了这小子，让他轻而易举就把我拿下了，那样他就对我不珍惜了。别说我的事了，你给你爸妈工作做得怎样了？"

"时机还未成熟，等着瞧吧，我想我一定能说服他们。"

"好！预祝你大功告成！要是一切顺利，给我发个信息，晚上回来我把杨洁叫上，咱们一起喝庆功酒！"

"好，一言为定！"

"一言为定！"

沈静和刘小娜对完话，马上快步赶上爸爸和妈妈。

爸爸见她来了，马上问道："刚才跟谁说话呢？"

“刘小娜。”

“你们说些什么?”

“她问我们走到哪儿了,还问我她的男朋友今天对我们照顾得怎么样。”

“哦,你交的这个朋友不错,热情大方,乐于助人。”

“小娜真有眼光,谈的男朋友,不仅人长得帅,而且为人热情周到。”妈妈也夸奖起了小娜和她的男朋友。

一听到妈妈这么欣赏小娜的男朋友,沈静的心头顿时笼上了一层乌云,想想叶挺的阳光和帅气,再想想李规的暴戾和病态的样子,她顿时觉得心灰意冷起来。

爸爸这时接过话头说:“我也觉得刘小娜找的这个男朋友不错,你看人家多会来事,他能巧妙地利用自己的资源,给好朋友一家人提供方便。这个小伙将来一定很有出息。这从另一方面也说明刘小娜这女子不简单,有眼光。”

沈静听到父母真诚地夸奖刘小娜的男朋友时,心里很高兴,可是,他们夸着夸着就变味了。便抵了一句:“其实刘小娜还没看上叶挺那小子呢,他们的关系暂时还没定。你们这样使劲儿夸人家,将来他们万一不成呢?”

“不会吧?”爸爸惊叹道。

“咱不说这了,赶快赶路吧。”沈静说。

一入黑龙峡,光线顿时一暗,两边皆是刀削斧劈般的陡峭的山崖,山崖之间自然形成了一条曲折、幽深、奇险、绝美的峡谷。游黑龙峡,最能感受到这里的奇、幽、险、美的特点。黑龙峡里,几乎有一大半路程是在悬崖峭壁,或者栈道上通过,稍不注意,就会出现安全事故。

沈静感到了责任重大,她不仅要照看好爸爸,还要兼顾到妈妈。

爸爸今天特别兴奋,只要遇到好景致,无论是险峻的山峰,碧绿的深潭,还是气势恢宏的瀑布,他都不会放过。为了照好一张照片,他竟然毫不顾惜自己,一会儿站在悬崖的边边上,一会儿下到十几米深的幽谷;他有时身子几乎弯成90度仰面向上,有时身子匍匐在地,趴在地上。沈静看到爸爸忙碌辛苦的样子,不禁被他对摄影艺术如此迷恋献身的精神所感动,一旦爸爸站在危险的地方,她便赶快放下手中的东西,跑到爸爸身边护驾。每照到一张得意的照片,爸爸都会让她欣赏一番,然后再一一分析这张照片好在哪里，一副洋洋自得的样子。

妈妈爱美，每当爸爸照到了好景致，妈妈自然也要站在那里，让爸爸再给她补照一张。爸爸自然高兴，总是选择最好的角度给妈妈照相，给妈妈照罢之后，爸爸又让她也站在那里，再给她照一张。但为了让爸爸省下体力，有很多次，她都婉言谢绝了。

黑龙峡路线很长，景点又很多，加上爸爸妈妈毕竟上了岁数，如果把全程看完，沈静估计今天天黑之前是赶不到县城的。因此，当他们把黑龙峡里面最美的一个瀑布看罢之后，沈静便提议大家在这里休息一会，吃点东西，然后返程。因为现在已是下午三点半了。

爸爸看看时间，觉得沈静说的有道理，便同意了。

这个瀑布下面形成了一个大约四百多平方米的湖泊，湖的一面，长了几棵枝叶婆娑的大树，大树之间盖了四五间小木屋，当地的农民就因地制宜，在这里卖小吃，或者土特产。湖上还停了几个竹筏。今天这里很冷清，只有三五个游客在湖边游玩。

沈静领着爸爸和妈妈来到一个小木屋跟前，她先让爸爸妈妈坐下休息，然后她去向小木屋的主人要了一壶热水，几个纸杯。

沈静看到，爸爸妈妈确实累坏了，一坐下来，他们就佝着头，蜷着身子，一点都不想动了。他们很听话，沈静让他们喝水，他们就喝水；让他们吃东西，他们就动手吃东西。

沈静知道，当一个人体力过度消耗之后，智力上就会有所麻木，从而产生一种依赖心理。沈静心里暗喜。她看了看四周，刚才那几个游客已经走远了，这家小木屋的主人，也到旁边一家小木屋门前与人说话去了。夕阳快要落山了，再过一会，这里将会一下子暗起来。沈静知道，现在正是最佳时机，她现在开口，推心置腹地把事情说明白，爸爸妈妈一定会改变主意，从而同意她的观点。

爸爸吃了一些东西，又喝了一杯水，精神气似乎在渐渐地恢复，便感叹地说："今天多亏沈静，要不然我们两个老家伙看不了这么多好景。"

妈妈也说："女儿长大了，会照顾爸妈了。"

沈静客气地说："我做得还不够，还请你们原谅。"

爸爸说："好着哩！好着哩！"

沈静喝了一口水，然后微笑着对爸爸说："爸爸，女儿想求你一件事。"

"什么事？"爸爸微笑地看着她。

"请你们尊重我的选择，不要让我嫁给李规。"

"什么？"爸爸一听，身子一弹，睁大眼睛问，"不是都已经说好的事，你咋又说这话？"

妈妈也一下子清醒了，质问道："我们都已经把你的生辰八字给人家了，再过几天，日子就送过来了。我们打算定亲结婚一起办，都这个时候了，你咋又突然变卦？"

沈静憋住气，平静地解释说："爸，妈，我是你们亲亲的女儿。你们是想让我一辈子幸福，还是盼望我掉进深渊里？"

爸爸忍着气说："正是因为想让你一辈子幸福，我们才选择了李规。"说到这里，爸爸便扳着指头解释说："别的不说，先说李规他爸，人家在县上要权有权，要势有势！可以这么说，在县上，没有人家办不成的事；而且我还告诉你一声，人家马上要升了，最低也是副县长。再说人家的房产、小车、存款，还有大量无形的家产，这种家势，别的女子想嫁，人家都还看不上呢。你可倒好，那么多有身份的人来做工作，都说不动你。你一而再，再而三地推。我问你，你不想嫁李规，你到底想嫁谁？嫁个什么样的家庭？"

沈静说："谁都可以嫁，就是不能嫁给李规。"

"为什么？"爸爸用指头敲了一下桌子，双眼瞪得像铃铛。

沈静本来不想把话说得过于直白，但现在已顾不了那么多了。于是她便对爸爸说："你们知道前几天我到什么地方去了吗？告诉你们，我是到一个曾经准备嫁给李规而最终拒绝了李规的一个女孩子家去了。他们家住在十分偏僻的大山沟里，父母都是农民，而且她的父亲还是一个常年卧病在床的残疾人。就是这种家庭，那个女孩都不肯嫁给李规，我们这种家庭，难道你们还非让我嫁给他？你们知道那个姑娘临走前给我说了一句什么忠告吗？她说：你千万不要嫁给李规，否则死路一条。"

说完沈静就不吭声了，过了一会儿又补充了一句："你们若是想我死，就让我嫁给李规。"

沈静以为话说到这个份上，爸爸妈妈一定会心软，全力同意她。不料，爸爸突然提高声腔说："沈静，你现在想拒绝，办不到，你别听那个女子胡说八道了，我和李规他爸在一起共事，不是一天两天，一年两年，对李规这孩子熟悉得如同自己的孩子。李规身上是有缺点，但总体上还是个很好的孩子，嫁给他，怎么会死路一条？那个女子肯定说瞎话了，不是她不想嫁给李规，是李规的父母根本看不上她，不信你去访访。”

妈妈这时也来帮腔：“我们对李规都很熟悉，这孩子没有什么大不了的缺点。你嫁给他，对你，对你爸，对我们全家，有百益而无一害。女子，你千万别听别人瞎说，错过了这段好姻缘。”

爸爸最后态度十分强硬：“我还是这句话，你嫁也得嫁，不嫁也得嫁。你要是成心跟我和你妈过不去，那我们就不活了，省得丢人现眼。”说完，爸爸站起来气急败坏地就走了。妈妈见爸爸走了，也气冲冲地跟了上去。

太阳落山了，沈静颓然地坐到椅子上，她感到内心深处一片黑暗。

二十八

沈静想不到自己精心策划的一次行动会以如此惨败的结局而收尾，心里感到十分委屈和绝望。她原以为自己能说服得了父母，让他们接受她的观点，避免悲剧的发生，而且她都已经把话说到那个份上了，可结果是父母完全无视她的存在和感受。她不明白父母为什么会固执到这一步，非让她嫁给李规不可。他们这样做，是让她过上幸福生活吗？到底是他们的女儿重要，还是升官发财重要？由此看来，父母关爱她，一切都是假的，如果是真的话，他们不会固执到这种地步；如果是真的话，爸爸宁可不升官，也要尊重她的选择。

想到这一切，以前对父母的那种深深的爱，顿时变成了一种尖锐无比的怨恨，这种怨恨像剧毒一样迅速扩散到她全身。于是她经常不在家吃饭。在外面吃罢饭回家之后，她也是往自己房间里一钻，把门关得死死的。她以为这样赌气，父母会软下心来，主动向她求和，谁知父母的怨气比她还大。她回不回家吃饭，他们问都不问一下，家里碰了面，他们都黑丧着脸，瞅都不瞅她一眼。

双方就这样僵持着，谁也没有退让半步的意思。

一天下午，下班之后，看到同事们一个个忙不迭地往回跑，沈静却半点回家的愿望也没有。趴在窗户上，看到深秋季节一片萧条的街道，她一时不知道自己该向何处去。无奈的情况下，她想到了刘小娜和杨洁，感到心里装满了苦水，她要是不向朋友倾倒倾倒，她真的会憋死。

于是她就给刘小娜拨了号，奇怪的是，她刚拨了一下，就通了。电话一通，那边传来了刘小娜热情洋溢的声音："真是心有灵犀一点通呀，我正准备给你拨电话呢，你就拨过来了，你在干啥呢？"

一听这话，沈静的眼泪顿时夺眶而出，她竟然对着手机泣不成声了。刘小娜慌了，问道："静，你咋了？你别哭，告诉我你在哪儿？"

"我在，办公……室……"沈静结结巴巴地说。

"你咋了？有人欺负你吗？告诉我是谁？"

"没有人欺负我。"

"那是……"

"我和父母彻底搞僵了，我难受死了——"说完沈静竟然放声痛哭起来。

"喂，沈静，你别哭！这样吧，你坐车到芳芳咖啡屋，就是中心广场东北角的世纪大厦下面，我一个同学才开了一家咖啡屋，那里环境比较幽雅。我再把杨洁叫上，我们一起为你的事好好谋划谋划，不要把不愉快的事情老装在肚子里，这样会把你憋坏的。行不行？"

"好！"沈静哽咽着答应了。

沈静放下手机，马上把桌子上的东西一一收拾好，拉上门就走了。为了防止有人看到她刚才流泪的痕迹，她到水房里去洗了一把脸，然后从小包里取出粉盒，往眼睛四周抹了一层薄薄的粉，然后才下了楼。

沈静赶到芳芳咖啡屋的时候，刘小娜已在门口等着，一见她，刘小娜就热情地迎过来，搂住她的肩说："别怕，有老刘在，没有迈不过去的坎。"

一听这话，沈静的眼泪又要往外流，但她硬是忍住了。

刘小娜的同学已为她们安排好了房间，沈静一到，刘小娜就领着她上了二楼的一个雅间。

房间里开着空调，放着淡淡的音乐，是贝多芬的《月光交响曲》，非常温馨舒适。

刚坐下，刘小娜的同学就领着服务员进来了，她问她们喝什么咖啡？刘小娜点了拿铁。沈静对这不太懂，小娜便替她点了杯卡布奇诺速溶白咖啡。杨洁没来，刘小娜又替杨洁点了印度原装进口咖啡。这里主要经营咖啡，除此之外还销售点心、饼干和瓜果之类。刘小娜也不客气，叫了不少。

点好之后，服务员准备走了，刘小娜的同学就坐下来与刘小娜攀谈，讲述她这几年做生意的跌宕起伏的经历，讲她的爱情的不幸、家庭的不幸。她以十分诚恳的态度请求刘小娜，以后要经常领朋友光顾她这店子，支持她的生意。

刘小娜说："我知道，这你放心，以后有机会就领着朋友到你这消费。可今天晚上算你请客。"

同学笑着说："这我知道，今晚上你能赏脸来我这小店子，给了我多大的面子，我感激都来不及呢。"

"好了，你忙你的去吧，我们几个朋友晚上见面说点事。"

"好的！好的！有什么需要，你给服务员说。"说完她就关门出去了。

刘小娜的同学刚走，杨洁就风风火火地进来了。

刘小娜一见就批评道："杨洁，你这人真是，每次请你吃喝，不是缺席就是迟到，到底咋回事？"

杨洁马上解释说："真是对不起，刚才走的时候把手机忘办公室了，我都走半路上了，又返回去拿手机，这才把时间耽搁了。"

"你这人做事总是丢三落四，怕是写作把你脑子写出毛病了吧？"

杨洁也不辩解，说："我从小就这样，毛病改不掉。你知道吗？我高考时语文试卷上都忘记填写自己的姓名和考号了，都出考场了才想起来了。幸亏监考老师深明大义，让我去把姓名和考号给补填了。不然我死定了。"

杨洁的话把刘小娜和沈静都惹笑了。沈静补充了一句："忘性大有忘性大的好处，比如遇到不痛快的事，随后就忘掉它，就不会给自己增添更大的痛苦了。"

杨洁说："对对！我很少纠结一个人和一件事。"

"那你怎么写作呢？"刘小娜问，"在你的作品中难道没有你纠结的人和事？"

"那是两回事，说你也不懂。"杨洁故作神秘地说。

这时服务员敲门进来了，她端来了煮好的咖啡，还有几盘点心和瓜果，看起来很丰盛。

服务员放下东西一走，杨洁就迫不及待地问：“刘小娜，你那么急切地要我来，到底有啥事情？”

刘小娜说：“你猜猜。”

“是向我们宣布你名花有主了吧？”

“宣你的头，不是。”

杨洁看了沈静一眼，恍然大悟地说：“一定是沈静有麻烦了，是不是？”

小娜庄重地说：“沈静出了大麻烦了。”

“到底是怎么回事？”杨洁问沈静。

沈静说：“为了说服我爸妈，我特意请他们到金丝大峡谷去旅游，我想趁他们玩得高兴的时候说服他们。可是，不行！他们根本不接受我的观点。”

“你是不是没有把宋晓云对你说的话告诉给他们。”杨洁问。

“说了。”沈静说。

“说了你爸妈为什么还不同意你的观点？”刘小娜问。

沈静说：“我爸爸说那是宋晓云在撒谎。是李规家看不上她，她为了挽回面子才对我说出那样的话。我爸妈还说，他们对李规很熟悉，李规是有缺点，但并不是要命的缺陷。”

“你父母这么喜欢李规，你怕是不嫁他不行了。”杨洁说。

沈静生气地说：“我宁死都不嫁给他。”

刘小娜拍了沈静一下，说：“对，我支持你，决不能嫁这孙子。男怕入错行，女怕嫁错郎，别的什么事都可含糊一点，唯独爱情婚姻，我们决不能马虎。没有爱情的婚姻，我们宁可不要。更别说李规这孙子有致命的缺陷了，就是没有致命的缺陷，也不能嫁给他。就连宋晓云都不肯嫁给他，我们沈静哪方面比宋晓云差了，非得嫁给他？”

杨洁问：“那你说怎么办？沈静的父母非要让她嫁，沈静又是很听话的乖女儿。”

刘小娜手托着下巴想了一会儿，然后说：“我有个主意，不知行不行？”

杨洁说：“你快说，别卖关子了。”

刘小娜说：“估计宋晓云也从老家回来了，咱们找到她，说服她，让她跟沈静一块去把李规的实情告诉给沈静的父母。我想，在确凿的事实面前，沈静的爸妈该不会还强迫沈静嫁给李规了吧?”

沈静一听,觉得这是眼下唯一的办法了,但是她又很担心,宋晓云会把实情对她父母说吗?于是她就把她的担心说了出来。

杨洁也说:“我也担心宋晓云肯不肯开口,万一是张不开口的隐私呢?”

刘小娜说:“现在别无他法,没有确凿的证据,其他话语都显得苍白无力,只有宋晓云把实话当面对沈静的父母说了,沈静的父母才会信。我们三个一块去给宋晓云做工作,而且保证不把话传出去。”

杨洁说:“那我们就试试。”

沈静感动得眼睛都湿了,她站起来紧紧握住刘小娜和杨洁的手说:“谢谢你们,我真是一点办法也没有了。”

二十九

这个时候,县上新一轮人事变动又要开始了。坊间已经传出,县某镇书记在脱贫攻坚中成绩突出,将要提拔重用。县某副局长本要高升,因包养情人,被情妇的丈夫告发,已被县纪委立案审查。还有,某某局长将调任某某大局任局长,等等。尽管提拔干部是县上政治生活中的一项常态性工作,但每次提拔任用干部之前,圈子里总是会传出五花八门的小道消息,这些小道消息,有些是空穴来风,传着传着就没影了;而有些传闻,传着传着就成实事了。这一次坊间传得最起劲的,是李规他爸李敏智将要提拔成副县长一事的小道消息。原因是李敏智身为县上最显赫的几个大局局长之一,不仅履职时间长(六年),而且工作能力强,上下级关系处得也很好,本人生活中又没有什么污点。最关键的是他的一个表弟在市委要害部门任着要职,所以提他当副县长,几乎就是绑到马背上的事了。

沈静与李规的婚事虽然还没有最终确定,但是单位上几乎所有人都知道他们之间的关系了。许多同事都有事无事地到她办公室串门,向她打听她什么时候举办婚礼,而且叮咛她千万别忘记通知了。

沈静感到很可笑,她不知道他们是如何知道她和李规之间的关系的。而且她心里很清楚,他们之所以热切地想知道她的婚事,不为别的,是因为她未来的公公将要提拔成副县长，堂堂的县级领导。于是他们才争相和她套近乎，否则，对一个刚参加工作不久的丫头片子的婚事，谁会去关注？

沈静的态度很坚决，面对几乎所有人的殷切关心，她一律回复道："没有的事，结什么婚？我对象都没定呢。"

对她这一回答，几乎所有人都露出惊讶的神色，认为她要么是在说谎，要么是傲气，都要成为副县长的儿媳妇了，这还会有假吗？装什么蒜？因而许多人对她有了成见。

沈静觉得委屈，为什么所有人都不相信她呢？为什么所有人都认为她非得嫁给这个副县长的儿子呢？他们知不知道她的真实想法？她根本就不想嫁给他。

她能向他们解释清楚吗？

沈静以为人们这次对李规他爸人事变更的议论，也像以前有些传闻一样，传一阵就没有了。谁知不久，这一传闻竟传成实事了。这次是妈妈亲自告诉她的。

那天晚上十点多，像往常一样，她从外面吃了饭回来，洗漱完毕，她就进了自己的卧室，正要解衣睡觉的时候，妈妈推门进来了。自从上次在金丝大峡谷和父母关系闹僵之后，他们已经整整两个周没有说话了。

妈妈进来，和颜悦色地对她说："你坐下吧，我有要紧事情对你说。"

沈静就静静坐在床上。妈妈把一张椅子挪过来，在她面前坐下来。

妈妈坐下后，对她看了一眼，然后忧心忡忡地说："你知道吗？这几天我和你爸天天晚上半夜过了都睡不着。你看我们，好端端的一个家庭成啥了！要是这样下去，要不了几天，我和你爸都会被气死。解铃还须系铃人，想来想去我还得找你，你是我们唯一的孩子，你总不能眼睁睁地看到我们这个家败了吧？而且我还告诉你，李规他爸李敏智马上就要当副县长了，昨天市委组织部都已经来考察了。李局长今天下午找你爸谈话，若是我们之间的儿女婚事能确定，你爸提副局长一事，年内提拔任用干部时就能解决。李局长说那个位置目前争的人特别多，他让你爸好好考虑考虑。眼下是关键时刻，只有你才能救你爸，否则你爸提干的事就彻底泡汤了。你要是真心爱你爸，真心爱这个家，你就痛快地答应这门婚事。李规家那样显赫的家庭，以后要什么没有？有多少人家想把女儿嫁给李规？你都已经不小了，怎么就不懂事？听话，女子！听妈的话，今晚你就给我一个准信，明天你爸就给李局长回话。”

沈静本想直接回复妈妈，她决不同意嫁给李规的。但想到这样太绝情。就对妈妈说：“这样吧，给我三天时间，三天后我给你们准话。”

妈妈听她这么说，虽然心里不乐意，但见她有了松口，就答应了她这一要求。

三十

沈静长长叹了一口气，知道这次她已经彻底被逼到南墙上了。三天时间，如果再找不到确凿证据证明李规有一种要命的缺陷，她就得乖乖地嫁给李规。眼下，唯一能拿出这个证据的就只有宋晓云。于是怎样说动宋晓云，就成了解决问题的关键。沈静原想把刘小娜和杨洁叫上一块儿去找宋晓云，可又担心宋晓云不想让更多的人知晓那件事，她就独自一个人去了。这次她下了大决心，无论怎样都要说动宋晓云，哪怕给她下跪都行。为了把事情跑成，她向单位请了三天假。

宋晓云在县文化馆工作。

沈静直接去了文化馆。一到文化馆楼下面，就见一大群上了年纪的中老年妇女，穿着红红绿绿的衣服，抹着红脸蛋，手里摇着真丝双面秧歌扇，叽叽喳喳地从文化馆楼里涌出来，准备去参加演出。

沈静一直等她们走光了之后才上楼。这个楼上有三个单位，文化馆、博物馆和图书馆。原先是一个单位，现在分成了三个单位。沈静上初中时在图书馆办过借书证，那时经常上这个楼，高中以后就再没有上过这个楼了。在她的印象中，这个楼上的人大多都是有一技之长的文化人。

沈静问了一下，文化馆在三楼。她便上了三楼。可没想到，几间房子的门都关闭着，只有一间大办公室的门虚掩着，推开一看，里面却没有人。沈静想，大概是人出去了，一会儿就会回来，她不如就在这儿等着吧。等了大概十几分钟，一个三十多岁的年轻少妇领着小孩从外面回来了。一见沈静，那个女人就问：“你有事吗？”

沈静问:"宋晓云是不是在你们这上班?"

"是的。"

"她人呢?"

那个女人一面收拾办公桌上的报纸,头也不抬地说:"她辞职了。"

"辞职了!她为什么要辞职?"

"谁知道!上个周周三,宋晓云把辞职申请放在我桌子上,让我转给我们馆长,然后就走了。她原来就坐在我对面。宋晓云在我们这儿上班总共还不到两年时间,说走就走了。很奇怪,现在的年轻人就这样,思想变化快,不甘寂寞。她大概是嫌文化馆太清贫,又跳槽了吧。谁知道呢。"

沈静问:"你知道她住哪儿吗?"

"不知道。"

"她的手机号你有吗?"

"你找她有事?"

"嗯,非常重要的事。"

那个女人就把宋晓云的手机号提供给了沈静。可沈静拨出去了之后,竟然回答的是:你拨打的号码是空号。

沈静大为惊讶,她向那个妇女致了谢之后,马上就下楼了。她想不到宋晓云会突然辞职,她现在必须得马上找到宋晓云,不然她真的完蛋了。

杨洁和宋晓云交往时间长,她只好向杨洁求救了。杨洁虽然平时很懒散,但对朋友很真心,就冲这一点沈静很喜欢她。

沈静向杨洁打了电话,求她带她去找宋晓云。

杨洁在电话里说:"你到文化馆去找她,三楼上,一找一个稳。"

沈静说:"我刚从文化馆出来。她不在,她辞职了。"

"辞职了!她咋突然辞职了?"

"我也不知道。你领我到她住的地方去找她吧,我无论如何得找到她。"

"那好吧,你往滨河广场走,一会儿我领你去。"

一听杨洁同意带她去找宋晓云,沈静心里才稍稍感到踏实,便马上往滨河路小广场疾步走去。刚到那儿,就看到杨洁从对面的街道上大步走过来。

看到沈静一脸焦虑的样子,杨洁安慰她说:"不用怕,找到宋晓云就好了。"

于是杨洁领着沈静就端直向北走。走了一里多路的时候，进了邮政巷，在邮政巷的尽头，是当地居民盖的高低错落、拥挤不堪的楼房。由于条件比较差，在这里租房很便宜。

杨洁领着沈静拐了好几个弯，然后上了其中一幢楼房。由于四周的光线被遮挡住了，楼梯道很暗，她们几乎是摸着墙壁往上爬，一边爬楼梯，杨洁一边喘着气告诉沈静，宋晓云做得一手好饭菜，她先后有好多次到宋晓云这里蹭饭吃。

可是，令她们意想不到的是，当她们走到一间房子门口敲门时，里面竟然一点动静都没有。杨洁又给宋晓云拨了号，同样，手机里提醒她："您拨打的号码是空号。"

她们只好费劲地找到这家的房东太太，向她打听宋晓云到哪去了。让她们十分惊讶的是，房东太太说："这女子上周都已经退房不住了。"

"你知道她搬到哪儿去住了吗？"杨洁问。

"不知道。她走得很突然，说不住就不住了，提前也没见她吭声。"停了一下，房东太太又说，"她好像跟人打架了，脖子上有伤，用纱布包着呢。"

沈静和杨洁再次惊愕得半天说不出话来。她们不知道宋晓云到底发生了什么事，她辞了职不说，怎么连房子也退了呢？

三十一

沈静心里清楚，宋晓云是解决问题的关键，所以无论如何得先把她给找着。但怎样才能找着她呀？近年来，随着城镇化规模的日益扩大，现在的县城规模已是十年前的十倍还多，到处楼房林立，人来人往。宋晓云随便往哪个地方一钻，你到哪儿去找？况且她现在已经辞职了，若还在县城都好说，她要是跑到外地自谋职业去了呢？

因为实在没法找到宋晓云，沈静的心情十分沉重，她感到命运之神正在向她露出狰狞吃人的面孔，她不知道她还能坚持多久。

杨洁不断地对沈静说着宽慰话，两人一起来到滨河公园，在一个亭子里坐下来。杨洁买了两瓶饮料，两个人一边喝着饮料，一边合计下一步该怎么办。

正合计着，刘小娜的电话打来了，她问沈静现在状况如何，找到宋晓云没有。

沈静哭着脸说：“宋晓云辞职了，人也失踪了。”

刘小娜：“宋晓云辞职了？又失踪了？到底咋回事？”

沈静不知道该如何回答。杨洁一把从她手里夺过手机，大声说：“十万火急！你赶快过来，帮忙出主意，我们在滨河公园的亭子里。”

“好的，你们别急，我马上就来。”

不到十分钟，刘小娜就风风火火地赶来了。见沈静和杨洁一筹莫展的样子，小娜便问了事情经过。杨洁见沈静情绪低落，就代她把今天找宋晓云的前后经过大致说了一遍。

刘小娜听后感叹地说：“你看这个宋晓云，咋突然就辞职了，而且人咋也跑得没踪影了呢？中间一定有蹊跷。”

杨洁说：“快想想下来我们该怎么办吧，留给沈静的时间不多了，如果两天时间找不到宋晓云，沈静可就惨了。”

刘小娜咬着牙说：“为了我们沈静一生的幸福，豁出去了，挖地三尺也要把宋晓云找到。”

杨洁说：“要是她还在县城也都好说，就怕她不在县城了。假如她真不在县城了，茫茫世界，我们往哪儿找她？”

一听这话，沈静的心情更为沉重，认为十之八九找不着宋晓云了，没有了铁的证据，她只好向父母屈服了。

看到沈静沮丧落魄的样子，刘小娜便挖空心思地想办法。过了一会儿，她恍然大悟地对杨洁说：“杨洁，宋晓云在县城里，除了你，她还有没有其他特别知己的朋友？”

杨洁问：“咋了？”

刘小娜说：“如果有，找到问一问，也许宋晓云对你保密，可对她的知己朋友却说出了她的行踪。”

杨洁一听，点点头说：“有道理。”她想了想，然后说出了一个人的名字：叶曼曼。女的，独身，和宋晓云年龄差不多，在县运司办公室上班。杨洁接着说：“我到宋晓云那里去蹭饭吃的时候，每次都碰到这个女人。宋晓云平时跟我在一起的时候，也老提到这个人，说叶曼曼对她有恩。对了，叶曼曼有个爱好，特别喜欢到歌舞厅唱歌。”

刘小娜拍了一下大腿，说：“事不宜迟，咱们马上就去找这个人。”

沈静说：“现在都到下班时间了，咱们先去吃饭吧，吃了饭，再去找她。”

杨洁和刘小娜都说好，便就近找了一个小饭店，三个人一块儿去了。

三十二

吃罢饭，她们又喝了一会茶，这个时候已是下午一点半了。沈静去付了饭钱，然后三人一起到县运司去找叶曼曼。

她们很快就走到运司院子里。只见偌大的院子里停放了一排又一排的大班车，车辆进进出出，车喇叭声响成一片。

沈静看了一下时间，已经两点过了，就对杨洁说：“那就麻烦你到运司的办公室去找一下叶曼曼，我和小娜在院子里等你。”

在运司的院子后面，有一幢孤立的三层办公楼，叶曼曼就在那上面上班。

杨洁辞别了沈静和小娜，径直走了过去。沈静一直瞅到杨洁进了二楼的一间房子，心里才踏实。

因为也不知道杨洁进去得多久，况且站在这里风进风出的，刘小娜便建议两人到候车室去等。

候车室里人很多，熙熙攘攘的，非常嘈杂，两人找了一个位置，准备坐下来耐心等候。谁知她们刚坐下来还不到五分钟时间，杨洁就打电话来了。沈静以为杨洁让她们也上去，谁知电话一通，杨洁就问她们在哪儿。沈静说在候车室。杨洁说：“我在运司门口，出来吧。”

沈静就和刘小娜一起匆匆地从候车室出来，一出门，就见杨洁站在运司的大门口。

沈静以为叶曼曼已经痛快地告诉了宋晓云的藏身之地，谁知，一见面，杨洁就气鼓鼓地说：“这个叶曼曼，她竟然装作不认识我。”

“她装作不认识你？”沈静问。

“是呀，我一脸笑容地去见她，她竟然装作不认识我。办公室还有其他人，弄得我尴尬极了。”

“你当时是怎样对她说的？”刘小娜问。

“我一见面就微笑地对她说：‘曼曼，你还记得我吗？我们在宋晓云家见过面呢。’你猜她怎么说，她说：‘你认错人了吧，我不记得有什么宋晓云。’她这么一说，把我一下弄愣住了。我说：‘我怎么会记错？我们先后两次一起在宋晓云家吃饭。我们还一块到歌厅里唱过歌。’我这么说，叶曼曼该记起我了吧？可她还是冷冰冰地说：‘你肯定是记错了。’见叶曼曼这么固执地拒绝相认，我想再说下去，只会给自己找难堪，我就只好走了。”杨洁说完，气愤不已，补充了一句，“我从来还没见过这种人，她明明认得我，却装作不认识，啥人嘛！”

“她是故意的！”刘小娜说。

“你说她是故意的？”杨洁问。

刘小娜分析说：“当然是故意的，这恰恰说明叶曼曼一定知道宋晓云的藏身之地。因为她不能把实情告诉你，所以一见面她才装作不认识。”

杨洁想了想说：“你说的有道理，叶曼曼肯定知道宋晓云的底细。眼下我们只要打动叶曼曼，就能找到宋晓云的下落。”

沈静忧虑地说：“叶曼曼这样的人，如何才能打动她？”

刘小娜问杨洁：“叶曼曼最大的爱好是什么？”杨洁说：“我不是告诉你们了吗？唱歌、跳舞、喝酒。”

刘小娜说：“我有办法了，只要按我说的做，我保证能让叶曼曼说出宋晓云的藏身之地。”然后便把计划大致说了一下。沈静和小娜听了，虽然不敢保证百分之百奏效，但有办法总比无办法强，就只好按她的计划开始行动。

三十三

这天下午，沈静她们三个人一起，目的只有一个：在县城里找到一个理想的歌舞厅。刘小娜原以为找一个好一点的歌舞厅很容易。谁知几条街都走遍了，也没有找到一个理想的。她们见到的歌舞厅，要么环境差，要么音响差,要么是品位太低。总之,她们找了大半下午,腿都跑酸了,也没有找到一处稍稍让人看上眼的。

杨洁问刘小娜:“怎么办?还找吗?”

刘小娜说:“当然要找,一定要找到一个环境优雅、有品味的歌舞厅。”

沈静问小娜:“你下这大力气找歌舞厅干吗?请叶曼曼来唱歌跳舞吗?”

小娜说:“你想想,咱们硬找她,她不理,那就投其所好吧。”

“这样行吗?”杨洁问。

小娜说:“咱们以诚待人,来不来就是她的事了。”

三人只好打起精神继续寻找,并向一些爱好音乐的朋友求助。最后她们终于在新世纪广场的地下室里找到了一个歌舞厅,名叫美美歌舞厅。这个歌舞厅才开业不到一个月时间,不仅环境优雅,而且每个房间里的音响效果都非常好。自开业之后,来这城唱歌跳舞的帅哥靓女非常多。

刘小娜领着沈静和杨洁把美美歌舞厅仔细看了一遍,觉得品味档次都非常满意。当下便让沈静把房间订下了。

这个时候已快到下午下班时间了。刘小娜让杨洁现在就给叶曼曼联系,让她晚上来唱歌跳舞。

杨洁有些犹豫,说:“她会来吗?”

“这是她的爱好,她为啥不来?你态度放诚恳一些,就说晚上无事,想请她在这里唱唱歌,跳跳舞,叙叙旧。你说房间都已经订好了,她不来就浪费了。”

杨洁虽然没有把握,但她还是按小娜说的那样给叶曼曼打了电话。

简直出乎她的意料,当她刚把话说完,叶曼曼竟然毫不推辞地说:“你都已经在美美歌舞厅把房间都订了!那好,我马上就去,你在门口等着,我保证10分钟之内赶到。”

叶曼曼在电话里说的话,沈静和杨洁都听得清清楚楚,三人顿时欢呼雀跃。刘小娜立刻做了部署,她让杨洁一会儿就在门口等着叶曼曼,沈静和她一起先到其他地方转一转,估计叶曼曼到了之后,她们两个再来。

“为什么要这样做?”杨洁不解地问。

“咱不能把目的提前暴露出来,这样她明知道也不会说。你要表现出诚恳的态度请她来唱歌跳舞,我和沈静算是作陪的。这样,她玩得高兴的时候，才有可能把宋晓云的藏身之处告诉给我们。”

“哦，原来是这样！”杨洁摸了一下刘小娜的脸，夸奖说，“怪不得别人夸你小精灵，你可真是小精灵，鬼点子一套一套的。”

三人就按刘小娜说的分头行动了。

杨洁在地下室歌舞厅门口守着，沈静和刘小娜沿着进出口走了出去，一直走到新世纪广场的顶南端，那里有一伙大嫂大妈正随着音乐的节奏载歌载舞，一个个笑容满面，神采奕奕。

刘小娜指着这一群大妈说：“不知道我们长她们这么老的时候会是什么样子？也会像她们一样成天靠跳广场舞来消除寂寞？”

沈静说：“你说一个女人老了，要体形没体形，要相貌没相貌，其他爱好全没有，不跳广场舞又能干什么？”

刘小娜说：“想想都可怕，要真的到了又丑又老的年龄，又没有其他乐子，我还不如早死了好。”

沈静说：“你当然不会，你哪一天有烦恼了？倒是我，唉，生活简直暗无天日，不知为什么，我现在常有一种老的感觉，我感觉自己就像一个七老八十的老太太了，对生活一点激情都没有。”

“你别这么悲观！眼下你遇到了麻烦，我和杨洁不正在帮你想办法解决吗？把这个坎迈过去就好了。相信我们！”

“那要是迈不过去呢？”沈静问。

“迈不过去也得迈。只是到了最后，主要还取决于你个人了。人的命，天来定；但有时却是：人的命，自己定。你可别关键时刻不够狠。”

沈静认为小娜说的很对，她不禁点了点头。可是她又知道，自己天生柔弱，顾忌太多，真的是关键时刻不够狠，破不出去。为此她不禁愁肠百结，她只好捏紧拳头告诫自己：“关键时刻一定得破出去！”

刘小娜看看时间，对沈静说：“估计叶曼曼已经到了，咱们往回走。”

正在这个时候杨洁的电话来了，问道：“小娜，你和沈静还没到吗？”

小娜故意问：“在哪儿呢？”

杨洁说：“在新世纪广场旁边的地下室，跟前有一座桥，桥对面就是。”

小娜说：“好的，我们马上就到。”

小娜放下手机对沈静说：“杨洁真聪明，这个电话打得好，咱不能让叶曼曼看出这是故意设的局。”

沈静和小娜赶到美美歌舞厅的包间时，杨洁正和一位大概1米58左右的女孩子亲热地交谈着，一见她和小娜来了，杨洁先把这个小个头的女孩介绍给她们：“这是我朋友叶曼曼。”叶曼曼大大方方地跟她们都握了手。随后杨洁又把她们介绍给了叶曼曼：“这是我朋友刘小娜、沈静。”

在她们相互问好寒暄的过程中，服务员端来了瓜子和水果，而且还提了一打纯生牌小瓶啤酒。

叶曼曼大概是天生爱唱歌的女孩，看到一应俱全，她高兴地哼着歌曲，马上到点歌机上开始点歌。她问沈静她们三人：“你们唱什么歌？我开始给你们点。”

沈静她们三个人大概只想到如何把叶曼曼骗到歌舞厅，根本没有准备唱什么歌，叶曼曼一问，她们一时都急得说不出各自该唱什么歌。叶曼曼却没有在意，见她们报不出歌名，就说：“你们不点，那我就先点先唱了。”

杨洁说：“我经常听晓云说你歌唱得棒极了，今天我可要好好见识见识。”

叶曼曼回过头来问杨洁：“宋晓云在你面前夸过我吗？”

“夸了，夸了好多次呢。”杨洁说。

叶曼曼说：“你别听她胡说，我也只是个业余爱好者，胡哼哼而已。”

这个时候音乐声已经开始响起来，屏幕上显示的是那英演唱的《白天不懂夜的黑》。叶曼曼潇洒地拿起话筒，稍稍等了几秒钟，便随着旋律唱起来——

我们之间没有延伸的关系
没有相互占有的权利
只在黎明混着夜色时
才有浅浅重叠的片刻
白天和黑夜只交替没交换
无法想象对方的世界
我们仍坚持各自等在原地
把彼此站成两个世界……

在叶曼曼尽情演唱的时候，刘小娜掰了三根香蕉，分别给了沈静和杨洁各一根，然后她们一边吃着水果、瓜子，一边欣赏叶曼曼唱歌。

沈静没有想到这个个头矮小相貌平平的女孩歌声唱得那么好，她的音质纯正清亮，富有情感，听她唱歌真是一种巨大的精神享受。于是她情不自禁地对叶曼曼竖起了大拇指。刘小娜也向叶曼曼竖起了大拇指，感叹说："唱得真好，简直可以和那姐媲美了！"杨洁一边嗑瓜子，一边说："不骗你们吧，看曼曼唱得多美呀！"

叶曼曼听到三人都在夸奖她，抑制不住满脸的喜悦，在话筒里说了声："谢谢！"

《白天不懂夜的黑》唱罢之后，沈静、刘小娜、杨洁使劲儿鼓起了掌。小娜大声说："曼曼，再来一首。"

沈静和杨洁也附和道："曼曼，再来一首。"

叶曼曼一点也没拒绝，她又点了首《山不转水转》，还是那英的歌。

山不转哪水在转
水不转哪云在转
云不转哪风在转
风不转哪心在转
心不转哪风在转
风不转哪云在转
云不转哪水在转
水不转哪山在转

叶曼曼一边唱，一边偷空对沈静她们三人说："你们快快跳起来吧。"

叶曼曼这样一说，刘小娜便站了起来问："谁跟我跳？"

杨洁马上笑着站了起来说："我当男，你当女！"

小娜说："想占我便宜呀。"说着她的一只手搂住了杨洁的腰，而杨洁一只手握住小娜的手，一只手搭在小娜的肩上，她们随着节拍优雅地跳了起来。

没有憋死的牛
只有愚死的汉
蜘蛛吐丝画它自己的圆
那太阳掏洞

也要织它那条线

再深的巷子

也能走出那个天

……

这是一首老歌，以前听人唱这首歌时，沈静只是感觉这首歌浅显，有些绕。但此时此刻听叶曼曼唱的时候，她才发现这首歌非常深刻，特别是听到“再深的巷子也能走出那个天”这句歌词时，她不禁感动得眼泪哗的一下流了出来。她怕三个朋友看见了，马上用手把泪水擦干了，谁知刚擦干，泪水又涌了出来。她便把头深深低下去，装作一心一意吃瓜子的样子，待情绪稳定的时候，她才把泪水擦干，把头抬起来。

叶曼曼唱罢两首歌后，刘小娜接着点了两首歌，一首是李娜的《女人是老虎》，一首是姚贝娜的《日月凌空》。刘小娜唱罢之后，杨洁点了田震演唱的《爱如彩虹》和《好大一棵树》。

在刘小娜开始唱歌的时候，叶曼曼豪气干云地打开了啤酒，分别给了杨洁和沈静一瓶，然后她把瓶子拿起来与杨洁和沈静各碰了一下说：“好好喝吧，让我们乐起来。”说着她把瓶子举起来口对在嘴上，咕咚咕咚灌了一大口。杨洁和沈静只好学叶曼曼的样子，也把瓶子举起来，喝了一大口。

接下来她们就开始跳舞、喝啤酒。

叶曼曼表现得极为狂放，沈静感觉她就像是一颗熊熊燃烧的火球，在音乐声中激情四射，热情奔放，她有时是一个人跳，有时和小娜、杨洁跳。虽然她的个头小，但她潇洒的举动总是让人感觉她的别具一格和引人注目。在她的带动下，刘小娜和杨洁也开始疯起来。可沈静不知怎么搞的，看到三个朋友那么高兴、奔放的样子，心情突然悲伤起来，唱歌也不主动，跳舞也不积极，她只是静静地坐在沙发上，一下一下地嗑着瓜子，任她们在舞厅里满世界疯狂。

叶曼曼、刘小娜、杨洁她们每个人都唱好几首歌了，沈静还一首歌都没唱，到了最后，叶曼曼来到了她身边说：“大家来是唱歌的，我们都唱了，可你一首也没唱，唱一首吧，唱唱歌心里的不快就没了。”

看到曼曼殷切而鼓励的目光，沈静的心也动了，可是，她平时不太爱唱歌，会的歌也非常少。

这时刘小娜和杨洁也鼓励她说:“沈静,来一首,你唱罢就结束了。”

见两个朋友也这么说,沈静便对叶曼曼说:“那你就给我点一首唐艺的《你用爱杀了我》。”

叶曼曼愣了一下,随之说:“好!”她马上去机子上点了这首歌。小娜连忙把话筒递给沈静,杨洁趁机连拉带扯地把她推上前去。沈静看到朋友都在鼓励她唱歌,便忘记了羞怯,大着胆子唱起来:

走在夜的路上
看着疲惫的霓虹
又是渐渐泪眼朦胧
想起你给的温柔
还是不能放手
就算握紧是伤痛
让人陷进怀念中
旋涡一样深的黑洞
要拿什么填充
看来往的车流
如果真的能把过去带走
那我会在哪一站后
灵魂再停留

沈静刚开始唱的时候,心里还是有些怯,节奏踏不住。叶曼曼见了,马上拿起了另外一个话筒,陪她一起唱。有叶曼曼在前面带,沈静渐渐踏准了节奏。曼曼见她节奏踏住了,便放下话筒,让她一个人唱。为了助兴,曼曼又把小娜拉起来,跳起了双人舞。有人伴舞,沈静唱得更自信了。杨洁这时对她竖起了大拇指。

沈静找到了感觉,便认真地唱起来:

你用爱杀了我
却没有听到我的呼救
你用爱杀了我
那一碰就会痛的伤口
你用爱杀了我

却没让我的思念
就此罢休
我不停地追，我不停地求
求谁来保佑
回忆总是突然汹涌
让人陷进怀念中
旋涡一样深的黑洞
要拿什么填充
看来往的车流
如果真的能把过去带走
那我会在哪一站后
灵魂再停留
……

也不知道为什么，当唱到最后一句时，沈静竟然放声大哭起来。她想控制，却越是控制心里越是难受，便索性丢了话筒，坐在沙发上使劲儿哭起来。

沈静的举动顿时吓住了杨洁和刘小娜，她两人马上走过来劝她。但是，根本没有用，朋友越劝她心里越悲哀，她就索性无所顾忌地失声痛哭着。

叶曼曼见状，马上把机子关上了，包间里音乐声戛然而止，只有沈静充满委屈、哀伤、绝望的痛哭声。

杨洁和小娜劝不住，便只好让沈静就这么哭着，直到十几分钟后，沈静自动停了下来。小娜从包里抽出餐巾纸，让她把眼泪擦干。沈静擦了眼睛之后，深深地叹了一口气，感到心里好受多了，便睁开眼，认真地看了一眼她的朋友刘小娜和杨洁，还有刚刚认识的叶曼曼。她发现她们都一脸惊讶又十分关心地望着她。

她便抱歉地笑了一下说："没事，我只是想哭，哭一下就好了。"

这时刘小娜和杨洁马上从两边热情地抱住了她，并用手轻轻抚摸着她的背说："没什么，有我们呢。"

这时，叶曼曼突然指着杨洁问："杨洁，你老实交代，今儿在这唱歌，是不是你们有意安排的？"

见叶曼曼识破了计策，杨洁顿时慌了，结结巴巴地掩饰，却越掩饰越糟糕。

刘小娜见状,索性站起来说:“不错,我们是有意的。可我们不是没办法嘛!杨洁请你你不出来,问你宋晓云的下落,你死活不肯开口。实在没有办法了,我们才想到了这个办法。”接着小娜就把沈静的父母逼她和李规成婚的经过说了一遍,并点明了沈静的态度,坚决不肯嫁给李规。因为李规身上有致命的缺陷。可这致命的缺陷到底是什么呢?只有宋晓云知道,只有宋晓云亲口把李规的缺陷告诉沈静,沈静才能说服父母。要命的是宋晓云不知道哪去了,无可奈何的情况下,我们只好从你身上打主意了。

接着小娜说:“由于时间紧迫,我们才投你所好,请你来唱歌,目的是想让你在高兴之余大发慈悲,说出宋晓云的藏身之地,救我们沈静一命。这实在是无奈之举,有冒犯之处,还请叶小姐海涵!”

听了小娜的一番话,叶曼曼陷入了深思,过了一会儿她才开口说:“算了吧,我本来打算为晓云守口如瓶的,现在我也不管了。实话告诉你们吧,宋晓云前天就已经坐班车走了。”

“走了,走哪里去了?”小娜急切地问。

叶曼曼说:“反正是走了,至于走到哪里,我也说不清楚,反正她保证以后不在我们县城露面了。”

“你亲眼看见她走了?”杨洁问。

“当然!我亲眼见到两个人把她送上发往省城的班车的。”叶曼曼说,“那天早上我上班去得早,一去我就在运司办公楼二楼上候着。大概八点十分左右,宋晓云拉着行李包进站了,我正准备向她打招呼,忽然看见她后面跟着两个男人,一个岁数大的,大约五十岁左右;一个年轻些的,大约三十岁的样子。那两个人像押犯人似的一直把宋晓云送上车,直到车发动的时候他们才走。就在他们送晓云上车的那一刹那,我还特意用手机拉近拍了一张照片。”说完,叶曼曼把手机从身上拿出来,把相册点开让刘小娜看。

刘小娜只看了一眼,便“啊——”的惊叫了一声,然后惊愕地捂住了嘴巴,惊慌失措地看着沈静,结结巴巴地说:“不会吧,怎么会是……”

沈静不知道到底怎样了,便从叶曼曼手上把手机拿过来,一看,她眼前顿时一黑,原来送宋晓云上车离开的那两个人,一个是李规,还有一个竟是她爸爸沈功成。便十分不解地问:“怎么会这样?是不是你搞错了?这是我爸。”

叶曼曼瞥了一眼手机上那张照片，又看了一眼沈静，脸上露出一种复杂的表情，随之她冷笑一声，对沈静说：“既然是你爸爸，那就对了！我就把这个故事的来龙去脉讲给你们听听吧：

上周周三一大早，宋晓云突然来到我家。只见她头发蓬乱，眼圈发黑，而且脖子上缠着一根纱布，一脸的惊恐。她一进门就抱住我哭了起来。我吓坏了，就问她发生了什么事？宋晓云说她在县城待不下去了，她明天将要远离此地。但临走之前，她要委托我替她做几件事情。她问我同意不同意，要是不同意她马上就走。我想了想说：同意，但你得把事情讲清楚，到底发生什么事了？宋晓云把眼泪擦了擦，就给我讲了前一天晚上发生的故事：

头天晚上，宋晓云在邮政巷她租的房子里看电视剧，因为剧情特别吸引人，她一连看了三四集，想到第二天还要上班，她才恋恋不舍地把电视关了，一看时间已经十一点多了。她正准备洗漱睡觉的时候，突然外面传来了敲门声。她想，这么晚了谁来找她做什么？就不准备开门。可是，外面见她不开门，就一直敲着。她以为是房东找她有事，就不高兴地把门打开了。谁知刚一开门，两个人就闯了进来。其中一个就是李规，还有一个是五十岁左右的男人。这两个人一进房间，就对宋晓云一副气急败坏的样子。特别是李规，他指着宋晓云骂道：‘你这臭女人，你不嫁给我倒还罢了，为什么还在外面胡言乱语？’宋晓云辩解道：‘你别诬赖我，我对谁胡言乱语了？’李规走上前，扬起手照着宋晓云狠狠抽了几个大耳刮，恶狠狠地责问她说：‘上个月，是不是有三个女的到你老家找你去了？你是不是告诫其中一个女孩，让她不要嫁给我？而且你还对她说了，千万不要嫁给我，说嫁给我就死定了？’宋晓云听了大吃一惊，她想不到那天她好心好意说的一句忠告却惹了祸。于是马上辩解说：‘没有的事，一定是有人栽赃陷害我。’李规见宋晓云不认账，又打了她几耳光，然后指着一同来的那个男人说：‘你还敢狡辩！是她女儿亲口告诉他的，说你说的，千万不要嫁给我，嫁给我就死定了。’旁边站的那个男人立即补充说：‘我女儿是这样对我说的，说你告诉她，千万不要嫁给李规，嫁给李规就死定了。我女儿就因为这个，一再拒绝嫁给李公子。’宋晓云见自己的多言得到了证实，便只好低了头，一言不发。李规一见宋晓云哑口无言了，突然从身上抽出了一把刀子，大叫一声扑了上去，一把揪住了宋晓云的头发，恶狠狠地骂道：'你这臭女人，是我爸给你安排了正式工作，解决了身份，你不嫁给我还倒罢了，还在关键时刻坏我好事，我要杀了你，杀了你——'骂完他就用刀子向宋晓云的脖子刺去。一同来的那个男人马上扑过去，一把握住了李规的手腕，硬是把李规手上的刀子夺了下去。但是刀尖还是在宋晓云的脖子上刺了一条口子。那个男人对李规说：'你杀了这种女人不值，她死了你得填命，不如让她滚蛋，永远不要在县城露面。'李规一听，连连点头，然后便对瑟瑟发抖的宋晓云说：'我暂且饶了你的狗命，限你两天之内离开县城，以后永远不要在县城露面。否则，我就杀了你，你听到没有？'宋晓云已经吓破胆了，只好连连答应道：'是是，我保证永远离开这里。'那个年纪大的男人这个时候从身上掏出一张银行卡，对宋晓云说：'这里面有30万块钱，没有密码，你直接能取。有了这笔钱，你可以在外地找个营生。请你记住，你以后不得在县城露面，也不得跟我女儿有任何联系。你要是胆敢违反，就没有你的好下场，听清楚没有？'宋晓云看了看这个高深莫测的男人一眼，马上保证说：'我听清楚了，我明天准备一下，后天早上乘车离开这里。'那男的说：'那就按你说的办，后天早上八点整我和李公子亲自在车站等你，直到把你送到车上。'

在叙述头天晚上发生的那个故事时，宋晓云脸色发白，眼光发直，显得十分恐慌。讲完之后，她就把一张银行卡交给我说：'这里面有30万块钱，你今天取出10万，从银行里汇给我妈，其余的转到我卡上。'她把她老家的地址及她妈妈的名字写在一张纸上交给了我。我答应一定照办，让她放心。宋晓云这时又抱住我痛哭起来，她说她明天一早走，从此以后她就不回这个县城了。她让我后天早上盯住她，要是我真的出现什么意外（比如被人绑架），要我迅速给公安局报案，要是没发生什么就算了。这个我也答应了。这天宋晓云除了去他们单位递交了一份辞职申请外，别的哪里也没敢去，她只躲在我家里。第二天七点多一点，宋晓云就背着行李从我家里走了。我当时要送她，她说不必，这样会给我惹麻烦。我就没送她。后来便是我前面说的，在运司的办公楼上，当我看到那两个人把宋晓云送上班车的一刹那，当时心里很生气，就用手机把他们拍了下来。那两个男的一直等班车启动了，才一块钻进一辆黑色小车，跑走了。"

听完叶曼曼的讲述，沈静听到身上发出一阵咯咯喳喳的响声，她仿佛觉得自己身上的每一根骨头都碎了。如此看来，她爸爸不仅知道李规身上的缺陷，而且还想方设法帮着掩饰。既然这样，他还为什么非要让他亲亲的女儿嫁给李规呢？她真想大哭一场，但是她如何也哭不出来。

这时小娜嘴快，她问叶曼曼："你和宋晓云关系好，你能告诉我们，宋晓云为什么当初坚决没有嫁给李规，李规身上有什么缺陷？她告诉给你没有？"

叶曼曼听了，哼了一声说："怎么没告诉我！"

"到底是什么？"杨洁问。

"李规根本没有生育能力！"

刘小娜和杨洁听了都惊叫了一声。

"既然她没有生育能力，他为什么还非要结婚？"刘小娜接着问。

叶曼曼说："他没有，他爸爸有呀。他爸爸不是又要升官了吗？家里又有那么多的房产和存款。那么大的家业，将来要是没人来继承，他不是白忙活了？于是李规他爸就只好做通儿子的工作，由爸爸来代替儿子的职责，完成他的传宗接代的特殊使命。"

沈静听了，心里怦怦直跳，她感到脑门上的血要往外流。她看了叶曼曼一眼，鼓着勇气问了一句："这么说，我爸爸是在帮李规他爸爸完成他那一项光荣使命了？"

叶曼曼说："当然了，他是帮凶。他明明知道李规那样，他还非要让自己的亲生女儿嫁给李规。我不知道他是怎么想的，简直畜生都不如！"

"就为了当官！"刘小娜气愤地说。

三十四

当天晚上回去之后，沈静就一下子病倒了，高烧不退，昏迷不醒。她的爸妈不知道发生了什么，宝贝女儿突然间竟病成这样，他们焦急万分，只好连夜送沈静到医院救治。

这个时候，县上新一轮提拔任用干部的人事问题正进入关键时期。因沈静昏迷不醒，她爸爸已不能准确从她嘴里得到准确答复了，但女儿当初说了，三天过后，她要是没有确凿的反对理由，她就嫁给李规。而现在三天过去了，沈静确实没有确凿的反对理由，而且还昏迷不醒，于是他就给李敏智回了准话，答应两家儿女的婚事，并将在女儿身体痊愈之后，迅速与贵公子李规成婚。

李敏智这个时候已经是县政府副县长了，在他的积极运作下，沈静的爸爸沈功成也非常荣幸地提拔成县某一级局的副局长。

三十五

一月后，沈静身体渐渐痊愈。家里小心翼翼地把她从医院接回去。这个时候已是腊月天了，外面彤云密布，大雪纷飞，沿途看到的都是冰天雪地的世界。

当天晚上，妈妈亲自下厨，做了沈静最爱吃的饭菜。沈静也确实饿了，就美美地饱餐了一顿。看到女儿狼吞虎咽的样子，爸妈都很开心。趁着高兴劲儿，妈妈向沈静宣布了一个天大的好消息："你爸爸已经顺利提拔为副局长了。"

沈静看了爸爸一眼，只见爸爸面露喜色，一副功成名就的样子。接着妈妈又宣布了另一个大好消息："腊月初八，是个黄道吉日，我们已经让算命先生算过了，你和李规的八字都合，我们两家决定，就在这一天为你们举办婚礼。因为你前面病了，我和你爸就替你做了主，希望你能谅解！放心吧女儿，我和你爸出于对你一生的幸福考虑，才让你嫁给李家的。这门亲结得多好呀，多少亲戚朋友知道了，都羡慕得不得了，夸你嫁到了好人家。我们到时力争把婚礼办得既简单又排场，好不好？"

沈静抬起头，把爸爸妈妈认真地打量了好一会儿，她突然间想大哭一场，但她却笑了，她手指着爸爸，笑得眼泪都流出来了，笑得爸爸都不知所措了。末了，她说了一句话："既然你们是为我一生的幸福考虑，我——我还有什么可说的呢？"

见女儿这么说，爸爸妈妈都长长地出了一口气，一块悬在他们头上的石头终于落地了。

妈妈高兴地说："我们家沈静就是懂事。好了，时间也不早了，你洗洗早点休息吧。在医院里吃不好睡不好，可把宝贝女儿整惨了，这两天在家好好休养休养。"

沈静又在家里静养了几天。

这几天爸妈一门心思地为她的出嫁大事奔波着、忙碌着，大概是女儿嫁的是好人家吧，他们终日喜形于色，爽朗的笑声像一串串咏叹调似的不时兴奋而激昂地喷发出来。

还有两天就是她出嫁的日子了。这天下午，沈静精心地化了妆，穿上了她那件大红色的带毛领的大衣，走出了家门。

外面又在下雪。沈静甚是奇怪，怎么今年冬天雪就不断呢？几天前下的那场雪还没有融化，又开始下了。街上行人很稀少，几个清洁工正在一下又一下地扫着雪。沈静踩着积雪，迤逦来到宝塔公园。

从公园大门进去，迎面就是一个小型广场，广场中央是一座年代久远的宝塔，广场里面是一个大约三百多平方米的人工湖。平时这里人很多，跳舞的，打太极拳的，闲转的。可今天这里一个人也没有，只有那雪片纷纷地飞落着，附近的山上，树上，地上，已经落了厚厚一层雪。

沈静穿过小广场，走过一座拱形桥，来到人工湖旁边的假山跟前。湖大约有三四米深，在周围雪景的衬托下，湖水显得非常翠绿。大概是湖水太深了，不安全，湖四周用护栏围着。并用警示牌提示：水深危险，千万不要攀越护栏！

沈静定定地看着落雪，这些雪片从万米多高的苍穹中飞落而下，飘飘荡荡，直到落入湖中，化为水，走完了一生。沈静凝视着雪片，不禁想到了自己的一生。她才刚刚二十六岁，恋爱是什么滋味，她都不知道，现在却为了婚姻，要早早地结束自己的生命。想到这里，她万分后悔，上大学时她为什么不好好地爱一场呢？无论是西安的小伙，还是长春的小伙，选择任何一个，都不错。可她硬是不给人家机会，唉！她真是死脑筋呀。要是那时爱了，她是不是不会走到今天这一步？即使和他们没有结果，她也不遗憾。想到这里，她的眼泪禁不住流了出来，她是多么地留恋人世间，她是多么羡慕那些真正相爱的人呀。其实她也完全可以不这样做，去过一种苟且的人生，这样便可以活得更长一些，也许还更华彩一些，但如果这样做了，她又如何向自己交代？如何向她那些好朋友交代？人都是要死的，雪片总是要落的，为了活得有尊严，她唯有这种选择了。质本洁来还洁去，强于污淖陷渠沟。这就是她这几天反复想才想出的最好的结果。

在做出这个决定之前，沈静掏出手机，给沈功成发了个短信，让他速到宝塔公园和她见面（必须是一个人来，否则她不会见他），她有一件事要让他证实。在铁的事实面前，沈功成也许会改变他的初衷，还女儿以幸福；也许他会继续抵赖，让她嫁给李规，因为他已经官迷心窍了。那样的话，她就不客气了。

信息发出去，沈静仰望着苍穹深深地叹了一口气，心里陡然想起了两句古诗：曲终人不见，江上数峰青。她希望世间更多的女子比她运气好，有权找到自己的真爱。

下来会是什么结果？

沈静静静地站在湖边。

天地安详，大片大片的雪花簌簌地落着……

（发表于《陕西文学》杂志 2021 年 6 期）

后 记

一

如果要追溯我写小说的历史，大概要推算到20世纪80年代我上高中时的学生时代。这一年暑期，县上有几十名教师（仅供读的县二中就有二十多名），因嫌工资待遇太低，相约着一起，偷偷地到湖北十堰市应聘去了。结果我们开学报到时，才发现代课老师几乎都辞职了（仅我们班八名代课老师就辞职了七个）。由于新的代课老师未能及时补充进来，学校教学工作顿时陷入瘫痪状态。大部分班级的学生都没有老师管，捣蛋鬼学生一下逞了威，他们结成团伙，把整个学校闹得成了一团糟。

而这个时候，我才真正结束了懵懂时期，知道学习的重要性了。可是，眼下那环境，怎么学习？几门主课老师几乎都走了，身边的学生一个个成天吵吵闹闹，毫无宁日，根本没心情学习。

由于上初中的时候，我偷偷地看了好多小说。这个时候，我突发奇想，既然考大学无望，不如长大当作家吧。于是我就按照原来看过的小说结构，学着写起了小说。我把心中的苦闷一律编进了小说当中。这个学期下来，我总共写了二十多篇小说。我后来把它们装订成了厚厚三本子。

靠写小说，我终于渡过了那段艰难时期；靠写小说，我终于守住了自己的心，不至于在人生最关键时期滑向深渊。

二

1996年，距我大学毕业已经整整六年了。这六年，我几乎把所有精力都用在教书育人上面去了。可是当面对一年又一年机械重复而没有过多创造性的工作,以及那种管理严格、缺乏生机和活力的生活环境,我对未来事业的发展彻底失去了信心。我每天无精打彩地去上课,上完课又背着巨石一样的思想包袱去批改作业、写教案。我知道自己不适合干这种工作,再这样走下去,我迟早会沉沦的。

怎么办?我常常对着空中长叹,十分渴望老天爷能指一条适合我走的路。可是,世上哪有现成的路好走?没有办法的情况下,我选择了倾诉。每当心烦意乱的时候,我便找一个本子,在上面尽情地抒发情感;每当寂寞的时候,我便拿起笔,靠写小说转移注意力;每当忧伤的时候,我就独自一个人坐在那里,用文字来疗伤。就这样,我用写作,靠写小说,去对抗那些寂寞难耐的日子。终于,我靠写作的实力改了行,找到了适合自己喜欢的工作。

三

2006年下半年,我结束了在金丝峡管委会已达六年的工作,调回县文联上班了。在县城上班轻松自由,每天开开会,喝喝茶,看看报纸,学学文件,一天时间就打发了。谁不爱清闲?于是,我就和一班子朋友,成天过着这种逍遥自在的上班族生活。

一天晚上,我们七八个朋友又聚在一起,在一个地下室饭店里喝酒。当喝到七八成醉的时候,仅因为一句话的事,两个平时关系还不错的朋友,竟然撸起袖子干仗了。我气得不行,当场摔了盘子。这事当时弄得影响很不好,一连几天,我都六神无主,沮丧不堪,我不知道自己为什么会变成这样,成天无所事事地混日子,这样下去怎么办?后来,还是一个知己朋友点拨了我,他说:“你不是喜欢写小说吗?还是好好地写你的小说吧。”朋友的话让我有一种醍醐灌顶之感。我深感惭愧,当初我费尽了心机要改行,结果改了行,如了愿,却忘了初衷,大好时间不知道利用,一天天白白地浪费光阴。还是把心收回来,好好地写自己的小说吧。

也就是从这时候起,我才真正地开始了写小说,一晃就写了十四年。截至目前,我在全国一些文学杂志及报纸共发表小说200多万字,结集出版了四部长篇小说、三部中短篇小说集。虽然取得了一点点成绩,但与我的期望值相比,确实相差太远。

通过人生的种种经历，我确实感觉到，写小说不仅是自己一生追求的方向，而且更像是一剂精神良药，在人生的关键时刻、危急时期，能让我变得更清醒，更笃定，也更强大。所以，在问起为什么要写小说时，我只能这样回答：因为喜欢，所以我要写小说。要是嫌这不够，我还可以继续回答，为了给灵魂找一个安置的地方，我才选择了写小说。

在我的第四部中短篇小说集《冬日暖阳》出版之际，为了对自己有一个交待，便信手写了以上这样几段散漫的文字。

姚家明

2022 年 11 月 28 日